本专著是2018年度国家社会科学一般项目“帝国文化霸权视域下的现当代英国流散文学研究”（18BWW092）的结项成果，2019年度国家社科基金重大项目“英国文学的命运共同体表征与审美研究”（19ZDA293）的阶段性成果。

从鲁德亚德·吉卜林到扎迪·史密斯

现当代英国流散文学研究

徐彬 著

中国社会科学出版社

图书在版编目(CIP)数据

从鲁德亚德·吉卜林到扎迪·史密斯:现当代英国流散文学研究/徐彬著. —北京:中国社会科学出版社,2021.9

ISBN 978-7-5203-8850-4

Ⅰ.①从… Ⅱ.①徐… Ⅲ.①英国文学—现代文学—文学研究 Ⅳ.①I561.065

中国版本图书馆 CIP 数据核字(2021)第 155531 号

出 版 人 赵剑英
责任编辑 陈肖静
责任校对 刘 娟
责任印制 戴 宽

出 版 中国社会科学出版社
社 址 北京鼓楼西大街甲 158 号
邮 编 100720
网 址 http://www.csspw.cn
发 行 部 010-84083685
门 市 部 010-84029450
经 销 新华书店及其他书店

印 刷 北京明恒达印务有限公司
装 订 廊坊市广阳区广增装订厂
版 次 2021 年 9 月第 1 版
印 次 2021 年 9 月第 1 次印刷

开 本 710×1000 1/16
印 张 20
插 页 2
字 数 288 千字
定 价 118.00 元

凡购买中国社会科学出版社图书,如有质量问题请与本社营销中心联系调换
电话:010-84083683

目　录

前　　言

英国文学有想象"他者"成就"自我"的悠久传统，古英语文学中的英雄史诗《贝奥武夫》便是典型代表，与英国相隔千里的斯堪的纳维亚半岛上贝奥武夫的英雄事迹成为英国文学与英国国家身份的重要组成部分。对此，约书亚·戴维斯（Joshua Davies）写道：《贝奥武夫》被不同国家、不同民族的人视为本国、本民族的财产，不论该诗属于谁，它都揭示了相关国家和民族的身份属性；《贝奥武夫》早期学术研究中探讨的思想结构仍影响着21世纪英国的政治与文化，自我同一、连续一致与团结统一的英国国家身份和"英国性"的观点与蕴含于《贝奥武夫》中的中世纪文化历史观一脉相承。[①]

援引英国18世纪著名作家安娜·莱堤西亚·巴鲍德（Anna Laetitia Barbauld 1743—1825）"小说及其读者共同造就现存英国"[②]的观点，米兰达·伯吉斯（Miranda J. Burgess）指出：小说创作（making a novel）与创立国家（making a country）相辅相成，小说直接参与到国家秩序的建构过程中。[③]伦敦政治经济学院安东尼·史密斯（Anthony D.

---

① Joshua Davies, "The Middle Ages as property: Beowulf, translation and the ghosts of nationalism", *Postmedieval* 10, (17 July 2019), pp. 137 – 150, p. 137.

② Miranda J. Burgess, "Introduction", *British Fiction and the Production of Social Order*, 1740—1830, Cambridge: Cambridge University Press, 2000, pp. 1 – 24, p. 3.

③ Miranda J. Burgess, "Introduction", *British Fiction and the Production of Social Order*, 1740—1830, Cambridge: Cambridge University Press, 2000, pp. 1 – 24, p. 3.

Smith）教授指出：“国家身份是一个与民族主义、意识形态和运动密不可分的多维度概念，牵涉特定语言、情感和象征……应将国家身份视为集体文化现象”[①]。言外之意，国家身份已超出单纯的“政治共同体”（political community）的范畴而具有了广泛、深刻的文化内涵。以此为依据，可作出如下判断，即：作为英国文化载体的英国文学帮助创造了英国的国家身份——英国“想象的共同体”。英国作家的个人创作与英国国家身份的构建密不可分。英国国家身份的构建是一个想象“他者”与“他者”想象的内外兼修的过程。

恰如爱德华·W. 萨义德（Edward W. Said）所说，作为欧洲的他者形象出现的东方“是欧洲物质文明与文化的一个内在组成部分”，欧洲文化“从作为一种替代物甚至是一种潜在的自我的东方获得其力量和自我身份”[②]；长期以来，英国作家凭借凝视、想象和挪用“他者”形象的方式创造了英国的物质文化财富与精神文明，并在此基础上塑造了英国国家身份。英国文艺复兴、浪漫主义和现实主义文学中对殖民地（或潜在殖民地）尤其是东方“他者”的想象为大英帝国的崛起奠定了坚实的文化基础。

19 世纪末 20 世纪初，流散英国殖民地的英国作家借用中世纪欧洲骑士文化，创造了现代英国殖民神话，将英国的国家身份塑造成需要殖民骑士保护的“仙后”。20 世纪下半叶至 21 世纪初，为数众多的当代英国族裔流散作家在“回写”帝国的同时，力图构建英国种族与文化杂合的“英联邦”国家身份。从文艺复兴到后殖民，英国本土作家想象“他者”和现当代英国流散作家[③]的“他者”想象成就了不同时期内的

---

① Anthony D. Smith, “Introduction”, *National Identity*, London: Penguin Books, 1991, pp. vii – x, p. vii.

② ［美］爱德华·W. 萨义德：《东方学》，王宇根译，生活·读书·新知三联书店 2007 年版，第 2、5 页。

③ 以 19 世纪末至 21 世纪初为“现当代”的时间范畴，现当代英国流散作家大致分为三类，即：从英国流散至殖民地的作家，如：鲁德亚德·吉卜林（Rudyard Kipling 1865—1936）、弗罗拉·安妮·斯蒂尔（Flora Annie Steel 1847—1929）和莫德·戴弗（Maud Diver 1867—1945）；从（前）殖民地流散至英国的作家，如：萨姆·塞尔文（Sam Selvon 1923— （转下页）

英国国家身份。

第一节　“国家的皮肤”与帝国想象：从东方审美到殖民政治

本尼迪克特·安德森认为：“19 世纪 20 年代后，欧洲民族主义运动兴起，‘官方国家主义/民族主义’（official nationalism）应运而生，其核心是国家与王朝帝国的结合”[①]。安德森将“官方国家主义/民族主义”定义为：“一种将（欧洲）王朝归化和保留王朝权力联合在一起的手段，尤其是对那些自中世纪以来聚集在一起的多语种地区的统治权；换言之，就像是给庞大的帝国身躯穿上短小、紧致的国家的皮肤”[②]。

自杰弗里·乔叟（Geoffrey Chaucer 1342—1400）起，英国文艺复兴、新古典主义、浪漫主义和批判现实主义时期的诸多作家，如：克里斯托弗·马洛、威廉姆·莎士比亚、丹尼尔·笛福、约翰逊·斯威夫特、塞缪尔·泰勒·柯尔律治、乔治·戈登·拜伦和查尔斯·狄更斯等，以其独特方式参与到“国家的皮肤”制造过程之中。在这些作家笔下，英国的“国家的皮肤”（或曰英国国家身份）不仅是英国人自我审视、自我构建的产物，更与对异质他者的凝视、想象和挪用密切相关，最终转化为聚合英国殖民力比多的“帝国想象”。其结果是：英国与帝国画上了等号，“国家的皮肤”也是帝国的皮肤。大英帝国的拓殖包括领土、商业和道德三大领域，大英帝国的王权涵盖殖民地土地所有

（接上页）1994）、V. S. 奈保尔（V. S. Naipaul 1932—）、萨曼·拉什迪（Salman Rushdie 1947—）、哈尼夫·库雷西（Hanif Kureishi 1954—）、卡里尔·菲利普斯（Caryl Phillips 1958—）和扎迪·史密斯（Zadie Smith 1975—）；以及始终往来于（前）殖民地与英国之间的作家，如：劳伦斯·达雷尔（Lawrence Durrell 1912—1990）和多丽丝·莱辛（Doris Lessing 1919—2013）。

① Benedict Anderson, *Imagined Communities Reflections on the Origin and Spread of Nationalism*, London & New York: Verso, 2006, p. 86.

② Benedict Anderson, *Imagined Communities Reflections on the Origin and Spread of Nationalism*, London & New York: Verso, 2006, p. 86.

权、殖民地商业垄断权和殖民道德豁免权。想象他者，以他者为镜所构建的英国国家身份在殖民地占领者与管理者、往来于殖民地与英格兰之间的帝国商人以及盎格鲁—撒克逊种族与道德至上论者身上得到集中体现。

克里斯托弗·马洛（Christopher Marlowe 1564—1593）的戏剧《帖木耳大帝》（*Tamburlaine the Great* 1587）中对野心勃勃且残暴无情的蒙古皇帝帖木儿大帝的刻画和塞缪尔·泰勒·柯尔律治（Samuel Taylor Coleridge 1772—1834）的诗歌《忽必烈汗》（“Kubla Khan” 1816）中对元朝皇帝忽必烈汗似神、似鬼、似野兽的描述，集中体现了文艺复兴和浪漫主义时期英国文学创作中的东方“他者”想象。可将马洛和柯尔律治的写作动机归纳为以下几点：一、出于对东方帝国无知的恐惧，塑造妖魔化了的东方帝王形象；二、从对东方帝国、君主无限权力的描写中汲取力量；三、将东方视为可被掌控的奇异力量，可被征服的奶与蜜的国度，将东方人塑造成可被奴役的低等生物。

《帖木耳大帝》中，帖木耳大帝将对权力的欲望凌驾于宗教信仰之上，把自己称为“上帝之鞭”（scourge of God）。生活于16世纪的马洛颂扬14世纪中亚帝国创建者帖木耳的动机令人费解。如将《帖木耳大帝》放入伊丽莎白一世殖民主义政治的背景下，答案不言自明，即：凶残、暴虐的帖木耳大帝之所以被马洛赋予可与上帝对等的至高无上的权威皆归因于帖木耳帝国缔造者的丰功伟绩。在此，宗教的善恶教诲让位于殖民扩张的迫切要求，服务于帝国殖民政治的恶行被视为值得褒奖的英雄壮举；布赖恩·洛克（Brian C. Lockey）教授称之为对殖民者绝对肯定和对被殖民者绝对否定的“扩张伦理”（the ethics of expansion）[①]。

马洛以帖木耳大帝生平为蓝本的戏剧创作不仅满足了16世纪英国

① Brian C. Lockey, “Introduction: Romance and the ethics of expansion”, *Law and Empire in English Renaissance Literature*, Cambridge: Cambridge University Press, 2006, p. 1.

读者的东方（中亚）猎奇欲，更具有引入东方帝国经验创建大英帝国的参考价值。16世纪欧洲霸权受到奥斯曼帝国威胁[①]的时候，跨越时空向帖木耳大帝学习显得尤为重要。亚当·诺布勒（Adam Knobler）写道：帖木耳大帝与西方的关系始于15世纪早期。1402年安卡拉战役中帖木耳击败并俘虏了奥斯曼帝国统治者巴耶塞特一世（Bzyezid），拉丁语的年代史编著者们高度赞扬了帖木耳，认为这一战役挽救了基督教世界。[②]

在调动东方想象，激发英国殖民潜能的同时，从东方威胁论和英国英雄主义传统论出发，英国浪漫主义诗人柯尔律治（Samuel Taylor Coleridge 1772—1834）和德昆西（De Quincey 1785—1859）借助鸦片幻觉的力量实现了对中国的妖魔化描写。巴里·米利甘（Barry Milligan）指出：

> 中国长期奉行的闭关锁国政策和1795年英国马戛尔尼使团（the English Macartney embassy）访华期间清政府对使团成员三跪九叩的礼数要求以及对中国乃“天朝上国”（Celestial Empire above all earthly ones）、大清皇帝乃统治全球的“真命天子”（Son of Heaven）的宣称使以柯尔律治和德昆西为代表的浪漫主义诗人感受到中国的危险；神秘与邪恶的中国对大英帝国的安全造成了威胁……在鸦片吸食者柯尔律治和德昆西的幻觉里，英国的意识是舞台，东方是令人感到恐惧的戏剧化呈现的幻觉的表演者。[③]

大清帝国对柯尔律治和德昆西的梦境入侵演变为二者的诗歌想象。

---

① Alan Mikhail & Christine M. Philliou, “The Ottoman Empire and the Imperial Turn”, *Comparative Studies in Society and History*, Vol. 54, No. 4 (October 2012), pp. 721 – 745, p. 735.

② Adam Knobler, “The Rise of Timur and Western Diplomatic Response, 1390—1405”, *Journal of the Royal Asiatic Society*, Vol. 5, No. 3 (Nov., 1995), pp. 341 – 349, p. 341.

③ Barry Milligan, *Pleasures and Pains Opium and the Orient in Nineteenth-Century British Culture*, Charlottesville and London: University of Virginia Press, pp. 19 – 20.

在以浪漫主义诗歌和鸦片战争为代表的想象与现实的帝国遭遇战中，英国展现出优于中国的毋庸置疑的国家实力和“道德权威”。

需要特别指出的是，就米利甘所说的中国的梦境入侵而言，柯尔律治 1816 年创作的《忽必烈汗》中存在时代误置的嫌疑，即：柯尔律治用忽必烈统治下的蒙古帝国代替了大清帝国（1636—1912），用对忽必烈的妖魔化描写指涉“强势”的大清帝国给英国人造成的精神梦魇以及与之相关的英国人的帝国危机意识。第一次鸦片战争（1840—1842）尚未爆发，柯尔律治的《忽必烈汗》已帮助英国人占领了这场帝国战争的道德阵地。

杰拉德·科恩—维林奥德（Gerard Cohen-Vrignaud）指出，以雪莱和拜伦为代表的英国浪漫主义诗人与 18 世纪末 19 世纪初以 T. J. 伍勒（T. J. Wooler）为代表的英国改革者们之间存在着某种合作关系，浪漫主义文学中的东方想象服务于伍勒等人倡导的“激进的东方主义”（radical Orientalism）；其中对东方极端化、妖魔化的政治修辞旨在引发英国政治制度的改革。[①] 尽管并非所有浪漫主义文学创作都致力于创造召唤“邪恶”东方的咒语，为拓殖正名，但想象东方、改革英国的确强化了帝国的概念，提升了英国的国家实力。

英国浪漫主义诗人眼中的“东方”不仅是将英国国内动乱与异国风情和社会现实联系在一起的“地理审美想象”（geoaesthetic imaginary）的结果，还是 19 世纪上半叶英国所面临的地缘政治威胁论的结果。鲍世查·佛曼尼斯（Porscha Fermanis）认为，浪漫主义诗人罗伯特·骚塞（Robert Southey 1774—1843）在三卷本的《巴西历史》（*History of Brazil* 1810—1819）中思考了半岛战争与拿破仑领导的法国给英国带来的挑战；骚塞意在指出，摆脱葡萄牙统治的巴西人被赋予精致的道德情感和特定的‘英国’国民素质，巴西人的解放成为对英国殖民文化高尚性

① Gerard Cohen-Vrignaud, “Introduction: Radical Orientalism and the rights of man”, *Radical Orientalism Rights, Reform, and Romanticism*, Cambridge: Cambridge University Press, 2015, pp. 1 – 23, p. 1.

的辩护。[①] 在渲染法国帝国主义威胁的同时，《巴西历史》为英国的帝国野心提供了道德支持。

实际上，伊丽莎白一世（Elizabeth I 1533—1603）时期的英国已经通过对“他者”的想象和挪用确立了自身的殖民霸主地位，如威廉·泰特（William Tate）所写：“伊丽莎白（一世）统治下的英格兰如同所罗门的耶路撒冷已成为朝圣者的目的地和国际影响力的中心；……所罗门的修辞元素（elements of the Solomon trope）具有鼓励文艺复兴时期的英国人与其欧洲对手竞争海外市场，争夺新世界的黄金与产品并为其正名的功能”[②]。英国文艺复兴文学作品中的英国女王伊丽莎白一世与公元前 971 至公元前 931 年伟大且充满传奇色彩的犹太国王所罗门等量齐观。伊丽莎白一世被赋予了如所罗门一样的智慧、权力和男性征服的力量。尽管可供考据的帝国概念仅能追溯至查尔斯·帕斯利爵士（Sir Charles Pasley）1810 年出版的专著《大英帝国的军事政策与机构》（*The Military Policy and Institutions of the British Empire*），但英国的帝国实践却早在 1600 年伴随着东印度公司的建立而展开[③]。

与此同时，《暴风雨》中威廉姆·莎士比亚对普洛斯彼罗和卡列班之间主仆、善恶关系和“人种之间与生俱来的不平等性”[④] 的描写为英国征服他者的殖民霸权提供了形象生动的文本依据。《暴风雨》中的殖民思想影响深远，远超想象，甚至 20 世纪著名西印度作家乔治·拉明（George Lamming 1927—）在其散文集《流放的快乐》（*The Pleasures of*

---

① Porscha Fermanis，“British Creoles：Nationhood，Identity，and Romantic Geopolitics in Robert Southey's History of Brazil”，*The Review of English Studies*，*New Series*，Vol. 71，No. 299（April，2020），pp. 307 – 327，p. 307.

② William Tate，“Solomon，Gender，and Empire in Marlowe's Doctor Faustus”，*Studies in English Literature*，1500—1900，Spring，1997，Vol. 37，No. 2，Tudor and Stuart Drama（Spring，1997），pp. 257 – 276，p. 258.

③ Barry Milligan，*Pleasures and Pains Opium and the Orient in Nineteenth-Century British Culture*，Charlottesville and London：University of Virginia Press，p. 15.

④ Ania Loomba，“Introduction Race and Colonialism in the Study of Shakespeare”，*Shakespeare*，*Race*，*and Colonialism*，Oxford：Oxford University Press，pp. 1 – 21，p. 5.

Exile 1960）中仍以“卡列班”自比。在提出《暴风雨》中“时间、魔法和人”的三位一体论[①]的同时，乔治·拉明陷入“卡列班意图谋杀普洛斯彼罗”[②] 和如何谋杀普洛斯彼罗的反殖民魔咒之中。

维多利亚时期英国现实主义文学中的东方想象与帝国想象呈现出较为明显的商业属性。查尔斯·狄更斯在《董贝父子》（*Dombey and Son* 1846—1848）中描写了分别由董贝及其女婿沃尔特开创的蒸蒸日上的全球范围内的商业帝国。“‘批发、零售和出口’涵盖了董贝父子公司的经营范围，其进出口业务与大英帝国的经济命脉密切相关。董贝父子公司是英国殖民政治与经济的重要组成部分，董贝被赋予凌驾于他人之上的优越感与权威地位”[③]。沃尔特与董贝女儿弗洛伦斯之间近乎完美的婚姻的基础是另一个类似董贝公司的商业帝国的兴起，如富商之子图茨所说：“另一座董贝父子公司最后将通过他的女儿冉冉上升”[④]。

《董贝父子》中，以伦敦为中心，英国的商业帝国涉及西印度群岛、东印度公司和中国。想象东方“他者”成为消除以董贝公司破产为表征的英国经济危机所引发的英国人精神焦虑的有效途径。曾因破产而一蹶不振的董贝目睹沃尔特与弗洛伦斯儿女双全、幸福美满的婚姻生活后重拾生活意义；隐藏其后的信息是：东方，或更精确地说位于远东的被鸦片战争打开国门的中国是《董贝父子》中新生代帝国商人家庭幸福的源泉。

值得一提的是，狄更斯打破了唯利是图的维多利亚商人原型，塑造了绅士般的帝国商人形象，如苏文锥妮·佩雷拉（Suvendrini Perera）所说：“小说中，到指定目的地的殖民航行由那些充满同情心的人物开

① George Lamming, *The Pleasure of Exile*, London: Pluto Press, p. 15.

② George Lamming, *The Pleasure of Exile*, London: Pluto Press, p. 15.

③ 徐彬：《〈董贝父子〉中的“商业伦理”与劳动价值》，《英美文学研究论丛》2018 年第二十八辑，第 341—353、344 页。

④ Charles Dickens, *Dombey and Son*, Hertfordshire: Wordsworth Editions Limited, 1995, p. 806.

展，他们肩负特殊使命，为维护帝国持续获利而奋斗”[①]。由此可见，英国商业帝国的文学想象被赋予了以同情心为内核的伦理道德的基本内涵。

综上所述，从文艺复兴到19世纪维多利亚现实主义文学，英国作家通过对卡列班、帖木耳大帝和忽必烈汗等他者形象的刻画、伊丽莎白一世与所罗门国王之间等式关系的建立和《董贝父子》中从董贝到沃尔特的商业帝国的代际传递，塑造了强大、完整、自信、正义且蒸蒸日上的英国国家形象。通过对他者的想象，英国作家构建的英国的“国家皮肤”与其帝国身份完美匹配，恰如历史学家史蒂夫·平卡斯（Steve Pincus）所说：“不应以由下属殖民地所组成的城邦国（nation state）的方式，而应以帝国主义国家（imperial state）的方式看待17至18世纪的英国及其帝国”[②]。平卡斯教授的观点略显保守。实际上，统一完整的英国与大英帝国形象仍是19世纪上半叶英国文学的主旋律。

当然，对他者的财富想象虽然在19世纪维多利亚时期的英国作品中占主导地位，但如同东方他者入侵梦境引发英国浪漫主义诗人的焦虑情绪一样，东方他者进入英国本土给原本确定无疑的英国殖民霸主身份和英国人作为帝国主人翁的自信心蒙上了一层阴影。英国著名小说家威尔基·柯林斯（Wilkie Collins 1824—1889）的小说《月亮宝石》（*The Moonstone* 1868）便是19世纪后期这一主题的文学表述。小说中，英国军官约翰·亨卡什（John Herncastle）抢夺了印度神庙里的月亮宝石并将其带回英国，三位印度婆罗门教徒远赴英国决心夺回宝石，由此而引发了一系列自杀与凶杀案。19世纪30年代至20世纪初，在殖民地财富源源不断流入英国的大背景下，“月亮宝石”进入英国却引发英国人对抢夺的东方财富的恐慌。对此，路易斯·罗伯茨（Lewis Roberts）评论

① Suvendrini Perera, “Wholesale, Retail and for Exportation: Empire and the Family Business in ‘Dombey and Son’”, *Victorian Studies*, Vol. 33, No. 4 (Summer, 1990), pp. 603 – 620, p. 609.

② Steve Pincus, “Reconfiguring the British Empire”, *The William and Mary Quarterly*, Vol. 69, No. 1 (January 2012), pp. 63 – 70, p. 63.

道:“《月亮宝石》拷问的不仅是获得客观事实的可能性问题,还探讨了英国国内犯罪与英国帝国主义的道德问题”①。

第二节 “小说跟着旗帜走”:殖民地英国流散者的中世纪骑士想象

苏珊娜·豪(Susanne Howe)在《帝国小说》(*Novels of Empire* 1949)第一章的题目“小说跟着旗帜走”中明确表明了英国殖民政治与文学创作之间的共谋关系。苏珊娜·豪指出,英国的扩张自然而然地进入维多利亚小说,在大多数维多利亚读者几乎毫无察觉的情况下,19世纪30至70年代小说慢慢跟上了英国殖民扩张的步伐;“进入帝国的80年代(the imperial eighties)殖民小说里的主人公承担了帝国福音(the Gospel of Empire)的全部重负,他们不再是可有可无的人。未知国度里的坚实版图(“solid block” of territory)成为他们宣扬和维护的新宗教”②。

“帝国小说”的作者多半是从英国流散至殖民地的英国人或英国流散者的后代,尽管苏珊娜·豪已将帝国小说提升至为国家/帝国政治服务的高度,但以英国流散者的身份从事帝国小说创作的作家在英国并不一定会得到像他们的作品一样的礼遇。因其殖民地出生和长期定居殖民地的生活经历,流散至殖民地的人常被看作如劳伦斯·达雷尔所说的遭英国人冷遇的“不能接触的人”(the untouchables)③。以鲁德亚德·吉卜林、弗罗拉·安妮·斯蒂尔、莫德·戴弗、劳伦斯·达雷尔和多丽丝·莱辛为代表的有流散和定居殖民地生活和创作经验的英国作家以类似非英国本土生人的“他者”身份为英国读者提供了殖民地上看世界

① Lewis Roberts, “The ‘Shivering Sands’ of Reality: Narration and Knowledge in Wilkie Collins’ *The Moonstone*”, *Victorian Review*, Vol. 23, No. 2 (Winter 1997), pp. 168 – 183, p. 169.

② Susanne Howe, *Novels of Empire*, New York: Columbia University Press, 1949, p. 5.

③ 徐彬:《劳伦斯·达雷尔研究》,中国社会科学出版社2017年版,第29页。

的“帝国眼”。

现代主义时期，在以詹姆斯·乔伊斯、弗吉尼亚·伍尔夫和T.S.艾略特等人为代表的现代派作家关注文学实验和主题创新之际，由英国流散至殖民地的英国作家（即：苏珊娜·豪所说的“帝国小说家”）将此前英国文人以土地和财富占有为主要内容的“东方想象”和“帝国想象”转化为具有强大精神指引力的殖民主义“新宗教”，英国是这一宗教的发源地，伦敦是圣城。

埃里克·博埃默（Elleke Boehmer）指出：“1870年至1918年是大英帝国的辉煌时期，这一时期的大英帝国领土除英国本土外，还涵盖印度、马来亚、澳大利亚、新西兰、西印度群岛、加拿大和非洲等不同地区；大英帝国不仅领土面积巨大，还显现多样性和复杂性”[①]。实际上，大英帝国最辉煌的时刻也是英国人，尤其是流散殖民地的英国人最焦虑的时刻，其焦虑的原因与英国殖民地统治的不稳定因素有关，如：印度兵变（1857—1859）、牙买加反抗（1865）、第二次南非布尔战争（1899）、1901年澳大利亚联邦（Australian Federation）成立并组织了声势浩大的工会运动以及此后纳塔尔和孟加拉发生的起义和抵抗运动。第一次世界大战（1914—1918）加深了包括英国人在内的帝国子民对英国殖民统治合理性的怀疑。[②]

在“国家的皮肤”与帝国身体之间的不匹配关系日益明显，帝国统一和延续面临危机的情况下，英国殖民地流散作家更加强调在殖民地上构建英国人的共同体的重要作用，力图建立英国与殖民地英国社区之间的映射关系。16世纪英国著名诗人埃德蒙·斯宾塞（Edmund Spenser 1552—1599）笔下需要12名骑士联合保护的仙后葛罗瑞亚（Gloria）成为这一时期英国的国家身份象征。英国及其文人选择了帝国神话创造者

① Elleke Boehmer, “Introduction”, *Empire Writing An Anthology of Colonial Literature* 1870—1918, ed. Elleke Boehmer, Oxford: Oxford University Press, 2009, pp. xv－xxxvi, p. xv.

② Elleke Boehmer, “Introduction”, *Empire Writing An Anthology of Colonial Literature* 1870—1918, ed. Elleke Boehmer, Oxford: Oxford University Press, 2009, p. xvi.

和殖民地移民广告宣传者的角色。英国殖民地流散作家采取了将帝国政治神圣化和家园化的策略。泰德·毕铎（Ted Beardow）认为，“与威胁英国或帝国的怪异、可怖的敌人斗争的英国绅士形象恰是对经典的贵族战士和探索、探险过程中的中世纪骑士、侠客的镜像反映”①，由此可见，苏珊娜·豪所说的“新宗教”应被视为19世纪末20世纪初英国殖民地上中世纪欧洲骑士文化与骑士精神的再现。

1870年在牛津大学斯莱德美术教授（Slade Professor of Fine Art at Oxford）的就职演讲中，约翰·罗斯金（John Ruskin 1819—1900）明确指出艺术教育、文化工作应具有实际意义，应与民族性格休戚相关；商业和艺术进步所依靠的英国国家的道德脊梁（moral fibre）需在殖民领导力中得到强化。罗斯金笔下的英国（英格兰）是“地球半数土地的女主人”（mistress of half the earth）、“神圣的瑟茜女神”（a sacred Circe）、“真正的太阳的女儿”（true Daughter of the Sun）。② 罗斯金的演讲中，英国与女神，流散殖民地的英国人与“圣杯骑士”之间建立起了等式关系。

鲁德亚德·吉卜林、弗罗拉·安妮·斯蒂尔和莫德·戴弗可被视为英国海外殖民地定居者/流散者的代表。在其英印流散文学创作中，三位作家塑造了19世纪末20世纪初追随帝国旗帜、投身殖民事业的“帝国绅士”和“帝国淑女”形象，阐发了本人有关英国国家形象与殖民政治的性别想象。亚当·斯密的“国富论”在他们笔下以“帝国绅士”和“帝国淑女”各有担当的帝国使命感为表征。吉卜林抨击了当时英国社会重商轻义的小资产阶级思想，倡导帝国版图内的资本运作。“帝国主人翁”意识被吉卜林视为帝国绅士的精神内核。吉卜林的诗歌以其独特的韵律、意象和象征手法的使用取代了《圣经》极大鼓舞了为帝国而战

① Ted Beardow, “The Empire Hero”, *Studies in Popular Culture*, Vol. 41, No. 1 (Fall 2018), pp. 66 – 93, p. 68.

② John Ruskin, “Conclusion to Inaugural Lecture”, *Empire Writing An Anthology of Colonial Literature* 1870—1918, ed. Elleke Boehmer, Oxford: Oxford University Press, 2009, pp. 16 – 20, p. 19.

的英军将士的士气。与吉卜林同时期的英国女作家弗罗拉·安妮·斯蒂尔和莫德·戴弗在其小说中刻画了印度殖民地上生活着的英国新女性形象，她们被赋予参与殖民政治的权力并因此成为优于英国本土女性的自由且高尚的“帝国淑女”。19 世纪末 20 世纪初，英国政府将流散于殖民地的英国人置于帝国殖民政治机器上，整齐划一的创造出“帝国绅士”与“帝国淑女”；在“帝国想象”与“殖民美德”指引下，他们为英国殖民统治阶层源源不断地输送着来自世界各地的财富。

鲁德亚德·吉卜林给大英帝国的殖民政治打上了英国男性的性别烙印，彰显了英国男性气概，而对殖民地上的女性持怀疑与批判态度。吉卜林始终秉持殖民地工作神圣论的观点。在英印殖民地上英国男性数量远高于英国女性数量的情况下，吉卜林发现性别比例的悬殊①已对英印殖民地上英国军队和英国社区的安全和稳定构成了威胁。对英印女性“红颜祸水”的妖魔化描写成为吉卜林抒发英印殖民地安全焦虑和警醒英国殖民者的重要手段。

吉卜林颂扬英国男性殖民者，贬低殖民地英印女性的做法有失偏颇。在其英印小说中，弗罗拉·安妮·斯蒂尔和莫德·戴弗以将英国家庭生活印度本土化和殖民政治化的方式，塑造了英印殖民地上帝国淑女的光辉形象。斯蒂尔的作品《女主人的职责》（*The Duties of the Mistress* 1889）向生活在印度殖民地上的英国女性详细介绍了家庭管理的方法，包括管理印度仆人在内的家庭事务管理被斯蒂尔视为确保帝国统治的基本要素，英国女性在英印殖民地上的家庭活动成为决定帝国事业成功与否的关键一环。

罗丝玛丽·乔治（Rosemary George）撰文阐释了殖民地上的英国家庭与帝国建设之间密不可分的联系，指出：19 世纪末 20 世纪初离开英

---

① 玛格丽特·麦克米伦（Margaret Macmillan）写道：“英国殖民期间在印度的英国男女性别比例始终存在严重的失衡现象，最高失衡比可达 3∶1。”参见：Margaret Macmillan，*Women of the Raj*：*The Mothers*，*Wives*，*and Daughters of the British Empire in India*，London：Thames & Hudson，1988，p. 16。

国家园定居英国殖民地的英国女性为今天众所周知的西方女权主义写下了至关重要的历史篇章……在获得女性独立地位和权威的同时，通过将英国家庭的私人空间公共化的方式参与到帝国建设之中。[①] 莫德·戴弗在以《德斯蒙德上尉》（*Captain Desmond, V. C*, 1907）为代表的英印小说中塑造了一系列智慧、英勇和吃苦耐劳的英印女性形象。斯蒂尔笔下的管理家务的英印女主人和戴弗笔下直接参与英印殖民地事务的英国姑娘霍诺尔·梅瑞狄斯（Honor Meredith）均给英国国家形象与殖民政治打上了英国女性的烙印。

在以其埃及和罗德岛工作生活经历为蓝本创作的小说《芒特奥利夫》（*Mountolive* 1961）和游记《海上维纳斯的思考》（*Reflections on a Marine Venus* 1953）中，劳伦斯·达雷尔展示了罗斯金的英国神话修辞对埃及贵妇利拉、英国外交官/英国驻埃及第一任大使芒特奥利夫，甚至作家本人的跨世纪深远影响。《芒特奥利夫》中利拉将罗斯金的演讲奉为神圣并能大段背诵，以大使身份重回埃及的芒特奥利夫将自己视为新时期的十字军战士。《海上维纳斯的思考》中，达雷尔将中世纪十字军占领罗德岛的历史复写于1945年英国托管罗德岛的现实之上。

1942年至1956年，流散于英国殖民地（如：埃及、罗德岛和塞浦路斯）[②] 期间，达雷尔英国新闻官的身份使其享有英国殖民统治者高人一等的优势心态。通过将十字军东征、古希腊帝国史复写于英国殖民统治的现实之上，达雷尔在其游记和散文集中表现出帝国公务员的强烈归属感与使命感，维护英国国家形象与大英帝国秩序被其视为义不容辞的责任。帝国日薄西山之际，在游记《苦柠檬》（*Bitter Lemons* 1957）中，达雷尔仍将英国想象成柏拉图笔下的“亚特兰蒂斯”，在那里“统治全岛的国王联盟拥有至高无上的权力，他们的势力范围还涉及其他岛屿甚

---

① Rosemary Marangoly George, “Homes in Empire, Empires in the Home”, *Cultural Critique*, No. 26 (Winter, 1993—1994), pp. 95 – 127, p. 96, 97.

② 徐彬：《劳伦斯·达雷尔研究》，中国社会科学出版社2017年版，第219页。

至部分欧洲地区”[①]。

实际上，担当建设帝国的责任移民殖民地不仅是约翰·罗斯金的就职演讲和鲁德亚德·吉卜林的诗歌《白人的负担》（“The White Men's Burden” 1899）中艺术与文学创作的主旨思想，还是英国政府制作的号召英国人向殖民地移民的广告关键词。履行帝国责任与实现经济利益的两全其美的结合吸引了数以万计的英国人移民殖民地。

为鼓励英国人向殖民地移民，1922 年英国政府颁布了《帝国定居法》（*The Empire Settlement Acts*），如斯蒂芬·康斯坦丁（Stephen Constantine）所说，由于英国人不想将本民族的大规模海外移民与传统意义上的犹太人的流散相提并论，以人口输出为目的的英国人在帝国殖民地上的“定居”（settlement）成为代替“流散”（diaspora）的委婉语。[②]

在个人回忆录《寻找英国人》（*In Pursuit of the English* 1960）中，多丽丝·莱辛讲述了 1925 年父亲阿尔弗雷德·泰勒（Alfred Tayler）受伦敦帝国博览会（Empire Exhibition）上南罗德西亚移民广告的启发携家人移民南非的故事。莱辛“寻找英国人”的言外之意是像她父亲一样自律、坚强和有气节的真正的英国人已成为稀有物种，即便是在 1949 年的英国，不仅因为伦敦城里有数量众多的外国人，还因为英国人独特的个性和生活习惯已让他们成为“地球上深受迫害的少数民族”和“难逃劫数的种族”[③]。莱辛发出的回到英国却发现“寻找英国人”之难的感叹更像是对流散殖民地的英国人的肯定；换言之，就莱辛而言，真正的英国人不在英国而在英国殖民地。

不可否认的是，在《野草在歌唱》（*The Grass is singing* 1950）中通过玛丽之死和迪克变疯的故事讲述和《非洲故事集》（*African Stories*

---

① Rodney Castleden, *Atlantis Destroyed*, London and New York: Routledge, 1998, p 3.

② Stephen Constantine, “British Emigration to the Empire-Commonwealth since 1880: From Overseas Settlement to Diaspora?”, *The British World: Diaspora, Culture and Identity*, Ed. Carl Bridge and Kent Fedorowich, London & Portland: Frank Cass Publishers, 2003, pp. 16 – 35, p. 17.

③ Doris Lessing, *In Pursuit of the English A Documentary*, London: Granada Publishing Limited, 1980, p. 7.

1965）中《老酋长马希朗加》里14岁的第一人称叙事者英国白人小姑娘对被剥夺土地的南非黑人尊重与同情的感情流露，莱辛实现了对英国南罗德西亚殖民政治和南罗德西亚英国白人社区的伦理道德批判。尽管如此，莱辛仍将英国对其殖民地的领导权视为确保英国人之“英国性”的前提条件。就莱辛而言，对英国殖民政治的改革或改良是解决相关问题的出路所在，这一思想在莱辛后期创作的“南船座的老人星”（Canopus in Argos）系列科幻小说，尤其是其中的第一部小说《关于殖民地5号行星：什卡斯塔》（*Re*：*Colonised Planet* 5 *Shikasta* 1979）中得到体现。其中，从星系殖民的视角出发，将老人星作为文明的中心对被殖民星球什卡斯塔进行观察和管理的描写可被视为英国殖民中心论思想在莱辛晚期科幻作品中的变形表述。

从鲁德亚德·吉卜林到多丽丝·莱辛，在流散殖民地的现当代英国作家的作品中，英国国家身份的“他者”想象表现出“新宗教”共同体的特征；移民殖民地、建设和保护殖民地的殖民政治宣传已成为流散殖民地的英国人的普遍信仰和将其联系在一起的“神圣的语言”（sacred language）。本尼迪克特·安德森指出：“经典社区（classical communities 或曰：经典共同体）通过神圣的语言联结在一起，与现代国家想象的共同体差异明显”①。

与安德森的判断恰恰相反，因殖民政治的需要，作为现代国家的英国，其想象的共同体的构建却从很大程度上借鉴了构建经典社区/共同体的“神圣的语言”机制。19世纪末20世纪初，甚至到20世纪中叶，以吉卜林、斯蒂尔、戴弗、达雷尔和莱辛为代表的英国殖民地流散作家将罗斯金演讲中的帝国修辞奉为神圣，“仙后”“骑士精神”“十字军战士”“帝国绅士”“帝国淑女”“亚特兰蒂斯”和“老人星”成为大英帝国辉煌时期和帝国晚期，想象和塑造英国国家形象的“神圣的语言”

① Benedict Anderson, *Imagined Communities Reflections on the Origin and Spread of Nationalism*, London & New York: Verso, 2006, p. 13.

中的关键词。

第三节　“回写帝国”：英国国家身份的“英联邦”想象

第二次世界大战后，来自（前）英国殖民地的有色移民及其后代的文学创作成为当代英国文学的重要组成部分。就作家本人的种族身份、创作主题和关照对象而言，以萨姆·塞尔文、V. S. 奈保尔、萨曼·拉什迪、哈尼夫·库雷西、卡里尔·菲利普斯和扎迪·史密斯等人为代表的当代英国族裔流散作家已从根本上改变了英国文学乃英国本土白人文学的种族属性。

当代英国作家种族身份与创作主题的多样化使当代英国文学如同当代英国作家朱利安·巴恩斯（Julian Barnes 1946—）在小说《英格兰，英格兰》（*England*，*England* 1998）中描写的包罗万象的旨在展示“英国性”的主题公园，外部世界与他者元素深切地影响了英格兰主题公园的集体想象；恰如小说中市场顾问杰里·巴特森（Jerry Batson）所说英国已成为可被销售的商品，一种可被讲授和贩卖的叙事，“我们（英国人）早已是别人希望我们变成的样子……我们必须把我们的过去作为他们的未来卖给其他国家”①。

当代英国流散文学如同当代英国文学这一主题公园的核心，从英国（前）殖民地流散至英国的当代英国作家用英联邦想象取代了传统的“英国性”想象来构建英国的国家身份；换言之，英联邦国家（或曰前英国殖民地）的被殖民与后殖民历史被纳入英国国家身份的构建过程之中，英国人和英国的国家命运与英联邦人民和英联邦国家的命运紧密联系在一起。

带有新历史主义色彩的书写和贩卖“过去/历史”的怀旧文学以及批判文学是构建第二次世界大战后英国国家身份的前提条件。在全球化

① Julian Barnes, *England*, *England*, London: Picador, 1998, pp. 39 – 40.

和英联邦语境下，英国不可能独善其身，受英国或大英帝国的“过去/历史”影响的“他们的未来”同样是作用于英国当下社会的不可回避的现实。在以萨姆·塞尔文、V. S. 奈保尔和萨曼·拉什迪等人为代表的第二次世界大战后移民英国的流散作家的文学想象中，你中有我，我中有你的历史、文化与种族杂合是当代英国国家身份的组成要素，霍米·巴巴称其为“想象的共同体中跨国界、可转化（translational）的杂合性”①。英国人的英国已成为英联邦人的英国和当代英国族裔流散作家抵抗帝国文化霸权的能量场。

威廉·坎宁安·比塞尔（William Cunningham Bissell）指出：“20世纪80年代，帝国怀旧的表达成为与极端保守主义运动相关联的英美大众文化和媒体领域司空见惯的现象。里根和撒切尔时期各色学者号召将注意力放在唤醒伟大、壮丽的帝国空间与帝国时刻的文化生产和文化产品上”②。

V. S. 奈保尔和萨曼·拉什迪的文学创作顺应了20世纪80年代英美社会帝国怀旧主题的文化生产与消费趋势。其作品中的帝国怀旧内含认同与反抗殖民政治文化的彼此矛盾对立的心理机制。首先，目睹新独立国家的内乱与内战，两位作家充满对去殖民化后新独立国家和人民前途命运忙茫然不知所措的焦虑，帝国怀旧是两位作家悬搁（或曰暂时屏蔽）焦虑的权宜之计。其次，两位作家阐明了帝国遗产对新独立国家人民在精神和物质层面上深远的负面影响，如：奈保尔小说《半生》中因接受英国教育和臣服于帝国文化霸权而导致的父子两代人的“生命的牺牲”和拉什迪小说《午夜之子》中由英国殖民政治所导致的印巴分治、种族屠杀和无政府主义暴乱。

20世纪末，英国布克奖、英联邦作家奖评委会对以 V. S. 奈保尔和

---

① Homi Bhabha, “Introduction”, *The Location of Culture*, London and New York: Routledge Classics, 2004, pp. 1-27, p. 7.

② William Cunningham Bissell, “Engaging Colonial Nostalgia”, *Cultural Anthropology*, Vol. 20, No. 2 (May, 2005), pp. 215-248, p. 216.

萨曼·拉什迪为代表的由前英国殖民地流散至英国的作家的作品情有独钟，他们的作品皆以英国为中心涵盖对加勒比、印度和非洲等前英国殖民地帝国遗产的描述。上述流散作家创作的帝国遗产文学成为英国文学或英语文学消费市场上的重要组成部分。此类作品常被视为英国殖民者“我来过，我看见，我征服”的殖民经验的文本再现和对新独立国家末世论的文本佐证。第二次世界大战后，尽管英国综合国力下降，但英国文化软实力并未减弱；相反，英国因帝国文化遗产而成为众多前殖民地人民的“朝圣地”。西印度著名作家乔治·拉明（George Lamming 1927—）将“朝圣”英国视为本人移民英国的动机，如其所说：“我想这样评价自己并不为过，生为农民，接受殖民教育，骨子里是个叛徒”①。

保罗·弗莱雷（Paulo Freire）在《被压迫者的教育学》（*Pedagogy of the Oppressed* 1970）中指出：东方、非西方和非白人他者遭受西方（殖民主义）教育和语言的压迫，将隐含其中的价值观、惯例和话语内化于心，导致他者内心极具破坏力的自我怀疑和层级自卑心理（hierarchical inferiority）②。虽从小在英国长大且接受正统英国教育，圣基茨裔当代英国流散作家卡里尔·菲利普斯却表现出与奈保尔截然相反的帝国文化霸权应对策略。内含英国/帝国价值观的英国经典文学作品，如：莎士比亚的戏剧《威尼斯商人》《奥赛罗》和艾米丽·勃朗特的小说《呼啸山庄》被菲利普斯用作批判英国跨大西洋黑奴贸易、英国种族歧视与种族迫害的文本依据。菲利普斯对英国文学经典的后殖民互文、回写和重写实现了解构帝国文化霸权，赋予包括流散殖民地的英国白人在内的无声的贱民话语权的目的。菲利普斯的小说中，后殖民伦理道德的正义凌驾于帝国文化霸权之上，英国文学经典被用作揭示历史事实伸张种族权利的工具。

---

① 转自：Richard Drayton，“Taking back the head：*The Pleasure of Exile* Viewed from the Caribbean”，George Lamming，*The Pleasures of Exile*，London：Pluto Press，2005，pp. ix – xv，p. ix。

② Gina Wisker，*Key Concepts in Postcolonial Literature*，Houndmills：Palgrave Macmillan，2007，p. 109.

从 V. S. 奈保尔到卡里尔·菲利普斯，当代英国流散作家对以英国文学经典为表征的帝国文化霸权的态度经历了从臣服到批判性回写与重写的转变；菲利普斯类似哈罗德·布鲁姆所说的“逆崇高”式的写作是其对抗帝国文化霸权的有效策略。

第二次世界大战后，随着大量有色移民进入英国，多元文化主义（multiculturalism）和种族主义（racism）已成为英国社会文化生活的主旋律。然而，多元文化主义并不能与反种族主义同日而语，即：倡导多元文化并不意味着反对种族主义，如本·皮彻（Ben Pitcher）所说，“多元文化主义是与种族政治和种族主义斗争的场域，胜利和失败皆有可能”①。

哈尼夫·库雷西的小说《郊区佛爷》（*The Buddha of Suburbia* 1990）有美化英国多元文化社会，借此淡化和无视英国种族主义现实的嫌疑。小说主人公印度穆斯林移民哈伦借助对东方文化（印度瑜伽和中国道教）无厘头的杂合与炒作实现了发财致富的英国梦。《郊区佛爷》中由哈伦主导的伦敦郊区东方文化热与萨姆·塞尔文的小说《孤独的伦敦人》中描写的加勒比男性移民伦敦城里释放性欲的狂欢有异曲同工之妙，均揭示了如下事实，即：有色移民将英国人对东方文化与黑人种族的猎奇欲误认为是多元文化语境下英国种族平等的主张。

借助园艺学和基因科学术语（如：异花传粉和基因控制），扎迪·史密斯在小说《白牙》（*White Teeth* 2000）中，揭示了英国多元文化、种族融合的表象之后隐藏着的消除异质文化与种族基因的真实动机。卡里尔·菲利普斯更进一步，将非裔美国黑人喜剧艺术家伯特·威廉姆斯和英国黑人拳王特平的生平事迹融入文学创作，指出：以非裔黑人为代表的有色移民及其后代虽然为英美社会的（多元）文化生活做出巨大贡献，然而，其文化贡献者的高大形象却最终被其黑人的种族身份

---

① Ben Pitcher, *The Politics of Multiculturalism Race and Racism in Contemporary Britain*, Houndmills: Palgrave Macmillan, 2009, p. 4.

抵消。

如同菲利普斯在小说《远岸》(*A Distant Shore* 2003)中所写，尽管非裔黑人加布里埃尔/所罗门与英国白人女性多萝西确有共同生活的现实需求，然而，有体系化种族歧视与种族暴力传统的英国社会却给这一需求打上了违反伦理道德禁忌的邪恶的标签。由此一来，当代英国社会中的多元文化主义成为上述作家笔下痛苦与欢乐、绝望与希望并存的黑色幽默。通过对诸多黑人主人公因遭受种族暴力惨死的悲剧结局的描写，菲利普斯意在表明多元文化和多种族和谐共存的英国在21世纪的今天仍是可望而不可即的虚无缥缈的乌托邦想象。

当代英国仍具有显著排他性的民族主义和种族主义特征，具体表现为：诺丁山种族暴乱(The Notting Hill riots 1958)、英国保守党议会议员的伊诺克·鲍威尔(Enoch Powell 1912—1998)“血河演讲”(the Rivers of Blood speech 1968)和20世纪70年代末右翼民族主义或新法西斯主义的兴起等。

尽管如此，从《孤独的伦敦人》中加勒比移民将伦敦“黑人化”(nigrification)[①] 的欲望、《郊区佛爷》中哈伦的东方文化炒作、《白牙》中男主人公孟加拉移民萨马德对改变儿子所在学校增加穆斯林节日的尝试，到菲利普斯游记《大西洋之声》中对利物浦城里非洲奴隶贸易遗迹与遗物的介绍，当代英国族裔流散作家试图以其真实的英国生活和创作经历向读者传递如下信息，即：来自前英国殖民地的有色移民的到来和存在使英国的殖民历史与当下现实、英国本土文化与族裔“他者”文化、英国白人与有色移民之间不可避免地产生了互动关系，上述互动关系共同创造了当代英国的“英联邦”国家属性。与其说英联邦是英国创造的国际政治组织，不如说是以种族和文化杂合为表征的英国国家

① 罗伊登·萨里柯认为“西印度移民之所以沉溺性事是想通过性行为将异质的和不友好的环境黑人化(nigrification)。塞尔文似乎并未就此谴责加勒比移民，因为黑人化是适应新环境和让新环境更像家园的一种自然而然且不可避免的过程”。参见：RoydonSalick, *The Novels of Samuel Selvon A Critical Study*, London: Greenwood Press, 2001, p. 124。

身份的代名词。

霍米·巴巴（Homi Bhabha）将“地方世界主义”（vernacular cosmopolitanism）定义为“从少数主义者的视角（minoritarian perspective）出发衡量全球进步”①。借用这一定义，可做出如下判断，即：唤醒英国人对英国“地方世界主义”（从英国有色移民视角出发衡量英国发展）的认知可被视为当代英国族裔流散作家心照不宣的集体创作动机。

马尔科姆·布拉德伯里（Malcolm Bradbury）曾写道：“英国的传统始终具有世界性。以乔叟、斯宾塞、莎士比亚、弥尔顿、拜伦和雪莱为代表的作家及其作品展现出世界性特征，涉及旅行、朝圣、流放、移民、多元文化主义和无地方性（placelessness）等主题”②。布拉德伯里所说的英国传统的世界性内含英国“自我”与异质“他者”（尤其是殖民地“他者”）之间的镜像关系，对这一关系的描述可追溯至英国文艺复兴、浪漫主义时期的文学创作。以英国作家为核心的英国文化/文学共同体肩负着构建英国国家身份的使命。早期英国文化/文学共同体通过对“他者”的想象（或曰投射），实现了自我认知。

进入现代主义时期，随着大英帝国殖民地数量的增多，大量英国人移民海外。流散到殖民地的英国作家从殖民地英国人的“他者”视角出发力图维护英国殖民统治，在饱受殖民地艰苦生活的同时，将英国想象成需要保护的“仙后”，作家本人及其塑造的文学人物则是为其献身的圣杯骑士。两次世界大战的爆发导致大英帝国的没落。尽管如此，在以达雷尔和莱辛为代表的英国殖民地流散作家的作品中英国依然拥有世界乃至宇宙星系的中心地位和神圣的光环；然而，这一光环仅是上述作家自欺欺人的幻想。约瑟夫·康拉德小说《黑暗之心》（*Heart of Darkness* 1902）中，小说人物库尔茨临死前的恐怖叹息是流散殖民地的英国

---

① Homi Bhabha, “Preface to the Routledge Classic Edition”, *The Location of Culture*, London and New York: Routledge Classics, 2004, pp. ix－xxv, p. xvi.

② Malcolm Bradbury, “Preface”, *The Modern British Novel* 1878—2001, Beijing: Foreign Language Teaching and Research Press, 2005, pp. i－xiii, p. iii.

“他者”想象的另类极端表现和对英国殖民神话的彻底否定。

从文艺复兴到现代主义时期，英国本土作家和流散殖民地的英国作家笔下的英国经历了从帝国躯体上的“国家的皮肤”到“仙后”的国家身份转变。当代英国族裔流散作家笔下的英国是一国之内的“他者”想象的“英联邦”，是充满种族、文化杂合与矛盾冲突以及怀旧情绪的“主题公园”；尽管其中主题多样，但对殖民历史和后殖民现实的伦理道德批判却已成为恒久不变的文学景观。

第一章　帝国流散者的殖民主义情结与共同体想象

1857 年大英帝国印度殖民地爆发反英兵变。数月后，1858 年 1 月 13 日，英国著名作家、艺术家、艺术评论家和大英帝国殖民事业倡导者约翰·拉斯金（John Ruskin 1819—1900）在伦敦南肯辛通博物馆（South Kensingtong Museum）的演讲中，从种族和国家/民族身份的视角出发，在谴责印度兵变发动者和以兵变发动者为代表的东方人野蛮兽行的同时，指出印度的艺术是其阴谋诡计的体现，尽管苏格兰的艺术不甚精致、高雅却是正直与正义的代表；“世界各国要么拥抱天堂般存在着的苏格兰泥炭小屋，要么深陷地狱一般的印度象牙宫殿”。[①]

1870 年 2 月 8 日，约翰·拉斯金出任牛津大学史莱德艺术教授（Slade Professor of Fine Art at Oxford）并做了就职演讲；其间，从审美、道德和爱国主义三个层面出发，拉斯金指出大英帝国的殖民事业是时代的召唤，并将其称为“国家艺术”（the art of a country）。在强调大英帝国殖民事业正义性及其光荣使命意义的同时，拉斯金提出：英国国家道德的脊梁（a nation's moral fiber）是其商业与艺术发展的基础，唯有英国的殖民领导权能够强化这一基础。在此，拉斯金将殖民主义与英国国家层面上的伦

① Daryl Ogden, “The Architecture of Empire: ‘Oriental’ Gothic and the Problem of British Identity in Ruskin's Venice”, *Victorian Literature and Culture*, Vol. 25, No. 1 (1997), pp. 109 – 120, p. 111.

理道德画上了等号，艺术成为宣传和揭示大英帝国殖民伦理道德的有效工具。拉斯金还强调了诚实劳动的重要意义，在种族优越性和科技进步的前提条件下，为大英帝国开疆扩土、辛勤劳作是所有英国年轻人义不容辞的义务。[①] 为扩大英国影响力和为帝国事业而努力奋斗的“工作伦理”（或曰：职业精神 work ethics）是实践大英帝国“国家艺术”的前提条件。

就拉斯金而言，种族探讨涉及审美情趣，殖民伦理决定“国家艺术”；在此基础上，拉斯金为19世纪后半叶大英帝国的殖民事业奠定了伦理道德的基调，成为帝国正义的代言人。“国家艺术”和“工作伦理”的观念深入人心，成为为数众多的因工作和生活需要流散至大英帝国殖民地上的英国人及其后代的意识形态与行为准则。

19世纪末20世纪初，在上述意识形态与行为准则的指导下，英国作家鲁德亚德·吉卜林（Rudyard Kipling 1865—1936）和莫德·戴弗（Maud Diver 1867—1945）分别从男、女不同性别视角出发，积极投身“国家艺术”的建构之中。吉卜林和戴弗的小说和诗歌内含对英印殖民地上的“内忧”（性别和种族问题）与“外患”（英印边疆军事危机）的双重焦虑。在肯定英国男性的“帝国绅士”身份的同时，二者对英印女性是“红颜祸水”还是“帝国淑女”的善恶身份判断各执一词，却对英印殖民地上的跨种族通婚、杂合和欧亚人持相同的抵制和敌视态度。聚焦殖民地安全问题，吉卜林和戴弗充满性别与种族意识的英印叙事实现了对英国殖民者进行殖民主义道德再教育的目的。

游记《苦柠檬》中，劳伦斯·达雷尔（Lawrence Durrell 1912—1990）分别从塞浦路斯岛民和英国殖民者两种身份出发客观、真实地再现了1953至1956年间塞浦路斯的民情与政治局势。在谴责“意诺希斯”运动的同时，达雷尔揭露了英国塞浦路斯殖民政治的失败。《苦柠

---

① John Ruskin, “Conclusion to Inaugural Lecture (1870)”, *Empire Writing An Anthology of Colonial Literature* 1870—1918, ed. Elleke Boehmer, Oxford: Oxford University Press, 2009, pp. 16 - 20.

檬》中“大英帝国中心论”的终结不仅意味着帝国神话的消失，还意味着达雷尔将塞浦路斯视为“亚特兰蒂斯”的个人神话梦想的破灭。担任英属塞浦路斯新闻官的达雷尔的“工作伦理”与身为塞浦路斯岛民的达雷尔与塞浦路斯人之间跨种族的友谊之间的矛盾似乎随着英国塞浦路斯殖民统治的终结而结束；然而，《苦柠檬》结尾所展示的达雷尔对塞浦路斯欲罢不能的“恋岛癖”却是达雷尔或是以达雷尔为代表的目睹帝国日薄西山的英国殖民者们惆怅之情的集中体现。

《野草在唱歌》（*The Grass is Singing* 1950）和《非洲故事集》（*African Stories* 1965）中，多丽丝·莱辛（Doris Lessing 1919—2013）真实再现了第一次世界大战后移民南非的英国人及其后代在南非的生存状况。与19世纪后半叶移民印度投身帝国殖民事业的英国人一样，“国家艺术”与“工作伦理”的感召同样是莱辛笔下20世纪初英国人流散南非的原动力。与吉卜林和戴弗对大英帝国殖民主义伦理道德的坚信不同，聚焦穷苦的南非英国人/英国农场主的生活，多丽丝·莱辛对大英帝国的殖民主义伦理道德观提出了质疑。《野草在唱歌》中，20世纪20—40年代，以不列颠南非公司为代表的帝国托拉斯将南罗德西亚白人定居者的农场纳入全球经济产业链，改变了农场里的经济与种族秩序；前者涉及从传统粮食作物（玉米）种植到经济作物（烟草）种植模式的转变，后者涉及白人农场主与土著黑人之间种族关系的改变。《野草在歌唱》中，迪克破产和玛丽之死是南罗德西亚农场经济与种族关系新秩序共同作用下的结果；其中，英国白人社区对贫苦英国白人的边缘化和垄断经济模式下的英国白人农场主之间的弱肉强食是迪克破产和玛丽之死的根本原因。与英国白人社区的排挤相比，黑人摩西为迪克夫妇提供的生活帮助更具人性关怀。

《非洲故事集》中，多丽丝·莱辛进一步阐发了在《野草在歌唱》隐而未发的跨种族命运共同体的思想。第一次世界大战后，在以“帝国博览会”为代表的英国政治经济宣传下，为数众多的英国人移民南非并与南非白人（Afrikaner：欧洲血统的南非人常为荷兰裔）和南非黑人之间建立了跨种族互动关系。《非洲故事集》中，从英国南非定居者的视角出发，凭借“非洲大路”“幽灵村”和“第二间小屋”等隐喻，多丽丝·莱辛诠释了构建南非跨种族命运共同体的希望与需求。然而，在南非英国社区殖民主义意识形态和种族杂合暗恐的影响下，莱辛跨种族命运共同体的愿望只能停留于想象层面，轰炸“幽灵村”可被视为莱辛跨种族命运共同体想象破灭的文学表征。

总而言之，约翰·拉斯金倡导的大英帝国的“国家艺术”与“工作伦理”的思想在上述作家作品中均可找到相似的文学表述，可被视为帝国流散者殖民情结的核心。从吉卜林到莱辛，作为帝国流散者殖民情结之内核的“国家艺术”与“工作伦理”思想的强度呈现衰减趋势，流散殖民地的英国人贫困的生活现实以及由此引发的跨种族命运共同体的迫切需求成为质疑和批判帝国霸权主义意识形态的有效依据。

第一节　吉卜林与戴弗英印叙事中的殖民主义道德再教育

论及英印小说的创作传统，南希·帕克斯顿（Nancy L. Paxton）指出：英国女作家创作的英印小说（Anglo-Indian novels）多现于19世纪90年代，英国女作家与同时代以吉卜林为代表的男作家之间存在一定程度上的竞争关系……英印小说无论是城市作家所写还是殖民地作家所为无一例外均反映出英国殖民统治过程中与性别相关的性、阶级、种族、宗教、文化和国民身份等问题。① 学者们大多倾向于称赞以鲁德亚德·吉卜林（Rudyard Kipling 1865—1936）为代表的英国男性作家创作的洋溢着殖民者英雄主义情怀的探险小说，如：《丛林之书》和《基姆》，而对以莫德·戴弗（Maud Diver 1867—1945）为代表的英印女作家为数众

① Nancy L. Paxton, *Writing Under the Raj, Gender, Race, and Rape in the British Colonial Imagination*, 1830—1970, New Brunswick, New Jersey, and London: Rutgers University Press, 1999, p. 31.

多的作品不屑一顾，甚至将她们的小说归入低级罗曼司（inferior romances）的范畴。

在1857年印度兵变的语境下，印度殖民地上的英国女性（简称英印女性①）已成为印度男性的施暴对象②。实际上，英国女性被印度男性施暴的"强奸叙事"（rape narrative）仍是E. M. 福斯特1924年出版的小说《印度之行》情节设置中的重要组成部分③。然而，后兵变时期理应受到保护的英印女性却成为吉卜林笔下"导致帝国毁灭的祸水"（the cause of the Empire's "ruin"）④。与之相对，莫德·戴弗则极力塑造心系殖民事业的"帝国淑女"的形象。二者对英印女性是"红颜祸水"还是"帝国淑女"的善恶身份判断各执一词，却对殖民地上跨种族通婚、杂合和欧亚人（Eurasians，欧洲人与印度人所生的混血后代）持相同的抵制和敌视态度。就1857年印度兵变后强化英国殖民主义意识形态的功能而言，吉卜林的探险小说与诗歌和戴弗的罗曼司并无本质差异，均展现出二者对英印殖民地上的"内忧"（性别和种族问题）与"外患"（英印边疆军事危机）的焦虑。

---

① 罗斯玛丽·乔治论述中使用的"英印女性"一词指的是生活在大英帝国印度殖民地上的英国女性，而非英国人与印度人通婚后所生的女性后代。艾莉森·布朗特指出：19世纪和20世纪初，"英印人"（Anglo-Indian）一词用以指称那些在印度工作、生活的英国人，这一用法至今仍时常出现；1911年印度人口普查之后"英印人"被用于指代定居印度的英国人和印度人所生的混血后代，此前也被称为"欧亚人"（Eurasian）。1935年印度政府法案（Government of India Act）以欧洲人的父亲血统关系为认定标准，对"英印人"定义如下，即：父辈或祖父辈是欧洲人后代的印度本土人。参见：Alison Blunt，*Anglo-Indian Women and the Spatial Politics of Home*，Oxford：Blackwell Publishing，2005，pp. 1，3。本文中对"英印女性"这一概念的使用沿用罗斯玛丽·乔治的定义。

② 南希·帕克斯顿指出："1857年后，以1857年印度兵变为题材的众多印度小说的叙事内容经常涉及英印女性面临被印度男性强奸的危险。"参见：Nancy L. Paxton，*Writing Under the Raj*，*Gender*，*Race*，*and Rape in the British Colonial Imagination*，1830—1970，New Brunswick，New Jersey，and London：Rutgers University Press，1999，p. 4。

③ 从第16章至第26章，《印度之行》近三分之一的篇幅都围绕英国女性奎斯蒂德是否被印度医生阿齐兹施暴的"强奸叙事"展开。

④ Nancy L. Paxton，*Writing Under the Raj*，*Gender*，*Race*，*and Rape in the British Colonial Imagination*，1830—1970，New Brunswick，New Jersey，and London：Rutgers University Press，1999，p. 29.

一 “红颜祸水”还是“帝国淑女”？

1857年7月16日，印度王子萨希布（Nana Sahib）率兵围困坎普尔英国军事要塞挟持并杀害数百名英国妇女儿童的报道被各大期刊转载。惨案发生地坎普尔井（the well at Cawnpore）血流成河，毛骨悚然的场景激发了英国人的征服心和复仇欲。[①] 在1857年印度兵变的历史语境下，保护印度殖民地上的英国女性免遭印度人迫害被视为英国男性殖民者义不容辞的责任。令人不解的是，理应受到保护的英印女性却成为吉卜林英印叙事中的“红颜祸水”。驻印英国男女性别比例失衡和由此引发的印度殖民地安全焦虑是吉卜林英印女性“红颜祸水”论的主要成因。吉卜林的论断不足为信。与吉卜林同时期的英国女作家莫德·戴弗在小说《德斯蒙德上尉，维多利亚十字勋章》（*Captain Desmond*，*V. C*，1907）中成功塑造了以英国姑娘霍诺尔·梅瑞狄斯（Honor Meredith）为代表的性格坚强、立志成边的近乎完美的“帝国淑女”形象。

拉迪卡·莫汉拉姆（Radhika Mohanram）指出：大英帝国殖民时期，英国国内和英国殖民地上适婚年龄的英国男女性别比例呈现出彼此相反的失衡关系，“1871年英国人口普查发现英国境内适婚年龄的女性的数量超过适婚年龄的男性的数量718566人；然而，在以美洲新大陆为代表的英国殖民地上适婚年龄的英国男女数量比例却出现了的逆转”。[②] 玛格丽特·麦克米伦（Margaret Macmillan）写道：“英国殖民期

---

① “1957年7月16日，他（萨希布）下令不加选择地屠杀还活着的妇女儿童。次日清晨，英国军队重新占领此地时发现关押犯人的房间和院子的地面上被杀害的英国人的鲜血横流，足有两英寸深。被扯掉的长发、纸片、撕碎了的《圣经》和祈祷书、针线盒和没做完的针线活、孩子戴的小圆帽散落在满是鲜血的地上，现场惨不忍睹”。参见：*Quarterly Review* 102（Oct. 1857）：534—570. http：//www. victorianweb. org/history/empire/1857/qr1. html。

② Radhika Mohanram，*Imperial White*：*Race*，*Diaspora*，*and the British Empire*，Minneapolis：University of Minnesota Press，2007，p. 5.

间在印度的英国男女性别比例始终存在严重的失衡现象，最高失衡比可达3：1”[①]。

在题为“竞争对手”（“My Rival”1886）[②]的诗歌中，以19世纪末印度西姆拉（Simla）舞会为缩影，吉卜林讲述了英印殖民地上英国女性“物以稀为贵”的性别优势给英国男性造成的心理压力。第一人称叙事者年仅17岁的“我”参加舞会时发现在场的英国女士寥寥无几，49岁的英国中年妇女成为舞会上的女王，6个英国小伙子簇拥在她的左右：“她用‘男孩’和‘捣蛋鬼’称呼他们，叫‘我’‘亲爱的’、‘宝贝儿’和‘可爱的’”。[③]

英文题目“My Rival”中竞争对手“rival”一词并非复数；言外之意，“我的竞争对手”并非另外6个英国小伙子，而是意欲剥夺“我”的阳刚气质的那位英国中年妇女。“我17岁，她49岁”这一年龄差异的表述在前四个诗节的结尾连续出现；第五诗节以“啊，我想现在就变成49岁”结尾。舞会现场，英国男女性别失衡比高达7：1，“我”和另外6个英国小伙遭到的由英国中年妇女施加的性别和年龄的双重压力见诸笔端。

吉卜林有关英印女性是“红颜祸水”的论断还与他的“工作神圣观”密不可分，“吉卜林认为男欢女爱会分散工作注意力，工作才是生命的意义所在，女性无法理解工作的价值”[④]。《盖茨比斯的故事》（*The Story of the Gadsbys* 1888）中，英勇无畏的英国骑兵军官出于对妻子身体健康的考虑决定离开印度，吉卜林写道“这（婚姻）妨碍了男子汉的工作，使其持剑的手臂瘫痪；噢，还使其责任感丧失殆尽”。[⑤]以

---

① Margaret Macmillan, *Women of the Raj: The Mothers, Wives, and Daughters of the British Empire in India*, London: Thames & Hudson, 1988, p. 16.

② 《竞争对手》（“My Rival”）一诗最早出现在吉卜林1886年出版的诗集《部门小曲和其他诗歌》（*Departmental Ditties and Other Verses*）中。

③ Rudyard Kipling, *Rudyard Kipling Complete Verse*, New York: Anchor Books, 1988, p. 22.

④ Norman Page, *A Kipling Companion*, London: Macmillan Press, 1984, pp. 142, 143.

⑤ 转自：Indrani Sen, “Rudyard Kipling and the Construction of Women”, *Social Scientist*, Vol. 28, No. 9 (Sep. – Oct., 2000), pp. 12 – 32, p. 14。

“西姆拉调情”（Simla flirt）和“军营通奸”（adultery in the barracks）[①]为例，英德拉尼·森（Indrani Sen）阐释了吉卜林笔下行为不检点的英印女性对英印驻军的士气和战斗力造成的不良后果。

帕特里克·布兰特林格（Patrick Brantlinger）指出：“强化男性阳刚气质和‘厌女’已成为19世纪以英国年轻男性为特定读者群的英国殖民地冒险小说创作的主旨思想”[②]。菲利帕·莱文（Philippa Levine）认为“尽管（英国）女性同样是殖民事业的中坚力量，然而在19世纪后半叶（英国）女性却在有关帝国历史的记录中不光荣地缺场了（notoriously absent from historical records of empire）”。[③] 吉卜林对英印女性的妖魔化描写恰是英国女性“不光荣缺场”的文学表现，殖民地上英国女性的不检点引发了驻印英军的内乱，危及大英帝国殖民地的安全。

戴弗的小说《德斯蒙德上尉》中，英国驻旁遮普骑兵团副团长40岁的约翰·梅瑞狄斯以婚姻影响工作为由拒绝结婚并对德斯蒙德上尉与伊夫林的婚姻表示反对。谈及德斯蒙德上尉的婚姻，约翰·梅瑞狄斯对妹妹霍诺尔·梅瑞狄斯说：“我签的只是两年的合同。我绝不会被女人绑住手脚——你也不行。德斯蒙德可就不好说了”[④]。在此，约翰·梅瑞狄斯如同吉卜林的代言人，吉卜林对戴弗创作的影响可见一斑[⑤]。

戴弗并非吉卜林的忠实追随者。通过对约翰·梅瑞狄斯“吉卜林式

① 转自：Indrani Sen，“Rudyard Kipling and the Construction of Women”，*Social Scientist*，Vol. 28，No. 9（Sep. －Oct.，2000），pp. 16，20。

② Patrick Brantlinger，*Victorian Literature and Postcolonial Studies*，Edinburgh：Edinburgh University Press，2009，p. 33.

③ Renate Dohmen，“Memsahibs and the ‘Sunny East’：Representations of British India by Millicent Douglas Pilkington and Beryl White”，*Victorian Literature and Culture*，Vol. 40，No. 1（2012），pp. 153－177，p. 154.

④ Maud Diver，*Captain Desmond*，*V. C*，Lavergne：Hard Press Publishing，2018，p. 12.

⑤ 莫德·戴弗与吉卜林的妹妹特丽克斯·弗莱明（Trix Fleming）是挚友。此外，小说《德斯蒙德上尉，维多利亚十字勋章》中第一卷（Book I）的第十章、第十七章和第二十二章开始，戴弗均引用了吉卜林的诗句。参见：Sandra Kemp，Charlotte Mitchell and David Trotter，*The Oxford Companion to Edwardian Fiction*，Oxford：Oxford University Press，2007，p. 100. Maud Diver，*Captain Desmond*，*V. C*，Lavergne：Hard Press Publishing，2018，pp. 1，94，167，213。

英印女性观与婚姻观”的阐发，戴弗实现了对英印女性和殖民地上英国军人的婚姻先抑后扬的描写，即：就对英国男性戍边工作的影响而言，英国女性并非如吉卜林所言一无是处①；相反，有家族戍边传统和印度殖民地情结的英国女性能以自己的方式积极投身戍边工作之中成为如罗斯玛丽·乔治所说的“女性帝国主义者”（female imperialist）② 或曰“帝国淑女”。《德斯蒙德上尉》虽以英国男性“德斯蒙德”命名，却是以英国姑娘霍诺尔·梅瑞狄斯（Honor Meredith）为主人公，歌颂英国戍边女性优秀品格和事迹的小说。

事实上，在大英帝国殖民事业中英国女性从未缺场，19 世纪末 20 世纪初当英国境内的女性因未取得选举权③而不能参与政治活动的时候，英印女性在家庭管理的过程中直接或间接介入英印殖民政治扮演了重要角色。对此，罗斯玛丽·乔治（Rosemary George）写道：“1929 年，当弗吉尼亚·伍尔夫为争取‘自己的房间’而饱含激情地发表女权主义宣言的时候，她只需关注一下大帝国殖民地上生活着的英国女同胞们的日常话语”④。以此为依据，将《德斯蒙德上尉》的出版时间 1907 年和弗吉尼亚·沃尔芙《一间自己的房子》的出版时间 1929 年相比对，可做出如下保守判断，即：英印女性先于英国国内女性 22 年，提前享有了国家（殖民）政治的参与权。

---

① 1888 年，因不满于英印殖民文学对英印女性的负面性别神话制造（negative gender-myth-making）一位女性读者给《先驱报》（The Pioneer）写了一封信，指出：“典型的英印女性并非小说家想象中放荡且不负责任的人，小说中英印女性的形象与现实生活中英印女性本人不可同日而语”。转自：Indrani Sen，“Rudyard Kipling and the Construction of Women”，*Social Scientist*，Vol. 28，No. 9（Sep. – Oct.，2000），pp. 12 – 32，p. 14。

② 罗斯玛丽·乔治认为：“英印女性的殖民参与使其成为完整的、独立自主的个体（the full individual），殖民地造就的具有政治权力的英国女性是一个不折不扣的帝国主义者”。Rosemary George，*The Politics of Home*，Berkeley，Los Angeles，London：University of California Press，1999，p. 37.

③ 1919 年，英国境内 30 岁以上的已婚和未婚的中产阶级女性取得了投票权；然而，500 万年轻且贫穷的英国单身女性直到 1928 年才取得投票权。Susan Kingsley Kent，Sex and Suffrage in Britain 1860—1914，Princeton：Princeton Up，1987，p. 221.

④ Rosemary George，*The Politics of Home*，Berkeley，Los Angeles，London：University of California Press，1999，p. 62.

《德斯蒙德上尉》开篇，戴弗用“荒无人烟”“死亡与寂静之地”“荒凉的沙漠”“徒劳的坟墓”和“缺水少吃的邪恶国度”[①]等关键词描绘了印度西北边疆科哈特（Kohat）的艰苦戍边生活。戴弗写道：“早期边疆生活以其特有的孤独和危险著称，这便是成就（英国）男性，成就或毁掉（英国）女性的东西”[②]。与边疆生活只会成就英国男性不同，边疆生活还有可能毁掉英国女性，既包括英国女性及其未成年子女因印度边疆恶劣的自然环境客死他乡又包括部分英国女性缺乏自律做出伤风败俗的事情[③]危及殖民地的安全秩序。

小说女主人公霍诺尔·梅瑞狄斯英文名“Honor Meredith”中“Honor”一词内含“荣耀”之意，英印边疆的艰苦生活成就了她“帝国淑女”的典范。霍诺尔的“帝国淑女”身份内含两个核心要素：英国殖民地戍边军人的家庭出身及其优秀的家庭管理能力。

英国殖民地戍边军人的家庭出身是霍诺尔在印度生活以苦为乐的前提，霍诺尔的父亲约翰·梅瑞狄斯爵士是驻印英国将军。父亲和四位身为军官的哥哥为霍诺尔树立了守卫英印边疆的英国男子汉的榜样，这也是25岁的霍诺尔始终未能找到理想伴侣的原因所在。作为梅瑞狄斯爵士唯一的女儿，霍诺尔在“舒适愉快、风调雨顺的印度大城市里生活了6年，6年间霍诺尔一心向往任旁遮普骑兵团副团长的哥哥那里艰苦的戍边生活”[④]。对霍诺尔而言，科哈特的美不在自然景观而在于英国官兵在戍边工作和生活中展现出的英勇气概[⑤]。与16个月前随旅行团到达印度参加拉合尔（Lahore）圣诞派对的英国姑娘伊夫林相比，霍诺尔因自带帝国戍边者的家族基因而更适应科哈特的边

① Maud Diver, *Captain Desmond, V. C*, Lavergne: Hard Press Publishing, 2018, p. 3.

② Maud Diver, *Captain Desmond, V. C*, Lavergne: Hard Press Publishing, 2018, p. 4.

③ 苏珊娜·豪指出：有些英印女性及未成年子女在行军途中死于恶劣的自然环境；印度炎热的气候使英印女性放弃了淑女的形象和品质，印度生活对她们来说既无聊又危险。频繁出入舞会、晚宴以及令人倦怠的天气让人欲念横生。参见：Suzanne Howe. *Novels of Empire*, New York: Columbia University Press, 1949, p. 43。

④ Maud Diver, *Captain Desmond, V. C*, Lavergne: Hard Press Publishing, 2018, p. 3.

⑤ Maud Diver, *Captain Desmond, V. C*, Lavergne: Hard Press Publishing, 2018, p. 8.

疆生活。

霍诺尔和德斯蒙德上尉的妻子伊夫林分别代表献身帝国殖民事业的“帝国淑女”和以自我为中心的“爱德华女权主义者”（Edwardian feminist）。露西·德拉普用“女超人”（superwoman）一词喻指英国爱德华时期的女权主义者，认为：“爱德华时期的女权主义强调女性的自我解放。‘女超人’的概念内含尼采和利己主义思想对女权主义运动的影响。‘女超人’的概念不仅强调女性的政治权力和更为宽泛的社会再生（social regeneration）力，还表现出爱德华社会对‘独特的个人’（exceptional individual）的力量能促进社会变革的观点的认同”[①]。《德斯蒙德上尉》第二章的题目“我要排在第一位”（“I WANT TO BE FIRST”）即是伊夫林与霍诺尔对话中“女超人”的自我中心主义思想的流露。在与德斯蒙德上尉的婚姻生活中，伊夫林怀有将自己凌驾于德斯蒙德上尉的戍边工作之上的强烈愿望。

与伊夫林追求时尚、热衷舞会和马球等社交活动不同，霍诺尔把大部分精力放在替伊夫林管家理财和为德斯蒙德上尉提供生活保障上。小说中，霍诺尔枪杀恶犬保护德斯蒙德上尉的举动为其赢得了科哈特女英雄的美名。伊夫林大量购买时尚服装，频繁参加社交活动导致家庭生活入不敷出与霍诺尔精打细算，尽力保持德斯蒙德上尉家庭收支平衡的做法形成鲜明反差。戴弗对伊夫林惨遭印度匪徒杀害和一年后霍诺尔与德斯蒙德上尉喜结连理的情节设置反映了作者本人对印度殖民地上不合时宜的“爱德华女权主义”者的批判和对霍诺尔立志戍边的“帝国淑女”的光辉形象的褒扬。

透过霍诺尔和伊夫林英印女性形象的正反对比，戴弗意在指出：殖民地上的英国家庭不再是简单的私人空间而被赋予了帝国公共空间的属性，家庭生活是殖民政治的重要组成部分，管理家务的英国女性已成为

---

① Lucy Delap, “The Superwoman: Theories of Gender and Genius in Edwardian Britain”, *The Historical Journal*, 47, 1 (2004), pp. 101 - 126, p. 101.

大英帝国殖民事业不可或缺的中坚力量。帝国淑女霍诺尔做出了“极具价值的国家贡献（valuable national contributions）”①。戴弗曾在类似“家庭管理指南”的小册子《在印度的英国女性》（*The Englishwoman in India* 1909）中写道：“印度离不开英国，就像大英帝国离不开英国女性。她们（英国女性）的国家乃至整个文明世界都应向她们致敬。英国女性临危不惧，她们忠实地坚守国王—皇帝（King-Emperor）用文化服务人类的准则，甘愿牺牲自我”。② 戴维·迪雅卓将戴弗视为坚定的反女权主义者（hard anti-feminist），认为“她反对帝国大都市（imperial metropolis）里女权主义的煽动言行，支持男性对充满反抗精神的英国女性的控制”③。事实并非如此，《德斯蒙德上尉》中戴弗充分赋予以霍诺尔为代表的帝国淑女殖民参政权，在虚拟小说世界中实现了女性权力与帝国殖民事业的完美结合。吉卜林和戴弗认为英印殖民地的安全隐患不仅来自印度内部的部落冲突和邻国入侵的危险，还与英国男女殖民者的帝国责任心休戚相关。英印女性的“红颜祸水”论展现出在英印殖民地上男女性别比例失衡的情况下，吉卜林对英国男性的殖民责任心和执行力削弱的忧虑。戴弗的“帝国淑女”论则强调英印女性与英国本土女性之间的差异，爱德华时期崇尚个人自由的女权主义并不适用于英印殖民地，以家庭为核心的殖民政治实践是英印女性确立“帝国淑女”身份的关键；“屋子里的天使”（angle in the house）也是殖民地上的英雄。

二 跨种族通婚与杂合危险

除性别焦虑之外，英印人种通婚与杂合对印度殖民地构成的安全威

---

① Rosemary George, *The Politics of Home*, Berkeley, Los Angeles, London: University of California Press, 1999, p. 37.

② 转自：Rosemary Marangoly George, “Home in the Empire, Empires in the Home”, *Cultural Critique*, No. 26 (Winter, 1993—1994), pp. 95 – 127, p. 99。

③ David Deidre, *Rule Britannia: Women, Empire, and Victorian Writing*, New York: Cornell University Press, 1995, p. 161.

胁同样是吉卜林和戴弗英印叙事的主题。追溯历史可以发现，英印通婚与杂合并非英印人种之间交流过程中自然而然的结果而是英国殖民政治的创造物。随着政局的转变，英印通婚与杂合从 17 世纪末以东印度公司为代表的英国殖民统治机构政治层面上的鼓励与支持转变为 18 世纪末殖民地立法①中的明令禁止。19 世纪末 20 世纪初，为解除英印混血与杂合所造成的殖民地安全威胁，吉卜林和戴弗积极投身于以区别、隔离和边缘化包括英印混血儿在内的欧亚人的意识形态的文学文化建构之中。

戴弗的小说《风中的蜡烛》（*Candles in the Wind*，1909）开篇，在与威得利医生的英国妻子林赛的舞会交谈中，年轻的驻印英国中尉艾伦·劳伦斯从俄罗斯人威胁英军兴都库什山脉（Hindu Kush）边防安全谈及种族通婚的危害和欧亚人的人种缺陷，边防安全与人种安全两个貌似风马牛不相及的话题被联系在一起。有关英印边疆安全危机的叙述②贯穿小说始终，英国殖民者似乎面临内忧与外患的双重焦虑；其中，“内忧”指的是种族通婚与杂合造成的人种不安定因素，“外患”指的是 19 世纪末 20 世纪初以俄国③为首的邻国和印度独立地方政权对英印殖民地造成的军事威胁。“外患”强化了英国殖民者对“内忧”的防范意识。与欧亚人划清人种界限成为戍边的英国人树立绝对殖民权威，确保边疆安全的种族政治策略。

---

① 东印度公司制定执行了一系列法规限制欧亚人进入英国殖民统治的社会和政府阶层。1786 年印度殖民政府下令禁止加尔各答高等孤儿院（Upper Orphanage School）中的欧亚人去英国接受教育；1791 年和 1795 年印度殖民政府发布法令禁止欧亚人参军，但可在军队中出任鼓手、吹笛手和蹄铁匠。参见：Loretta M. Mijares，“Distancing the Proximate Other：Hybridity and Maud Diver's *Candles in the Wind*”，*Twentieth Century Literature*，Vol. 50，No. 2（Summer，2004），pp. 107 – 140，pp. 109 – 110。

② 如：第一章中，劳伦斯率领工兵在克什米尔吉尔吉特（Gilgit）不畏艰苦修建公路以确保英国前线供给，英国军官努力训练优秀的印度士兵以便守卫印度北大门；第二章中，以罕萨（Hunza）和纳加尔（Nagar）为代表的印度独立地区的首领、俄国沙皇和中国皇帝均对英印边疆虎视眈眈；第九章中，俄罗斯在帕米尔高原蠢蠢欲动，一场战争似乎在所难免。参见：Maud Diver，*Candles in the Wind*，New York：Publishers Printing Company，1909，pp. 17，21，88。

③ 俄国如同“中亚的章鱼已将触角伸向帕米尔高原”。参见：Maud Diver，*Candles in the Wind*，New York：Publishers Printing Company，1909，p. 184。

洛蕾塔·米哈雷斯（Loretta M. Mijares）指出：

> 欧亚人的存在是不争的事实，他们很容易被误认为是英国人，欧亚人的社区对英国殖民管理机构的物质要求已对英国殖民统治造成威胁。如何先发制人，防止由欧亚人引发的破坏性事件发生，消除他们在物质层面上的威胁成为英国殖民统治面临的问题。为此，需在意识形态层面上证明他们［欧亚人］与英国人的区别，以便把他们排除在英国社区之外。这样，不仅确保了在印度的英国社会的［人种］边界，还在欧亚人社区的物质要求面前维护了英国人的权威。①

英印历史学家（Anglo-Indian historian）赫伯特·斯塔克指出，17世纪末东印度公司曾鼓励英国士兵与印度女性通婚，旨在通过这一方式在殖民地传播基督教："英印混血儿正形成一个新的人种，就语言、宗教、服饰、习俗和习惯等种族属性的诸多要素而言，他们与印度本土人截然不同。"② 1835 年麦考利（Thomas Babington Macaulay 1800—1859）发表了《印度教育备忘录》(*Minute on Indian Education*) 旨在通过教育的手段实现印度的英国化；斯塔克写道：英印通婚和对印度人的英国化均以满足英国殖民主义者的物质需求为目的，欧亚人对英国人的忠诚，和他们对印度风俗习惯、市场运营情况的知识"使他们成为价值连城的财产，英国人只想利用他们掠夺财富。"③ 英印史学家将 17 世纪末至 18 世纪末之间的时期视为欧亚人的黄金期，18 世纪 70 年代印度殖民地上欧亚人的数量超过英国人的数量；与此同时，英国殖民地上爆发了数起

---

① Loretta M. Mijares, "Distancing the Proximate Other: Hybridity and Maud Diver's Candles in the Wind", *Twentieth Century Literature*, Vol. 50, No. 2 (Summer, 2004), pp. 107 – 140, p. 117.

② Herbert Alick Stark, *Hostages to India: Or the Life Story of the Anglo-Indian Race*, Calcutta: Star, 1936, p. 30.

③ Herbert Alick Stark, *Hostages to India: Or the Life Story of the Anglo-Indian Race*, Calcutta: Star, 1936, pp. 30 – 31.

反政府兵变，海地混血儿发动了反殖民革命。[①] 1792 年的《加尔各答纪事》（*Calcutta Chronicle*）中有如下记录：“如不采取严厉措施降低东印度人种［欧亚人］的数量，他们会像圣多明各混血儿反抗西班牙人一样反抗在印度的英国人”[②]。18 世纪末 19 世纪初，欧亚人的黄金期伴随着英国殖民者对欧亚人反殖民暴力恐慌的大肆宣传而[③]宣告结束。

短篇小说《他生命中的机会》（“His Chance in Life”）[④] 中，吉卜林指出，黑白人种的杂合使英国白人丧失高尚的品格并导致英国人“种族自豪感的扭曲”（pride of race crooked）。小说中，电报信号员米歇尔·德克鲁兹（Michele D'Cruze）和韦泽斯（Miss Vezzis）护士均是英国白人与印度土著黑人所生的混血儿。吉卜林用贫穷、软弱无力、非常黑和身上流着 7/8 的印度土著黑人的鲜血描写米歇尔；韦泽斯“长得像靴子一样黑”且“丑陋得可怕”。当地暴乱发生的危急时刻，米歇尔身上那滴英国白人的鲜血（1/8 的英国基因）使其顿时充满维护殖民地安全与秩序的责任感。米歇尔带领包括派出所所长在内的印度土著警察平定了暴乱；然而，英国年轻助理税收员的出现却又将米歇尔打回了卑微的印度土人的原形，“不知不觉中，米歇尔血管中流淌着的那滴白人鲜血消失殆尽”[⑤]。

吉卜林对英国男性娶印度土著女性为妻的跨种族通婚持坚决否定的态度。在题为“利斯佩思”（“Lisperth”）的故事中印度山民之女利

---

① Loretta M. Mijares, “Distancing the Proximate Other: Hybridity and Maud Diver's *Candles in the Wind*”, *Twentieth Century Literature*, Vol. 50, No. 2 (Summer, 2004), pp. 107 – 140, p. 109.

② 转自：Herbert Alick Stark, *John Ricketts and His Times*, Calcutta: Wilson, 1934, pp. 18 – 19。

③ 英印混血儿并未像海地混血儿一样发动反殖民革命，在“1857 年印度兵变中，英印混血儿显示出对英国殖民者的高度忠诚”。参见：Loretta M. Mijares, “Distancing the Proximate Other: Hybridity and Maud Diver's *Candles in the Wind*”, *Twentieth Century Literature*, Vol. 50, No. 2 (Summer, 2004), pp. 107 – 140, p. 110。

④ 《他生命中的机会》以及下文提到的《利斯佩思》和《约尔小姐的印度随从》均出自吉卜林短篇故事集《山中平凡故事》（*Plain Tales from the Hills* 1888）。

⑤ Rudyard Kipling, *Plain Tales from the Hills*, Fresno: A Traffic Output Publication, 2019, p. 67.

斯佩思出生时便接受了基督教的洗礼；亲生父母去世后利斯佩思被英国牧师夫妇抚养成人。因未能实现嫁给一见钟情的英国旅行者的心愿，利斯佩思一气之下返回印度山林生活，嫁给樵夫，屡遭家暴，昔日美丽尽失。透过小说，吉卜林意在指出：尽管利斯佩思拥有狄安娜女神般的美貌且在英国牧师家庭受过良好的西方教育，她却无法摆脱印度土著人的野蛮本性，原始低级的印度美女绝非英国男性的配偶选择。

此外，吉卜林还对英国人的印度土人化（going native）持批判态度。在题为“约尔小姐的印度随从”（“Miss Youghal's Sais”）的故事中，熟知印度方言和习俗的英国警官斯特里克兰侦破了多起案件。其中，斯特里克兰假扮印度托钵僧调查取证 11 天最终侦破纳西班谋杀案是其“至高无上的成就”（his crowning achievement）[①]。土人化虽有助于工作，斯特里克兰却因此被英国同胞和印度本地人视为异类。为迎娶英国姑娘约尔小姐为妻，斯特里克兰只好放弃印度土人的生活。小说皆大欢喜的结局有如下暗示，即：就在印度殖民地工作的英国人而言，纯正的英国人身份是他们在英印社区中安身立命的前提条件。

约翰·麦克布拉特尼（John McBratney）将吉卜林与亨利·金斯利（Henry Kingsley 1830—1876）、巴兰坦（R. M. Ballantyne 1825—1894）、亨蒂（G. A. Henty 1832—1902）、金斯敦（W. H. G. Kingston 1814—1880）和亨利·莱特·哈葛德（H. Rider Haggard 1856—1925）等人的小说统一归入英国殖民地冒险小说的范畴；其中“年轻的英国人不仅要在远离英国家园的帝国竞技场上强化自我还要维护本人英国绅士的形象，防止‘土人化’或被所接触到的非洲人、亚洲人、土著印第安人或太平洋岛民‘污染’（contaminated）”[②]。

---

① Rudyard Kipling, *Plain Tales from the Hills*, Fresno: A Traffic Output Publication, 2019, p. 29.

② John McBratney, “Imperial Subjects, Imperial Space in Kipling's ‘Jungle Book’”, *Victorian Studies*, Vol. 35, No. 3 (Spring, 1992), pp. 277-293, p. 278.

《德斯蒙德上尉》和《风中的蜡烛》中，戴弗分别刻画了警长欧文·克雷斯尼和威得利医生两位欧亚人的形象。欧亚人身份的主人公一出场，甚至尚未出场，作者便揭示了他们人种上的性格缺陷。戴弗设置了明暗两条情感主线：英国男性与英国女性之间的爱情故事和英国女性与男性欧亚人之间的感情纠葛。前者的幸福结局与后者的悲剧结尾形成强烈反差。与吉卜林对英国男性殖民者发出的远离印度女性的警告相似，戴弗向英国女性发出了远离欧亚人的人种安全警告。

《德斯蒙德上尉》第五章以引文“血液中潜伏的小秘密；如同毒蛇的隐私，怨恨不已、痛恨不止”①（A little lurking secret of the blood；A little serpent secret，rankling keen.）开始。引文中的毒蛇指的是英印混血儿警长欧文·克雷斯尼。英国军官德斯蒙德和温德姆身上拥有欧文·克雷斯尼无法企及的特质——英国殖民者的优良品格，这“在克雷斯尼散乱无章的教育中明显地缺失了”②。英国人眼中的欧文·克雷斯尼是“自大、缺少幽默感、粗鲁的暴发户”③。复仇是克雷斯尼“毒蛇的隐私”，德斯蒙德上尉是克雷斯尼的复仇对象，引诱德斯蒙德上尉的妻子伊夫林使其误入歧途是他发泄心中怨恨的手段。英国姑娘伊夫林是身陷种族矛盾之中的牺牲品④。

洛蕾塔·米哈雷斯认为：《风中的蜡烛》中林赛与欧亚人威得利的婚姻是“后印度兵变文学”（post-Indian mutiny literature）中的“强奸脚本”（rape script），戴弗借此探讨了因超越种族行为准则而引发的危险（the dangers of transgressing racial codes）。⑤“强奸脚本”映射了威得利骗婚的事实。威得利隐瞒自己的欧亚人身份，编造父亲是苏格兰人母

① Maud Diver，*Captain Desmond*，*V. C*，Lavergne：Hard Press Publishing，2018，p. 39.

② Maud Diver，*Captain Desmond*，*V. C*，Lavergne：Hard Press Publishing，2018，p. 39.

③ Maud Diver，*Captain Desmond*，*V. C*，Lavergne：Hard Press Publishing，2018，p. 39.

④ 在克雷斯尼引诱下迷失自我的伊夫林良心发现后在归还克雷斯尼借款后回家的路上惨遭印度匪徒杀害。

⑤ Loretta M. Mijares，“Distancing the Proximate Other：Hybridity and Maud Diver's *Candles in the Wind*”，*Twentieth Century Literature*，Vol. 50，No. 2（Summer，2004），pp. 107 – 140，p. 123.

亲是西班牙人的欧洲混血儿的出身。林赛父亲去世后，威得利乘人之危骗取林赛的信任与之结婚。

不可否认的是以林赛的父亲迪克·维里克为代表的19世纪末的本土英国人在异族猎奇欲的驱动下对威得利持接纳态度："在英格兰他（威得利）的肤色较深，看上去像南方人，颇具吸引力。维里克觉得他有绅士风度，聪明且像一名梵文学者，一时兴起便与他建立了亲近的关系，林赛的命运也就如此这般地被决定了"①。英印殖民地舞会上，英国军官劳伦斯对林赛的问题："我想弄清楚混血儿（half-caste）究竟何意，为何人们谈起来的时候总带有轻蔑的口吻?"② 的回答使林赛恍然大悟，意识到自己被骗婚的现实和跨种族通婚的危害。

以1857年印度兵变为分水岭，劳伦斯向林赛揭示了英国人兵变前对跨种族通婚的默许和兵变后排斥欧亚人的种族歧视态度的转变。劳伦斯指出兵变时期或更早些时候，被困殖民地的英国人与印度女性的结合乃情理之中，"男性孤单一人总归不好。他们的后代却要为这一简单的事实付出高昂的代价"③。所谓的高昂代价便是英印混血儿被英印社区和印度土著社区双重边缘化的尴尬境地，"与英国人对英印混血儿的歧视相比，印度本土高种姓阶层的人对他们的歧视更甚"④。印度兵变后，迫于强化英国殖民主义权威的需求，虽缺乏事实依据，吉卜林和戴弗却不约而同地将欧亚人的性格缺陷与其人种安全威胁画上了等号。

史蒂文·帕特森指出"1857年至1858年的印度兵变如同梦魇一般困扰着帝国社会直至英国在印度殖民统治的终结，……19世纪初，兵变50年后英印种族间的友情与印度次大陆上殖民统治者花天酒地的生活均一去不复返"⑤。后印度兵变时期，吉卜林和戴弗在其作品中展现

---

① Maud Diver, *Candles in the Wind*, New York: Publishers Printing Company, 1909, p. 61.

② Maud Diver, *Candles in the Wind*, New York: Publishers Printing Company, 1909, p. 45.

③ Maud Diver, *Candles in the Wind*, New York: Publishers Printing Company, 1909, p. 45.

④ Maud Diver, *Candles in the Wind*, New York: Publishers Printing Company, 1909, p. 45.

⑤ Steven Patterson, *The Cult of Imperial Honor in British India*, New York: Palgrave Macmillan, 2009, pp. 4, 5.

出因印度殖民地上英国男女性别比例失调、英国人与印度人的跨种族通婚和杂合所引发的一系列殖民地安全焦虑。在“小说跟着旗帜走”① 的殖民主义文学创作原则指引下，从殖民地安全视角出发，吉卜林和戴弗充满性别与种族意识的英印叙事实现了对英国殖民者进行殖民主义道德再教育的目的。

第二节　从《苦柠檬》看劳伦斯·达雷尔的“恋岛癖”与政治旅居创作

现当代英国作家劳伦斯·达雷尔的文学创作与其旅行经历密不可分，其众多优秀作品②均在旅居希腊海岛，科孚岛（Corfu）和罗德岛（Rhodes）以及英属塞浦路斯岛（Cyprus 1878—1960）期间完成。从作品的数量和质量上看，将达雷尔的海岛创作时期视为他文学创作生涯中的黄金时期并不为过。在以罗德岛旅居经历为蓝本写作的游记《海上维纳斯的思考》（*Reflections on a Marine Venus* 1953）中，达雷尔开篇便引入“恋岛癖”（islomania）的概念，将“恋岛癖的剖析”（anatomy of islomania）③，设定为《海上维纳斯的思考》的写作动机，以甘甜的柠檬

---

① 苏珊娜·豪提出帝国小说（Novels of Empire）的概念，“小说跟着旗帜走”是其经典表述，为帝国殖民事业服务是19世纪末20世纪初英国殖民地流散文学的创作目的。参见：Suzanne Howe, *Novels of Empire*, New York: Columbia University Press, 1949, p. 3。

② 如：游记《普洛斯彼罗的房间：科孚岛风土人情导读》（*Prospero's Cell: A guide to the landscape and manners of the island of Corcyra* 1945）、《海上维纳斯的思考》（*Reflections on a Marine Venus* 1953）；小说《恋人们的吹笛手》（*Pied Piper of Lovers* 1935）、《恐慌的跳跃：一部爱情小说》（*Panic Spring A Romance* 1937）、《黑书》（*The Black Book* 1959）和《亚历山大四重奏》（*The Alexandria Quartet* 1962）中的第一部小说《贾斯汀》（*Justine* 1957）。1956年在英国多塞特（Dorset）乡村居住期间，达雷尔完成了以塞浦路斯旅居经历为蓝本的游记《苦柠檬》（*Bitter Lemons* 1957）。参见：Lawrence Durrell, *Spirit of Place Letters and Essays on Travel*, ed. Alan Thomas, Mount Jackson: Axios Press, 1969, p. 187。

③ Lawrence Durrell, *Reflections on a Marine Venus A companion to the landscape of Rhodes*, London: Faber and Faber Limited, 1960, pp. 15 – 16. 后文出自同一著作的引文，将随文标出该著名称区别性首词和引文出处页码，不再另注。

象征小岛生活的甜美①，达雷尔本人对罗德岛生活的热爱可见一斑。游记《苦柠檬》（*Bitter Lemons* 1957）中，达雷尔对长满柠檬树的塞浦路斯岛的“恋岛癖”有增无减，然而游记题目中的一个“苦”字却令人费解、发人深思，不免会发出“柠檬缘何苦涩?”的疑问。

究其本质，达雷尔的“恋岛癖”是其既是又非的“英国人”身份和“欧洲情结”共同作用下的结果。《苦柠檬》中，达雷尔以塞浦路斯岛民身份抒发了对塞岛生活的热爱；然而，英国塞岛殖民政治的缺陷与失误、“意诺希斯”运动的爆发以及由此而引发的种族政治冲突粉碎了达雷尔塞浦路斯的“亚特兰蒂斯”之梦。目睹塞浦路斯的“陷落”，作为塞岛热爱者和英国塞岛殖民政治参与者的达雷尔却无计可施，其间无可奈何花落去的惆怅又怎是一个“苦”字了得。

一　达雷尔“恋岛癖”的成因及内涵

顾名思义，“恋岛癖”指的是对小岛风景与生活超乎寻常的热爱与依恋。达雷尔在1945年前往罗得岛的旅行途中结识的朋友吉迪恩（Gideon）将“恋岛癖者”（islomane）描述为“发现小岛具有无法抗拒之魅力的人。……他们是亚特兰蒂斯岛民的后代（descendants of the Atlanteans）；潜意识里，他们毕生海岛生活充满着对逝去的亚特兰蒂斯岛（Atlantis传说沉没于大西洋中的神岛）的渴望”②。达雷尔并非亚特兰蒂斯岛民后代，他对海岛生活的渴望与热爱由心理、经济和政治等三重因素决定，这使达雷尔的“恋岛癖”显现出较为深刻的现实意义。

① 《海上维纳斯的思考》中，借对妻子伊夫·科恩（Eve Cohen）吟唱的卡帕索斯（Carpathos）岛赞歌的引用，达雷尔进一步诠释了内心深处的“恋岛癖”，赞歌以岛上盛产的柠檬象征浪漫美好的卡帕索斯岛生活：“噢甜蜜的柠檬树，枝头挂满柠檬/你何时才能依傍在我的身旁，喂食我那甘甜的柠檬?” Lawrence Durrell, *Reflections on a Marine Venus A companion to the landscape of Rhodes*, London: Faber and Faber Limited, 1960, p. 42.

② Lawrence Durrell, *Reflections on a Marine Venus A companion to the landscape of Rhodes*, London: Faber and Faber Limited, 1960, p. 15.

达雷尔的“恋岛癖”首先源自他既是又非的“英国人”身份。从父亲是英国人，母亲是爱尔兰人的国籍角度上看，达雷尔作为出生于印度的英国人后裔可被看作英国人；然而在法律层面和日常生活中，达雷尔均未获得“英国人”的身份认可。借助自传体小说《恋人们的吹笛手》，达雷尔阐发了自己作为“帝国之子”有家难回的困惑。从某种程度上讲，远离英国的希腊海岛生活已成为达雷尔解除此种心理焦虑的良丹妙药。

英国首相麦克米伦领导的保守党政府（Harold Macmillan's Conservative government）制定生效的《联邦移民法》（*Commonwealth Immigration Act 1962*）禁止帝国版图内的“非本土生人”（non-patrial）进入或在英国定居。根据这一政策，英国政府将达雷尔认定为“非本土生人”而拒绝赋予他英国公民身份。英国《卫报》（*The Guardian*）记者约翰·伊扎德（John Ezard）曾就达雷尔申请入籍英国失败一事做过专门报道：“劳伦斯·达雷尔，20 世纪末最著名，作品最畅销的作家之一，在名气如日中天之际，其加入英国国籍的申请却遭到拒绝。1966 年，《亚历山大四重奏》的作者达雷尔因议会法案的限制无法入籍英国，该法案旨在减少来自印度、巴基斯坦和西印度国家的移民数量。……持英国护照的作家［达雷尔］每次回国时都不得不提交入境申请。”①

达雷尔在自传作品中凭借对小说主人公内心世界的刻画间接表露了作家本人由出生地印度“返回”英国之后的复杂矛盾心态。《恋人们的吹笛手》中，达雷尔描写了 12 岁的主人公沃尔什·克利夫顿（Walsh Clifton）回到英国生活后，因其“混血儿”身份而产生的自卑情结。沃尔什站在驶向英国的轮船的甲板上，目睹人们激动的表情，听到人们看到多佛海滩的峭壁（Dover Cliffs）时发出的“白色终归是白色”② 的感叹。敏感的沃尔什已经觉察出自己的与众不同，如沃尔什的姑妈所说白

---

① 参见 John Ezard，“Durrell Fell Foul of Migrant Law”，*The Guardian*，29 April 2002. http：//www. theguardian. com/uk/2002/apr/29/books. booksnews。

② Lawrence Durrell，*Pied Piper of Lovers*，Victoria：University of Victoria，2008，p. 110.

色皮肤、金黄色头发的沃尔什从相貌上看几乎与土生土长的英国孩子没有区别，只是那双黑眼睛却能让人看出沃尔什“非本土生人”而是来自殖民地的“混血儿”。

如达雷尔本人一样，沃尔什是帝国底层殖民者[①]的后代，但血统的不纯使沃尔什成为遭英国人冷落的“不能接触的人”（the untouchables）。回国后的沃尔什和姑妈布伦达遭到英国人近乎种族歧视般待遇。在火车站布伦达请搬运工给他们运送行李，虽然搬运工听命行事，（正如英国人察觉出对方下等人身份时的通常反应那样）对姑妈却非常粗鲁。国际劳伦斯·达雷尔研究会（International Lawrence Durrell Society）会长吉福德教授（James Gifford）在小说注释中评论道：沃尔什和姑妈之所以会受到此番冷遇，“很有可能是因为布伦达的英印口音，再加上她对社会下层人的恭顺态度，让人一眼就看出她是说英语的外国人。”[②] 达雷尔清楚无误地表明，融入英国社会生活对沃尔什和姑妈布伦达来说是件异常痛苦的事情。

在接下来的两部自传体小说《恐慌的跳跃：一部爱情小说》和《黑书》中，达雷尔不仅批判了英国20世纪30年代的社会文化[③]还袒露了远离英国的愿望和对自我流放希腊小岛的作家生活的憧憬，背后隐藏着的是达雷尔厌恶英国而向往欧洲大陆生活的“欧洲情结”。在与《巴黎评论》（*The Paris Review*）记者的访谈中，达雷尔详细阐释了自己的“欧洲情结”：

> 我必须承认从18岁时起我就把自己视为欧洲人了，我认为我们［英国人］不再是欧洲人这一事实构成民族性格中的重大缺陷。……我

---

① 达雷尔的父亲和其自传小说主人公沃尔什·克利夫顿的父亲一样都是英国驻印度的铁路工程师。

② James Gifford, "Notes", *Pied Piper of Lovers*, Lawrence Durrell, Victoria: University of Victoria, 2008, pp. 255 – 267, p. 261.

③ 参见徐彬《达雷尔〈黑书〉中自我与他者之生死变奏》，《外语与外语教学》2010年第4期。

> 与我同时代的英雄——两位劳伦斯[①]、诺曼·道格拉斯（Norman Douglas 1868—1952）、奥尔丁顿（Richard Aldington 1892—1962）、艾略特（T. S. Eliot 1888—1965）和格拉夫（Robert Graves 1895—1985）——一样都怀有成为欧洲人的野心。[②]

达雷尔还指出在个人收入有限的情况下为了满足自己的"欧洲梦"，与其租住在英国破旧的房子里一个月去欧洲待上零星几天，不如住在欧洲偶尔回英国探亲访友。[③]

经济条件的限制使达雷尔不能将欧洲大陆选定为自我流放地，于是他选择了同属欧洲但生活成本相对较低的希腊海岛。1935 年在达雷尔的劝说下达雷尔一家（母亲、妻子和兄弟姐妹）离开英国前往希腊科孚岛生活。科孚岛不仅景色宜人，而且物价低廉[④]，达雷尔的弟弟英国著名博物学家杰洛德·达雷尔[⑤]在《我的家庭和其他动物》（*My Family and Other Animals* 1956）一书中真实记录了一家人在科孚岛上幸福美好的生活。

《苦柠檬》中达雷尔开篇明义，在威尼斯与同船旅客的对话中表明

---

① 达雷尔所说的两位劳伦斯分别是 D. H. 劳伦斯（D. H. Lawrence 1885—1930）和 T. E. 劳伦斯（T. E. Lawrence 1888—1935）。

② Gene Andrewski & Julian Mitchell，"Lawrence Durrell，The Art of Fiction No. 23"，*Paris Review*（Autumn-Winter 1959—1960），pp. 1 – 30，pp. 4 – 5.

③ 参见 Gene Andrewski & Julian Mitchell，"Lawrence Durrell，The Art of Fiction No. 23"，*Paris Review*（Autumn-Winter 1959—1960），pp. 1 – 30，p. 5。

④ 艾伦·托马斯（Alan G. Thomas）曾在其编著的达雷尔作品集《场所精神：旅行书信与随笔》（*Spirit of Place Letters and Essays on Travel* 1969）中写道："[科孚岛] 不仅比伯恩茅斯（Bournemouth 伦敦西南部海滨城市，英国著名度假胜地）温暖和阳光充足，生活在科孚岛相比之下更经济。达雷尔当时的年收入大约 150 镑，南希（Nancy 达雷尔的第一任妻子）每年有 50 镑的补贴；两人一周只需花费 4 镑便能在他们自己的小别墅里过着舒适安逸的生活，而他们的支出中甚至还包括雇佣一名女仆和购买并维护一艘帆船（范·诺登号 Van Norden）的费用"。参见：Lawrence Durrell，*Spirit of Place Letters and Essays on Travel*，ed. Alan Thomas，Mount Jackson：Axios Press，1969，p. 24。

⑤ 英国著名博物学家、生态环境保护者杰洛德·达雷尔（Gerald Durrell 1925—1995）曾创立达雷尔野生动物保育信托基金和达雷尔野生动物园。参见：http：//en. wikipedia. org/wiki/Gerald_ Durrell。

了自己选择去塞浦路斯而非雅典旅行的原因，即：从经济角度考虑，塞浦路斯比雅典更合适；对话中达雷尔吐露了在塞浦路斯购置房产长期定居的愿望。[①] 塞浦路斯的旅居生活不仅“经济地”满足了达雷尔的“欧洲情结”还使达雷尔获得了在英国国内所未曾获得的“家园”归属感、“英国人”身份的认可和身为“英国人”的责任意识，这便是达雷尔对塞浦路斯怀有的“恋岛癖”（或曰塞浦路斯归属感）的根源所在。

达雷尔《苦柠檬》中的旅行叙事带有纽约大学知名教授玛丽·普拉特（Mary Louise Pratt）博士所说的欧洲人的“星球意识”（planetary consciousness），这一意识以对内勘探（interior exploration）和凭借博物学的描述手段而构建的全球语义（global-scale meaning）为特征[②]。普拉特教授所说的“全球语义”是建立在欧洲中心论基础上的对世界的认识与定义。达雷尔的旅行叙事不仅包含普通旅行者所关注的美丽自然景观，还涉及对所到之处历史、地理、经济、政治等人文信息的探究，并将此类信息纳入包括英国殖民者在内的欧洲人的知识范畴。

因此，达雷尔的“恋岛癖”最初表现为对特定历史政治语境下塞岛居民生活状况、岛上人际关系与政治现状等问题的关照，用达雷尔的话来讲就是：“这也就是我希望透过岛民而不是风景去体会它［塞浦路斯岛］的原因之所在。我希望和当地卑微的村民分享共同的生活，并享受其中；然后将我的调查范围扩展到小岛历史背景——这是照亮民族特性之灯”[③]。在此达雷尔对自己类似“博物学家”的身份描述无可厚非，因为在达雷尔旅居塞浦路斯之前学术界有关塞浦路斯历史、地理、经济、政治等人文研究的学术专著几乎凤毛麟角。1960 年塞浦路斯脱离英国殖民统治宣布独立成为塞浦路斯共和国，1964 年共和国成立塞浦路斯研究中心（Cyprus Research Centre），此后针对塞浦路斯问题研究

① Lawrence Durrell, *Bitter Lemons*, London: Faber and Faber Ltd., 1957, p. 16.

② Mary Louise Pratt, *Imperial Eyes: Travel Writing and Transculturation*, London: Routledge, 1992, p. 15.

③ Lawrence Durrell, *Bitter Lemons*, London: Faber and Faber Ltd., 1957, p. 53.

的专著与论文才如雨后春笋般涌现。[①]

就场所对人的影响而言，马丁·海德格尔（Martin Heidegger）曾提出如下问题“生活于某地到底意味着什么？场所在人们身份建构，自我认知、生活模式的确立和对外围现实的洞察过程中的作用是什么？”[②]随着对塞浦路斯生活的深入，达雷尔由将塞浦路斯居民及其生活作为研究对象的“博物学家”逐渐转变成心系塞浦路斯岛民安危与未来命运的特殊岛民，其“恋岛癖”也相应地从对塞岛风土人情的“博物学调查”转变成对塞岛人民的真挚感情。

《苦柠檬》已经脱离了英国伦敦大学高等研究院（School of Advanced Study）的访问学者史蒂夫·克拉克（Steve Clark）所描述的传统旅行叙事模式，即：“旅行叙事（travel narrative）与家园本土文化（home culture）之间存在着必然联系；从本质上讲，无法核实旅行叙事中提及的人与事的真实性，因此［人们］常习惯于将旅行叙事者等同于说谎的人”[③]。身为旅行叙事文本《苦柠檬》的作者，达雷尔几乎完全切断了与所谓“家园本土文化”（英国文化）之间的联系。达雷尔选择在塞浦路斯定居的目的是为了找到一个安静、实惠能够让其专心从事写作的地方。1952 年任英国驻前南斯拉夫大使馆新闻专员（Press Attaché）的达雷尔已经意识到创作危机的到来，想要突破创作瓶颈的话达雷尔必须立刻采取行动。在给挚友美国著名作家亨利·米勒（Henry Miller）的信

---

① 如：英国皇家地理协会会员、皇家国际事务研究所研究员兼英国职业摄像师协会会员南希·克劳肖（Nancy Crawshaw）的专著《塞浦路斯起义：对要求与希腊合并之斗争的阐释》（*The Cyprus Revolt: An Account of the Struggle for Union with Greece* 1978）塞浦路斯研究中心专职研究员乔治哈利德斯（G. S. Georghallides）的专著《塞浦路斯政治行政史，1918—1926，英国统治评述》（*A Political and Administrative History of Cyprus*, 1918—1926, *with a Survey of the Foundations of British Rule* 1979）以及曾于 1957—1960 年间任英国驻塞浦路斯政府执行秘书的约翰·雷德韦（John Reddaway）的专著《塞浦路斯重担：英国的联系》（*Burdened with Cyprus: the British Connection* 1986）等。

② J. Gerald Kennedy, “Place, Self, and Writing”, *Southern Review*, 26.3 (1990), pp. 496 – 516, pp. 496 – 497.

③ Steve Clark, “Introduction”, *Travel Writing and Empire*, ed. Steve Clark, London: Zed Books, 1999, p. 1.

中达雷尔写道“我要在十二月份辞去使馆的工作，随后我们出发前往塞浦路斯。……天知道我们靠什么活着，然而我却异常兴奋，急不可待地想过那种忍饥挨饿的作家生活”①。此外，达雷尔将争取塞浦路斯岛脱离英国殖民统治的“意诺西斯”运动这一真实政治历史事件作为《苦柠檬》的叙事背景，以作家本人和附有照片的真实小岛居民为游记主人公，这使得《苦柠檬》从形式到内容都与传统旅行叙事有着本质上的不同，达雷尔笔下的文字也不再是无据可查的“谎言”。

达雷尔的塞浦路斯之行已不再是普通人的旅游行为，而具有在异国他乡建立“家园”的内涵。也就是说，达雷尔游记写作绝非“为旅行而旅行”的见闻札记，而是表现出充沛的个人道德情感与鲜明的政治观点。塞岛美好的自然、人文环境勾起了达雷尔对印度童年生活的回忆，“村子的环境和气氛相当迷人；……每家院子里都矗立着绿叶亭亭如扇的芭蕉树，宛若从我的印度童年时代来的信使，在风中摇曳，发出如羊皮纸般的沙沙声”②。达雷尔阐发的“由于我选择在塞浦路斯定居，因此塞浦路斯就成了我的乡土”③ 的塞岛归属感经由上述情感和观点的表达而跃然纸上。

以此为前提，达雷尔揭示并批判了法国诗人兰波（Arthur Rimbaud 1854—1891）和英国陆军元帅基奇纳（Horatio Herbert Kitchener 1850—1916）在记录塞浦路斯生活的游记中字里行间透露出的对塞浦路斯的控制欲：“两人的笔迹明显流露出一股自觉的控制欲，程度已远远超过常人”④。在此基础上，达雷尔还列举了曾侵占塞浦路斯的重要历史人物，如：拉希德（Haroun Rashid 763—809）、亚历山大大帝、狮心王理查（英国国王理查一世 1157—1199）和凯瑟琳·柯纳罗（Catherine Cornaro 1454—1510）女王等。达雷尔写道塞岛的美丽虽然亘古不变，但经历不

---

① Lawrence Durrell, *Spirit of Place Letters and Essays on Travel*, ed. Alan Thomas, Mount Jackson: Axios Press, 1969, p. 128.

② Lawrence Durrell, *Bitter Lemons*, London: Faber and Faber Ltd., 1957, p. 56.

③ Lawrence Durrell, *Bitter Lemons*, London: Faber and Faber Ltd., 1957, p. 17.

④ Lawrence Durrell, *Bitter Lemons*, London: Faber and Faber Ltd., 1957, p. 20.

同殖民者的统治之后，同一地点却被赋予多种语言名称："这些地名念起来就像排钟敲出的声音，希腊语称 Babylas 和 Myrtou，土耳其语称 Kasaphani，十字军称之 Templos……交织成令人昏头涨脑的声音。"① 达雷尔不仅揭示了东西方帝国扩张过程中塞浦路斯作为兵家必争之地的重要战略地位，还对塞浦路斯人始终处于各种殖民势力交替统治下的被殖民生活状况深表同情，即：历代殖民者以不同方式（如使用本族语言给岛上场所命名）在塞浦路斯留下各自殖民统治印记的同时，塞浦路斯人却丧失了自己的话语权和民族特性。

1925 年至 1960 年期间，位于欧亚大陆交界处的塞浦路斯具有欧洲版图上的海岛和英国殖民地的地理、政治双重属性，这使达雷尔的塞浦路斯之行或多或少地染上了萨义德（Edward Said）所说的"欧洲人在东方旅行"的色彩；但达雷尔并不具有"旅行者与周遭环境故意保持距离或不平等关系的意识"②。以在塞浦路斯买房子的经历为例，可以看出达雷尔已然将对未来幸福生活的憧憬寄托于塞浦路斯岛民身上了。他毫不隐讳地向岛上有名的房地产经纪人萨布里·塔伊尔（Sabri Tahir）自亮"穷人"身份，希望得到萨布里的关照。游记主人公"我"[达雷尔]不仅未在塞岛居民面前表现出居高临下的殖民者态度；相反，"我"还从实际情况出发，展示出谦卑的姿态，希望能被塞岛居民接受并获得生活上的帮助。

对达雷尔而言塞岛的意义不仅在于舒适经济的生活，更在于塞岛居民对"英国人"达雷尔始终不渝的友谊，正如帮助达雷尔买房子的萨布里所说："我亲爱的达雷尔，……现在你已经是我的朋友了，就算你将来变了，不再把我当朋友，我也不会变的。"③

在享受与塞岛居民之间的友情的同时，达雷尔在对居住于塞岛上的英国人的生活现状的观察基础上发出大英帝国行将就木的感叹：

---

① Lawrence Durrell, *Bitter Lemons*, London: Faber and Faber Ltd., 1957, p. 53.

② Edward Said, *Orientalism*, London: Routledge, 1978, p. 157.

③ Lawrence Durrell, *Bitter Lemons*, London: Faber and Faber Ltd., 1957, p. 73.

> 看着这些形形色色、举止怪异且一息尚存的人们借助拐杖、疝带、推车和裤状救生圈等纷纷从他们的卧房出来，到基里尼亚水畔去晒暗淡的春日阳光，再没有其他情景比这更令人确信英国已经走到日薄西山的末路了……垂头丧气的禽鸟与乌鸦，羽色黯然、消退，拖着脚步穿过了无生气的日色向廊柱露台走去，那里摆了多张小桌子，行礼如仪地标示出“下午茶”……①

通过上述描写，达雷尔意在指出，塞岛上的英国人已经丧失了殖民者凌驾于被殖民者之上的优势；实际上，英国人在塞浦路斯生活的好坏还要仰仗塞浦路斯居民对他们的关照程度。也就是说，传统意义上的殖民者优于被殖民者的不平等关系在当下塞浦路斯生活中已经发生了逆转。

普拉特教授曾提出过旅行写作与欧洲读者群的关系问题：“在欧洲扩张过程的特定结点上，旅行写作如何为欧洲读者创造了欧洲以外的世界其他地方”②。与普拉特所阐释的旅行文学的欧洲读者群的范畴不同，达雷尔将《苦柠檬》的读者群预设为塞浦路斯人和英国人，以第一人称叙述者“我”的形式隐身于文本中的达雷尔希望以此种读者群预设的方式肩负起增进塞浦路斯人与英国人之间相互了解的中间人和“调停者”的责任。在提及塞浦路斯人与英国人之间的误解时，达雷尔强调了语言与解释的重要性：

> 或许语言是关键所在，这很难说。我发现英文好的塞浦路斯人竟然如此之少，而只有极为少数的英国人会讲十几个希腊词语，然而却因此巩固了友谊，并且还减轻了生活重担。…我持的态度其实是颇具私心的，不过，不论在哪儿见到我们的民族［英国］荣誉因

① Lawrence Durrell, *Bitter Lemons*, London: Faber and Faber Ltd., 1957, p. 36.

② Mary Louise Pratt, *Imperial Eyes: Travel Writing and Transculturation*, London: Routledge, 1992, p. 5.

为漫不经心的一句话或举止而蒙受成见时，我会尽可能去安抚受扰者的情绪，或是把某种遭到误解的行为表现背后的真实意图诠释一番，努力恢复双方的平衡。在黎凡特地区，不屑于解释的后果是不堪设想的。①

达雷尔用塞浦路斯药房老板马诺里（Manoli）对英国上将恩维（General Envy）化敌为友的态度转变以及自己与塞岛居民交流的成功经验证明了英国人说希腊语和主动与塞岛居民交流的益处所在。达雷尔上文中所说的"私心"指的是享受塞浦路斯悠闲安逸的作家生活的愿望，而英国殖民者与塞岛居民之间和谐共处的政治环境是达雷尔实现个人欲求的基础之所在。然而事与愿违，初到塞浦路斯岛的达雷尔已经察觉到英国人与塞岛居民之间因缺乏对彼此语言的学习和对相关事件的解释而产生的隔阂，而"不屑于解释的后果"就是危及英国对塞浦路斯殖民统治并激化塞浦路斯种族矛盾的"意诺西斯"② 运动。

二　"意诺西斯"与"亚特兰蒂斯"的陷落

达雷尔心目中的塞浦路斯仿佛古希腊哲学家柏拉图（Plato 427—347 BC）在《蒂迈欧篇》（*Timaeus*）中描写的美丽富饶的"亚特兰蒂斯"。柏拉图将"亚特兰蒂斯"的政权体制描述为："统治全岛的国王联盟拥有至高无上的权力，他们的势力范围还涉及其他岛屿甚至部分欧洲地区"③。达雷尔见证了英国殖民统治下希腊裔和土耳其裔塞岛居民

① Lawrence Durrell, *Bitter Lemons*, London: Faber and Faber Ltd., 1957, p. 37.

② 潘特利博士（Dr. Stavros Panteli）就"意诺西斯"的历史成因撰文如下：第二次世界大战爆发后，希腊裔塞浦路斯人相信只要加入盟军打击大英帝国的敌人，英国会最终同意他们的"意诺西斯"要求，即：塞浦路斯加入希腊的政治诉求。参见：Stavros Panteli, *The Making of Modern Cyprus. From Obscurity to Statehood*, New Barnet, Herts: Interworld Publications, 1990, pp. 122－134。

③ 转自：Rodney Castleden, *Atlantis Destroyed*, London and New York: Routledge, 1998, p. 3。

和睦相处的生活场景。就达雷尔而言，英国对塞浦路斯的绝对统治即是柏拉图笔下的"统治全岛的国王联盟"，英国殖民统治力量的存在是塞浦路斯岛民和平生活的保障；然而塞浦路斯恰如柏拉图笔下失宠于众神的"亚特兰蒂斯"，"意诺西斯"运动则如将"亚特兰蒂斯"沉入大西洋底的强烈地震①一般将达雷尔眼中昔日天堂般的塞浦路斯生活化为乌有。达雷尔在《苦柠檬》中明确指出英国殖民统治者对塞浦路斯民情的无知且不以为然的态度、行政管理上的落后和处理紧急事件过程中低下的效率都起到了为"意诺西斯"运动推波助澜的作用。

《苦柠檬》的《前言》中，达雷尔开门见山地说明了该游记的写作宗旨：

> 我［达雷尔］以个人身份来到塞浦路斯，住在名叫贝拉佩斯（Bellapaix）的希腊小村庄里。我尽量让热情好客的村民朋友们讲述此后发生的一系列事件，希望本书成为向塞浦路斯村民和小岛美丽风景致敬的纪念碑。这本书给我海岛三部曲②的游记写作画上了句号。
>
> 得益于所处环境的优势，我能从几个独特的视角讲述塞浦路斯人的生活和事件，因为居住塞浦路斯期间我曾做过许多不同的工作，甚至在最后两年里在塞浦路斯政府③任职。这让我能从村中酒馆和政府大院两个角度审视在我面前不断上演的塞浦路斯悲剧。我试着以书中刻画人物的视角叙事，从个人道德价值判断而不是政治倾向的层面上揭示塞浦路斯的悲剧。我之所以这样做，是因为不想

---

① 参见 Rodney Castleden, *Atlantis Destroyed*, London and New York: Routledge, 1998, p. 175。

② 海岛三部曲分别是：《普洛斯彼罗的房间：科孚岛风土人情导读》（*Prospero's Cell: A guide to the landscape and manners of the island of Corcyra* [*Corfu*] 1945）、《海上维纳斯的思考》（*Reflections on a Marine Venus* 1953）和《苦柠檬》（*Bitter Lemons* 1957）。

③ 达雷尔此处虽未阐明但从后文可见，塞浦路斯政府（the Cyprus Government）实际上指的是英国派驻塞浦路斯的殖民政府。

> 让此书招人轻蔑，希望眼前的误解消除之后（误解迟早会烟消云散）本书还有可读性。①

如上文所示，“热情好客”“美丽”“纪念碑”和“悲剧”等词语的使用已显示出作者本人对塞浦路斯岛民、小岛风景与生活的热爱；目睹小岛“悲剧”，“我”对塞岛居民的道德情感胜过作为英国殖民政府工作人员的“我”的政治倾向，而《苦柠檬》的“可读性”恰好存在于达雷尔的道德情感和政治倾向间的矛盾冲突之中。

“意诺西斯”运动涉及塞浦路斯岛上英国人、希腊裔塞浦路斯人和土耳其裔塞浦路斯人三个不同种族的人们之间的关系问题。在该运动爆发之前，除极少数人偶尔因对英国殖民统治的不满而谈及“意诺西斯”之外，绝大多数塞浦路斯居民并不为其所动。达雷尔以自己买房子的亲身经历验证了上述判断。“我”的希腊裔好友酒馆老板克里图（Clito）让“我”去找有名的土耳其裔地产中间人萨布里去买房子；房子买到后，萨布里给我介绍了守信、可靠的希腊裔房屋装修人安德烈·卡勒基思（Andreas Kallergis）。“我”对希腊裔和土耳其裔居民相互介绍生意的和睦关系颇为不解，萨布里对此解释道：“‘塞浦路斯很小，’他说，‘虽然我们彼此不同，但我们大家都是朋友。这就是塞浦路斯，我亲爱的’”②。

除了对希腊裔和土耳其裔塞浦路斯岛居民间和谐共处的关系的描述之外，达雷尔自始至终都在强调塞浦路斯人对英国人的由来已久的友情。“友情”（或“友谊”）已经成为整部游记中出现次数最多的高频词，达雷尔尤为珍惜与所居住村子里的塞岛居民之间的“友情”。在送别朋友离开塞岛返回村子的路上，达雷尔一边欣赏着美丽的塞岛风光，一边发出如下感叹：“往后还有很多个这样的早晨、这样的夜晚，在深

---

① Lawrence Durrell, *Bitter Lemons*, London: Faber and Faber Ltd., 1957, p. 11.

② Lawrence Durrell, *Bitter Lemons*, London: Faber and Faber Ltd., 1957, p. 74.

厚友情（fellowship）和美酒中度过，那时塞浦路斯尚未被变幻莫测的福神与祸魔卷入风云诡异的时势，那种时势不仅毁掉了这些友谊（friendships）带来的幸福，更可悲的是毁掉了历经考验的人与人之间的感情，而那个小村的生活就是建立在这种感情之上的"①。

凭借对希腊裔塞浦路斯农民弗朗哥斯（Frangos）酒馆闹剧②的描述，达雷尔阐明了如下事实，即：塞岛居民对英国殖民统治的不满已经对这种友谊产生了威胁。"意诺西斯"运动全面爆发之际，达雷尔将希腊裔塞岛居民对英国的热爱比作"罕见的机遇之花，那种对英国的一厢情愿、不合理性的热爱，而且这种热爱是其他国家没有的，并以很奇妙的方式欣然绽放，与那个魂牵梦绕的［与希腊］合并的理想共生并存"③。达雷尔意在唤起人们对这一友谊的重视，希望看到此种难以名状的友谊给岌岌可危的英国塞岛殖民统治带来转机。

虽然达雷尔从道德情感出发珍视希腊裔塞岛居民与英国人的"手足之情"④，不愿看到双方"自相残杀"的悲剧，但他意识到英国在塞浦路斯殖民统治与在塞岛经济发展建设上的无所作为让塞浦路斯人看不到"独立、自由和民主"以及塞岛发展现代化的曙光；"意诺西斯"运动因此而成为希腊裔塞浦路斯人心中唯一"正确"的出路。然而他们却对做此选择后将会带来的暴力流血事件和种族斗争等一系列悲剧性结果一无所知。

在《山雨欲来风满楼》（"A Telling of Omens"）一章开始，达雷尔

---

① Lawrence Durrell, *Bitter Lemons*, London: Faber and Faber Ltd., 1957, p. 101.

② 弗朗哥斯假借醉酒无端指责英国人并把在场的"我"［达雷尔］牵扯其中时，"我"编造了第二次世界大战期间"我"弟弟与希腊人并肩作战抗击德国法西斯军队入侵希腊战死在温泉关（Thermoplae）的故事。闻此故事，弗朗哥斯立刻放弃了对"我"的敌对态度。参见：Lawrence Durrell, *Bitter Lemons*, London: Faber and Faber Ltd., 1957, p. 41。

③ Lawrence Durrell, *Bitter Lemons*, London: Faber and Faber Ltd., 1957, p. 127.

④ 《苦柠檬》中，达雷尔曾提及著名英国诗人拜伦（George Gordon Byron 1788—1824）为希腊独立事业而献身的英雄事迹，指出：诗人拜伦已成为英国与希腊两国人民友谊的使者；此外，达雷尔还提及第二次世界大战中英国士兵与希腊士兵联合抵抗德国法西斯入侵希腊的历史事件。参见：Lawrence Durrell, *Bitter Lemons*, London: Faber and Faber Ltd., 1957, p. 41。

引用了英国著名历史学家和旅行家威廉姆·迪克逊（William Hepworth Dixon 1821—1879）在其名著《英治塞浦路斯》（*British Cyprus* 1887）中的话"任何权力都不及一个人生而具有的土地所有权更可贵。我们［英国人］城市行政区史充斥着这方面令人警醒的案例。爱尔兰就不止有过一位国王因为用不正当手段干预城市行政区的权力而走向没落。不管多么弱小的民族，都不会心甘情愿让外国人坐上统治者位子的"①。在认同迪克逊提出的土地所有权问题是塞浦路斯人反抗英国殖民统治的根本原因的观点同时，达雷尔还指出英国殖民统治下塞浦路斯社会发展与经济建设的停滞不前和塞浦路斯人民对现代化发展的迫切要求同样是导致"意诺西斯"运动爆发的不可忽视的原因。

贝拉佩斯（Bellapaix）村民给刚到村里定居的达雷尔讲述了那棵"无所事事树"名字的由来，即：凡在村里酒馆前那棵大树下坐过的人都会变得懒惰，故给那棵树起名为"无所事事树"。《苦柠檬》中达雷尔曾多次提及"无所事事树"，然而其目的不是为了揭示塞浦路斯人的懒惰，而是为了影射英国殖民当局在塞浦路斯的"无所事事"。英国殖民政府对塞浦路斯发展漠不关心的态度加上英国在塞浦路斯落后的资源、设备配置和缓慢的政策体制建设，使塞浦路斯长期处于较低层次的农业经济发展阶段。

达雷尔将塞浦路斯首都尼科西亚（Nicosia）与邻国希腊首都雅典相比，指出："雅典虽然错综曲折、杂乱无章，终究还是属于欧洲。但是在20世纪生活便利设施这方面，尼科西亚却只能跟某些安纳托利亚的破旧小镇相比，这类小镇位于中部大草原，茫然为世人所遗忘。……有没有过叫醒它［塞浦路斯］的动作呢？到目前为止一直没有必要"②。长期以来，英国政府始终以对低等民族和欠发达地区，如：非洲乌干达的方式对待塞浦路斯。在此，达雷尔深刻批判了英国以自我为中心而不

① Lawrence Durrell, *Bitter Lemons*, London: Faber and Faber Ltd., 1957, p. 116.

② Lawrence Durrell, *Bitter Lemons*, London: Faber and Faber Ltd., 1957, p. 156.

顾殖民地自身发展的实用主义的殖民统治。

因达雷尔精通希腊语并与岛民有着良好的人际关系，英国塞浦路斯当局聘请达雷尔出任英国驻塞浦路斯总督府新闻官。担任新闻官的达雷尔实际上是英国政府安插在塞浦路斯百姓中的民情“间谍”。这样一来，达雷尔便获得了塞岛居民兼英国殖民政府工作人员的双重身份。

达雷尔强调了和平解决危机的重要性，认为英国对塞浦路斯殖民统治的政治危机绝非就事论事那样简单，因为“塞浦路斯问题的次影响力很可能会危害到巴尔干公约（Balkan Pact）以及北大西洋公约组织的稳固”①。然而当“意诺西斯”运动如火如荼地进行着的时候，英国国内却对塞浦路斯问题迟迟不做决定，使英国丧失了解决塞浦路斯政治危机的主动权，英国塞岛殖民统治终以失败收场。达雷尔曾直言不讳地批评英国政府对塞浦路斯历史知识的匮乏：“整件事唯一悲剧的地方只在于这场战争［‘意诺西斯’运动］刚好是针对了长久以来爱戴的友国［英国］，而这个友国缺乏历史了解的程度简直不可思议……”②

达雷尔对英国殖民政府就塞浦路斯危机不以为然的态度和低下的工作效率颇有微词：

> 从英国政府角度来看，塞浦路斯小得出奇——在磨损地图上悲喜交加的近东（the Near East）地貌上看，不过像指尖大小的粉红色小点。我失望万分，估计大概需要六个月的时间伦敦才会看清真想，毋庸置疑，巴尔干半岛各国日渐高涨的不满情绪必然会令外交部有所警觉。③

出于对自己在塞岛生活和对塞岛居民与英国人之间友谊的考虑，达雷尔希望通过和平方式解决“意诺西斯”运动所带来的塞浦路斯政治

① Lawrence Durrell, *Bitter Lemons*, London: Faber and Faber Ltd., 1957, p. 176.

② Lawrence Durrell, *Bitter Lemons*, London: Faber and Faber Ltd., 1957, p. 191.

③ Lawrence Durrell, *Bitter Lemons*, London: Faber and Faber Ltd., 1957, p. 177.

危机，维持英国对塞岛的殖民统治，但不争气的英国政府彻底粉碎了达雷尔塞浦路斯的“亚特兰蒂斯”之梦。

达雷尔不仅在宏观层面上将塞浦路斯危机纳入巴尔干地区政治的考察，更从塞浦路斯岛民生活的微观视角出发强烈谴责了希腊政府的介入，如：为反抗英国殖民统治的暴力分子提供军事训练和武器以及以收音机和传单为手段对“意诺西斯”运动的操纵等。达雷尔心痛地指出，因被希腊“意诺西斯”政治宣传而洗了脑的“那一网打尽坐在被告席上的亡命之徒又怎可能不引人莞尔，他们代表了那些岛屿上的无知又可爱的农民阶层”①。

在《无理性的盛宴》（“The Feast of Unreason”）一章中，达雷尔描述了恐怖事件发生时的场景，恰如本章标题“无理性的盛宴”所示，达雷尔指出，旨在使塞浦路斯摆脱英国殖民统治，加入希腊的“意诺西斯”运动已经从一场政治运动演变成一场无理性可言的暴力运动；恐怖分子的身份混杂，既有被埃奥卡（EOKA）青年组织洗脑的年轻学生、在电台煽动下揭竿而起的本地民众，也有街头流氓以及职业或半职业军人。在暴力恐怖事件的阴霾笼罩下，“人情味逐渐在尼科西亚②消逝”③。

塞浦路斯欧洲大学（European University Cyprus）人文学院副教授图尔奈（Petra Tournay）博士认为，达雷尔对塞浦路斯人的描写揭露了作家本人东方主义者或英国殖民者凌驾于东方“他者”之上的优越感④。以爱德华·萨义德（Edward Said）的“东方主义论”为理论基础，图尔奈博士因对西方与东方、中心与边缘二元对立说的过分依赖而陷入对《苦柠檬》简单化和片面化阅读的误区。图尔奈博士举例指出，

① Lawrence Durrell, *Bitter Lemons*, London: Faber and Faber Ltd., 1957, p. 178.

② 尼科西亚（Nicosia）是当时英国在塞浦路斯的殖民政府所在地也是全岛主要商业中心。

③ Lawrence Durrell, *Bitter Lemons*, London: Faber and Faber Ltd., 1957, p. 187.

④ Petra Tournay, “Colonial Encounters: Lawrence Durrell's *Bitter Lemons of Cyprus*”, *Lawrence Durrell and the Greek World*, ed. Anna Lillios, London: Associated University Presses, 2004, p. 158.

达雷尔倾向于将塞浦路斯人描写成不成熟的孩子和野蛮的动物。[①] 仔细阅读并加以区分之后可以发现，达雷尔动物比喻所针对的对象多半是“意诺西斯”运动中危害社会秩序和威胁塞浦路斯普通百姓人身安全的无知暴民和恐怖主义分子。

> 洛奇得斯（Loizides）本人是个非常害羞的人，体态不雅，其貌不扬，戴着深度眼镜，言谈举止宛若一个被人控以把姑妈烤熟的学童。他像日本人那样低垂着黑发小脑袋；但其他人却欲因为受人瞩目而陶醉其中……宣布判刑的时候他们露出灿烂的笑容，外面群众喧闹声一片，他们却很欣赏地竖着耳朵倾听。他们自认为会变成英雄豪杰和烈士。[②]

达雷尔之所以将参与暴乱与恐怖主义行动的塞浦路斯人比作动物，是因为他们危及无辜百姓生命、财产的无德暴行不过是对嗜血的野蛮兽欲的满足。在达雷尔看来，“意诺西斯”运动不过是一场由希腊人导演的闹剧，而塞浦路斯暴民则是这场闹剧的主人公。

达雷尔将“意诺西斯”运动爆发期间自己的生活状态比作：“在墨西哥湾流里漂浮分开的三块浮冰”[③]；对达雷尔而言总督府、办公室和村子分别代表三种生活状态：殖民统治者的奢华生活、殖民地公务员刻板的例行公事的生活和诗情画意般的田园生活，穿梭期间的达雷尔的内心分裂感油然而生。与此相呼应的是英国政府夹在希腊和土耳其政府之间的两难境地。土耳其裔塞浦路斯人一向对“意诺西斯”运动持反对态度，与希望将塞浦路斯并入希腊的希腊裔塞浦路斯人不同，占人口少数的土耳其裔希腊人并没有将塞浦路斯并入土耳其的愿望，他们更希望

---

① Petra Tournay, “Colonial Encounters: Lawrence Durrell's *Bitter Lemons of Cyprus*”, *Lawrence Durrell and the Greek World*, ed. Anna Lillios, London: Associated University Presses, 2004, pp. 160 – 161.

② Lawrence Durrell, *Bitter Lemons*, London: Faber and Faber Ltd., 1957, p. 178.

③ Lawrence Durrell, *Bitter Lemons*, London: Faber and Faber Ltd., 1957, p. 189.

保持当下塞浦路斯的政治局面，而不希望塞岛局势发生任何变化。然而“意诺西斯”运动的暴力升级直接影响到了土耳其裔塞浦路斯人的日常生活，土耳其政府因此迅速介入塞浦路斯政局之中。

鉴于此种复杂局势，达雷尔向英国政府提出“允许岛民对‘意诺西斯’进行‘公投’”的建议。法国学者马斯（Jose Ruiz Mas）认为身为英国驻塞浦路斯殖民政府新闻官的达雷尔赞同英国政府用以对抗“意诺希斯”运动而倡导的“地方自治”（communalism）的政治主张，该主张强调希腊裔和土耳其裔塞浦路斯人的种族与宗教社区差异，倾向于实现信仰基督教的希腊人和信奉穆斯林教的土耳其人将塞岛分而治之①；其实不然，达雷尔不希望看到塞岛脱离英国统治实现自治并由此导致分裂。他在游记中明确指出“公投”才是化解英国与希腊和土耳其两国紧张局面的唯一可行办法，同时也是达雷尔本人摆脱“英国殖民者”和“塞岛居民同情者”双重伦理身份危机的良策。

尽管这一提议有“一石二鸟”之功效，但达雷尔深知“公投”对英国全球范围内的殖民政治将会产生无可限量的影响：

> 在伦敦眼中，塞浦路斯不仅是个塞浦路斯，而是脆弱的电信中心与港口连接的一环，是一个帝国脊椎的骨骼，而这脊椎则正在力抗岁月带来的老化。要是这么随便让塞浦路斯表示希望脱离，接下来的香港、马耳他、直布罗陀、福克斯群岛、亚丁——这些安定但又蠢蠢欲动的岛屿又会遵循怎样的大榜样呢？②

英国对塞浦路斯的政治态度和即将产生的塞浦路斯新政局将有可能成为以上诸多地区效仿的模式。然而，谙习塞浦路斯民情的达雷尔对“公投”结果持积极态度，因为他发现塞浦路斯人需要的是以“公投”

① Jose Ruiz Mas, “Lawrence Durrell in Cyprus: A Philhellene Against Enosis”, *EPOS*, XIX (2003), pp. 229 - 243, p. 230.

② Lawrence Durrell, *Bitter Lemons*, London: Faber and Faber Ltd., 1957, p. 194.

的方式决定自己命运的“权利”（right），就此做出终结英国塞岛殖民统治的结论还为时尚早，如达雷尔的朋友帕诺斯（Panos）所说：“很可能是投票反对意诺希斯，谁知道呢？我们很多人都对改变持怀疑态度。但是权利，最起码的权利——你们［英国殖民者］把它授予我们，就可以赢得这个岛”[①]。与达雷尔的希望相反，或是出于对塞浦路斯人的不信任、或是出于对英国剩余殖民地前途的担忧，英国政府对“公投”议案迟迟不作答复，最终使其在塞浦路斯殖民统治陷入骑虎难下的尴尬局面。

希腊学者卡罗泰考斯（Vangelis Calotychos）认为就游记开始达雷尔对塞浦路斯自然景色和人文环境的描写来看，达雷尔已将塞浦路斯视为逃避世俗纷争的伊甸园般的避难所。[②] 炸弹在尼科西亚等塞浦路斯中心城市爆炸的时候，达雷尔仍冒着被恐怖主义分子暗杀的危险回到自己房子的所在地贝拉佩斯村，在达雷尔眼中逃往贝拉佩斯村就仿佛进入一个筑有城墙的花园。集“自我流放塞浦路斯的作家”“英国殖民地官员”和“塞浦路斯岛民”等多种身份于一身，达雷尔在由“意诺西斯”运动而引发的政治危机和暴乱中，始终与自己的塞浦路斯朋友们保持着至死不渝的友谊。随着政治问题的激化，恐怖暴力事件已经威胁到了达雷尔及其朋友们的生命。塞岛警力不足和英国政治决策的缓慢使塞浦路斯岛上的生活陷入旷日持久的危机之中，为了自己也为了朋友们的生命安全[③]，在塞岛短暂居住三年（1953—1956）[④] 之后，达雷尔于1956年无可奈何地离开了塞浦路斯。

当然，我们也不能否认《苦柠檬》中的确掺杂着达雷尔作为御用

---

① Lawrence Durrell, *Bitter Lemons*, London: Faber and Faber Ltd., 1957, p. 174.

② Vangelis Calotychos, "Lawrence Durrell, The Bitterest Lemon?", *Lawrence Durrell and the Greek World*, ed. Anna Lillios, London: Associated University Presses, 2004, p. 180.

③ 曾有塞浦路斯村民因是“英国人”达雷尔的朋友而遭到暴力威胁。详见：Lawrence Durrell, *Bitter Lemons*, London: Faber & Faber, 1957, p. 217。

④ Jose Ruiz Mas, "Lawrence Durrell in Cyprus: A Philhellene Against Enosis", *EPOS*, XIX (2003), pp. 229 - 243, p. 230.

文人的写作动机。为赚取稿费，达雷尔为一个美国国际关系机构的期刊写了一系列有关塞浦路斯政治问题的文章，而“这一切带给我［达雷尔］的影响就更多了。这是份苦差事，因为我并不喜欢写政治文章，然而稿费却可以为我的阳台房间买扇门或窗，何况我也不熟悉其他更好的赚钱的方法”[①]。既然如此，“英国人出身”[②] 的达雷尔为了满足“读者”（美国国际关系机构）的阅读喜好，在《苦柠檬》中必然会大量出现从英国殖民者的视角看问题或替英国殖民者分析问题的阐释；也正因如此，达雷尔才在《苦柠檬》的写作中经常引用英国著名历史学家和旅行家赫普沃思·迪克森（Hepworth Dixon 1821—1879）的著作《英治塞浦路斯》（*British Cyprus* 1879）中的内容。

其实，达雷尔在塞浦路斯岛旅居期间的政治写作更多是为英国政府而为。1954 年 7 月达雷尔被任命为英国驻塞浦路斯政府情报处处长（director of the Information Services）负责政府新闻发布、出版，管理《塞浦路斯评论》（Cypress Review）、塞浦路斯旅游办公室和塞浦路斯广播。[③] 美国哥伦比亚大学（Columbia University）已故教授约翰·安特里克（John Unterecker 1961—1987）在达雷尔自传研究中指出：达雷尔曾为英国政府写过很多机密报道（confidential reports）和内政部文件（Home Office files）。[④] 达雷尔“御用文人”的身份虽然为他带来了一定的经济收益，但也招来了友人的质疑。曾任职于英国文化委员会的英国作家莫里斯·卡迪夫（Maurice Cardiff）曾警告达雷尔如接受英国驻塞浦路斯政府的工作，达雷尔将“失去所有希腊朋友”。实际上，达雷尔的政府工作确实导致他与著名希腊诗人外交家（Greek poet-diplomat）

---

① Lawrence Durrell, *Bitter Lemons*, London: Faber and Faber Ltd., 1957, p. 121.

② 达雷尔具有的印度出生的英国驻印度殖民地建设者后代，却从法律上讲不是英国公民的复杂“英国人”身份。

③ Ian S. MacNiven, *Lawrence Durrell: A Biography*, London: Faber and Faber, 1998, p. 410. 后文出自同一著作的引文，将随文标出该著名称区别性首词和引文出处页码，不再另注。

④ John Unterecker, *Lawrence Durrell*, New York & London: Columbia University Press, 1964, p. 4.

塞弗里斯（Seferis）[①] 之间的紧张关系。

在为英国政府工作之余，达雷尔虽然忙里偷闲完成了《亚历山大四重奏》中的第一部小说《贾斯汀》的写作，然而由“意诺西斯”运动而引发的时局动荡和英国殖民统治的最终破产在宣告达雷尔政治写作终结的同时还严重干扰了达雷尔的文学创作。达雷尔在《巴黎评论》的访谈中说道：“《贾斯汀》的创作经常因为炸弹爆炸而中断，这部小说花了我大概四个月——实际上是一年的时间，因为中间有很长一段时间为了应付塞浦路斯的工作我不得不停止写作。离开塞浦路斯之前我完成了《贾斯汀》的写作”。[②]

此外，达雷尔还强调了为生计而写作的问题，此时的塞浦路斯已不再是达雷尔两种写作（政治写作和文学写作）的理想场所。在政治诉求失败、生命安危不保和生活经济来源缺失的情况下，胸怀塞浦路斯美景与友谊的达雷尔唯有一走了之。游记题目“苦柠檬”中的一个“苦”字生动地再现了作家达雷尔那时那地忧国（英国）、忧民（塞浦路斯人民）、忧自己的苦闷与惆怅。

在另一篇题为《行吟诗人》（*Troubadour*）的塞浦路斯游记文章中，达雷尔热情讴歌了塞浦路斯的诗歌文化传统和塞浦路斯人的诗人气质。以诗会友，达雷尔与当时塞浦路斯著名行吟诗人贾尼斯（Janis）建立了深厚友谊，然而塞浦路斯政治危机的到来，令二人形同陌路。尽管如此，与贾尼斯分别数年之后，1960 年达雷尔撰文描写了塞浦路斯人热爱诗歌的美好传统和贾尼斯行吟诗人的生活经历，并将其发表在《星期日泰晤士报》（*The Sunday Times*）上[③]。达雷尔希望以此纪念与贾尼斯

---

① “性情温和、敏感的乔治·塞弗里阿迪斯（George Seferiades）是 20 世纪希腊著名诗人，同时也是一位能力非凡的外交官。……他以塞弗里斯（Seferis）为笔名写作，达雷尔将他的部分诗歌翻译成英文”。参见：Lawrence Durrell, *Spirit of Place Letters and Essays on Travel*, ed. Alan Thomas, Mount Jackson: Axios Press, 1969, p. 73。

② Gene Andrewski & Julian Mitchell, “Lawrence Durrell, The Art of Fiction No. 23”, *Paris Review* (Autumn-Winter 1959—1960), pp. 1 – 30, p. 11.

③ Lawrence Durrell, “Troubadour”, *Spirit of Place Letters and Essays on Travel*, ed. Alan Thomas, Mount Jackson: Axios Press, 1969, pp. 415 – 421, p. 415.

之间的友谊、回忆塞浦路斯岛上充满诗情画意的美好生活。文章以达雷尔从友人发来的明信片中获知塞浦路斯自治后贾尼斯重操旧业的信息和对贾尼斯生活现状的想象与疑问结尾，真实再现了达雷尔对那段塞浦路斯生活经历挥之不去的怀旧情感。

综上所述，达雷尔对塞浦路斯“恋岛癖”的养成具有如下动因，“欧洲情结”、对英国社会与文化的不满、英国人身份的困惑和经济困境等。达雷尔选择了自我流放塞浦路斯，远离英国社会与文化的“轻装旅行”（travel light）。如美国麻省大学（University of Massachusetts）波特（Dennis Porter）教授所说，旅行叙事“总会关注场所，进入某一场所和如何一劳永逸地为自己设定与他者关系中的位置等问题”,[①] 达雷尔在塞浦路斯的旅行叙事虽显现出对特定场所及与之相关的政治、经济、文化和历史等问题的关注，但他并未“一劳永逸地为自己设定与他者的关系”。达雷尔《苦柠檬》的旅行叙事围绕两个中心展开，分别是：英国在塞浦路斯的殖民政治和塞岛居民的生活。参与两者之中的达雷尔集“自我”与“他者”的双重身份于一身，他既以英国殖民者的“自我”体察作为“他者”的塞岛居民的民情，又从塞岛居民的“自我”身份出发批评英国“他者”对塞浦路斯的殖民政治。已对“意诺西斯”运动的成因及后果为切入点，达雷尔深刻批判了英国在塞浦路斯的殖民统治，这一批判从根本上否定了“大英帝国中心论”的思想。如从波特教授的观点“中心论的神话是我们所有神话的基础”[②] 出发，《苦柠檬》中“大英帝国中心论”的终结不仅意味着帝国神话的消失，还意味着达雷尔将塞浦路斯视为“亚特兰蒂斯”的个人神话梦想的破灭。

① Dennis Porter, *Haunted Journeys Desire and Transgression in European Travel Writing*, Princeton: Princeton University Press, 1991, p. 20.

② Dennis Porter, *Haunted Journeys Desire and Transgression in European Travel Writing*, Princeton: Princeton University Press, 1991, p. 303.

第三节　《野草在歌唱》中帝国托拉斯语境下的农场新秩序

1982 年，针对《野草在歌唱》研究不足的状况，艾琳·曼尼昂（Eileen Manion）指出："或许是因为多丽丝·莱辛早期故事和小说中有关殖民主义的描写太过'真实'、生动和令人信服，以至于对这一小说的细致分析显得多此一举"。[①] 截至目前，《野草在歌唱》中对殖民主义、种族歧视以及对白人定居者与非洲土著居民之间"自我"与"他者"二元对立的种族关系的探讨已被国内外评论者们视为不言自明的主题。

2005 年，卡罗琳·鲁尼（Caroline Rooney）将《野草在歌唱》、奥利夫·施赖纳（Olive Schreiner）的小说《非洲农场的故事》（*The Story of an African Farm* 1883）和库切（J. M. Coetzee）的小说《内陆深处》（*In the Heart of the Country* 1977）一并归入南非农场小说的范畴。以莱辛在小说序言中对 T. S. 艾略特《荒原》的引用为依据，鲁尼认为：《野草在歌唱》中干旱、萧瑟的南非农场恰似艾略特笔下的荒原，折射出欧洲殖民者精神与生命力的衰退。三位作家将非洲农场描绘成欧洲人自我囚禁，无法逃离的幽闭场所。[②] 2009 年，乔伊·王（Joy Wang）将《野草在歌唱》界定为南非"黑险"（Black Peril）[③] 和种族隔离高压监

---

① Eileen Manion, "'Not About the Colour Problem': Doris Lessing's Portrayal of the Colonial Order", *World Literature Written in English* 21.3 (1982), pp. 434 – 455, p. 434.

② Caroline Rooney, "Narrative of Southern African Farms", *Third World Quarterly*, Vol. 26, No. 3, Connecting Cultures (2005), pp. 431 – 440, pp. 433, 435.

③ 罗德斯大学加雷斯·康威尔撰文指出：20 世纪前几十年里，"黑险"一词在有关土人问题（Native Question）的辩论中频繁出现。有时像感染性皮疹一样，占据着国家报纸的专栏。尽管"黑险"一词被视为表达从白人女性被黑人男子所引诱而产生的性嫉妒到对土人反抗的担忧等多种情感的能指符号，但该词多被用于指代黑人强奸的威胁（the threat of black rape）。Gareth Cornwell, "George Webb Hardy's The Black Peril and Social Meaning of 'Black Peril' in Early Twentieth-Century South Africa", *Journal of Southern African Studies*, Vol. 22, No. 3, September 1996, pp. 441 – 453, p. 441.

视的历史语境下的“赎罪叙事”（narrative of atonement），认为莱辛意欲通过玛丽自愿被黑人摩西杀死的情节设置实现清洗白人后殖民罪恶的目的。① 进入21世纪，鲁尼和施赖纳两位批评家对《野草在歌唱》相对前沿的研究虽未突破殖民主义、种族歧视与种族二元对立关系等主题的探讨，却引发了读者对“南非农场叙事的现实指涉是什么?”和“玛丽之死的启示意义是什么?”等问题的深入思考。

20世纪20至40年代，以不列颠南非公司为代表的帝国托拉斯将南罗德西亚白人定居者的农场纳入全球经济产业链，改变了农场里的经济与种族秩序；前者涉及从传统粮食作物（玉米）种植到经济作物（烟草）种植模式的转变，后者涉及白人农场主与土著黑人之间种族关系的改变。《野草在歌唱》中，迪克破产和玛丽之死是南罗德西亚农场经济与种族关系新秩序共同作用下的结果。

一　南罗德西亚农场经济新秩序下的优胜劣汰

两次世界大战期间，以不列颠南非公司及其系列子公司②为核心的大英帝国托拉斯恰如美国小说家弗兰克·诺里斯（Frank Norris 1870—1902）笔下资本的章鱼无所不及，控制着包括烟草种植、采矿、铁路运输、新闻出版在内的南罗德西亚几乎所有支柱产业。③ 帝国托拉斯的经济垄断地位势必会导致南罗德西亚白人定居者的地方经济自主权与帝国托拉斯全球经济战略之间不可调和的矛盾。以营利为目的的大英帝国托拉斯及其“显而易见的帝国主义地方代理人［the visible local agent（s）

① Joy Wang, “White Postcolonial Guilt in Doris Lessing's *The Grass Is Singing*”, *Research in African Literatures*, Vol. 40, No. 3 (Fall, 2009), pp. 37 – 47, p. 37.

② 蒙特鸠·尤德尔曼写道：“世界资本主义（International capitalism）的代表不列颠南非公司把大量地产分给与其利益相关的公司和财团”。参见：Montague Yudelman, *Africans on the Land*, Cambridge, Mass.: Harvard University Press, 1964, p. 141。

③ 参见 Ian Phimister, “Accommodating Imperialism: The Compromise of the Settler State in Southern Rhodesia, 1923—1929”, *The Journal of African History*, Vol. 25, No. 3 (1984), pp. 279 – 294, pp. 279, 281。

of imperialism]”[1] 一起将南罗德西亚农业无情地纳入全球经济体系之中，粮食种植业和带有浪漫色彩的田园生活被大规模经济作物种植业和农业垄断资本运营所取代。

如米歇尔·扎克所写：《野草在歌唱》讲述了马克思主义所强调的个人生活与社会物质经济体系之间的辩证关系。[2] 凭借小说第二章中“南非是金融资本家和矿主创造出来的”[3] 一句，莱辛开门见山向读者暗示了小说的政治经济内涵。第十章中，莱辛阐明了查理·斯莱特意欲吞并迪克农场的险恶用心：“几年来，查理心里一直盘算着迪克农场破产的事情。迪克却顽固地拒绝破产”[4]。迪克因坚持种植传统粮食作物玉米而日渐贫穷，最终从白人农场主降格为受雇于斯莱特看管农场的白人经理。斯莱特是不择手段谋取暴利的资本家——大英帝国托拉斯的地方代理人，他顺利完成了从玉米到烟草再到采矿业的投资转型而积累了大量资本并亟待收购迪克的农场以实现其资本扩张。

《野草在歌唱》的第十章中，莱辛为读者交代了故事发生的历史背景：

> 恰如第二次世界大战的爆发造就了超级富有的烟草大亨，第一次世界大战导致玉米价格飙升许多农场主因此发家致富；一战前斯莱特一贫如洗，一战后斯莱特摇身一变成为有钱的绅士。此后，斯莱特愈发富有。但他很谨慎，并不投资农场，在他看来经营农场并不可靠，而将多余的钱购买了矿山股票。[5]

由此可见，故事发生在两次世界大战之间的 20 世纪 20 至 40 年代，

---

① C. Utete, *The Road to Zimbabwe: The Political Economy of Settler Colonialism, National Liberation and Foreign Intervention*, Washington: Rowman & Littlefield, 1979, p. 3.

② Michele Wender Zak, “*The Grass Is Singing*: A Litter Novel About the Emotions”, *Contemporary Literature*, Vol. 14, Special Number on Doris Lessing (Autumn, 1973), pp. 481 – 490, p. 481.

③ Doris Lessing, *The Grass is singing*, London: Fourth Estate, 2013, p. 31.

④ Doris Lessing, *The Grass is singing*, London: Fourth Estate, 2013, p. 170.

⑤ Doris Lessing, *The Grass is singing*, London: Fourth Estate, 2013, p. 170.

南罗德西亚玉米种植的高盈利期已过，烟草种植业已兴起[①]，采矿业在经历了1903年伦敦罗德西亚金矿股票崩盘到1919年降低成本和产量最大化重建后进入较为稳定的发展期。低成本运营的矿场、小作坊随即出现，大型矿场进行了小规模重组。[②] 采矿业的复苏是斯莱特在从事烟草种植业之后转向投资矿山股票的前提条件。

迪克并未顺应国际、国内（南罗德西亚）市场经济与农业种植模式转型的潮流；在邻近白人农场主纷纷改种烟草之际，迪克仍旧坚持种植玉米。迪克的坚持源自他对农场的热爱，如莱辛所写："他爱农场，并把自己视为农场的一部分。他喜欢四季缓慢地交替和她（玛丽）用轻蔑的语气所描述的那些'不值钱的庄稼'纷繁复杂的生长节奏。……离开这个农场，他将会枯萎，死亡"[③]。与对农场的热爱相比，迪克对城市却满怀憎恶之情；进入城市，迪克好似患上了"幽闭恐惧症"（claustrophobia），想要砸毁城里的一切。

与迪克对农场的热爱相呼应，小说中不乏对农场美丽景色的描述；相比之下，鲁尼将《野草在歌唱》中的农场视为"干旱、荒芜和欧洲人自我囚禁、无法逃离的幽闭场所"的观点有失偏颇。甚至一心只想离开农场回城生活的玛丽在被害的当天早上突然间如顿悟一般被农场的美所感动："她沉醉在一片美丽的云彩天光和悦耳的虫鸣鸟语声中。四周的树林里都是婉转啼叫的鸟儿，它们唱出了她内心的欢乐，鸣叫声直冲云霄。……晨景是如此美丽，被曙光映红的奇妙天空，美得让她简直飘飘欲仙"[④]。

---

① 第二次世界大战前南罗德西亚部分农场已开始烟草生产，虽产量不大，但大量适合种植烟草的农场和廉价劳动力的存在为此后烟草种植业发展奠定了基础。1945年起，烟草超过黄金成为南罗德西亚首屈一指的出口产品。1950年烟草出口占南罗德西亚殖民地出口总额的2/5，烟草成为该地区的支柱产业。参见：Peter Scott，"The Tobacco Industry of Southern Rhodesia"，*Economic Geography*，Vol. 28，No. 3（Jul.，1952），pp. 189－206，p. 189。

② I. R. Phimister，"The Reconstruction of the Southern Rhodesian Gold Mining Industry，1903—10"，*The Economic History Review*，New Series，Vol. 29，No. 3（Aug.，1976），pp. 465－481，pp. 466，468.

③ Doris Lessing，*The Grass is Singing*，London：Fourth Estate，2013，pp. 123，125.

④ Doris Lessing，*The Grass is Singing*，London：Fourth Estate，2013，p. 192.

谈及20世纪20至40年代南罗德西亚农业生产，谢菲尔德大学历史系教授伊恩·菲米斯特（Ian Phimister）曾撰文指出：南罗德西亚白人定居农场主缺乏资源保护意识。1921年以来，虽然历届政府都强调生态农业的重要性，但多半只停留于表面文章。滥用和过度使用导致大量土地因贫瘠和水土流失而无法继续耕种。1941年，南罗德西亚政府被迫颁布了《自然资源法案》，旨在敦促农场主和地主开展生态农业，以保护南罗德西亚自然资源。[①]《自然资源法案》颁布之前，迪克农场里的玉米种植已属于生态农业的范畴；虽然保护了土地资源，其最终结果却是"自愿贫穷"（self-imposed poverty）[②]。在欠债的情况下，迪克仍坚持在农场里种树，迪克实践生态农业的精神甚至令斯莱特心生崇敬之情。与之相对，斯莱特的农场里根本看不到树的影子。斯莱特曾多次劝说迪克放弃玉米种植改种烟草，然而迪克却将烟草视为"一种非人的作物（an inhuman crop）"[③]不予理睬。遗憾的是，迪克尚未等到《自然资源法案》颁布和政府给予相应补贴，他的农场早已被斯莱特所吞并。根据斯莱特的收购计划，迪克的农场将被用于种植烟草和放牧。

导致迪克农场破产的原因主要有三个；其中，第三个原因起到决定性作用。首先，迪克不具备天时地利人和的经营条件，自然灾害、资金与劳动力短缺严重制约了农场生产。其次，迪克的农场经营带有自给自足的浪漫主义色彩，娶妻生子是其最大愿望，导致他未能及时放弃玉米种植而改种被南罗德西亚政府立法认可的经济作物烟草[④]；此后，违背

---

① Ian Phimister, "Discourse and the Discipline of Historical Context: Conservationism and Ideas about Development in Southern Rhodesia 1930—1950", *Journal of Southern African Studies*, Vol. 12, No. 2 (Apr., 1986), pp. 263 -275, pp. 263, 265.

② Doris Lessing, *The Grass is Singing*, London: Fourth Estate, 2013, p. 123.

③ Doris Lessing, *The Grass is Singing*, London: Fourth Estate, 2013, p. 81.

④ 1928年，为保障种植烟草的农场主的利益，南罗德西亚成立了"罗德西亚烟草协会"（the Rhodesia Tobacco Association）。20世纪30年代相关法规的通过起到了巩固南罗德西亚烟草产业的作用，并为今天这一地区的繁荣奠定了基础。参见：George E. Addicott, "Rhodesian Tobacco and World Markets", *The South African Journal of Economics*, Vol. 26 (1), Mar. 1, 1958, pp. 29 -40, p. 30。

本心的一系列投机性经营项目加速了迪克的破产。最后，小规模个体农场被有钱有势的农业资本家所吞并已成为农场经济发展的必然趋势。初到南罗德西亚的英国年轻人托尼·马斯顿一语道破天机："全世界的农场经营一天比一天更资本主义化，一些小农场主不可避免地要被大农场主吞并"①。就应对自然灾害、资金和劳动力短缺等危机的能力而言，小农场主显然无法与大农场主相提并论，迪克农场的破产是"适者生存"竞争法则下的必然结果。

未跟玛丽结婚之前，运气不佳的迪克已被相邻农场主们戏称为"约拿"（Jonah）。"约拿"的人物形象源自《圣经》，农场主们用该词称呼迪克是取其"灾星"或"倒霉鬼"之意，如莱辛所写："如遇干旱，他（迪克）的地定会被烤干；如遇大雨，他的地定会被淹，损失最大。如果他第一次种棉花，当年棉花的价格定会暴跌；如遇群蝗之灾，他会不以为然，生气归生气，却心怀坚定的宿命论思想，知道那些蝗虫会径直飞向他种的最好的那块玉米地"②。

除了自然灾害造成的损失之外，迪克的农场还存在资金与劳动力短缺问题。靠银行贷款白手起家的迪克始终面临资金短缺的压力。因绝大多数农场收入都用于归还银行贷款，迪克和玛丽的家庭生活时常入不敷出。年复一年，迪克的农场经营陷入借贷、还贷的恶性循环。

论及20世纪20至40年代南罗德西亚白人农场主用工短缺现象，阿瑞吉（G. Arrighi）指出：降低采矿业成本的需要以及资金不足、靠种地获利的农场主阶层的出现造成廉价非洲劳动力的短缺。政府采取高压政治确保用工数量的做法在20世纪20年代中期已经失效，取而代之的是市场化了的劳动力的自由流动。③ 南罗德西亚本土事务秘书查尔斯·布洛克（Charles Bullock）曾预言大量农场主和自营矿主将因劳动

---

① Doris Lessing, *The Grass is Singing*, London: Fourth Estate, 2013, p. 182.

② Doris Lessing, *The Grass is Singing*, London: Fourth Estate, 2013, p. 47.

③ G. Arrighi, "Labour supplies in historical perspective: a study of the proletarianization of the African peasantry in Rhodesia", *Journal of Development Studies*, VI (1970), pp. 198-233, p. 221.

力不足而破产。①

在劳动力短缺的情况下，迪克无法效仿斯莱特早期用犀牛皮皮鞭打人的暴力手段榨取非洲黑人劳工剩余劳动价值的做法，而只能与黑人劳工妥协，维持农场基本运行。即便如此，迪克农场中仍有大片土地因人手不足而闲置。劳动力短缺也是迪克指责玛丽对待黑人劳工过于苛刻的原因所在。小说中，黑人劳工因玛丽的指责而离开迪克的农场，使本已开工不足、经营不善的农场雪上加霜。

迪克的破产还与其婚后生活状况有关。仅靠种植玉米，迪克已无法满足家庭生活所需。给房子装一个天花板和生儿育女是迪克必须面对的最基本的现实问题。为此，迪克不得不在农场上尝试多种经营项目，如：开商店、养火鸡、养兔子、养猪、养蜂和种烟草，但上述经营项目均以失败告终。

小说中迪克对土地的热爱和斯莱特对土地的破坏性掠夺形成鲜明反差，这与二者的生活经历、身份和经营农场的动机密切相关。迪克是南罗德西亚英国流散者的后代，早年父母双亡，在约翰内斯堡被人养大。此后，迪克当过邮局职员、市政查水员，学过三个月兽医，最后一时兴起前往南罗德西亚成为一名农场主，希望以经营农场为生。莱斯特原是伦敦杂货店里的伙计，赚钱是他二十年前来非洲的唯一目的。莱斯特把农场变成一台印钞机，打开机器这头的开关，数不清的英镑钞票便会源源不断地在机器那头生产出来②。

与迪克具有生态保护主义特征的传统粮食种植业不同，斯莱特始终以国际市场需求为导向，以掠夺南罗德西亚土地和矿产资源为致富手段。就其在不同时段所投资的经营项目（如：一战后的玉米、二战

① 查尔斯·布洛克指出：就招工而言，南罗德西亚农场主和自营矿主根本无法与南非矿山协会组建的招聘机构“威特沃特斯兰德本地劳工协会”（Witwatersrand Native Labour Association）竞争，“威特沃特斯兰德本地劳工协会”开出的工资更高，提供的条件更好。参见：David Johnson，“Settler Farmers and Coerced African Labour in Southern Rhodesia, 1936—46”，*The Journal of African History*，Vol. 33，No. 1（1992），pp. 111 - 128，p. 114。

② Doris Lessing，*The Grass is Singing*，London：Fourth Estate，2013，p. 14.

前的烟草和矿石）而言，斯莱特可被视为大英帝国版图内众多精力旺盛、富有扩张意识的殖民资本家的缩影。莱辛以数据对比的方式揭示了斯莱特掠夺性农场经营的恶果："他（斯莱特）曾拥有 500 英亩最漂亮、富饶的黑土地，过去每英亩能产 25 到 30 袋玉米。他年复一年地压榨土地，时至今日，如果走运的话每英亩的收成仅有 5 袋"（*Grass*：170）。

斯莱特向迪克宣布购买其农场时，并未向迪克表示同情，却显得义正词严，因为他遵守了"白人南非第一法则"（the first law of white South Africa）即："'不能让你的白人同胞落泊到一定程度；如此事发生，黑鬼会看扁你，会认为黑人、白人都一样'。斯莱特话语中充满着强大的有组织的（白人）社团最强烈的感情，这让迪克彻底丧失了抵抗力"（*Grass*：178，179）。"白人南非第一法则"貌似维护白人种族尊严、保护白人利益的互助宣言，实为以斯莱特为代表的资本家满足私利的"法律依据"。收购迪克农场并不能改变迪克落泊的生活境况；恰恰相反，失去农场的迪克将成为和土著黑人一样靠打工为生的人——"他（迪克）不再拥有农场，而将成为他人的仆人"（*Grass*：179）。在此，"白人南非第一法则"既充当了以斯莱特为代表的富有的白人农场主资本扩张的保护伞，又是实现白人农场主内部阶级分层的手段，以迪克为代表的大量"穷苦白人"农业工人由此诞生。

二　白人致富神话破灭后的杂合与"黑险"

《野草在歌唱》中，南罗德西亚是有"英国自我意识"（self-consciously British）[1] 的大英帝国殖民地，是英国人发财致富的目的地。小说人物查理·斯莱特和托尼·马斯顿皆是流散到南罗德西亚的"淘金

---

①　在散文集《回家》（*Going Home* 1957）中，莱辛写道："以英国殖民地形式诞生的南罗德西亚有与生俱来的英国自我意识；虽采用了南非联盟的政体，却从骨子里反对波尔人占统治地位的南非联盟"。参见：Doris Lessing，*Going Home*，London：Harper Perennial，1996，p. 51。

者”的代表。然而，南罗德西亚并不能满足所有英国流散者及其后代的致富欲。随着穷苦白人数量的增多，南罗德西亚白人致富神话逐渐破灭。迫于生计，以特纳夫妇为代表的穷苦白人农场主不得不打破黑白二元对立的种族旧秩序，随之而来的是与土著黑人经济合作与文化杂合的种族新秩序。“黑险”（黑人强奸的威胁）成为以斯莱特为代表的南罗德西亚白人社会用以制造恐慌，阻止跨种族杂合的借口。玛丽谋杀案内含从白人致富神话破灭到种族杂合再到黑险之“道德恐慌”的因果关系链。

小说中，通过对玛丽不经意间看到托尼行李中名为《罗兹及其影响：罗兹与非洲精神：罗兹及其使命》（*Rhodes and His Influence*：*Rhodes and the Spirit of Africa*：*Rhodes and His Mission*）一书的情节描写，莱辛间接揭示了如下事实，即：托尼的南罗德西亚之行深受不列颠南非公司创始人塞西尔·约翰·罗兹（Cecil John Rhodes）[①] 及其所创造的（英国）白人致富神话的影响。尽管托尼怀揣致富梦想而来，但他并未如愿以偿地当上农场主或矿主。在南罗德西亚一事无成的托尼意欲前往北罗德西亚铜矿淘金，最终却只成为一名负责文案工作的公司经理。

散文集《回家》中，莱辛仅凭寥寥数语便解构了包括英国白人在内的南罗德西亚白人的致富神话：

> 这一社会（南罗德西亚）的神话并非欧洲人的神话，而是拓

① 塞西尔·约翰·罗兹不仅是英国商人、矿业大亨、南非政客还是英属罗德西亚殖民地（今津巴布韦和赞比亚）的缔造者，罗兹及其创建的不列颠南非公司凭借“皇家特许证”所赋予的殖民地经济垄断权对罗德西亚实施殖民政治统治。罗兹帝国托拉斯殖民政治经济思想的核心是经济垄断与帝国殖民政治的结合，“他（罗兹）将自己和他人的资产投入不列颠南非公司，拥有皇家特许证（Royal Charter）的不列颠南非公司成为服务于大英帝国扩张的工具，胆小怕事的政府和捉襟见肘的英国财政部无法实现帝国的扩张。他的目标是将英国的利益延伸至非洲的心脏，直到那些今天不是罗德西亚的地方，津巴布韦、赞比亚和马拉维等共和国”。参见：Robert O. Collins，“Review of *The Founder*：*Cecil Rhodes and the Pursuit of Power* by Robert I. Rotbert”，*A Quarterly Journal Concerned with British Studies*，Vol. 22，No. 2（Summer，1990），pp. 336 – 339，p. 338。

> 荒者与孤独者的神话。坚强的白人女性在孤独和原始的环境中操持家务；孩子凭借一己之力获得比父辈更好的教育和社会地位；质朴、勇敢的野蛮人虽英勇战斗却在两条战线上失败；孩童般可爱的仆人；执着的义工毕生致力于改善落后人群的生活。[①]

言外之意，南罗德西亚白人致富神话讲述的只是少数白人发家致富的故事，绝大多数南罗德西亚白人与此神话无缘，“拓荒、孤独、贫穷、执着”才是描述南罗德西亚普通白人现实生活的关键词。

20 世纪 20 至 40 年代，南罗德西亚穷苦白人农场主顺应国际市场需求种植经济作物烟草便可脱贫，如莱辛所写：“像特纳夫妇一样贫穷的白人在这一地区，实际上是在全国数量众多。穷归穷，他们可都生活得自由自在，欠账虽越积越多，却希望将来有一天大发横财后一并偿还。战争（第二次世界大战）爆发后，烟草价格暴涨，这些人一年接一年地发财，迪克·特纳夫妇根本不懂得其中的奥妙，因此在别人眼中更显可笑”[②]。然而，靠种植烟草脱贫的白人农场主毕竟只是南罗德西亚穷苦白人中的少数，玛丽的父母、有 13 个孩子仅靠每月 12 镑的收入为生的斯莱特的荷兰助理以及特纳夫妇才是莱辛笔下南罗德西亚大量穷苦白人的代表。

《野草在歌唱》中，莱辛对穷苦白人生活的关照还包括对如下情景的描写：玛丽父亲的酗酒、母亲常因生活困苦而悲伤哭泣、玛丽的哥哥姐姐不幸夭折和玛丽一家居住的铁道边那个破烂、肮脏的木板房。尽管“特纳夫妇还缺少成为贫穷的南非白人的最后一个要素：一群孩子”[③]，事实上生活拮据的特纳夫妇已是南罗德西亚贫穷白人群体中的成员。

以小说两次世界大战之间的历史背景和玛丽 16 岁进城当公司职员的时间为依据，可以判定玛丽的父母经历了第一次世界大战（1914—

---

① Doris Lessing, *Going Home*, London: Harper Perennial, 1996, p. 52.

② Doris Lessing, *Going Home*, London: Harper Perennial, 1996, pp. 123, 124.

③ Doris Lessing, *Going Home*, London: Harper Perennial, 1996, p. 11.

1918）。玛丽父母的贫困生活与这场帝国战争不无关联，如彼得·麦克劳克林所写：1917年后期，第一次世界大战对南罗德西亚经济的负面影响也已显现。1918年早期，不列颠南非公司为确保自身收支平衡而提高了殖民地的个人所得税。一战中不列颠南非公司花费了200万英镑，其中大部分要由罗德西亚纳税人买单。[①] 与此同时，“自然资源出口是南非经济收入的主要来源，伴随着经济危机的到来国际市场上原材料出口价格被迫大幅下降”[②]，20世纪30年代世界范围的经济危机同样对南罗德西亚经济发展和百姓日常生活造成了负面影响。

虽然莱辛对玛丽相对优裕的城市生活的描写有将阶级差异混淆为种族差异的嫌疑[③]，但这一刻意而为的混淆却揭示了20世纪20至40年代南罗德西亚白人社会整齐划一的“无阶级性”的虚假本质，即：南罗德西亚政府用种族差异掩盖了白人社会内部阶级差异的现实。虽如第三人称叙述者所说，玛丽在城里过着“南部非洲富裕之家的小姐生活”，但玛丽真实身份却是办公室文员。玛丽与其父亲一样是靠工资收入过活的普通白人百姓。玛丽的工资收入并没有达到使其致富的程度，婚后仅一个月玛丽的存款在支付各种生活费用后便所剩无几。玛丽父母铁路职工的生活和特纳夫妇的农场生活可被视为南罗德西亚两代英国白人流散者穷苦生活的缩影。

乔伊·王的“赎罪叙事”论将玛丽甘愿被摩西杀害视为解除白人

---

① Peter McLaughlin, *Ragtime Soldiers: the Rhodesian Experience in the First World War*, Bulawayo: Books of Zimbabwe, 1980, pp. 102 – 106.

② Otakar Hulec, “Some Aspects of the 1930s Depression in Rhodesia”, *The Journal of Modern African Studies*, 7, 1 (1969), pp. 95 – 105, p. 95.

③ 《野草在歌唱》中，第三人称叙述者把“办公室勤杂工”（office boy）、“女仆”（women's servants）和“街上一群群散漫的土人”混为一谈，认为：“阶级”这个名词在南部非洲并不存在，与其意义相当的是“种族”一词。参见：Doris Lessing, *The Grass is Singing*, London: Fourth Estate, 2013, p. 35。威斯康星大学麦迪逊分校彼得·里比（Peter Ribic）博士认为：20世纪40年代，莱辛笔下的叙述者采用人们熟知的马克思主义社会等级划分的方法将“阶级”与“种族”画上等号的做法可以理解。参见：Peter Ribic, “‘Class’ is not a South African word: Parallel Development and ‘The Place of Black Labor’ in *The Grass Is Singing*”, *Doris Lessing Studies*, Vol. 35 (2017), pp. 9 – 14, p. 11。

对南非黑人种族歧视与压迫的赎罪之举，玛丽是白人宣泄忏悔之意的替罪羊。事实上，玛丽之死并不能实现白人赎罪的目的，因为以斯莱特和警长德纳姆为代表的白人群体并无忏悔之意，相反他们更愿意将玛丽被害解释为“黑险”存在的证据。特纳夫妇与摩西之间的杂合关系改变了白人“自我”与黑人“他者”之间二元对立的种族旧秩序。杂合是特纳夫妇的生活保障，却对英国白人社区构成了威胁。作为秩序破坏者的玛丽被英国白人社区代言人斯莱特视为危险的异类欲除之而后快。

1930年南罗德西亚政府颁布了《土地分摊法》（Land Apportionment Act），该法案将南罗德西亚在地理上划分为“土人领地”（Native Area）和“欧洲人领地”（European Area）。该法令旨在实施种族隔离，使两个种族的人在各自领地内“平行发展”；然而，人口比例占少数的白人[①]获得了城市和绝大多数肥沃土地的所有权，人口比例占多数的黑人仅获得了少量不适宜耕种的贫瘠土地，大量黑人为谋生而成为受雇于白人农场主的“结构性廉价劳力”（structurally cheapened labor）[②]，白人农场成为黑白种族的“接触区域”。

在劳动力短缺的情况下，“白人至上”的种族优势逐渐被黑人的劳动力优势所取代，迪克不得不在农场经营过程中随时调整与黑人之间的关系，有时甚至放弃自己身为白人的尊严被迫与黑人劳工妥协以期得到他们的帮助。尽管迪克对黑人劳工的身份定义时常在“野人”与“人”之间切换，但他对玛丽的质问：“他（黑人）也是人，不是吗?”[③] 足以反映迪克对黑人劳工更愿以人相待的心理倾向。迪克对土著黑人是“野人”但更是“人”的态度的转变是因经济压力而实现跨种族杂合的必然选择的结果。对摩西的凝视中，玛丽看到了摩西身上的人性，

---

① 20世纪20至40年代，南罗德西亚白人人口数量不足10万。参见：Colin Style，“Doris Lessing's‘Zambesia’”，*English in Africa*，Vol. 13，No. 1（May，1986），pp. 73－91，p. 73。

② Peter Ribic，“‘Class’is not a South African word：Parallel Development and‘The Place of Black Labor’in *The Grass Is Singing*”，*Doris Lessing Studies*，Vol. 35（2017），pp. 9－14，p. 10.

③ Doris Lessing，*Going Home*，London：Harper Perennial，1996，p. 78.

玛丽与摩西的对视逆转了白人“自我”凝视黑人“他者”的权力话语，摩西虽身为仆人却因特纳夫妇对他的依赖而成为特纳夫妇家庭生活的主导者。

迪克的农场可被视为霍米·巴巴所阐释的文化杂合的“第三空间”；其中，文化与经济等层面上的杂合涉及语言、政治、价值观与身份①。在文化与经济杂合的语境下，迪克不仅会说土著黑人的语言，还表现出与黑人相似的言谈举止：“迪克好像变成了土人。他像土人一样，用手捏着鼻子擤鼻涕。他站在他们一旁，就好像和他们是一路人，连肤色都跟他们没两样，举止行动也和他们差不多”②。此外，特纳夫妇家中所用物品，如蓝色花布做的沙发套与土著黑人家中所用相同，前来拜访的查理·斯莱特对此深感厌恶。在迪克的农场上，被殖民者对殖民者的模仿关系发生了逆转。迪克与土著黑人一起工作了15年，不知不觉中已被土著黑人所同化，成为土著黑人的白人模仿者。

迪克的农场是一个相对封闭的场所，玛丽谋杀案发生之前除了斯莱特的两次造访和玛丽进城找工作的经历之外，特纳夫妇几乎过着与世隔绝的生活，与他们接触的人是清一色的土著黑人。在1938年演讲中，南罗德西亚第四任首相戈弗雷·哈金斯（Godfrey Huggins）曾将南罗德西亚的欧洲人比作“黑色海洋里的一座白人小岛”③。迪克的农场恰似哈金斯所说的南罗德西亚白人小岛的缩影。特纳夫妇二人与土著黑人的“独处”，农场经营与家庭日常生活上对土著黑人的依赖颠覆了白人“种族至上”论。

如上所示，原本以分而治之和种族平行发展为宗旨的《土地分摊法》却引发黑人劳动力的供不应求，土著黑人的社会地位得到提升，白人的种族优势受到挑战。为防止这一趋势愈演愈烈，白人社区以“黑

① Gina Wisker, *Key Concepts in Postcolonial Literature*, Shanghai: Shanghai Foreign Language Education Press, 2016, p. 190.

② Doris Lessing, *Going Home*, London: Harper Perennial, 1996, pp. 139, 140.

③ 转自：Larry Bowman, *Politics in Rhodesia: White Power in an African State*, Cambridge, Mass.: Harvard UP, 1973, p. 15。

险”为借口妖魔化土著黑人，塑造白人受害者形象，借以维护白人早已名不副实的“种族至上”论。

《野草在歌唱》中，莱辛对摩西与玛丽之间亲密关系含糊其辞的描写是否涉及“黑险”尚不可知，但玛丽对摩西“亲昵”的称呼确已引发斯莱特对摩西和玛丽之间或已经发生性关系的怀疑和恐惧。正因如此，斯莱特才会对玛丽的尸体不屑一顾，甚至对玛丽的死幸灾乐祸。斯莱特将摩西视为“黑险”的来源。然而，对玛丽而言，摩西却是霍米·巴巴所说的“自我中的他者性”（the otherness of the Self）[①] 的现实表现，是玛丽穷苦白人身份的组成要素。

加雷斯·康威尔（Gareth Cornwell）指出：“后盎格鲁—波尔战争（post-Anglo-Boer War）时期，黑险对英国人和南非白人的种族凝聚力而言有至关重要的作用，边疆社会（frontier society）将完整不受侵犯的白人女性身体视为最后且最亲密的边界神话”[②]。言外之意，具有白人种族安全象征意义的白人女性身体所面临的“黑险”威胁已成为激发英国人和南非白人种族凝聚力的源泉。与白人女性的人身安全相比，南非白人社会更关心自身的政治经济利益是否受到黑人的威胁，因为“黑险”的潜台词是：黑人强大和白人势微。因白人优势不再而引发的黑险的“道德恐慌”借助报纸、新闻等大众媒体广泛传播。《野草在歌唱》开头以“神秘谋杀案”为题的新闻报道便是由玛丽与摩西跨种族暧昧关系而引发的白人社区黑险的“道德恐慌”的文本表现。

实际上，玛丽仅是因贫穷而“堕落”的众多南非白人女性中的一员。南非白人女性的“堕落”史可追溯至1899至1902年南非战争时期，期间来自欧洲大陆的白人女性“不知廉耻地走在大街上与不同肤色

① 论及殖民者的异化形象，霍米·巴巴写道“既非自我也非他者，而是自我中的他者性，深深地植入殖民身份的奇特复写中”。参见：Homi Bhabha, *The Location of Culture*, London and New York: Routledge, 2009, p. 63。

② Gareth Cornwell, “George Webb Hardy’s The Black Peril and the Social Meaning of ‘Black Peril’ in Early Twentieth-Century South Africa”, *Journal of Southern African Studies*, Vol. 22, No. 3 (Sep., 1996), pp. 441 – 453, pp. 441 – 442.

的男性搭讪，做皮肉生意；针对这一丑闻，南非白人政府在1902和1903年间颁布实施了‘制止不道德行为’的法令”[①]。《野草在歌唱》中，玛丽对摩西，白人女性对黑人男性，“不知廉耻”的欲望并非出自上述欧洲白人女性赚钱的动机，而是在农场濒临破产、迪克软弱无能[②]的情况下，只得与摩西相依为命的无奈之举，是玛丽生存本能的体现。

小说开始，托尼·马斯顿认为玛丽被害另有隐情；但迫于斯莱特和警长德纳姆的威严，托尼只得发出“我不能当审判官、陪审员，更不能扮演仁慈的上帝!”[③] 的感叹。初到南非、涉世未深的托尼凭直觉发现玛丽谋杀案并非斯莱特和警长德纳姆做出的摩西谋财害命的判断那样简单，因为家徒四壁的特纳夫妇并无值钱的东西可抢。摩西“谋财害命”不过是此类案件中白人法官和陪审团约定俗成了的说辞。因种族杂合而获得与白人（特纳夫妇）平等的权利，却因迪克农场破产、斯莱特和托尼对特纳夫妇农场生活的介入而又被剥夺平等权利之后的反抗才是摩西杀害玛丽的真正动机。

通过对托尼欲罢不能的矛盾心情的描写，莱辛意在邀请读者担当审判官和陪审团成员的角色，追根溯源，揭示迪克破产与玛丽之死的真正原因。不知故事来龙去脉的托尼将玛丽之死归因于“环境”[④]，而所谓的“环境”指的是托尼所不知的帝国托拉斯语境下南罗德西亚白人农场里的政治经济与种族关系新秩序。

迪克的农场恰如新旧秩序更替的试验场，特纳夫妇则是秩序更替的牺牲品。传统粮食作物种植到经济作物种植的转向、农业垄断资本主义

① 转自：Gareth Cornwell，“George Webb Hardy's The Black Peril and the Social Meaning of ‘Black Peril’ in Early Twentieth-Century South Africa”，*Journal of Southern African Studies*，Vol. 22，No. 3（Sep.，1996），pp. 441－453，p. 443。

② 小说中，身材高大健壮、受过教会学校良好教育的摩西与像孩子般天真无知、大病后虚弱无力的迪克形成鲜明对比。

③ Doris Lessing，*The Grass is Singing*，London：Fourth Estate，2013，p. 28.

④ “现在他（托尼）在感情上对玛丽、迪克和那个土人怀着一种不带个人感情色彩的怜悯，这种怜悯其实是对环境的愤恨，他简直不知从何说起。”参见：Doris Lessing，*The Grass is Singing*，London：Fourth Estate，2013，p. 22。

的形成和发展是导致迪克破产的主要原因。农场经济秩序的变化引发农场内部种族秩序的变化，在土著黑人劳动力的优势面前，迫于经济压力，穷苦的特纳夫妇不得不以身犯险（“黑险”）。对贫穷的恐惧、白人种族优势论和“黑险”论的种族政治高压是导致玛丽精神错乱的根本原因。玛丽甘愿被摩西杀害并非出自赎罪动机，而应被视为玛丽自我解脱的最好选择。《野草在歌唱》中，以迪克和玛丽为代表的英国流散者的后代如同英国播撒在海外殖民地的野草，在南罗德西亚农场新旧秩序的更替中自生自灭。

第四节　《非洲故事集》中的跨种族命运共同体想象

评论家们几乎一致认为“种族问题”（the colour problem）是多丽丝·莱辛以非洲南罗德西亚为背景的作品，如小说《野草在歌唱》（*The Grass is Singing*，1950）和短篇小说集《这是老酋长的国度》（*This Was the Old Chief's Country*，1952）的创作主旨。对此，莱辛毫不隐讳地指出：“两部作品出版前10年，我们因身处其中所以对南罗德西亚的种族歧视了如指掌，然而英国人却对此一无所知，甚至感到惊讶。”[①] 实际上，对英国人讲述南非种族歧视的现实并非莱辛南非小说创作的唯一动机，如莱辛所说：“即便是受害者，除了种族歧视之外，也还有其他值得关注的东西。”[②]

莱辛提及的“其他值得关注的东西”指的是被英国南非移民/定居者否定或忽视了的另一种选择，即：莱辛所倡导的跨种族合作与建立“跨种族命运共同体”的选择。在游记《回家》中，莱辛写道：“非洲是非洲人的非洲；他们越早将其收回越好。但是，一个地区也属于将其

① Doris Lessing, “Preface”, *African Stories*, New York: Simon & Schuster Paperbacks, 2014, pp. 5 – 8, p. 5.

② Doris Lessing, “Preface”, *African Stories*, New York: Simon & Schuster Paperbacks, 2014, p. 6.

视为家园的人。或许终有一日大家对非洲的爱足够强大，能把现在彼此憎恨的人们联结在一起。或许。"[①] 文中，"对非洲的爱" 和 "联结" 两个关键词清楚无误地展现出莱辛构建南非跨种族命运共同体的愿望，"或许" 一词则表现出莱辛对实现这一愿望所怀有的疑虑。尽管莱辛 "对非洲的爱" 的探讨略显抽象和理想化，细读莱辛的作品《非洲故事集》(*African Stories* 1965)，却不难发现对不同种族的人民之间因生活所需而产生的相互依赖、相互尊重的共生关系的描写业已成为莱辛 "对非洲的爱" 的文本诠释，即：对非洲的热爱并非仅限于对非洲美景的欣赏，必定要归结于不同种族的人群之间发自内心的彼此关爱。

《非洲故事集》中，莱辛的跨种族命运共同体想象表现为对英国人、南非白人和非洲黑人三个不同种族的人群之间跨种族交流与合作的肯定。然而，事与愿违，南非根深蒂固的殖民主义种族政治始终凌驾于跨种族合作的物质与精神生活需求之上，莱辛跨种族命运共同体的想象最终被南非英国社区种族杂合的暗恐所取代。

一　"帝国博览会"、南非移民与跨种族合作的希望

第一次世界大战后，英国南非移民是缓解英国国内经济危机与强化英国南非殖民政治的结果。20 世纪 20 年代的 "帝国博览会" 表现出吸引和刺激英国人移民南非的政治经济宣传功效。在这一背景下，大量英国人移民南非并在南非定居地建立起与南非白人和南非黑人之间的跨种族互动关系。《非洲故事集》中，透过短篇小说《老酋长马希朗加》第一人称叙述者 "我"（14 岁英国白人小姑娘）与非洲老酋长马希朗加之间的故事，莱辛意在指出：英国定居者与非洲土著居民之间存在建立和谐共处的跨种族命运共同体的希望，其前提条件是英国白人定居者对南非殖民历史罪行的承认与殖民主义意识形态的改变。

① Doris Lessing, *Going Home*, New York: Harper Perennial, 1976, p. 8.

《非洲故事集》中讲述最多的是第一次世界大战后英国人移民并定居南非的故事，其中不乏对以作家本人的父亲阿尔弗雷德·泰勒（Alfred Tayler）为原型的一战英国退伍老兵南非移民生活的描述。对此，迈克尔·索普教授写道：

> 像众多其他参加过第一次世界大战且幻灭了的英国人一样，他（阿尔弗雷德·泰勒）急于寻找一个独立的新生活。伦敦帝国博览会（Empire Exhibition）上，在定居罗德西亚优厚条件的广告宣传中，他看到了不可错过的良机。白人定居者（大多数是英国人）能以分期付款的方式很容易从殖民政府那里获得面积巨大的农场，政府已将非洲人驱逐至“保留地”。当时的土地价格是每英亩10先令，阿尔弗雷德·泰勒购买了3000英亩的土地，并于1925年携家人，女儿、儿子和妻子前往南罗德西亚定居。①

科罗拉多州立大学历史教授丹尼尔·斯蒂芬认为：1924年至1925年间在英国伦敦北部郊区文布利（Wembley）举办的大英帝国博览会曾是英国最大的皇家游乐园，旨在庆祝帝国对英国战争的贡献，在此基础上构想帝国的未来。在英国经济衰退和帝国内部关系松懈的大背景下，帝国博览会的主题却是“帝国强化”“帝国巩固”和“帝国发展”，加强英国对殖民地尤其是位于热带地区“依赖型”殖民地的控制是组织帝国博览会的核心理念……对原始地区的开发有利于缓解英国社会的现代化焦虑②。

历经1919至1920年短暂的经济繁荣期之后，1923年至1929年间英国年失业率均超过10%，高失业率一直持续到第二次世界大战；从

---

① Michael Thorpe, *Doris Lessing's Africa*, London: Evans Brothers Limited, 1978, p. 4.

② Daniel Mark Stephen, "'The White Man's Grave': British West Africa and the British Empire Exhibition of 1924—1925", *Journal of British Studies*, Vol. 48, No. 1 (Jan., 2009), pp. 102 – 128, pp. 102 – 103.

前线回国的退伍老兵面临工作难找的困境①。第一次世界大战后，英国面临人口饱和与资源匮乏的现代化焦虑，向殖民地和属地输送英国移民是解决上述两个彼此关联的问题的良策。移民南非成为英国人逃避战后国内激烈社会竞争的出路，恰如莱辛短篇小说《黄金国度》（“Eldorado”）中所描述的一战退伍老兵亚历克·巴恩斯（Alec Barnes）移民南非的原因，“他（巴恩斯）离开英格兰不是为了追求金钱和成功，而是想过一个安逸、舒适的慢节奏生活”②。

《非洲故事集》的前言中，莱辛开宗明义谴责了种族歧视的思想，提出了非洲土地上人种平等的主张，该主张为其跨种族命运共同体的想象奠定了思想基础：

> 白人对黑人的迫害是反人类罪最大控诉之一，种族歧视不是我们（白人）的先天缺陷（our original fault），是我们想象力萎缩的表现，让我们看不到这一事实——我们和其他在太阳下生活着的生物并无差别。……非洲能让人明白这一道理，即：人是生活在这一广阔土地上的微不足道的生物。③

短篇小说《老酋长马希朗加》中，莱辛借用“非洲大路”的隐喻阐释了第一人称叙事者“我”重新认识非洲后，意欲同非洲人共享非洲生活和建立跨种族命运共同体的渴望。尽管“我”对非洲古老的舞蹈一无所知，“但我想：这（非洲）也是我的遗产；我在这里长大；非洲是黑人的家乡，也是我的家乡；这里有足够的空间容纳我们，我们没

① Nicholas Crafts, and Peter Fearon, “Depression and Recovery in the 1930s: An Overview”, *Depression and Recovery in the 1930s*, ed. Nicholas Crafts and Peter Fearon, Oxford: Oxford University Press, 2013, pp. 1 – 44, p. 7.

② Doris Lessing, *African Stories*, New York: Simon & Schuster Paperbacks, 2014, p. 303.

③ Doris Lessing, “Preface”, *African Stories*, New York: Simon & Schuster Paperbacks, 2014, pp. 5 – 8, p. 6.

必要把对方推下人行道和大路"[①]。

童年时的"我"被英国白人社区的种族主义思想洗脑，14 岁的"我"走进/近非洲后种族观发生了本质改变。在英国白人社区里，"我"眼中的非洲与非洲人是"工具""娱乐对象"和"需要防范的危险野蛮人"[②]。为确保安全，"我"外出时总会带上枪和两条狗。

与老酋长马希朗加非洲大路上的偶遇是"我"对非洲黑人的态度和对本地非洲历史认知的转折点。父亲农场旁的大路上，迎面走来的老酋长马希朗加表现出的尊严和礼貌令傲慢的"我"自惭形秽。此后，"我"读到早期探险者书上有关"酋长马希朗加国度"的记述，听到上了年纪的探矿者仍用"老酋长的国度"称呼父亲农场所在的地区。一系列新发现让"我"意识到命名这一地区的新词汇掩盖了白人掠夺非洲人土地的历史，而这段历史尚不足 50 年。曾几何时，白人探矿者必须征得马希朗加酋长的同意才能在他的领地上采矿。时过境迁，马希朗加酋长的领地已成为英国殖民政府的财产。马希朗加只剩下有名无实的酋长头衔，"说话的时候面露尊严，仿佛穿着一件继承的衣服"[③]。"我"的内心独白中，"尊严"与"继承的衣服"之间的等式关系反映出"我"对老酋长既尊敬又同情的复杂心态，背后隐藏着的是"我"对老酋长的领地被英国殖民政府剥夺的历史认知。

莱辛巧妙地用英国探矿者有关"老酋长的国度"的谈论映射并批判了英国殖民者塞西尔·罗兹（Cecil Rhodes 1853—1902）对南非的无耻地占有。1888 年 10 月，南非恩德贝勒—马塔贝列（Ndebele Matabele）王国的第二任也是最后一任国王罗本古拉（Lobengula 1836—1894）与塞西尔·罗兹的商业代表团签订了矿物开采有限特许权（limited mineral concession）协议。塞西尔·罗兹集团故意曲解协议拥有了南非恩德贝勒—马塔贝列王国境内所有金矿的开采权。1889 年，英国政府以该

① Doris Lessing, *African Stories*, New York: Simon & Schuster Paperbacks, 2014, p. 51.
② Doris Lessing, *African Stories*, New York: Simon & Schuster Paperbacks, 2014, p. 48.
③ Doris Lessing, *African Stories*, New York: Simon & Schuster Paperbacks, 2014, p. 50.

采矿协议为依据，成立了“英属南非公司”（The British South Africa Company）。“1893 年，恩德贝勒—马塔贝列王国被英军打败，沦为英国殖民地。1896 年，英国政府成功镇压罗本古拉的儿子尼山达领导的反抗，并将非洲部落驱逐出原本属于他们的肥沃土地”①。

《老酋长马希朗加》中，如探矿者的记录所写“我”父亲农场的所在地原是酋长马希朗加的领地，殖民政府以与酋长马希朗加签订采矿协议的方式剥夺其土地所有权的做法与塞西尔·罗兹侵占南非恩德贝勒—马塔贝列王国的策略如出一辙。莱辛虽未写明《老酋长马希朗加》故事发生的时代背景，但如以 20 世纪 20 年代的英国南非移民潮（“我”的父母参与其中）和“我”们家已在南非定居若干年（约 10 年）等信息为依据，回溯 50 年便可发现酋长马希朗加的土地所有权被剥夺的时间与 19 世纪 80 年代塞西尔·罗兹侵占南非恩德贝勒—马塔贝列王国的时间恰好重合。与罗本古拉国王一样，酋长马希朗加也是英国南非殖民政治的受害者。

对老酋长及其相关历史的了解和对非洲美景的欣赏使从小接受英国种族歧视教育的“我”放弃了对非洲黑人的敌意。“我”与非洲格格不入的感觉逐渐消失：“我”仿佛已经成为非洲大陆的一部分。进入老酋长马希朗加部落聚居区，“我”目睹了与众不同的非洲：植被茂密的峡谷、清澈的小河、色彩艳丽的水鸟快速掠过水面。部落居住区里的绿色生态环境与白人农场里因过度砍伐和放牧而造成的水土流失、沟壑纵横的现状形成鲜明反差。整洁、美丽的非洲村落和满是尘土的白人定居者的农场大院之间更是天壤之别。

> 非洲土著人走近的时候，我们彼此打招呼，我脑海中的另一个风景慢慢消失，我的脚径直踩到非洲大地上。我清楚地看到了树木、山峦的形状。黑人仿佛在朝后走，我似乎灵魂出窍，站在一旁

① Michael Thorpe, *Doris Lessing's Africa*, London: Evans Brothers Limited, 1978, p. 5.

看那风景和人缓慢、亲密地舞蹈，那古老的舞步虽令人赞叹却无论如何也学不会。[①]

文中，“我脑海中的另一个风景”指的是“我”在英国童话书里读到的英国风景。曾几何时，“我”用从书本中获得的虚假的英国想象屏蔽了眼前非洲鲜活的美景。“我似乎灵魂出窍”这一表述将发现非洲之美后的“我”希望融入非洲生活与美景的渴望表现得淋漓尽致。

然而，建立“让黑人和白人和睦相处，容忍彼此差异”[②] 的跨种族命运共同体并非如“我”想象的那样简单。与英国人对非洲黑人的种族歧视和压迫相对的是非洲黑人对英国人的敌视，这令畅游黑人领地的“我”突然感受到非洲的恐惧。离开酋长的部落，走在回家的路上，恐惧感消失了，深沉的孤独感向“我”袭来。“我”感到“非洲大地上奇怪的敌意好似一种冰冷、坚硬、阴沉的顽强的精神与我同行，像一堵结结实实的墙，像一股虚无缥缈的烟；仿佛在对我说：你是走在这片土地上的破坏者”[③]。

恐惧与孤独感使“我”意识到对真实非洲历史的认知而非殖民主义的强权政治才是与非洲人建立跨种族命运共同体的前提条件，“我知道，如不能让一个国家像一条狗一样臣服在你的脚下，你也不能面带微笑，随心所欲地摒弃历史，漫不经心地说：我也没办法，我也是受害者”[④]。小说中，以“我”的父亲为代表的英国南非定居者强调本人作为英国经济危机、大英帝国殖民政治和艰苦南非生活的受害者形象；并以此为由，抹杀和篡改以塞西尔·罗兹为代表的英国殖民者侵占非洲土地和压迫非洲本土居民的历史。

1938 年演讲中，南罗德西亚第四任首相戈弗雷·哈金斯（God-

---

① Doris Lessing, *African Stories*, New York: Simon & Schuster Paperbacks, 2014, p. 51.
② Doris Lessing, *African Stories*, New York: Simon & Schuster Paperbacks, 2014, p. 51.
③ Doris Lessing, *African Stories*, New York: Simon & Schuster Paperbacks, 2014, p. 56.
④ Doris Lessing, *African Stories*, New York: Simon & Schuster Paperbacks, 2014, p. 56.

frey Huggins）将南罗德西亚的欧洲人比作“黑色海洋里的一座白人小岛”①。英国南非定居者们的居住地原本是南非土地上的“种族飞地（ethnic enclaves），其明确的社区边界将移民群体与主流社会分离”②。然而，占人口少数的英国移民鸠占鹊巢，不仅侵占了非洲人的土地还以主人的身份自居在地理和社会双重层面上将占人口绝大多数的非洲原住民边缘化，意图实现种族清洗的目的。

剥夺黑人土地、对黑人实施种族歧视和压迫成为英国定居者转嫁危机与压力的合乎情理的做法。这一逻辑在父亲和马希朗加酋长是否应该扣押啃食父亲农作物的 20 只山羊的争执中得到体现。父亲知道酋长无法赔偿损失，便没收了酋长的山羊。面对父亲的固执和报警威胁，酋长只好带着尚在“我”家打工的儿子无奈地离开。视非洲部落人民生命为草芥的殖民地警察联系土著居民专员（Native Commissioner）下令将马希朗加酋长的部落驱赶至向东 200 英里外的“真正的土著人保留地”③。尽管老酋长经由儿子的翻译发出了土地所有权的抗议，即：“你将其称为自己土地的地方，属于他（酋长），属于我们”④；然而，在英国南非殖民政治的高压下，该抗议却显得苍白无力。

小说中，“我”后天习得的对非洲人一视同仁的尊敬与“我”的父母、殖民地警察和土著居民专员等英国定居者对非洲人约定俗成的种族歧视和压迫形成鲜明反差。透过这一反差，莱辛意在指出，英国南非定居者种族歧视与种族压迫的思想虽与生俱来，却并非不可改变。种族态度转变后的“我”是莱辛旨在塑造的理想的英国南非定居者形象。然而，14 岁的“我”虽具备了认同种族差异和明辨是非的能力，却对南非种族歧视与压迫的现状无能为力。酋长的部落离开数月后，“我”故

---

① Larry Bowman, *Politics in Rhodesia: White Power in an African State*, Cambridge, Mass.: Harvard UP, 1973, p. 15.

② Caroline B. Brettell, "Introduction", *Constructing Borders/Crossing Boundaries Race, Ethnicity, and Immigration*, ed. Caroline B. Brettell, Plymouth: Lexington Books, pp. 1 – 23, p. 1.

③ Doris Lessing, *African Stories*, New York: Simon & Schuster Paperbacks, 2014, p. 57.

④ Doris Lessing, *African Stories*, New York: Simon & Schuster Paperbacks, 2014, p. 57.

地重游，看到酋长的部落曾经居住的村落里破败的房屋、杂草丛生的花园和南瓜野蛮生长的菜园，跨种族命运共同体的希望破灭后的惆怅之情涌上的心头。

二　轰炸“幽灵村”与种族杂合的暗恐

《黑色圣母》（“The Black Madonna”）是《非洲故事集》收录的第一个短篇小说，讲述了驻扎在赞比西亚的英国军队为庆祝第二次世界大战结束和振奋士气建造并轰炸“德国村落”的故事。如以故事发生的时间背景为依据对《非洲故事集》中的短篇小说排序，《黑色圣母》理应排在众多短篇小说之后，莱辛却将其置于首位，体现出莱辛欲以该小说奠定《非洲故事集》反殖民主义和反种族主义基调的写作动机，在此基础上，莱辛阐发了跨种族命运共同体的想象，批判了困扰南非英国社区的种族杂合的暗恐。

《黑色圣母》中，“德国村落”并非砖石所造而是砌砖匠出身的前意大利战俘米歇尔用木板搭建的且只能在夜晚的灯光中显现成像的“幽灵村”；莱辛用“诡异”（uncanny）和“似是而非”（*that* was not it）形容英国将军目睹“幽灵村”时的怀疑与不安。

“uncanny”一词除了有“诡异”的意思之外，还有“暗恐”之意，即：对“‘我’之中包含着‘异域’或‘异质’（foreignness）”[①] 的恐惧，被压抑的恐惧的复现（或曰“压抑的复现”）构成暗恐。诡异的“幽灵村”是英国“自我”斯托克上尉与意大利人米歇尔和非洲黑人（包括斯托克上尉的非洲丛林妻子）等“异质”他者暂时构建的跨种族命运共同体。“幽灵村”中，英国“自我”与“异质”他者的和谐共存是南非英国社区试图压抑和遮蔽的种族杂合的暗恐。英国社区对“异质”他者的恐惧与对种族杂合的恐惧密切相关，轰炸“幽灵村”成为

① 童明：《暗恐/非家幻觉》，《外国文学》2011 年第 4 期。

英国社区消除南非种族杂合之暗恐的外在表现。

英国将军的妻子推荐斯托克上尉去邀请并监督米歇尔建造“幽灵村”并非出自对斯托克上尉能力的欣赏。与之相反，斯托克广为人知的在非洲偏远地区的工作经历和与非洲女人的密切关系使斯托克成为英国社区里的异类。在将军妻子眼中，和前意大利战俘打交道只能是由斯托克这样被边缘化了的英国军官完成。建造“幽灵村”的过程中，在白兰地（或曰酒精）作用下，斯托克忘记了米歇尔的“敌人”身份，化敌为友，敞开心扉向米歇尔倾诉了与非洲丛林之妻（bush wife）的秘密和与英国妻子之间的矛盾。

在赞比西亚维斯顿维尔地区的英国人心目中，米歇尔具有亦敌亦友和介于“自我”与“他者”之间的双重身份：首先，作为意大利人，米歇尔是第二次世界大战期间英国人在非洲战场上的敌人；其次，米歇尔有和英国人一样同为白人的种族身份。意大利战俘的白人身份让英国人不知拿他们如何是好，如莱辛所写：随着战争的结束，一夜之间仿佛变了个“国际戏法”意大利战俘摇身一变，成了同舟共济的战友“成千上万的意大利人依旧待在战俘营里，至少在那里有吃有喝，有地方住。还有一些意大利人到农场里做工，数量并不多；尽管农场主们经常缺少劳动力，却不知拿这些同为白种人的劳工如何是好：赞比西亚从未发生过这种事”①。

英国人对米歇尔的“欣赏”并非发自内心而是维斯顿维尔的英国人文化艺术生活匮乏所致，如莱辛所写：尽管有时贫瘠的土地也能拥有充满生命礼赞的、鲜花盛开的花园，但艺术之花却始终无法在赞比西亚盛开；赞比西亚虽不缺有钱、有闲的上流社会的少数人，却与艺术无缘。

尽管斯托克、米歇尔和非洲黑人之间的种族杂合不被英国社区认同，如：目睹斯托克与米歇尔之间的友情，将军认为斯托克的所作所为

① Doris Lessing, *African Stories*, New York: Simon & Schuster Paperbacks, 2014, p. 12.

纯属酒后发疯。然而，化敌为友和将非洲女子纳迪亚（Nadya）视为丛林妻子的斯托克身上的确展现出部分英国南非定居者建立跨种族命运共同体的现实需求。

“幽灵村”是英国上尉斯托克与前意大利战俘米歇尔互相倾诉的场所，是莱辛笔下跨种族命运共同体的微缩景观。英国人与意大利人、英国人与非洲人之间的种族差异与敌对关系在修建“幽灵村”的过程中彻底消失。尽管“幽灵村”的建造过程中并无非洲黑人参与，然而，米歇尔在“幽灵村”中的教堂和房屋墙壁上所绘制的为数众多的黑色圣母像却凸显了南非跨种族命运共同体中非洲黑人的重要性。黑色圣母的形象以斯托克上尉的非洲丛林之妻纳迪亚为原型。通过给纳迪亚头上画上光环的方式，米歇尔将纳迪亚的形象提升至黑色圣母的崇高地位。

米歇尔将黑色圣母绘制成非洲女性纳迪亚的形象展现出以下动机：一、阐发了对祖国意大利的思乡之情，毕竟黑色圣母是欧洲文化的重要组成部分；二、在表达对非洲黑人赞美之情的同时，释放了斯托克对纳迪亚压抑已久的跨种族的爱情。然而，以纳迪亚为原型的黑色圣母像却令斯托克上尉心生恐惧。在米歇尔描绘的黑色圣母像中，斯托克上尉看到了英国人与非洲人种族杂合的结果、爱情的结晶——纳迪亚身后背着的黑皮肤的孩子。从斯托克上尉惊恐的表情可以判断，孩子是纳迪亚与斯托克上尉所生，孩子不被南非英国社区所接受的混血身份令斯托克上尉痛苦万分，因为“从20世纪初开始，南非邪恶的种族主义与日益增强的南非种族杂合恐惧便相伴而生，其剧烈程度世之罕见”①。

斯托克上尉向米歇尔发出的不能画黑色圣母的抗议背后隐含着斯托克对业已发生了的英国“自我”与非洲“他者”种族杂合事实的恐惧与逃避。对此，米歇尔采取了避重就轻、转移焦虑的对话策略：

① Pierre L. Van Den Berghe, “Miscegenation in South Africa”, *Cahiers d'Etudes Africaines*, Vol. 1, Cahier 4 (Dec., 1960), pp. 68–84, p. 68.

"她是农民。是个农民。黑色国度里的黑皮肤的农民圣母。"

"这是个德国村落"，上尉说。

"这是我的圣母"，米歇尔生气地说。"你的德国村落和我的圣母。我把这幅画献给圣母。她很高兴——我能感觉到。"①

看着"幽灵村"的墙上大量黑色圣母、黑色圣人和黑色天使的形象，斯托克上尉仿佛置身梦中。斯托克自言自语地说出妻子的名字之后喊出纳迪亚的名字便陷入哽咽，上尉内心种族杂合的暗恐焦虑可见一斑。

英国人、意大利人、非洲黑人和黑色圣母等跨种族因素杂合于"德国村落"的第三空间之中，其不可见光的"幽灵"属性与斯托克压抑于心的种族杂合的暗恐相得益彰。换言之，如将"幽灵村"等同于斯托克在酒神精神作用下跨种族命运共同体愿望的外在投射，"幽灵村"的虚幻本质则是斯托克不敢言说的英国人种族杂合暗恐的反映。英国军队轰炸"幽灵村"的军事演习在炫耀帝国武力的同时，消除了以斯托克为代表的英国人种族杂合的暗恐。轰炸"幽灵村"更为重要的结果是将斯托克从英国社区的边缘和跨种族命运共同体的想象中强行拉回南非英国社区殖民主义与种族主义的主流意识形态之中。小说结尾，斯托克断绝了与米歇尔的友谊并拒绝接受米歇尔送来的黑色圣母画像。米歇尔离开后，斯托克的独自哭泣是其迫于压力，不得不放弃跨种族命运共同体的愿望回归英国社区的绝望表现。

短篇小说《第二间小屋》（"The Second Hut"）中，在荷兰白人助理范·海尔登（Van Heerden）尚未介入卡罗瑟斯少校（Major Carruthers）的农场工作之前，卡罗瑟斯少校经营的南非农场已经具备了英国白人和非洲黑人之间建立跨种族命运共同体的基本要素，即：雇主（卡罗瑟斯少校）与雇员（非洲土著居民）的合作关系，如莱辛所写：

① Doris Lessing, *African Stories*, New York: Simon & Schuster Paperbacks, 2014, p. 20.

> 他（卡罗瑟斯少校）是个好雇主，享有公平交易的美名。许多非洲本地人跟着他干了若干年。尽管有时他们会返回自己的部落休息几个月，但总会再返回上校的农场工作。上校的邻居们经常抱怨自家的工人闷闷不乐、行动迟缓。卡罗瑟斯少校却能控制局面防止这种现象产生。他知道工人们闷闷不乐是消极抵抗的表现，这能毁掉一个农场主。与非洲劳工打交道仿佛是在刀尖上行走。然而，上校与工人们简单的人际关系却是其作为农场主的最大资本，对此他心知肚明。①

《第二间小屋》开篇第一句话中的两个关键词“疾病”和“贫穷”是卡罗瑟斯少校之所以能与非洲本地居民和谐相处的主要原因。卡罗瑟斯少校已年过四十，身体不再健康；妻子卧病在床，两个孩子的学费和给孩子购买冬天衣服的费用还没有着落。卡罗瑟斯少校一家人的命运与非洲农场的经营与非洲劳工休戚相关。农场是卡罗瑟斯少校及其家人和非洲劳动力所构建的跨种族命运共同体的场所。

小说中“责任”和“恐惧”两个高频出现的关键词之间存在前因后果的逻辑关系，即：卡罗瑟斯少校对家庭和对南非白人范·海尔登的强烈责任感引发少校对穷苦的南非农场生活和种族杂合的暗恐。出于无奈，少校只能通过努力工作和恳请与命令非洲土著工人给范·海尔登盖第二间小屋改善其居住条件的方式压抑恐惧。被卡罗瑟斯少校压抑的对以南非白人范·海尔登为缩影的穷苦生活的恐惧最终转化为少校对与非洲土著工人和范·海尔登种族杂合的暗恐。

1931 年，南非经济危机爆发使卡罗瑟斯少校原已贫穷的家庭生活雪上加霜。为维持农场运营，卡罗瑟斯少校雇用了荷兰白人助理范·海尔登；然而，家有九个孩子的范·海尔登却把“他（卡罗瑟斯少校）最糟糕的噩梦带进了现实，在他的农场上，光天化日之下，他们谁也逃

① Doris Lessing, *African Stories*, New York: Simon & Schuster Paperbacks, 2014, p. 84.

不掉"[①]。就饱受贫困之苦的卡罗瑟斯少校而言，范·海尔登一家的赤贫似乎是卡罗瑟斯少校一家未来悲惨生活的预演。

范·海尔登的到来打破了卡罗瑟斯少校与非洲土著居民之间的和谐关系，使少校深陷种族杂合的暗恐之中。范·海尔登对非洲土著居民的歧视和暴力使他成为非洲土著居民的敌人，烧毁第二间小屋是非洲土著居民的复仇行动。卡罗瑟斯少校虽以安抚和命令非洲土著居民的方式试图缓解范·海尔登与非洲土著居民之间的种族矛盾，与此同时，也对非洲土著工人的反抗有所顾忌。非洲耕童向工头抱怨范·海尔登的恶行，工头却未像此前一样将此汇报给卡罗瑟斯少校，"这令他（卡罗瑟斯少校）心神难安。整个星期他都在等非洲人来向他倾诉对那个荷兰人的抱怨。惴惴不安地等待着心不甘情不愿的工头和他谈话；然而，什么也没发生，忧虑之情最终发展成对不祥之事即将发生的预感"[②]。得知第二间房子着火后，"他（卡罗瑟斯少校）高兴地发现担心的事终于发生了，紧张与不安得以释放"[③]。卡罗瑟斯少校的"高兴"并非幸灾乐祸，而是其被压抑的种族杂合的暗恐化为现实后如释重负的快感。

范·海尔登尚在襁褓中的孩子虽死于大火，但范·海尔登却因妻子即将生子而感到庆幸。范·海尔登对自家孩子数量增多的信心使目睹火灾深感自责的卡罗瑟斯少校再次陷入对贫穷和种族杂合的暗恐之中。范·海尔登的乐观心态让少校认识到这一事实，即：尽管遭到非洲人的报复，但范·海尔登绝不会因此改变对非洲人种族歧视的态度，昔日的悲剧很可能会再次发生。小说结尾少校决定返回英国。少校的决定并非出于满足长期以来妻子回国心愿的考虑，而是出于对贫穷和对非洲土著工人、范·海尔登与自己之间因种族杂合而引发矛盾和悲剧的恐惧。

如将"第二间房子"视为卡罗瑟斯少校凭主观意愿构建的非洲黑

① Doris Lessing, *African Stories*, New York: Simon & Schuster Paperbacks, 2014, p. 84.
② Doris Lessing, *African Stories*, New York: Simon & Schuster Paperbacks, 2014, p. 91.
③ Doris Lessing, *African Stories*, New York: Simon & Schuster Paperbacks, 2014, p. 91.

人、南非白人（荷兰人）和英国人跨种族命运共同体的缩影，被大火烧为灰烬的“第二间房子”如同被炸毁的“幽灵村”一样，象征着卡罗瑟斯少校跨种族命运共同体构想的幻灭。

总而言之，莱辛笔下以英国人为主导的南非跨种族命运共同体具备以下特点：一、英国人迫于生活压力与非洲土著居民合作，以“非洲大路”“幽灵村”和“第二间小屋”为代表的特定场所成为跨种族杂合的接触区域；二、跨种族命运共同体展现出自然发展的可能性，然而，殖民主义和种族歧视等外力的介入扼杀了建立跨种族命运共同体的希望。

詹姆斯·吉布森教授指出，“真相（truth）与和解（reconciliation）之间存在着紧密的逻辑关系，至少在南非，可以毫不夸张地说真相产生和解”[①]。1995 年南非政府成立了南非真相与和解委员会（South Africa's Truth and Reconciliation Commission），该委员会提出揭露种族隔离期间侵犯人权的种族暴行以便达成跨种族和解的主张。先于南非真相与和解委员会的上述主张，莱辛在《非洲故事集》中业已阐明了与之相异的“真相”与“和解”观。莱辛笔下南非社会的“真相”是英国定居者对非洲黑人的依赖，与之对应的“和解”则是南非白人定居者主导下的对南非跨种族命运共同体的构建。《非洲故事集》中，莱辛诠释的种族间相互依存的南非跨种族命运共同体的观点具有明显的社会改良属性。然而，恰如《老酋长马希朗加》中明理却无助的 14 岁的“我”，在南非英国白人社区殖民主义意识形态和种族杂合暗恐的影响下，莱辛跨种族命运共同体的愿望只能停留于想象层面，轰炸“幽灵村”可被视为莱辛跨种族命运共同体想象破灭的文学表征。

---

① James L. Gibson, "'Truth' and 'Reconciliation' as Social Indicators", *Social Indicators Research*, Vol. 81, No. 2 (April 2007), pp. 257 – 281, p. 258.

第二章　旅行写作中殖民遗产的后殖民伦理批判

罗伯特·克拉克（Robert Clarke）指出："后殖民文学总会涉及过去/历史，在旅行写作中这一现象尤为突出"。[①] 如克拉克所说，V. S. 奈保尔和萨尔曼·拉什迪从英国出发，由西向东（由英国前往前英国或欧洲殖民地）的旅行写作中充斥着对昨日殖民历史与今日后殖民现状之间跨越时空的对话关系，其中有物是人非的帝国怀旧情绪[②]的抒发，更有针对殖民遗产的伦理批判。V. S. 奈保尔和萨尔曼·拉什迪的后殖民旅行写作呈现出回写历史，以史为鉴，思考未来的历史唯物主义的文学批评功能。

两位作家的旅行文本在反观历史的同时，深刻揭示了去殖民化后新独立国家所面临的巨大且近乎难以解决的殖民主义历史遗留问题。揭示问题并非否定国家独立的胜利果实，而是在批判殖民遗产的基础上，为新独立国家的人民提供解决问题的视野宽广的历史参照。

---

① Robert Clarke, "History, Memory, and Trauma in Postcolonial Travel Writing", *Postcolonial Travel Writing*, ed. Robert Clarke, Cambridge: Cambridge University Press, 2018, pp. 49 – 62, p. 49.

② 克拉克还指出：一味怀旧是对殖民主义历史的正名和对因殖民历史而产生的当代世界秩序的确认。参见：Robert Clarke, "History, Memory, and Trauma in Postcolonial Travel Writing", *Postcolonial Travel Writing*, ed. Robert Clarke, Cambridge: Cambridge University Press, 2018, pp. 49 – 62, p. 49。

非洲、南美洲、加勒比等前英国或欧洲殖民地是奈保尔旅行写作的目的地；作为受过良好英国教育（牛津大学）的后殖民旅行者，奈保尔具有居高临下审视（前）殖民者和（前）被殖民者特定场所、特定时期内的历史与现实的双重视角。

游记《重访加勒比》（*The Middle Passage* 1962）中，奈保尔以类似史学家的身份重回加勒比，追溯加勒比地区大西洋奴隶贸易中间航道的殖民历史，阐释当下加勒比地区的殖民遗产与种族关系。《世间之路》（*A Way in the World* 1994）中，奈保尔更以欧洲殖民政治"知情者"的身份揭露了17世纪以沃尔特·罗利爵士为代表的欧洲探险者、南美革命家们鲜为人知的阴谋与私欲，对他们来说欺骗乃谋生手段，革命乃成名、致富途径，欧美殖民统治下的南美成为政治投机者和冒险家们的乐园。

在以1975年刚果（旧称扎伊尔）旅行见闻为蓝本写作的小说《河湾》中，奈保尔描写了后殖民语境下非洲腹地生活着的三个典型代表人群的逃避现象，在赋予上述现象丰富政治伦理内涵的同时，奈保尔提出并回答了"非洲为什么没有未来?"和"非洲如何才能拥有未来?"等有关非洲前途命运的问题。在其21世纪小说《半生》和《魔种》中，奈保尔故事主人公威利从印度故乡出发的旅行/旅居场所包括，英国、莫桑比克、德国。对威利从印度到英国的两次旅行（早期英国求学与后期英国定居）的描写展现出奈保尔对受殖民文化影响一生一事无成的裔威利为代表的印度裔流散者前途命运的担忧。与此同时，奈保尔借助对婚姻主题的描写谴责了西方文化帝国主义在殖民与后殖民时期对以印度为代表的第三世界国家民族独立运动和民族自尊心、自信心建立过程中的不良影响。小说中，婚姻既是主人公政治牟利和宣泄种族政治、文化焦虑的手段，又是管窥20世纪后半叶以伦敦为缩影的英国社会现实的一面镜子。

《午夜之子》前言中，拉什迪讲述了1975年他的第一本小说《格利姆斯》（*Grimus*）出版后，他拿着700英镑预付款去印度旅行、寻找写作素材的经历。拉什迪将自己的旅行写作置于当下正在发生的历史事件之中，如：1975 年印度成为有核国家、撒切尔夫人当选保守党领袖、孟加拉国建国领袖谢赫·穆吉布（Sheikh Mujib）惨遭谋杀和美国最后一批士兵从越南撤军等[①]，在凸显其文学创作时代感的同时，拉什迪希望以此唤起读者的历史批判意识，即：正在发生的历史待他日评说；在《午夜之子》中，拉什迪宣称要从“过来人”的视角出发，对印度建国前 30 年和建国后 30 年的历史加以评判。

《午夜之子》中，拉什迪以拟人的写作手法，将第一人称叙述者“午夜之子”萨里姆塑造为 1915 年至 1977 年间印度历史的演说者，将印度国家与萨里姆个人画上了等号。萨里姆的“死因”即是拉什迪笔下的斯芬克斯之谜。《午夜之子》中，后殖民语境下的政治伦理悖论以及拉什迪斯芬克斯之谜的谜底集中表现为三个方面的问题，即：“政治伦理乌托邦的幻灭”“对帝国‘遗产’的政治伦理批判”和“印度政治伦理混乱”。

第一节 《河湾》中“逃避主题”的政治伦理内涵

亚里士多德在《政治学》中曾有“人本质上是政治动物”（Man is by nature a political animal.）[②] 的论述；除此之外，亚里士多德还强调了人在社会、政治活动中所具有的言语和伦理道德判断能力，认为：“政治是有关人之善的科学”[③]。不仅如此，人的伦理判断与选择会受到特定政治环境的影响，因此在各种政治因素影响下所作出的伦理选择也可被称为政治伦理选择。奈保尔小说中的第一人称叙述者（如《米格尔大街》和《河湾》中的主人公）常以阴暗、原始、野蛮和低级为关键

① Salman Rushdie, “Introduction”, *Midnight's Children*, London: Vintage Books, 1995, pp. ix - xvii, p. ix.

② Aristotle, *The Politics*, Trans. Carnes Lord, Chicago and London: The University of Chicago Press, 1984, p. 37.

③ 参见 Aristotle, *The Nicomachean Ethics*, Trans. David Ross, Oxford, New York: Oxford University Press, 2009, p. 4。原文是：“The science of the human good is politics”。

词来描述他们的生存环境（特立尼达和非洲①）。《河湾》出版后，奈保尔在访谈中也曾直言不讳地说："非洲没有未来"（Africa has no future.）②既然书内书外皆充满消极与无奈情绪的宣泄，无怪乎国内外评论者们几乎普遍认为奈保尔是个悲观主义的宿命论者和逃避主义者。然而，事实并非如此。以《河湾》为例，笔者认为奈保尔"非洲没有未来"的论断并不可信。该小说深含作者后殖民语境下对主人公政治伦理选择紧迫感的诠释，这一诠释本身即可证明奈保尔对非洲未来的关注与希望，因为伦理选择不仅意味着个人身份的确立，它更涉及对未来社会以及人与社会之间和谐关系的美好憧憬。

从上述观点出发，本节试图回答《河湾》中"主人公逃避什么？""为何逃避？"和"主人公逃避行为以及无处可逃的伦理启示是什么？"等问题，并以此揭示奈保尔该小说中"逃避主题"的政治伦理内涵。

一　"逃避"与自我求证

一人称叙事者萨林姆（Salim）远离非洲东海岸老家进入非洲腹地经商的故事开始，由此引出包括萨林姆在内的一系列小说主人公，如：因达尔（Indar）、纳扎努丁（Nazruddin）和墨迪（Metty）等人的逃避行为。在奈保尔小说创作中有关逃避现实主义者的刻画可谓比比皆是，因此有评论家干脆将奈保尔的作品称为"混乱与逃避小说"③。虽从小

---

① 参见 Helen Hayward, *The Enigma of V. S. Naipaul*, New York: Palgrave Macmillan, 2002, p. 175。严格意义上讲，奈保尔《河湾》中所说的非洲，以及小说中提及的"非洲腹地"和"非洲中部的新国家"的所指都应是"扎伊尔（Zaire）"。因为《河湾》的创作以纳保尔的《刚果日记》（*A Congo Diary* 1980）和《刚果新国王：蒙博托和非洲的虚无主义》（"A New King for the Congo: Mobutu and the Nihilism of Africa"）为蓝本，而上述两个作品的写作素材均来自于奈保尔 1975 年在扎伊尔的旅行见闻。

② Elizabeth Handwick, "Meeting V. S. Naipaul", *New York Times Book Review*, May 13, 1979, pp. 1 - 36.

③ Louis Simpson, "Disorder and Escape in the Fiction of V. S. Naipaul", *The Hudson Review*, Vol. 37, No. 4 (Winter, 1984—1985), pp. 571 - 577.

说的表层叙述上看，毫无疑问，主人公们的确以不同方式逃避各种混乱处境，但笔者认为不能轻易不加区分地给他们贴上“逃避责任”“逃避自我”的标签。以萨林姆为例，逃避过程既是他对非洲后殖民政治环境的认知和适应，又是关于“我是谁?”和“对谁肩负何种责任?”等伦理身份问题的自我求证。

萨林姆的逃避因涉及地理位置上的迁移也可被视为一种自我流放。罗伯·尼克松（Rob Nixon）认为可以从两个方面来理解流放（exile）的原因，即：“促使流放者离家的动因中，暴力与选择因素所占比例如何，以及流放者对出生地持何种态度”[①]。萨林姆对非洲去殖民化后日益迫近的动荡政局和暴力流血事件心生恐惧，对一成不变、毫无生气的生活感到厌倦。自我流放成为萨林姆合乎情理的选择。他在逃避中展示出探险和重塑自我的意志。在非洲去殖民化的语境下，上述意志的产生与抒发促使萨林姆和像萨林姆一样的非洲年轻一代进行新一轮的伦理判断与选择。

英国执政当局发行的“阿拉伯独桅帆船”的邮票令萨林姆顿时产生了“我们这个群体已经落伍了”[②] 的不安全感。萨林姆起初认为这只是个人软弱的表现，但很快他便发现这应归因于所属群体政治态度上故步自封和宗教信仰上的自欺欺人。萨林姆发现，欧洲人的殖民政治给这原本无始无终的非洲大陆带来了历史，自己的阿拉伯祖先此前在非洲的功绩与欧洲贯穿非洲大陆的殖民统治相比不过是凤毛麟角。出生有钱人家庭的同龄伙伴因达尔在他面前展现出的高人一等的优越感和对非洲政局的远见同样令萨林姆堂皇不知所措。欧洲人和因达尔在政治、文化和智力层面给萨林姆施加了“认知的暴力”。不仅如此，获知北方内地部落发动的血腥叛乱和英国政府镇压叛乱失败的消息，萨林姆感受到“山雨欲来风满楼”的暴力威胁。虽然萨林姆想和家人一样回避政治话题，

---

① Rob Nixon, *London Calling V. S. Naipaul, Postcolonial Mandarin*, New York: Oxford University Press, 1992, p. 22.

② ［英］V. S. 奈保尔：《河湾》，方柏林译，译林出版社 2013 年版，第 15 页。

然而去殖民化后的非洲政治问题已深切影响到了人们的日常生活。新的政治局势令萨林姆怀揣不安与焦虑，促使他“穷则思变”。

正如因达尔所说的那样“要想在非洲站稳，不强大不行”①，萨林姆于是决定“逃避”现实，离开家园，但萨林姆的“逃避”是为了去干一番事业，对家族有所奉献，这使他的“逃避”获得了较为高尚的伦理意义。萨林姆原本可以选择与父亲的朋友纳扎努丁的女儿结婚，在东海岸过稳定安逸的家庭生活，然而在实现自我和追寻祖先足迹谋求商业成功的使命感驱动下，萨林姆决定放弃现有的一切，向未知且充满危险的非洲内陆丛林进发。

萨林姆阐释了自己是非洲人又不是非洲人的混杂身份，这一身份也是萨林姆种族与家庭使命感的源泉。身为印度穆斯林后裔，萨林姆认为自己与曾在非洲称雄的阿拉伯人有紧密的种族血缘关系，因此“我［萨林姆］为阿拉伯人担忧，我也为我们自己担忧。因为就权势而言，阿拉伯人和我们差不多。我们都是生活在大陆边缘，都是生活在欧洲国旗之下的小群体”②。欧洲人代替阿拉伯人成为非洲的统治者，然而殖民者势力的兴衰恰如季节的变换，如今欧洲人在非洲的殖民统治岌岌可危。阿拉伯人曾远征过的非洲腹地现在正逐渐摆脱欧洲的殖民统治。在这种政治局势下，萨林姆“逃避”非洲东海岸生活前往非洲腹地经商的选择从某种意义上仿佛带有种族复兴的意义。

自出版之日起，评论家们就将《河湾》与康拉德（Joseph Conrad）的小说《黑暗之心》（*Heart of Darkness*）相提并论，称奈保尔为“最黑暗的康拉德”（the Darkest Conrad），将前往“黑暗之心”定居的萨林姆比作鲁宾孙（Robinson Crusoe），将逃离“黑暗之心”的萨林姆比作马洛（Marlow）③。上述类比不无道理，因为萨林姆身上确实展现出如鲁

---

① ［英］V. S. 奈保尔：《河湾》，方柏林译，译林出版社 2013 年版，第 18 页。

② ［英］V. S. 奈保尔：《河湾》，方柏林译，译林出版社 2013 年版，第 15 页。

③ John Thieme, *The Web of Tradition Use of Allusion in V. S. Naipaul's Fiction*, Hertford: Dangaro Press and Hansib Publications, 1987, pp. 163 – 180.

滨逊一般的节制、禁欲和实用主义精神；离开丛林时的萨林姆也确如马洛一样因见证了丛林的黑暗而大惊失色。然而，评论家们却忽视了萨林姆并非欧洲殖民者这样一个事实。商业盈利、实现自我才是萨林姆起初廉价购买纳扎努丁亏损店铺的主要动因。财富的积累不仅能给萨林姆带来社会地位和安全感，还能让他在资源匮乏的丛林深处过上殖民时期只有欧洲人才能过上的生活。“大人物”到来之前，萨林姆的老板身份足以满足他的虚荣心。以扎贝思（Zabeth）为代表的本地商贩称他为“老爷”；因家乡战乱而前来投奔的仆人墨迪帮他打理生意；萨林姆能够经常光顾殖民时期为欧洲人开设的酒吧和高尔夫球场。由此可见，在殖民政治结束和新国家政治诞生之前的这段政治权力真空期内，萨林姆正逐渐实现着殷实的小资产阶级的生活梦想。

萨林姆是个有良知的商人。萨林姆向丛林小商贩扎贝思推荐新产品，希望借此改善丛林人的生活，改变他们对外部世界与事物的封闭态度。经商之余，萨林姆担当起了当地非洲年轻人教育者的角色，指出并纠正了墨迪和费尔迪南的错误思想，帮助他们成长。萨林姆还是非洲文化遗产的保护者。去殖民化后，很多殖民时期留下来的物品被当作文物加以买卖，谋取牟利。萨林姆把他人从学校偷来的从殖民时代后期传到现在的公立学校账簿还给了学校。非洲热爱者和保护者惠斯曼斯神父遇害身亡令萨林姆痛心疾首。由此可见，萨林姆并非不负责任的“将逃避作为一种生存手段的局外人（outsider）”[①]。从日常生活、非洲年轻人的教育到非洲文物保护，萨林姆因深入当地非洲生活的方方面面，自发肩负起了诸多责任而成为实际意义上的“局内人”（insider）。

面对战乱，萨林姆不仅不担心自己的人身安全还表现出对小镇的强烈归属感和对贫苦村民的同情：

---

① 参见 Helen Hayward, *The Enigma of V. S. Naipaul*, New York: Palgrave Macmillan, 2002, p. 197。海沃德（Helen Hayward）认为，尽管萨林姆在非洲小镇——他的“第二个故乡”（adopted society），投资发财，但他始终保持着“局外人”（outsider）的身份，并与其他的“局外人”打成一片。

我在这场战争中是中立的，两方我都怕。我不想看到军队失控的场面。我也不想小镇毁在本地人手里，尽管我对他们抱有同情。我不希望任何一方赢，只希望回到过去的平衡局面。

有天晚上，我预感战争临近了。……我在想这些枪会不会用来对付疯狂而饥寒交迫的村民们——这些村民的衣服已经破的不成样子，黑乎乎的，和灰烬一个颜色。不过这都是半夜惊醒时的一些焦虑。①

虽然刚接手纳扎努丁生意时萨林姆目睹小镇上西方殖民者留下的现代化建筑的遗迹颇具伤感之情，但萨林姆绝非受“殖民主义怀旧情感”影响的逃避现实主义者。叛乱过后，小镇再次恢复和平并进入一个新的繁荣发展时期。在利好的政治、经济环境中，萨林姆的生意蒸蒸日上。萨林姆迎来了个人事业发展中的一个高潮，对小镇的未来充满希望。初到小镇时，萨林姆对小镇和非洲村民表现出的反感与憎恶可被理解为是一种初入异文化遭遇“文化休克期”（cultural shock period）时的正常心理反应。与小镇居民一起生活过六年之后，萨林姆对他们的态度转变为接受与欣赏，萨林姆已进入与非洲“文化的蜜月期”（cultural honeymoon period）。萨林姆清醒地认识到自己不再是那个只为挣钱而来的外国人，而已经转变成关心小镇命运和村民疾苦的小镇上的一员，一个有道德责任感的小镇商人。

奈保尔《河湾》中对新成立国家政治、经济局面的描述内含斯皮瓦克（Gayatri Spivak）② 阐发的有关后殖民新政的疑虑。总统在萨林姆

① ［英］V. S. 奈保尔：《河湾》，方柏林译，译林出版社 2013 年版，第 66 页。

② 参见 Gayatri Spivak, *In Other Worlds: Essays in Cultural Politics*, London: Methuen, 1987, p. 245。斯皮瓦克（Gayatri Spivak）曾对去殖民化后的印度民族主义能否给人民带来“解放的可能性”（emancipatory possibilities）问题持怀疑态度。她认为“在帝国主义的舞台上”（within the imperialist theater）后殖民语境下的印度民族主义经常镇压“贯穿帝国主义和前帝国主义时期的数不清的抵抗运动”。与此同时，在这些民族主义力量的作用下，地方政治的格局将从版图帝国主义（territorial imperialism）转变成新殖民主义（neo-colonialism）。

居住的小镇不远处建立了新领地，成立了文理学院。然而新领地是“一场骗局”“领地那里的非洲——属于话语和思想的非洲（往往是没有非洲人的非洲）”[①]。生活在新领地里的人多半是欧洲人、总统请来的外国专家和正在文理学院接受教育的非洲学生。新领地因充斥着西方话语而成为斯皮瓦克所说的“新殖民主义”的试验场。

恰如陆建德教授在中文版《河湾》的序言中所写，“外来的观念催生了‘新领地’的巨大谎言，词语的水葫芦急速生长膨胀，它们把当地人民和生物逼往更狭窄的空间，更无望的境地”[②]。建立新领地是总统讨好西方，并借此培养支持自己的“新非洲人”的一种政治手段。目的达到之后，总统便露出了独裁统治者的丑恶嘴脸，而独裁政治则如水葫芦一般给人民带来“无处可逃”的强烈压抑感。

萨林姆目睹了总统导演的自我神化和自我崇拜的独裁闹剧；见证了小镇上不断升级的流血事件。邻居们相继逃离，留下来的人惶惶不可终日，这让萨林姆倍感孤独与恐惧。新政府剥夺了萨林姆的私有产业，彻底摧毁了他的小镇归属感。萨林姆有良知的商人的伦理身份内含两个基本要素：萨林姆关心、眷顾的小镇居民和他的商业活动。缺少了道德关怀的对象，萨林姆的“道德情感”[③]将无从寄托；被剥夺了经商权，萨林姆的商人身份也就失去了意义。小说以萨林姆的“逃避”开始，又以他的“逃避”结束。主人公的两次“逃避”均围绕“我是谁?”和“对谁肩负何种责任?”的自我伦理身份求证展开。在早先的“逃避”中，萨林姆完成了从“局外人”到“局内人”、从追求虚荣的年轻人到肩负振兴种族、家族责任和关心小镇居民的有良知的商人的伦理身份转变，然而该身份却被新政府的独裁暴政所粉碎。萨林姆最终的“逃避”反映出他对上述伦理身份的坚守，因为继续留在小镇意味着听命于总统

---

① ［英］V. S. 奈保尔：《河湾》，方柏林译，译林出版社2013年版，第124页。

② 陆建德：《序言》，［英］V. S. 奈保尔《河湾》，方柏林译，译林出版社2013年版，第11页。

③ 聂珍钊：《文学伦理学批评导论》，北京大学出版社2014年版，第249页。

而放弃已有的伦理道德判断。小说结尾，萨林姆在逃离过程中并未表现出奔向美好明天的、胜利大逃亡的喜悦心情，却在字里行间透露出对昔日小镇生活欲罢不能的矛盾心态，这足以证明萨林姆对小镇和小镇居民长期以来所怀有的纯真的道德情感。萨林姆的“逃避”是在“权力与权力扭曲”[①] 的后殖民政治语境下，对个人主义的追求，也正因如此，《河湾》这部小说才会充满人性的关怀。

二　“逃避”与对西方后殖民政治的伦理谴责

从二元对立的观点出发，国外学者将《河湾》中西方与非洲间的关系理解为：“文明与野蛮、现代与原始、光明与黑暗”[②] 之间的对比，认为“他们［欧洲人］的统治奇迹般地给非洲带来了和平：他们遏制了非洲人破坏和毁灭的本性，消除了部族的边界冲突。欧洲人的统治提升了非洲大陆的文明程度；非洲已成为探险、经商和定居的好去处”。[③] 依照上述逻辑推理，“西方”恰如人间天堂，而欧洲人则扮演了解救非洲人于水深火热之中的上帝的角色。《河湾》表层叙事中有关非洲风土人情的描述确实可以为上述观点提供佐证，然而笔者认为不能因此将“美化西方”和“妖魔化东方”视为奈保尔的写作动机。

《河湾》中，奈保尔共刻画了四个半“西方人”[④]，其中四个西方人分别是：惠斯曼斯神父（Father Huismans）、总统的白人顾问雷蒙德（Raymond）、雷蒙德的妻子耶苇特（Yvette）和假冒非洲热爱者之名，

---

① 参见 J. M. Coetzee, *Doubling the Point Essays and Interviews*, ed. David Attwell, Cambridge, London: Harvard University Press, 1992, p. 98。库切（J. M. Coetzee）曾批评南非文学过分专注于“权力与权力扭曲”的描写，却忽视了宏大而复杂的人性世界。

② Helen Hayward, *The Enigma of V. S. Naipaul*, New York: Palgrave Macmillan, 2002, pp. 176 – 177.

③ Ranu Samantrai, “Claiming the Burden: Naipaul's Africa”, *Research in African Literatures*, Vol. 31, No. 1 Spring, 2000, pp. 53 – 54.

④ 此处的“西方人”不再是狭义范围所指的“欧洲人”，还包括了介入去殖民化非洲的政治、经济生活的美国人。

偷窃神父收藏品的美国人。萨林姆被西方化了的印裔非洲东海岸朋友因达尔只能算是半个西方人。通过对他们的刻画，奈保尔批判了西方殖民主义的“上帝”在非洲的苟延残喘和新殖民主义的兴起。奈保尔就此提出了：“上帝”是否可以袖手旁观？是否可以趁火打劫？是否可以坐享其成？等带有政治伦理谴责性质的问题。

在萨林姆眼中，惠斯曼斯神父是“比非洲人还热爱非洲的西方人”；然而神父对非洲的痴迷却映射出从殖民主义时期延续到后殖民主义时期的西方猎奇非洲的“东方主义”政治态度。

惠斯曼斯的神父身份使其成为西方“上帝”的理想代言人；然而令人遗憾的是神父不过是“西方猎奇者”中的一员，神父“非洲热爱者”的身份是个美丽的谎言。上述判断出于以下两方面原因：一、神父或患有“恋物癖”的心理疾病；二、神父是殖民主义政治的忠实支持者。

神父不善交友，常独自出没于非洲丛林之中。萨林姆用“超凡脱俗”“娃娃脸”“早产儿”“磨难”和“弱不禁风”等词描写神父的相貌，连续三次重复使用“坚强”一词来形容神父的性格。神父的“坚强”性格使其沉溺于收集非洲物品的活动中，这无疑已成为“恋物癖”的表现。此处也隐含着奈保尔对欧洲殖民主义者的讽刺，言外之意是对非洲的殖民似乎是那些“早产”的、长着“娃娃脸”且患有“恋物癖”的欧洲人之所为。

惠斯曼斯神父的“恋物癖”中掺杂着殖民主义政治色彩。神父“超凡脱俗”的姿态掩盖了他对独立非洲命运的“事不关己”的态度；这种态度源自他对“殖民主义者”这一伦理身份的坚持，恰如奈保尔所写：“他［神父］根本没把自己看成闯入丛林的人，他把自己看成渊源久远的历史的一部分。他属于欧洲”①。神父把殖民时期的遗物看作欧洲在非洲文明史的一部分，认为自己有责任收集这些遗物。潜意识中，神父将遗物收集行为与对殖民政治的怀旧与支持画上了等号，建立

① ［英］V. S. 奈保尔：《河湾》，方柏林译，译林出版社 2013 年版，第 60 页。

了“恋物”行为的“能指”与殖民意识的“所指”间的对应关系。

神父曾对萨林姆说：“小镇的退步是暂时的，在一时的退步之后，欧洲文明会卷土重来，在河湾扎下更深的根”①。神父的观点是：非洲的未来存在于过去历史之中；唯有回到过去才能给非洲带来美好的未来，然而回到过去却意味着欧洲对非洲的再次殖民。惠斯曼斯神父的逻辑有违道德，因为他认为摆脱西方殖民统治的非洲是没有前途可言的。此番论断若出自常人之口似乎不具任何影响力，而出自神父之口则会令无知百姓相信这是神的旨意；深陷战乱泥潭之中的非洲人会因此而变得更加绝望。

惠斯曼斯神父貌似研究非洲文化的专业人士，但在他身上折射出的却是对殖民政治的支持和对去殖民化后非洲未来政局的刻意逃避。通过对惠斯曼斯神父的刻画，奈保尔意在指出：神父为之代言的“上帝”是西方殖民主义政治、经济利益集团；神父死于非命的悲惨结局，暗示了后殖民语境下食古不化的西方殖民主义者们妄图继续扮演非洲的“上帝”角色，重建非洲殖民政治梦想的破灭。

《河湾》中，在借对神父的描写批判殖民主义政治的同时，奈保尔还借对美国青年偷窃神父遗物事件的描述谴责了西方人在“新殖民主义”政治中趁火打劫的可耻行径。

> 镇上来了一个年轻的美国人，这人好像比非洲人还要非洲人，比谁都要爱穿非洲衣服，比谁都喜欢跳非洲舞。有一天，此人乘坐汽船突然离开。我们后来才发觉枪支室的大部分藏品都被骗走了，和此人的行李一起被运到美国。他常说要开一个原始艺术的陈列室，不用说，神父的藏品将成为陈列室的核心展品。这些藏品！这些森林里最丰饶的产品啊！②

---

① ［英］V. S. 奈保尔：《河湾》，方柏林译，译林出版社 2013 年版，第 85 页。
② ［英］V. S. 奈保尔：《河湾》，方柏林译，译林出版社 2013 年版，第 81 页。

美国青年构想的非洲原始艺术陈列室计划是当时盛行于西方的“非洲热”现象中的一个案例。在这股热潮中，非洲既是西方文化炒作对象，也是西方奉行新殖民主义“掠夺政治”① 的目标。恩克鲁玛（Kwame Nkruman）指出“非洲是个阐释并强调了新殖民主义的悖论。非洲物产丰富，然而非洲土地上盛产的农产品和地下富含的矿藏却让那些令非洲人日渐贫穷的［西方］集团和个人变得更加富有”②。萨林姆见证并记述了西方人在非洲乱局中的掠夺行为，涉及非洲地产、矿产，如：有色金属（铜、锡、铅）、贵金属（黄金）、铀和其他自然资源，如：象牙。

《河湾》中，奈保尔对“美国小偷”事件的描述颇具对美国非洲政治的伦理批评功效。“早在 1961 年，美国就已选定蒙博托为其支持对象；自那以后，扎伊尔就一直是美国庇护下的代理独裁制国家（client autocracy）”③。有 1975 年在扎伊尔旅行经历，并在此后相继发表《刚果日记》和《刚果新国王：蒙博托和非洲的虚无主义》两部作品的奈保尔对上述史实自然心知肚明，因此在《河湾》的创作中奈保尔巧妙地借用“美国小偷”事件抨击了美国对非洲厚颜无耻的掠夺政治。

此外，以因达尔、雷蒙德和耶苇特为原型，奈保尔还刻画了打着“非洲建设者”旗号来非洲坐享其成的西方机会主义者的形象。在英国，大学毕业后的因达尔因非洲出身的缘故，面试屡遭碰壁。沮丧落魄之际，因达尔仍将英国视为自己的安身立命之地。他对萨林姆坦言：“对我这样的人来说，只有一种合适的文明，只有一个地方，那就是伦敦，或者其他类似的地方”④。因达尔对伦敦的归属感是他对英国一厢

① Raoul Pantin, “Portrait of an Artist”, *Caribbean Contact*, 1, May 1973, pp. 18 – 19, pp. 15, 18.

② Kwame Nkruman, *Neo-Colonialism: the last stage of imperialism*, London: Nelson, 1968, p. 1.

③ Rob Nixon, *London Calling V. S. Naipaul, Postcolonial Mandarin*, New York, Oxford: Oxford University Press, 1992, pp. 101 – 102.

④ ［英］V. S. 奈保尔：《河湾》，方柏林译，译林出版社 2013 年版，第 151 页。

情愿的单相思。在伦敦波西米亚式的漂泊生活令他倍感郁闷，因达尔最终意识到“这要归结到我们属于不同的文明”①。落泊伦敦的因达尔有幸加入了某个西方人建立的非洲服务组织，住进了总统的非洲新领地。新领地是“类似伦敦的地方”，是因达尔想象中的伦敦替代物。在这里因达尔能同其他外国人一样坐享总统为他提供的一切。

透过萨林姆的眼睛，奈保尔描述并谴责了领地上外国人以援助非洲为名，及时行乐为实的寄生虫般的生活：“新领地完全是他们的度假胜地，现在我混迹其中，轻而易举地进入他们的生活，进入平房、空调和舒适的假日组成的世界，从他们高雅的谈话中我不时听到著名城市的名字”②。在领地里，西方人或受西方人委派的外国人海阔天空、无所不谈，却唯独对非洲的现实问题避而不谈，而非洲的现实就在离他们几英里远的小镇上。

与真正的西方人不同，因达尔是受西方教育、以模仿西方人为生的半个西方人，是法农（Fanon）批判的“冒牌中产阶级”（bogus middle class）中的一员，他们思想匮乏、缺少主见、没有创新而只会模仿。这一阶层“毫无保留且充满热情地接受了母国（mother country）的思维模式，完全丧失了自己的思想，将自己的意识建立于国外观念基础上……”③法农认为在他们身上展示出的不仅是庸俗的“实利主义”（philistinism）更有对自己家园的“背叛”情结。小说中，将英国视为“母国”因达尔先后“背叛”了非洲东海岸的出生地和非洲中部供其养尊处优的“新领地”。因达尔预先觉察到总统放弃新领地计划的意图，在他人还未行动之前早已逃之夭夭。奈保尔借曾给因达尔提供面试机会的印度外交官的话，谴责了因达尔家园政治伦理意识的缺失：“但是你在信里说你是从非洲来的。你这样怎么搞外交啊？我们怎能聘请朝三暮四的人？”④

---

① ［英］V. S. 奈保尔：《河湾》，方柏林译，译林出版社2013年版，第153页。

② ［英］V. S. 奈保尔：《河湾》，方柏林译，译林出版社2013年版，第117页。

③ Frantz Fanon, *The Wretched of the Earth*, Trans. Constance Farrington, New York: Grove Press, 1968, p. 178.

④ ［英］V. S. 奈保尔：《河湾》，方柏林译，译林出版社2013年版，第149页。

《河湾》中，借“非洲热”发家的西方人还有雷蒙德和耶苇特夫妇，他们既是西方后殖民非洲政治的受益人，又是这一政治的受害者。雷蒙德原本是殖民时期在非洲某国首都教书的白人大学老师，机缘巧合结识了“大人物”。当时“大人物”还只是个孩子。在孩子母亲的百般请求下，雷蒙德答应跟精神抑郁的孩子谈心，给予他人生上的指导。“大人物”当上总统后，为了报恩将雷蒙德任命为自己的白人政治顾问。雷蒙德经常跟随总统出席国际会议，并被很多大学邀请去作学术讲座。雷蒙德享受着至高无上的荣誉与尊敬。耶苇特也正在此时与雷蒙德相识。还是学生的耶苇特被雷蒙德的地位和殷勤所打动，于是不顾雷蒙德离婚经历和与自己年龄相差悬殊的事实，最终跟雷蒙德结婚。耶苇特在与萨林姆的谈话中将这场婚姻描述为雷蒙德的骗婚，但萨林姆却看清了耶苇特的野心——耶苇特希望借助雷蒙德的影响出人头地的野心。

西方对非洲问题的政治炒作终究是昙花一现，总统很快就对雷蒙德照搬西方的新国家建设方案失去了兴趣，将雷蒙德安置到离首都较远的“新领地”。当地人以为雷蒙德是总统有意安插在新领地的监管人；但实际上，这是总统疏远雷蒙德的策略，雷蒙德因此成为总统新国家政策的牺牲品，耶苇特则成为雷蒙德投机政治生涯的陪葬品。雷蒙德靠“总统会再次垂青自己的幻想”度日，而年轻且不甘寂寞的耶苇特却以与不同男主人公搞婚外恋的方式勉强度日，这便是雷蒙德夫妇政治投机生活的悲惨结局。

虽交往时间不长，但萨林姆很快就揭穿了雷蒙德自我标榜的西方非洲问题专家的伪学者身份，“我发现文章简直就是政府告令和报章摘抄的拼凑。有很大篇幅是从报纸上摘抄下来的，而雷蒙德还对摘抄的内容郑重其事”[①]。萨林姆认为雷蒙德对非洲的认识无法与因达尔、纳扎努丁和马赫士相比，甚至还不如对本地充满好奇心的惠斯曼斯神父。借萨林姆之口，奈保尔讲述了雷蒙德夫妇的发迹史与破产史，深度阐发了对此类“坐享其成”的西方非洲政治投机者兼暴发户的伦理批判。

---

① ［英］V. S. 奈保尔：《河湾》，方柏林译，译林出版社 2013 年版，第 181 页。

三 无处可逃与摆渡人的伦理身份选择

如果主人公的"逃避"不仅是心理层面上对现实、责任与危机的回避，而涉及了地理层面上主人公离开某地的位移过程，那么"逃避"也可被视为一种"自我流放"；然而"自我流放"并非所有人都能实现。①《河湾》中，仅能勉强度日的非洲百姓既不具备"逃避"（或曰自我流放）的经济能力，又缺乏非洲家园之外的生活经验与远见，所以在战乱和独裁统治时期，他们只能接受"无处可逃"的命运。尽管如此，奈保尔并未将女商贩扎贝思和她的儿子费尔迪南塑造成悲观主义的宿命论者。相反，扎贝思和费尔迪南是奈保尔在《河湾》中刻意塑造但又故意隐含的连接非洲过去、现在与未来的"摆渡人"。奈保尔意在指出，对"摆渡人"伦理身份的选择和坚持才是非洲未来的希望之所在。

扎贝思是萨林姆叙事中引入的第一个主人公，描写扎贝思的寥寥数语却凸显了扎贝思为丛林部落村民贩运商品的使命感。《河湾》开始，扎贝思驾着独木舟摆渡于大河之中，她所传递的不仅是商品更是一种为了村民敢于走出丛林走进殖民与后殖民的现代社会的无畏精神，这使扎贝思成为故事中唯一一个内心平静且伦理身份完整的人。

扎贝思是萨林姆商店里的常客，她身上展现出的经商为民的商业道德给萨林姆留下了深刻印象。首先，扎贝思的买卖活动完全建立在对村民日常所需的了解基础上，"扎贝思完全知道村子里的人需要什么，知道他们能出多少钱，愿出多少钱"②。其次，丛林与小镇之间路途险恶、困难重重，但扎贝思却不惧艰险，风雨无阻地将村民们的产品运出丛林

① 参见 Marilyn Adler Papayanis, *Writing in the Margins*: *The Ethics of Expatriation from Lawrence to Ondaatje*, Nashville: Vanderbuilt UP, 2005, p. 1。帕帕亚尼斯（Marilyn Papayanis）曾指出："流放"（expatriate）一词似乎和"特权"（privilege）一词紧密相连，因为只有精英阶层才具有"流动性"（mobility）；他们相对富有，能随心所欲地去任何想去的地方，并将所到之处称为"家"。

② ［英］V. S. 奈保尔：《河湾》，方柏林译，译林出版社 2013 年版，第 5 页。

卖掉，将村民们需要的产品买回。萨林姆对此感叹道："扎贝思走过的是什么样的路啊！好像她每次都是从掩藏的地方出来，从现在（或未来）抢回一些宝贵的货物，带给她的相亲——比如那些剃须刀，她从包装盒里取出来一片一片零卖的剃须刀！"① 萨林姆认为扎贝思之所以如此胆大是因为她是个魔法师，而且身上还涂了驱赶、警告别人的防护油。萨林姆的观点确有其理，然而细细品味，会发现魔法师也好、防护油也好，皆是扎贝思所居住的丛林所赐。因此丛林，或曰扎贝思对丛林的归属感与对丛林居民肩负的责任才是她无所畏惧的原因所在。

乔治·拉明（George Lamming）将奈保尔的"非洲末世论"（apocalypse of Africa）比作"被阉割了的讽刺"（a castrated satire），批评奈保尔作品的意义止于该讽刺，不能给非洲复兴提供可供借鉴的价值体系。② 其实不然，身为作家而非政治家的奈保尔虽未能在作品中探讨非洲复兴的价值体系，但在奈保尔对扎贝思和她儿子费尔迪南的描述中却隐含了关于非洲未来的伦理价值设想。奈保尔对新非洲寄予的希望反映在扎贝思对费尔迪南的培养以及费尔迪南的自我成长之中。

在非洲丛林深处的部落里"没有历史可言，只有无始无终的原始生活状态的重复"③，丛林外的小镇代表了非洲发展的现在时。虽然扎贝思是个文盲，但往来于丛林与小镇之间的她已感受到了内外两个世界的不同，认识到了教育的力量，于是决定将儿子送到镇上的公立中学读书并委托萨林姆帮助照看。费尔迪南不仅是扎贝思对未来的寄托，他还是非洲年轻一代的代表；他的成长是新非洲有识之士的缩影，凝聚了奈保尔对非洲去殖民化后"新非洲人"的期望。

费尔迪南经历了模仿、叛逆和被洗脑等成长阶段，最终成为一名明

---

① ［英］V. S. 奈保尔：《河湾》，方柏林译，译林出版社 2013 年版，第 9 页。

② 转自 John Cooke，"'A Vision of the Land'：V. S. Naipaul's Later Works"，*Caribbean Quarterly*，Vol. 25，No. 4，Caribbean Writing：Critical Perspectives，December，1979，pp. 31－47，p. 31。

③ Ranu Samantrai，"Claiming the Burden：Naipaul's Africa"，*Research in African Literatures*，Vol. 31，No. 1，Spring，2000，pp. 50－62，p. 55.

辨是非、有独立伦理判断能力的新一代非洲知识分子。萨林姆认为费尔迪南的优势在于他能将非洲的原始生活经验与欧洲的现代知识集于一身：

> 他是从林中来的孩子，一到放假他就回到他母亲的村子。而他在学校里学些我一无所知的东西。我没法和他谈功课上的事，因为优势全在他那一边。还有那张脸！我感觉他的脸透露出来的是坚定和沉着。我想这张脸后面肯定藏着很多我从未了解的东西。作为他的监护人和教育者，我反而被他看透了。[①]

费尔迪南的脸之所以给萨林姆留下了深刻的印象，因为那张脸透露出来自非洲丛林里的原始野性的力量，这种力量遵循着的是“弱肉强食”的丛林法则，如果不加以良好的引导只能变成“以暴制暴的邪恶力量，使人迷失自我”[②]。小说中的确有相当数量的暴力流血事件的描述，也有对像费尔迪南一样来自丛林深处高大、魁梧且嗜血成性的武士的刻画。费尔迪南却与众不同，接受现代教育的他更像一位“文明的野蛮人”。

费尔迪南的成长是一个不同角色扮演的过程，而角色扮演是靠对周围人的模仿或学习实现的。费尔迪南 15 岁离开父亲跟随母亲生活。萨林姆最早替代了费尔迪南的父亲成为费尔迪南的模仿对象。费尔迪南能从萨林姆身上学到社会经验和为人处世的方法，却学不到如何应对当下局势的政治态度和策略。萨林姆本人也对此备感困惑。费尔迪南土生子的身份迫使他参与到地方政治中去。去殖民化后，曾饱受殖民迫害的非洲人充斥着对昔日殖民者的仇恨。在种族仇恨情绪的影响下，费尔迪南扮演了憎恨白人的种族主义者的角色。费尔迪南的种族主义政治态度体现在他与萨林姆之间关于“新电话发明者是谁?”的问答之中。费尔迪南明明知道新电话的发明者是白人，但他想从萨林姆口中听到“是白

① ［英］V. S. 奈保尔：《河湾》，方柏林译，译林出版社 2013 年版，第 37 页。

② Ben Abbes Hedi, “A Variation on the Theme of Violence and Antagonism in V. S. Naipaul's Fiction”, *Caribbean Studies*, Vol. 25, No. 1/2 (Jan. – Jul, 1992), p. 49.

人”的回答，然而“我［萨林姆］没有说：‘是白人。’……我不想给他政治上的满足”①。萨林姆用“是科学家”的回答避免了可能由此引发的费尔迪南针对白人的不加区分的攻击与批判。

费尔迪南是非洲过渡时期的一代人；他们生活在现在，过去的影响依然存在，而通向未知未来的大门却已慢慢开启。突发的政治事件以前所未有的方式影响着费尔迪南的个人生活，但费尔迪南并未因此而随波逐流丧失正确的伦理判断和道德情感。在总统新成立的文理学院中学习的费尔迪南不可避免地卷入到总统一手策划的独裁政治中，成为总统的傀儡与独裁政治的宣传者。萨林姆用“自高自大”和“自负”形容因替总统卖命而平步青云的费尔迪南。然而萨林姆的判断却带有一定的偏见。首先，费尔迪南被总统演讲中有关“新非洲人”和“接管未来的人”等蛊惑人心的说辞所蒙骗。从本质上讲，费尔迪南为建设非洲美好未来而参政的动机是好的，只因涉世不深、缺乏政治经验而被总统利用；其次，尽管费尔迪南受总统任命担任了政府官员，社会地位发生了重大变化，但他对萨林姆和墨迪等人的友情并未改变。小说结尾，费尔迪南冒险帮助萨林姆逃脱牢狱之灾，并帮助萨林姆逃离丛林的做法体现了费尔迪南救友人于危难之中的道德情操。在政治牟利与保护友人之间费尔迪南毅然决然地选择了后者。

费尔迪南违反政令救助友人的伦理选择建立在他对现存政治局势的清醒认识基础上，这也是他肩负连接非洲现在与未来的“摆渡人”责任的前提条件。费尔迪南对即将离开的萨林姆诉说了自己的政治判断：

> 大家都在干等着，在等死，大家内心深处都知道。我们在被人谋杀。一切都失去了意义，所以每个人都变得这么狂热。大家都想捞一把就走。但是往哪里走呢？这就是令人疯狂的原因所在。大家都知道自己失去了可以回的地方。我在首都做实习官员的时候就产

① ［英］V. S. 奈保尔：《河湾》，方柏林译，译林出版社 2013 年版，第 42 页。

生了这样的感觉。我觉得我被利用了。我觉得我的书白读了。我觉得自己受到了愚弄。我所得到的一切都是为了毁灭我。①

恰如费尔迪南所说，当地非洲居民无法逃避总统强令执行的独裁政治，只能听之任之。扎贝思的经商活动就此停止，这似乎预示着连接丛林与小镇、非洲的过去与现在的桥梁的中断；费尔迪南对非洲现状的绝望仿佛预示着非洲未来的无望。

小说至此，奈保尔在小说中意图塑造的扎贝思和费尔迪南连接非洲过去、现在与将来的"摆渡人"形象似乎失去了意义。其实不然，在独裁统治下，身陷"无处可逃"的困境中的非洲本地人有三种选择：一、回归原始时期的丛林部落内部暴力争斗，以此来转移或转嫁政治压力；二、坐以待毙，甘做顺民；三、以参与政治的有机知识分子的身份集聚力量推翻总统的独裁专政。第一种选择把人再次降格为遵循"丛林法则"且充满"兽性"的动物；第二种选择使人丧失伦理判断的能力而沦落为行尸走肉。从费尔迪南解救萨林姆的实际行动以及费尔迪南对现实政治的尖锐批判来看，受过现代教育且早已从政的费尔迪南理应作出的是第三种选择。前两种选择意味着对非洲未来责任的逃避，只有第三种选择才是对接受未来挑战的"摆渡人"伦理身份的选择。

拉赫曼（Fadwa Abdel Rahman）戏称奈保尔为"戴着黑色面具的白人旅行者"（the white traveler under the dark mask），认为："奈保尔的作品是对白人种族/文化优越论的文学阐释。用黑人旅行者代替白人旅行者的叙事无法掩盖奈保尔旅行写作的不良企图"②。评论家们普遍认为，

① ［英］V. S. 奈保尔：《河湾》，方柏林译，译林出版社 2013 年版，第 279 页。

② 参见 O'Brien，Conor Cruise，Edward Said，and John Lukacs，"The Intellectual in the Post-Colonial World：Response and Discussion"，*Salmagundi*（1986）：65；Fadwa Abdel Rahman，"The White Traveler under the Dark Mask"，*Journal of Comparative Poetics*，No. 26，*Wanderlust：Travel Literature of Egypt and the Middle East*，2006，pp. 168 – 190，p. 169。萨义德（Edward Said）等学者也曾撰文批评奈保尔的创作：奈保尔不仅支持殖民主义、赞扬白人文化，还认为发展中国家的问题均由"非白人"（non-whites）自己造成。

奈保尔的作品充斥着“西方中心主义”的话语；奈保尔对新独立国家和地区的落后现状持类似殖民主义者的鄙视态度，作家本人有意逃避对这些国家与地区人民前途命运的思考。此类判断有扭曲奈保尔写作动机的嫌疑，因为奈保尔“非洲没有未来”的论断确能引发“非洲为何没有未来?”以及“非洲如何才能拥有未来?”等有关非洲前途命运问题的思考。

《河湾》中，奈保尔就上述问题提供了三个具有政治伦理内涵的解答。首先，萨林姆因不满非洲东海岸安逸的生活现状而逃避至非洲中心，其商业活动成功与否与小镇的兴衰息息相关。萨林姆从为满足虚荣、为名利而来的局外人转变成融入小镇生活、与当地人共呼吸同命运的局内人。总统的专制统治彻底破坏了小镇渐趋和谐的经济生活环境，剥夺了萨林姆的财产和他有良知的商人的伦理身份。在人身安全受到威胁的情况下，萨林姆成为被迫放弃小镇生活与责任的逃亡者。透过对萨林姆伦理身份变化轨迹的描写，奈保尔意在表明如下观点：如果像萨林姆这样的有德商人都不能在此安身立命的话，非洲将没有未来。其次，如以拉赫曼、萨义德等国外评论家们的观点为依据，小说中的白人（四个半西方人）理应以救世主的形象出现，然而奈保尔却分别赋予他们“身患‘恋物癖’的殖民主义者”“美国小偷”和“非洲政治投机者”的身份。奈保尔意在指出，如果西方殖民非洲的野心未死，如果去殖民化后的非洲是西方新殖民主义的试验场，如果西方人来非洲的目的是为了消费非洲、逃避对非洲的责任而不是建设非洲的话，那么非洲也没有未来。非洲的未来在不畏艰险搭建原始丛林与现代社会沟通桥梁的母亲扎贝思身上、在明理觉醒的非洲新一代知识分子儿子费尔迪南身上。在独裁统治下，虽然他们已经无处可逃，但他们连接非洲过去、现在与未来的“摆渡人”的伦理身份却依稀闪烁着非洲美好未来的曙光。

第二节　奈保尔21世纪小说中的婚姻政治与伦理悖论

进入21世纪，V. S. 奈保尔先后创作出版了《半生》（*Half a Life* 2001）和《魔种》（*Magic Seeds* 2004）两部姊妹篇。这两部小说涉及印度、英国、德国和莫桑比克等四个不同的叙事场所。为确保小说叙事连贯性，避免因叙事场所的变迁导致叙事碎片化，奈保尔巧妙地将婚姻这一普世话题设定为贯穿这两部小说的叙事主线。

奈保尔在《半生》和《魔种》中所描写的婚姻已成为衡量小说主人公伦理道德健康程度的“指示器”。透过小说，奈保尔意在指出：20世纪后半叶，由殖民统治、反殖民斗争、民族民主革命、跨文化交流与种族融合等一系列重大历史事件所引发的政治、文化影响已渗透至婚姻与家庭这一人类社会最基本组成单位之中。婚姻不再是人类情与爱的“净土”。本文分别以：一、革命婚姻：“反抗”还是“共谋”？二、跨国婚姻：寻求幸福还是逃避责任？三、名利婚姻：去魅“宗主国”为题，对《半生》与《魔种》中的婚姻主题分类阐释，旨在揭示小说主人公威利·钱德兰（Willie Chandran）和其他小说人物“温情、浪漫”的婚姻面纱背后隐藏着的政治动机与伦理悖论。

一　革命婚姻：“反抗”还是“共谋”？

《半生》以小说主人公威利的父亲讲述自己为革命而结婚的经历开始，威利出身婆罗门僧侣阶层的父亲意图通过与低种姓女性结婚的方式投身于由20世纪30年代甘地（Gandhi 1869—1948）和尼赫鲁（Nehru 1889—1964）领导的反帝国主义和反种姓制度的印度民族独立运动之中。威利父亲为革命而结婚的做法违背了夫妻伦理的合法性，将婚姻关系中的双方从具有“道德情感”的人降格为服务于政治目的的工具。

经历由这一婚姻带来的生活变故之后，威利的父亲不仅未能实现反殖民、反种姓制度的政治夙愿，其伦理身份却戏剧性地从印度民族独立运动的“斗士”转变婆罗门僧侣阶层的代言人和英国文化帝国主义的共谋者。以威利父亲的革命婚姻为隐喻，奈保尔批判了英国对印度的文化帝国主义入侵和以威利父亲为代表的印度“圣贤”在英国文化殖民优势面前的无条件臣服。

与低种姓女子的通婚并非威利父亲深思熟虑的结果，而是身为大学生的威利父亲一时兴起的非理性决定。

> 我［威利父亲］的决定很简单，就是要背叛祖先——从你祖父那儿听说过的那些愚蠢的、在外国人统治下忍饥挨饿的［印度］僧侣；我还要违背父亲希望我在王公（maharaja）政府部门担任高职的愚蠢想法和大学校长让我娶他女儿为妻的荒唐计划。我决定摒弃上述所有死亡方式，在我力量范围内作件唯一高尚的事情，那就是娶一个我所能发现的种姓最低的女性为妻。①

文中“背叛”“违背”和“摒弃”等带有反抗父权意义的同义词的连续出现揭示了威力父亲青春期的叛逆心理，恰如其所言：“我内心有个叛逆的小鬼在作怪”。② 担心因逃婚（与校长女儿的婚事）和担任地方税务官时蓄意破坏税务账本而招致责罚，威力的父亲选择逃往寺庙寻求庇护。与其将威力父亲的“愤世出家”视为继婚姻之后反帝国主义和反种姓制度行动的延续，不如将其视为回避责任、躲避惩罚的孩童般的幼稚行为。

威利的父亲将焚烧英国文学著作的做法视为反帝之举；将与低种姓女子通婚视为反种姓制度的有效方式，二者并行不悖。他认为在别人只

---

① V. S. Naipaul, *Half a Life*, London: Picador, 2011, pp. 10 – 11.

② V. S. Naipaul, *Half a Life*, London: Picador, 2011, p. 7.

说不做的时候自己却能通过实际行动响应甘地和尼赫鲁印度民族独立运动的号召，并借此将自己塑造成民族英雄一样的人物。令人遗憾的是，威利父亲有关民族英雄伦理身份的选择虽然具有良好的动机，但因缺乏科学、理性的指导而终归于盲从和武断。反思过去，威利的父亲不无感慨地说："我曾在大学里读过一两年书，然而响应圣雄［甘地］的号召我放弃了英式教育（English education），此后我便一事无成，只能眼睁睁看着自己的朋友和敌人逐渐致富、赢得名声"①。为求得心理安慰，威利的父亲将自己的跨种姓婚姻与不问世事的寺庙生活形容为以实现民族革命为目的的"生命的牺牲"（a life of sacrifice）。

《半生》中，以著名英国作家萨默塞特·毛姆（Somerset Maugham 1874—1965）为代表的英国文人雅士前往印度拜访在寺庙静修的威利的父亲。威利的父亲由此成为西方人东方猎奇的对象和毛姆旅行写作中的人物素材。威利父亲对西方文化的被动抵抗和英国文化人对东方文化的主动占有形成鲜明反差，其结果是不知不觉中威利父亲因被英国文化所"俘获"而逐渐丧失了印度文化主人公的身份。寺院静修生活中，威利的父亲主动放弃了自我言说的话语权而最终陷入无以言说和被西方"他者"言说的窘境。

在威利父亲与毛姆为代表的东西方文化关系的描述上，奈保尔的确担当了萨义德所说的引人注意但不道德的"西方控诉（western prosecution）见证者"的角色，这一角色认为："我们面临的所有问题均由我们'非白种人'自己造成"②。然而奈保尔在"控诉"威利父亲文化帝国主义共谋者的"罪行"时，并未站在英国殖民者的立场上。从印度民族利益出发，奈保尔对威利父亲的态度可用"怒其不争、哀其不幸"来概括。威利父亲的"不争"表现为对革命者伦理身份的抛弃，他的

① V. S. Naipaul, *Half a Life*, London: Picador, 2011, p. 2.

② Said, Edward, "The Intellectual in the Post-Colonial World", *Postcolonialism Critical concepts in literary and cultural studies*, Vol. 1, ed. Diana Brydon, London and New York: Routledge, 2000, pp. 29 –46, p. 36.

“不幸”则表现为一生碌碌无为，深感愧疚且为儿女所不齿。

美国著名文化学家弗雷德里克·詹明信（Fredric Jameson）曾写道“第三世界［国家］的文化与第一世界［国家］的文化帝国主义以多种方式纠结在一场你死我活的斗争之中”①。奈保尔刻画的威利父亲便是詹明信笔下文化帝国主义的牺牲品。奈保尔在《半生》中阐述的西方文化帝国主义表现为西方文化代言人毛姆对印度文化现象——威利父亲的沉默誓言（vow of silence）的书写，这与萨义德（Edward Said）在《东方学》（*Orientalism* 1978）中论述的法国作家福楼拜（Gustave Flaubert 1821—1880）的东方情结并无差异，二者（毛姆和福楼拜）均在文化层面上应和了西方“自我”对东方“他者”的殖民政治。

格林伯格（Robert M. Greenberg）认为奈保尔在“反对有关断绝［第三世界国家］与欧洲国家间文化联系的政治说辞和宣传”② 的同时，极为关心第三世界国家的文化状况，此种关注体现在奈保尔“长达四十年的以非西方国家和非西方人为主题的写作”③ 中。奈保尔深刻思考了以印度为代表的第三世界国家文化在东西方文化“联姻”中的劣势地位，谴责了20世纪30年代英国在其印度殖民统治时期推行的文化帝国主义。奈保尔将1938年作家毛姆本人拜访印度圣贤拉玛那·玛哈希（Ramana Maharshi）的经历④改编成《半生》中作家毛姆拜访威利父亲的故事。这一现实指涉看似幽默诙谐，但奈保尔真正意图却是在质疑现实生活中毛姆“朝圣东方”的写作动机的同时，凸显威利父亲西方文

① Fredric Jameson, “Third World Literature in the Era of Multinational Capitalism”, *Social Text*, No. 15 (Fall, 1986), pp. 65 – 88, p. 68.

② Robert M. Greenberg, Anger and the Alchemy of Literary Method in V. S. Naipaul's Political Fiction: The Case of *The Mimic Men*”, *Twentieth Century Literature*, Vol. 46, No. 2 (Summer, 2000), pp. 214 – 237, p. 214.

③ Robert M. Greenberg, Anger and the Alchemy of Literary Method in V. S. Naipaul's Political Fiction: The Case of *The Mimic Men*”, *Twentieth Century Literature*, Vol. 46, No. 2 (Summer, 2000), pp. 214 – 237, p. 214.

④ David Godman, “Somerset Maugham and The Razor's Edge”, *The Mountain Path*, No. 4 (October 1988) Volume 25, pp. 239 – 245, p. 239.

化帝国主义共谋者的形象。

《半生》中，毛姆与威利父亲之间的交流可被视为由毛姆主导的东西方文化间短暂的“联姻”，其中毛姆是最大受益者。文中奈保尔曾多次涉及毛姆借印度题材的文学创作（《刀锋》*The Razor's Edge* 1944）满足了当时西方世界猎奇印度的文化需求并最终名利双收的历史现实。奈保尔描写了成名后的毛姆对威利父亲虚情假意的态度，借此讽刺毛姆“朝圣东方”的虚伪本质及其文学创作的功利性。威利父亲虽在毛姆的文学炒作下声名远扬，建立了自己的灵修院（ashram）并从此过上了衣食无忧的生活，却也在无形之中被塑造成印度特定历史时期内的文化符号，被编织到英国东方学的知识谱系之中。

将现实生活中的英国作家毛姆引入虚拟小说世界中使其成为英国“东方主义”代言人的同时，奈保尔以小说人物威利的父亲替换了现实生活中曾与毛姆会面的印度圣贤玛哈希。通过对上述替换关系的建立，奈保尔试图警醒世人：所谓印度圣贤不过是西方为满足猎奇之需而编造的东方文化符号，圣贤本身对印度国家民族独立运动的贡献远没有想象中的那么显著，他们与西方文化帝国主义之间尚有不为人知的共谋关系。

校长和祖父认为，威利父亲的所作所为玷污了印度僧侣的名声，是对神圣宗教的嘲讽；然而威利的父亲却不为所动，继续维持着自感羞耻的婚姻，享受着相对舒适、安全的生活。威利父亲清楚地意识到与低种姓女子的现实婚姻既是目前生活的成因，又是保证该生活状态得以延续的前提条件，而“解除婚约会是件不光彩的事情”[①]。

威利父亲应该感到“羞耻”的除了这桩跨种姓婚姻之外，还有他的西方文化帝国主义共谋者身份。读到在加拿大教会学校（mission school）接受西方教育的威利模仿美国家庭生活情景而写的作文时，威利的父亲发出了“文学谎言论”的哀叹：“谎言，一派谎言。他是从哪

① V. S. Naipaul, *Half a Life*, London: Picador, 2011, p. 32.

听到的这些谎言?”但他紧接着又想到,“这能比雪莱、沃兹沃斯以及其他英国文学家的作品更糟糕吗?那些作品全都是谎言”①。谈及“文学谎言”论,威利父亲虽然义正词严并痛斥其危害,但他并未意识到自己作为毛姆之“文学谎言”的受益者与受害者的双重身份。

身为“文学谎言”受害者的威利父亲认为子女只有移民西方才能过上幸福的生活。凭借与英国某上议院大臣的一面之缘,威利父亲帮助威利争取到去英国读书的奖学金;借助一个偶然机会,威利父亲把女儿沙拉金尼(Sarojini)嫁给了德国人沃尔夫(Wolf),实现了嫁女西方的愿望。至此可见,威利的父亲虽有“反抗”帝国主义之意,却出于对既得利益的考虑又不得不与文化帝国主义“共谋”,而这种“共谋”关系又在子女移民西方(英国和德国)后的生活中得以延续。威利以“生命的牺牲”为题写给父亲的寓言故事映射了威利父亲对自己“共谋者”身份有所知,却不思改变、一意孤行的做法,而这一做法最终导致牺牲父子两代人生命价值的悲剧。

二　跨国婚姻:寻求幸福还是逃避责任?

《半生》中,奈保尔记述了威利与由葡萄牙白人殖民者跟非洲黑人女性通婚所生后代安娜(Ana)的跨国婚姻。“追求幸福”是这桩婚姻的原初动机,然而随着主人公生活场所的变迁和婚姻生活的继续,昔日“幸福”的婚姻却变成威利自我放纵和贪图安逸的手段。20 世纪 50 年代末英国社会中的种族政治危机与波西米亚的文化焦虑是促成威利婚姻的先决条件;殖民地生活的空虚和莫桑比克内战的爆发是威利背弃婚约的动因。在描写威利伦理身份“变形记”的同时,奈保尔对威利婚姻背后隐含着的政治、文化问题进行了伦理批判。

20 世纪 50 年代末,在英国种族暴力和波西米亚奢靡生活的伦理环

① V. S. Naipaul, *Half a Life*, London: Picador, 2011, p. 40.

境影响下，威利从一名年轻有为的大学生堕落成声色犬马的享乐主义者。英国教育学院（college of education）毕业之际，摆在威利面前有三条出路：一、留在英国当作家，职业作家或英国广播公司的自由撰稿人；二、返回印度老家；三、在伦敦诺丁山（Notting Hill）移民区当老师。在三条出路都被否定的情况下，威利与安娜结婚和婚后定居安娜家乡莫桑比克（Mozambique）[①] 的选择成为威利"追求幸福"生活的唯一出路。

随着对伦敦城市生活的不断深入，威利发现黑人在英国社会中不仅遭受种族歧视还被赋予诸多低下、阴暗的社会角色，如：能给白人波西米亚生活带来刺激的充满异国情调的"添加剂"、白人雇佣的打手和种族暴力的宣泄对象等。以威利为代表的印度黑人作家的作品被英国文坛视为可有可无的点缀而被边缘化。面对残酷的现实，迷失人生方向的威利在"兽性因子"作用下以与朋友的女友通奸和找妓女的方式满足肉体快感、自我麻醉。值得庆幸的是，威利的良知尚未泯灭；他迫切地发出离开"愚人的天堂"（fool's paradise）和"我的生命需要彻底改变"[②]的呼声。

威利创作的印度题材的短篇小说集被"名利出版商"（vanity hunting publisher）理查德（Richard）用作为自己沽名钓誉的工具。因为缺乏足够积极正面的宣传，小说集出版后不久便落得无人问津的下场。威利成为职业作家的梦想由此破灭。与此同时，英国民众种族歧视情绪日益高涨，来自西印度的年轻人凯尔索（Kelso）在诺丁山移民区的地铁站外被一群英国青年无端杀害。英国广播公司（BBC）制作人让威利以印度人身份进入该地区对因种族歧视而引发的暴力事件进行报道。出于安全考虑，威利拒绝了制作人的要求并因此失去了 BBC 撰稿人的工作。

① 根据奈保尔在小说中给出的威利、安娜夫妇的旅程信息和安娜葡萄牙殖民者后裔的身份信息可以判断：威利与安娜非洲之行的目的地应是葡萄牙殖民统治下的莫桑比克。参见 V. S. Naipaul, *Half a Life*, London: Picador, 2011, pp. 132 – 133。

② V. S. Naipaul, *Half a Life*, London: Picador, 2011, p. 130.

此后，威利否定了回国和当老师两条出路，在他眼中“回国意味着投身于母亲的叔叔所从事的印度反种姓制度的斗争中去，宝贵的生命便会因此白白浪费”而“留下来当老师则是在躲避人生”①。虽然威利的小说集销量不佳，评论界关注甚少，却引起了威利未来妻子安娜的注意。以书为媒，有相似殖民地生活经历的安娜与威利感同身受，两人一见钟情。安娜的出现给山穷水尽的威利带来了新的希望。

威利从印度到英国和从英国到非洲的两次流放均非威利本人理性选择的结果，而是不得已而为之的逃避行为：前者逃避的是印度社会和教会学校的教育，后者逃避的是英国社会和自我迷失的生活状态。威利向安娜提出的返回安娜非洲故乡结婚生活的请求中虽含有爱情的成分，但这一请求更体现出威利希望通过与安娜的婚姻摆脱生活困境的迫切心情。对此，威利曾坦言：“我一直在等，等着被指引到一个我该去的地方。在等一个征兆（sign）。长期以来这个征兆就在眼前。我必须跟安娜一起到她的国家去”②。安娜被威利视为指引人生方向的征兆，威利对安娜爱情的真实度以及二人婚后生活的幸福指数因此而大打折扣。

威利与安娜婚姻的感情基础并不牢固，安娜的美貌、安娜对威利的完全接受和威利对安娜不幸生活遭遇（从小父母离异，长大后被继父强奸）的同情是威利对安娜爱情的决定因素。除了相似的殖民地生活经历之外，二人并无共同的理想和追求。莫桑比克内战爆发的危急时刻，威利没有留在莫桑比克担负起保护妻子和二人非洲家园的责任，而是选择了远走高飞投奔在德国的妹妹沙拉金尼。这是威利继从印度到英国和从英国到印度两次逃避之后的第三次逃避。其间，威利放弃了丈夫的伦理身份，成为不道德的利己主义者。

奈保尔把真实历史事件融入小说叙事，将真实时间线索与虚拟时间线索编织在一起，构建了一个虚实相间、互为指涉的小说世界。小说中

---

① V. S. Naipaul, *Half a Life*, London: Picador, 2011, p. 117.

② V. S. Naipaul, *Half a Life*, London: Picador, 2011, p. 130.

初到英国的威利曾在伦敦街头看到尼赫鲁的密友、印度国际会议发言人克里希南·梅农（Krishna Menon 1896—1974）。梅农正准备从伦敦飞往纽约参加联合国大会，将就英法联军入侵埃及的事件在大会上发言。[①]英法联军入侵埃及的时间是 1956 年。如对英国教育学院的学制以三年计算，威利的毕业时间和与安娜到达莫桑比克的时间应在 1959 年前后。威利自述在莫桑比克居住 18 年后离开。以此推算，威利离开妻子安娜、离开莫桑比克的时间应是 1977 年，此时莫桑比克内战业已爆发[②]。

1959 年前后，威利与安娜回到非洲时莫桑比克仍是葡萄牙的殖民地。威利以半个英国人（英国教育）和安娜丈夫的身份参与到葡萄牙殖民社区生活之中，享受着“一半一半”（half-and-half）[③] 的人在莫桑比克的殖民特权。莫桑比克葡萄牙殖民统治后期，殖民社区中除了一对葡萄牙白人夫妇外，其他成员与安娜一样都是“一半一半”的人，即：葡萄牙白人殖民者与非洲当地女子通婚后所生的后代。就社会地位而言，他们低于葡萄牙白人殖民者，而高于非洲本地人。“一半一半”的人借助从白人殖民者父亲那里继承来的“蓝色眼睛，恫吓黑人”[④]，扮演着莫桑比克殖民者的角色，占有大量土地和财富。他们看重和强调的是与葡萄牙殖民者之间的血亲关系。虽然从肤色上看他们更接近黑人，他们却以自己的非洲血统为耻，拒绝认同自己的非洲人身份，因而成为法农（Frantz Fanon）所批判的“［生着］黑色皮肤，［戴着］白人面具”（Black Skin，White Masks）的人。

威利对安娜的情欲和恋母情结，以及衣食无忧的殖民者地位是威利与安娜在莫桑比克“幸福”婚姻生活的前提条件。家庭生活是否“幸福”以威利的欲望是否得到满足为衡量标准，然而欲壑难填的威利不久便厌倦了与安娜的婚姻生活。随着葡萄牙在莫桑比克殖民统治的结束和

---

① V. S. Naipaul，*Half a Life*，London：Picador，2011，pp. 53 – 54.

② 莫桑比克于 1975 年摆脱葡萄牙殖民统治宣告独立，然而好景不长 1977 至 1992 年莫桑比克陷入旷日持久的内战。参见 http：//en. wikipedia. org/wiki/Mozambique。

③ V. S. Naipaul，*Half a Life*，London：Picador，2011，p. 163.

④ Frantz Fanon，*Black Skin*，*White Masks*，London：Pluto Press，1986，p. 43.

莫桑比克内战的爆发，威利丧失了“幸福”婚姻生活的条件，于是做出了离开安娜、逃避战乱的选择。安娜是坚守妇道的“受害者”，与逃避责任的丈夫威利形成鲜明反差。首先，出于对威利的爱，安娜努力克服了早年父母离异和被继父强奸的心里阴影决定与威利返回莫桑比克定居；其次，出于对家庭完整的考虑，尽管安娜对威利在外面寻花问柳的事情心知肚明，却丝毫未显示出对威利的不满与责备；最后，安娜将祖父留下的种植园视为两人共同的家园，并誓与庄园共存亡。安娜肩负起了对丈夫和家庭的责任，却成为无德丈夫与莫桑比克战火的牺牲品。

三　名利婚姻：去魅“宗主国”

《半生》和《魔种》中，奈保尔分别用德国人沃尔夫与威利妹妹沙拉金尼的婚姻和伦敦城内比比皆是的名利婚姻影射了后殖民全球语境下前殖民“宗主国”（德国和英国）对外政治与国内生活的伦理失范状况。从威利的视角出发，通过对诸多小说人物婚姻的名利本质的阐述，奈保尔成功揭掉了“宗主国”美丽却虚假的文明面纱。

婚后的沙拉金尼是协助沃尔夫谋生和帮助“宗主国”（德国）干涉新独立国家内政的双重工具。沃尔夫原是一名德国退伍老兵，第二次世界大战期间曾被苏联军队俘虏。战后沃尔夫以制作第三世界国家革命战争纪录片的工作为生。沃尔夫的所作所为不仅是第二次世界大战后德国纪录片产业的缩影，还体现了以德国为代表的前“宗主国”通过媒体渗透的方式对新独立的第三世界国家的政治干预。沃尔夫、沙拉金尼夫妇第三世界国家住址的频繁变动①充分体现了“宗主国”的上述政治活动力和影响力。

麦克阿瑟（Herbert McArthur）曾写道：“当代印度不仅是其自身文

---

①　威利在给沙拉金尼写信时列数了沃尔夫和沙拉金尼去过的国家，包括“哥伦比亚、牙买加、玻利维亚、秘鲁、阿根廷、约旦，还有六七个其他国家”。参见 V. S. Naipaul, *Half a Life*, London: Picador, 2011, p. 136。

化的产物，更是［欧洲］审视（European scrutiny）的结果……"① 与此同理，沃尔夫的纪录片制作恰是麦克阿瑟所说的"欧洲审视"的组成部分。奈保尔笔下的"欧洲审视"不仅表现为沃尔夫对第三世界国家的影视记录，还表现为以拍纪录片为掩护煽动第三世界国家人民发动所谓民主革命内战，意图坐收渔翁之利的险恶用心。通过对沃尔夫和沙拉金尼政治婚姻的描写，奈保尔谴责了"宗主国"在"欧洲审视"过程中对以沙拉金尼和威利为代表的第三世界国家人民民意的绑架、欺骗和利用。

《魔种》中，威利因在妹妹沙拉金尼劝说下投身印度游击战争而锒铛入狱。威利的亲身经历让沙拉金尼看清了印度游击战争民主革命的虚假本质。威利揭露了印度游击队员的"冒牌革命者"的身份，他们的真实身份可被分为以下几类：愤世嫉俗的失败者、有城镇生活经历却因迫不得已重回乡下而备感生活无聊的人、假借游击队之名恐吓他人并强占土地的地痞无赖、受过西方教育将革命视为冒险刺激行动的伪知识分子和因性压抑而投身革命的无能之辈。因不满于印度种姓制度、为实现民主而投身革命的人可谓凤毛麟角。

婚姻失败、革命理想幻灭后的沙拉金尼回到印度继承父业，经营父亲留下的灵修院。在写给威利的信中，沙拉金尼就自己与沃尔夫所犯下的"罪行"作了忏悔："尽管我所做的一切均出于善意，我却对我的所作所为感到难过。虽难以启口，但我相信是我把为数众多的不同国家的人送进了坟墓。……他［沃尔夫］和我们一样也是受骗上当的人。……对我来说，如能有人为报仇雪恨把我杀死的话是最好不过的"②。沙拉金尼的忏悔不仅是良心发现后的自我谴责，更是对"宗主国"干涉他国内政而不顾他国人民生死的战后外交政治的伦理批判。

奈保尔分别以"伦敦豆茎"（The London Beanstalk）、"顶端的巨

---

① Herbert McArthur, "In Search of the Indian Novel", *The Massachusetts Review*, Vol. 2, No. 4 (Summer, 1961), pp. 600－613, p. 600.

② V. S. Naipaul, *Magic Seeds*, London: Picador, 2011, p. 159.

人”（The Giant at the Top）和“断根的斧头”（An Axe to the Root）给小说《魔种》临近结尾的八、九、十等三个章节命名。作家意在指出进入21世纪昔日大英帝国的中心伦敦不再是人们想象中的天堂和英国著名童话作家班杰玥·塔巴特（Benjamin Tabart 1767—1833）童话故事《杰克与豌豆》（*Jack and the Beanstalk* 1807）中描写的富足、祥和的巨人国度。奈保尔在《魔种》中描绘的现代伦敦依旧是威廉·萨克雷（William Makepeace Thackeray 1811—1863）笔下的名利场，在这里婚姻不过是一场交易，是人们追名逐利的手段。

《杰克与豌豆》中，神奇的豆子落地生根，高大的豆茎直入云霄把穷小孩杰克送入富有的巨人王国。《魔种》中，英国伦敦是威利眼中的巨人王国，而把威利从印度监狱里解救出来帮其重返巨人国度的“伦敦豆茎”是他三十年前在伦敦创作出版的短篇小说集。威利的伦敦好友罗杰（Roger）以威利是印度现代文学创作的先锋（pioneer of modern Indian writing）为由，帮助威利获得印度政府的特赦。具有讽刺意味的是，罗杰搭救威利的行动并非完全出于对威利的友情，而是在背着妻子珀迪塔（Perdita）与年轻女子玛丽安（Marian）搞婚外恋过程中一时兴起的结果。罗杰安排威利住在自己家里，把威利当作与珀迪塔破裂了的婚姻生活的调节剂，对威利与妻子珀迪塔之间的通奸关系持默许态度。

“顶端的巨人”一章中，奈保尔为读者描绘了一幅20世纪末伦敦名利婚姻的全景图。借用萨克雷小说《名利场》（*Vanity Fair* 1847—48）对19世纪英国社会的讽刺性描写，威利的雇主（伦敦某建筑业期刊的出版商）向威利揭示了一个历史悠久的“国家秘密”（a national secret），即：与富有的黑人或黑白混血儿结婚是英国白人男性发家致富的捷径；贪图名利与有夫之妇勾搭成奸的花花公子随处可见。与英国上层阶级男性的名利婚姻相似，工人阶层的女性（working class women）将婚姻视为性刺激的来源和物质生活的保障。在与情人玛丽安（Marian）的交往中罗杰发现，住在地方政府地产房里的女性（council estate women）对“性”的态度十分随便，“她们在谈论与‘性’有关的话题时，就像谈论超市里打折蔬菜的价格一样自然”①。她们不以自己的婚姻“错误”（mistakes）为耻，反而将其作为自我吹嘘的谈资；政府支付给她们所生孩子的儿童津贴（child benefit）成为个人“收入”②。

现代伦敦城里的名利婚姻还呈现出独有的“移民”特色。西非某国外交官马库斯（Marcus）以与白人女性结婚为荣，把能领着白皮肤的孙子在伦敦国王大道（King's Road）上散步和成为在英国皇家顾资银行（Coutts）开立账户的第一个黑人视为人生成功的标志。奈保尔指出小说人物马库斯的名字来自 20 世纪 20 年代（1920s）“返回非洲运动”（Back-to-Africa movement）的发起人马库斯·加维（Marcus Garvey 1887—1940）。然而与前牙买加政治领袖马库斯·加维在“返回非洲运动”中发出的“回归祖辈的土地，实现［黑人］种族救赎”③ 的主张截然相反，小说人物马库斯不顾本人来自战乱非洲国家的黑人外交官的公职身份，忘却对自己国家和人民的责任留在英国养尊处优并以与白人通婚的方式在“宗主国”的土地上实现了自我“种族清洗”。

《杰克与豌豆》中，成功窃取巨人财宝的杰克沿着豆茎返回地面。为了阻止巨人追赶保住财宝，杰克和母亲一起用斧头将豆茎砍断。在《魔种》“断根的斧头”一章中，奈保尔虽对“杰克砍断豆茎”的情节有所借鉴，然而其真实意图却是通过主人公威利之口传递“巨人不再，豆茎自断”的寓意。50 岁的威利最终发现：建筑业是自己的兴趣与特长之所在；与此同时，包括印度在内的众多第三世界国家的发展急需建筑方面的知识。回想自己在加拿大教会学校和英国教师学院所接受的无用教育和因 18 年的非洲生活与近 10 年的印度丛林游击生活而浪费了的大好时光，威利不禁感慨万分。然而年龄不饶人，威利已经无力把建筑

---

① V. S. Naipaul, *Magic Seeds*, London: Picador, 2011, p. 259.

② 罗杰的情人玛丽安（Marian）向罗杰讲述了自己母亲与四个男人结婚并生育四个孩子的故事和母亲违反政府规定继续领取儿童津贴的做法。参见 V. S. Naipaul, *Magic Seeds*, London: Picador, 2011, p. 274。

③ “Marcus Garvey”, *The Journal of Negro History*, Vol. 25, No. 4 (Oct., 1940), pp. 590 - 592, p. 591.

业知识的“财富”带回印度。目睹马库斯自我“种族清洗”的成功、罗杰遭银行家朋友的算计而破产和伦敦城内一桩桩名利婚姻的粉墨登场，威利心中巨人王国（昔日大英帝国的中心伦敦）的辉煌黯然消退，通向巨人王国的“豆茎”也因此失去了存在的意义。

约翰·布朗（John Brown）认为，奈保尔在其后期小说中描写的人物饱受无根感和普遍存在的不安全感的困扰。[①] 然而，笼统意义上的精神与物质“家园”的失去无法从本质上解释小说人物“无根感”与“不安全感”的成因。小说《半生》和《魔种》中，奈保尔以威利父子两代人的婚姻为主线，将以英国、印度和莫桑比克为代表的前“宗主国”和新独立的第三世界国家的政治与社会文化面貌如实呈现在读者面前。这两部小说仿佛后殖民全球化时代人类生活的启示录，婚姻的“工具化”和“名利化”是人们伦理道德“荒原化”的一种外现。婚姻、家庭和民族责任感的缺失和不健康的政治、文化伦理环境中自我伦理判断力的丧失才是奈保尔笔下小说人物“无根感”和“不安全感”形成的真正原因。

澳大利亚学者杜利（Gillan Dooley）指出：“他［奈保尔］害怕文明的敌人”[②]；在与《纽约时报》（New York Times）文学评论员角谷静夫（Michiko Kakutani）的访谈中，奈保尔坦言：“和那些怀有安全感的人不同，我并不同情丛林人（bush people）。他们让我感到恐惧”[③]。言外之意，奈保尔已将丛林人（或曰非洲原始部落里的黑人）视为“文明的敌人”。在世纪之交的历史语境下，奈保尔对“文明的敌人”给出了全新的解读。以《半生》和《魔种》为例，奈保尔作品中所描述的

---

① John Brown，“V. S. Naipaul：A Wager on the Triumph of Darkness”，*World Literature Today*，Vol. 57，No. 2，*Transcending Parochial National Literatures*（Spring，1983），pp. 223 – 227，p. 223.

② Gillian Dooley，*V. S. Naipaul*，*Man and Writer*，Columbia：University of South Carolina Press，2006，p. 3.

③ Michiko Kakutani，“Naipaul Reviews His Past From Afar”，*New York Times*，Dec. 1，1980，p. C15.

“文明的敌人”不再是非洲丛林里嗜血的黑人或印度荒山野林里愤世嫉俗的游击队员，“文明的敌人”恰恰是“文明人”本身。人类现代文明的危机表现为以威利的父亲、威利、沃尔夫、马库斯和罗杰为代表的“文明人”的伦理道德观的扭曲和伦理身份的错位。以“婚姻主题”为自我言说的媒介，奈保尔发出了超越国界、政治文化差异的伦理道德观的呼吁，该呼吁也是作家本人解除因其流散情结和文明危机感而引发的道德焦虑的有效途径。

第三节　《午夜之子》中的政治伦理悖论

部分国外学者倾向于笼统地将拉什迪的小说《午夜之子》（*Midnight's Children* 1981）称为以印度建国为主题的政治寓言小说，将小说中描述的印度建国和建国初期发展中的失利归因于社会体制错误选择的问题。加拿大圣玛丽大学（Saint Mary's University）的特丽萨·赫弗南（Teresa Heffernan）教授就权力与民主相对性问题对福山（Francis Fukuyama）《历史的终结》（*The End of History and the Last Man* 1992）中有关资本主义民主政治是历史证明最完美体制的观点提出质疑的基础上，指出《午夜之子》中有关独立印度现代性资本主义民主本质的界定因英国帝国主义残余影响的存在而有待商榷。[①] 国外学术界对拉什迪《午夜之子》的探讨多半聚焦在去殖民化后印度的政体是什么和应该是什么的问题上；然而这种宏观层面上的政体之辩却因缺乏对作家隐含于作品中的伦理价值判断的考察而显得过于笼统和抽象。

希腊神话中斯芬克斯之谜是有关人何以为人的问题，“俄狄浦斯说出的谜底，实际上是给人下的定义，即决定人之所以为人的决定性因素

① Teresa Heffernan, "Apocalyptic Narratives: The Nation in Salman Rushdie's Midnight's Children", *Twentieth Century Literature*, Vol. 46, No. 4 (Winter, 2000), pp. 470 – 491, pp. 476 – 477.

是人的头脑。人的头脑是理性的象征"[①]；俄狄浦斯说出谜底后，斯芬克斯因欲为人却不能的内心极度矛盾而自杀身亡。《午夜之子》中，拉什迪笔下的斯芬克斯之谜是关于印度何以为独立和平国家的问题，"午夜之子"萨里姆（Saleem Sinai）既是设迷者又是解谜者；萨里姆将上述谜题转化为对"为何印度独立与社会发展的美好愿景却最终演变成一系列伦理层面上的返祖现象?"这一政治伦理悖论问题的解答。拉什迪赋予萨里姆超自然的力量并将其塑造成印度国家独立与发展史的演说者与评判者，作为小说第一人称叙述者兼主人公的萨里姆因此成为印度国家的缩影，他的"死"与斯芬克斯的死相似是理性追求破灭后的必然结果。

一 政治伦理乌托邦的幻灭

《午夜之子》的叙事时间开始于 1915 年比印度独立时间 1947 年提前了 32 年，其间拉什迪以克什米尔为原型描写了包括圣雄甘地（Mahatma Gandhi）在内的印度人民对未来印度的美好构想。然而无阶级、种族和宗教差异之分的克什米尔社区生活不过是特定历史时期内、特定场所中政治伦理的乌托邦，这一政治伦理范式虽然集中展现了至善的"人性因子"但终因无法应对现实社会中的"兽性因子"的黑暗而归于幻灭。

著名克什米尔梵学家（Kashmiri Pandit scholar）班木扎（P. N. K. Bamzai）写道：1947 年 7 月甘地参观克什米尔时"对公社里的和谐生活景象留下了深刻印象"，甚至当场宣称"在印度举国上下一片黑暗的时候，克什米尔是唯一的希望"[②]。甘地对美国记者费希尔（Louis Fischer）提出的"印度会不会有国家政府?"的问题给出了否定回答。费希尔接着

① 聂珍钊：《文学伦理学批评导论》，北京大学出版社 2014 年版，第 275 页。

② Prithivi Nath Kaul Bamzai, *A History of Kashmir, Political, Social, Cultural: From the Earliest Times to the Present Day*, Delhi: Metropolitan, 1962, p. 669.

说："当然您肯定需要建立由国家管理的铁路和电信系统"。甘地的回答却是："我不会因为印度没有铁路而感到难过"①。《午夜之子》开篇，拉什迪再现了甘地眼中人与人、人与自然之间和谐共处的男耕女织的世外桃源般的生活图景。拉什迪以第一人称叙事者萨里姆（Saleem）无所不知的"过来人"的视角反观克什米尔后，发现特定历史语境下的"大同世界"克什米尔只是甘地心中对印度美好未来的无法实现的政治伦理愿景。

《午夜之子》中，拉什迪刻画了克什米尔河上神秘摆渡人泰（Tai）的人物形象，泰身上体现出的克什米尔文化的"无史性"（historyless）与包容性等特点是拉什迪笔下克什米尔政治伦理乌托邦的核心内容之一。泰既是联结过去与现在的纽带，又是循环往复将不同阶级、种族和宗教信仰的人送达对岸的人，在摆渡的过程中周而复始地给渡船上的人讲述着克什米尔祖先流传下来的故事。"没人记得泰年轻时的样子。[在人们印象中] 他总是以那副恒久不变的耸肩姿势，划着同一条船，经过达尔湖（Dal Lake）和纳金湖（Nageen Lake）……直到永远"②。泰的年龄之谜恰如克什米尔久远而不为人知的历史一样，内含克什米尔兼收并蓄的悠久文化传统。泰对阿齐兹说："我曾目睹山脉的诞生"，在湿婆（Siva 印度三大神中司破坏之神）、帕瓦蒂（Parvati 湿婆之妻）和印度教诸神的时代，"我见证过历代帝王驾崩"，③ 在穆斯林征服者们向往克什米尔的时代，"贾季汗皇帝（Emperor Jehangir）临终前说的话——让我告诉你吧，是'克什米尔'"④。泰还讲述了基督到达克什米尔的故事。尽管泰是信仰伊斯兰教的穆斯林人，在他身上却表现出对多种宗教的接纳。

以小说人物阿齐兹（Aadam Aziz）医生为例，拉什迪指出克什米尔

---

① Mahatma Gandhi, *The Essential Gandhi*: *An Anthology of His Writings on His Life*, *Work*, *and Ideas*, ed. Louis Fischer, New York: Vintage, 1962, p. 294.

② Salman Rushdie, *Midnight's Children*, London: Vintage Books, 2013, p. 10.

③ Salman Rushdie, *Midnight's Children*, London: Vintage Books, 2013, p. 13.

④ Salman Rushdie, *Midnight's Children*, London: Vintage Books, 2013, p. 14.

乌托邦理想破灭的源于人们身份认同方式的变化。美国康涅狄克大学英文系教授帕特里克·霍根（Patrick Colm Hogan）将身份认同分为两类：范畴身份（categorial identity）和实际身份（practical identity）。霍根指出“范畴身份是人们日常生活中不言而喻的身份认同方式，这种身份政治所关注的焦点包括：阶级、国家、宗教、性别、种族、性取向等”[①]。与范畴身份相对，实际身份表现出非政治（apolitical）特性；在后殖民语境下具有这种政治倾向的作家和政治活动家或者反对身份范畴化的做法，或者将这一做法置于相互合作的大前提下。为达此目的，实际身份的支持者们提倡超越范畴身份区分的公社政治（communalism）[②]。1915年初春，小说主人公阿齐兹从德国学医归来返回故乡克什米尔。阿齐兹按照伊斯兰宗教习俗跪地祈祷，磕破了鼻子。因鼻子出血疼痛难忍的阿齐兹当场发誓“永远不再为对神或人的膜拜而亲吻大地。然而这一决定，却让他的内心出现了一个空洞，……”[③]“空洞”是阿齐兹伊斯兰宗教信仰危机和自我身份危机的文学隐喻。阿齐兹的内心“空洞”源自“实际身份”和“范畴身份”两种身份认同方式间的矛盾；前者对应的是克什米尔社区带有乌托邦色彩的政治伦理传统而后者则是阶级、宗教和种族差异和矛盾。

留学过程中，阿齐兹在无意识中已经完成了从实际身份认同到范畴身份认同的思想转变。阿齐兹实际身份认同选择的结果是儿时“伊甸园”一样无忧无虑的幸福生活；而阿齐兹范畴身份认同选择的结果则是当下充满“敌意”和“仇恨”的焦虑心态。克什米尔地区民风淳朴，世外桃源般的生活赋予以阿齐兹为代表的克什米尔人“像克什米尔山脉上令人惊叹的蔚蓝天空一样蓝色的眼睛”[④]。去德国留学前的阿齐兹不

① Patrick Colm Hogan, “*Midnight's Children*: Kashmir and the Politics of Identity”, *Twentieth Century Literature*, Vol. 47, No. 4, Salman Rushdie (Winter, 2001), p. 520.

② Patrick Colm Hogan, “*Midnight's Children*: Kashmir and the Politics of Identity”, *Twentieth Century Literature*, Vol. 47, No. 4, Salman Rushdie (Winter, 2001), p. 520.

③ Salman Rushdie, *Midnight's Children*, London: Vintage Books, 2013, p. 4.

④ Salman Rushdie, *Midnight's Children*, London: Vintage Books, 2013, p. 6.

受阶级、种族和宗教等范畴观点的影响，和其他克什米尔人一样过着无忧无虑的生活；在这种生活中将人们联系在一起的是不同阶级、种族和宗教的人们之间彼此依存的共生关系，即："社区生活的正常节奏"（normal rhythms of community life）[①] 超越了阶级、种族和宗教等现代社会中的边界以生活方式、文化习俗等内容将人们紧密联系在一起。[②] 然而，德国留学经历使阿齐兹意识到人与人之间范畴身份的不同，感受到家乡人对自己作为"外来者"的"敌意"，并因见证了一系列阶级、种族和宗教冲突而内心充满"仇恨"。

与世隔绝是克什米尔世外桃源生活的前提条件，外界势力的入侵必然导致世外桃源生活的终结。小说主人公萨里姆写道，克什米尔世外桃源的历史可以追溯到莫卧尔帝国（Mughal Empire 1526—1857）统治时期，无线电、驻军、像蛇一样绵延不断的伪装军车和士兵的到来打破了克什米尔平静祥和的生活。"旅行者们因拍摄桥梁相片而被当成间谍打死，除了湖上英国人的房船之外，春去秋来，山谷几乎与莫卧尔帝国时期的样子一样"[③]。虽然山川景致未变，但 25 岁的阿齐兹确已见证了克什米尔桃源不再的事实。

在对阿齐兹医生这一人物的塑造中，从姓名到职业，拉什迪都刻意映射了英国著名作家福斯特（E. M. Foster）成名作《印度之行》（*A Passage to India*）中阿齐兹医生的形象；然而与福斯特在小说中对阿姆利则（Amritsar）惨案[④]轻描淡写、一笔带过的处理方式不同，拉什迪笔

---

① Ashis Nandy, Shikha Trivedi, Shail Mayaram, and Achyut Yagnik, *Creating a Nationality: The Ramjanmabhumi Movement and Fear of the Self*, In *Exiled at Home*, By Nandy, Delhi: Oxford UP, 1998, p. 175.

② Ashis Nandy, Shikha Trivedi, Shail Mayaram, and Achyut Yagnik, *Creating a Nationality: The Ramjanmabhumi Movement and Fear of the Self*, In *Exiled at Home*, By Nandy, Delhi: Oxford UP, 1998, pp. 22 – 23.

③ Salman Rushdie, *Midnight's Children*, London: Vintage Books, 2013, p. 5.

④ 阿姆利则惨案是 1919 年 4 月 13 日发生在印度北部城市阿姆利则的札连瓦拉园，英国人指挥的军队向印度人民开枪的屠杀事件。该事件造成数百人死亡，数千人受伤。英国方面的数字是 379 人死亡，1100 人受伤，而印度国会方面的说法是约 1000 人死亡，1500 人受伤。

下的阿齐兹医生不仅见证了惨案的全过程而且还积极投身于救治伤者的行动中。透过阿齐兹的眼睛，拉什迪再现了惨案现场，控诉了英国殖民者灭绝人性的残暴兽行："他们（戴尔准将 Brigadier Dyer 和他指挥的 50 个英国士兵）向手无寸铁的印度百姓发动了 650 轮扫射。结果 1516 人中弹，死的死、伤的伤。'打得好'戴尔对手下的士兵说，'我们总算干了件好事'"[①]。英国殖民者蓄意发动的惨案再一次使阿齐兹认识到范畴身份认同的正确性，也彻底粉碎了他回归克什米尔伊甸园的梦想。

恰如拉什迪所说："描写本身就是一种政治行为"[②]，而政治探讨必然涉及权力话语和"自我"与"他者"间关系等现实问题。虚拟小说世界中阿齐兹"内心的空洞"和泰回归大自然的消极避世的生活方式的选择与历史现实中圣雄甘地的死都是未可预知"他者"力量作用下的结果。透过上述因果关系的阐释，拉什迪意在指出：尽管克什米尔世外桃源般的理想生活令人（以甘地为代表）心驰神往，然而克什米尔终无法做到与世隔绝。随着"他者"力量的渗透，克什米尔伊甸园的光环逐渐消退，只剩下甘地生前抒发的有关印度未来的政治伦理乌托邦式的美好愿景。

二　对帝国"遗产"的政治伦理批判

《午夜之子》中，拉什迪以"私生子""房产"和"城市眼"等文学隐喻阐明了大英帝国留给印度的部分为人忽视却影响深远的殖民"遗产"；批判了英印政权过渡期内英国殖民者逃避责任的做法和居功自傲对殖民恶果不加反思的态度。

萨里姆是英国东印度公司的官员梅斯沃尔德（William Methwold）

---

① Salman Rushdie, *Midnight's Children*, London: Vintage Books, 2013, pp. 41 – 42.

② Salman Rushdie, *Imaginary Homelands Essays and Criticism* 1981—1991, London: Granta Books, 1991, p. 13.

与街头艺人温奇（Wee Willie Winkie）之妻瓦妮塔（Vanita）所生的混血儿。梅斯沃尔德对瓦妮塔和她腹中的婴儿萨里姆置之不理的态度映射了英国政府对英印政权过渡期内逃避责任的不道德行为。从某种意义上讲，历经几百年英国殖民统治的印度已经成为英国的“东方情人”，而新独立的印度像萨里姆一样，是在这一“不伦”关系下诞生的“私生子”。拉什迪以梅斯沃尔德的发丝（hairlines）为喻，讽刺了英国东方主义殖民政治中违背伦理道德的情感纠葛：“历史和性事正是沿着［梅斯沃尔德］发丝中的一条进行的”[①]。英国对英印政权过渡期内的印度不管不顾的做法从国际法的角度是讲得通的，因为英国“似乎”无权干涉即将成为主权国家的印度的内政；对此，拉什迪却持相反观点，这种所谓政治上的合理性与父亲遗弃私生子行为的“合法性”效果相同，即：虽然合乎法理，却有违伦理道德。

美国加利福尼亚大学著名历史学教授沃尔珀特（Stanley Wolpert）曾著述谴责了英国殖民当局不负责任、不计后果的快速撤离印度的行为，并将其称为“可耻的逃跑”（“shameful flight”）：

> 1947 年 8 月中旬，世界上最强大的“日不落”现代帝国抛弃了她曾宣誓保护的地球上五分之一的人口。英国驻印度最后一任总督路易斯·蒙巴顿勋爵（Lord Louis Mountbatten）到任刚满十个月，英国［殖民者］便可耻地从其印度帝国逃跑了。这比工党内阁制定的原已短暂的撤离时间还要早；蒙巴顿勋爵自作主张把驻守印度保护南亚四亿印度教徒、穆斯林人和锡克人的英国陆海军部队返回英国的时间提前了十个月。
>
> 尽管当时的英国首相克莱门特·艾德礼（Clement Attlee）和他的内阁给了蒙巴顿勋爵充足时间去和印度领导协商建立统一印度联邦的事宜，但勋爵却“一时兴起”（adrenaline-charged），决定将印

① Salman Rushdie, *Midnight's Children*, London: Vintage Books, 2013, p. 126.

度分成印度和巴基斯坦两个彼此独立的国家。[1]

《午夜之子》中，梅斯沃尔德房产买卖事件可被视为拉什迪针对上述政治语境所作的文学隐喻。离开印度之前，梅斯沃尔德低价将自己孟买的豪宅卖给了穆斯林富商阿哈姆德·西奈（Ahmed Sinai）。梅斯沃尔德给房产权的转让设置了两个前提条件："房屋内现有一切物品随房屋一并出售，新房主必须完好无损地保留屋内物品；房产权的转让时间是8月15日午夜"[2]。梅斯沃尔德的豪宅仿佛是英国对印度统治的殖民遗产和英国在英印政权过渡期内政策方针的写照。虽然梅斯沃尔德希望自己离开后豪宅内的一切照旧，但也对新主人保持现状的可能性抱怀疑态度。

小说中，梅斯沃尔德豪宅的所有权转让与英国对印度主权转让同时发生，这并非巧合，而是拉什迪独具匠心的安排；如此一来，拉什迪将英国殖民者的印度豪宅与印度、地产权与国家主权、房内物品与印度现有政治格局联系在一起，意在向读者传达如下信息，即：以首相克莱门特·艾德礼为代表的英国政府对印度的最后政策是类似"打包销售"一样的房产买卖；诸如"维持现状"一类的口头协议并不具备政治和伦理约束力；恰如梅斯沃尔德所说，"这是我卖房子的条件。一时兴起的突发奇想，西奈先生……您一定会允许即将离去的殖民者玩玩小把戏吧？除了玩我们的游戏之外，我们英国人能做的事情已经不多了"[3]。拉什迪用"殖民者的游戏"批判了英国在英印政权过渡期内对印度政策中表现出的想当然的和一厢情愿的随机性；以"我们"（即将离去的英国殖民者）为中心的"游戏"心态恰是当时英国政府缺乏政治伦理责任感的反映。"可耻的逃跑"和"殖民者的游戏"带来的后果是印度独立后国内无政府主义的暴乱和印巴分制过程中印度教徒与穆斯林人之

---

① Stanley Wolpert, *Shameful Flight: The Last Years of the British Empire in India*, Oxford and New York: Oxford University Press, 2009, p. 1.

② Salman Rushdie, *Midnight's Children*, London: Vintage Books, 2013, p. 126.

③ Salman Rushdie, *Midnight's Children*, London: Vintage Books, 2013, p. 126.

间灭绝人性的种族屠杀。

英国殖民者留给印度的不只是梅斯沃尔德的豪宅，还有孟买街头大量存在的贫民窟。然而充满讽刺意味的是梅斯沃尔德伯爵不仅对印度“贫民窟”这一帝国遗产熟视无睹，还为英国殖民统治而骄傲。梅斯沃尔德伯爵满怀伤感地对哈姆德・西奈说：“上百年体面的政府，说走就走。你得承认我们并不坏：给你们修了路。学校、火车、议会制度，都是很有价值的事情。如果不是英国人的话泰姬陵（Taj Mahal）就会塌掉。现在突然要独立了。70 天内就要离开。我坚决反对，但又有什么办法呢?”[①] 梅斯沃尔德伯爵所说确有其事，但不能否认上述“有价值的事情”的实施多半是以满足殖民统治需求为目的地的。拉什迪借萨里姆母亲西奈（Amina Sinai）“城市眼”（city eye）[②] 的暂时性消除揭示了英国殖民统治下的孟买贱民（乞丐）的穷苦生活；因为除了乞讨之外没有其他谋生的途径，贫民窟里的乞丐为了让自己的孩子有饭吃而打断亲生骨肉的双腿以便让他们成为职业乞丐。

帝国遗产“贫民窟”的普遍存在成为印度独立后人们陷入伦理混乱的主要原因之一。希瓦在“午夜之子会议”上对萨里姆说：“为什么你富有我贫穷？有什么理由让人忍饥挨饿？上帝知道在这个国家里生活着几百万该死的傻瓜，而你却以为这一切都出于某种目的！伙计，让我告诉你——你能拿什么就拿什么，随便你怎么做，然后你就去死”[③]。被屏蔽出“午夜之子会议”的希瓦以“多头妖怪”（many-headed monsters）[④] 变体的形式出现在印度现实生活中。在印度教当权者的煽动下，失去理智的“多头妖怪”（印度暴民）破坏、抢夺了穆斯林人的商铺、工厂和财产。由宗教之争而挑起的经济利益之争是富裕的穆斯林人家庭遭受印度政府排挤而最终移民巴基斯坦的主要原因。被政府舆论操纵的

① Salman Rushdie, *Midnight's Children*, London: Vintage Books, 2013, pp. 126 – 127.
② Salman Rushdie, *Midnight's Children*, London: Vintage Books, 2013, p. 125.
③ Salman Rushdie, *Midnight's Children*, London: Vintage Books, 2013, p. 306.
④ Salman Rushdie, *Midnight's Children*, London: Vintage Books, 2013, p. 102.

无知印度暴民对穆斯林人“人吃人”般地迫害和驱逐行为违背了人类最基本的伦理禁忌。在此伦理语境之下，“印度的独立从本质上讲，仅是富人的独立，穷人只能像苍蝇一样互相残杀”①。

三 印度政治伦理混乱

聂珍钊教授以“斯芬克斯因子”定义了人之善恶并存的本质，并指出只有将人身上的“兽性因子”置于理性的“人性因子”控制下人才能与野兽区别开来成为真正意义上的人。② “斯芬克斯因子”论貌似仅适用于以希腊神话中斯芬克斯为代表的个体伦理道德评判、伦理身份认同与选择的问题，然而如将其植入《午夜之子》中去殖民化后印度国家诞生的语境之中，该论述则可被用于对印度政体及其伦理内涵等问题的探讨。也就是说，拉什迪笔下的印度可被比作希腊神话中的斯芬克斯怪兽；历经千年文明之后，随着英国殖民统治的结束，印度不得不提出并解决“未来何去何从?”的国家身份（National Identity）问题。而建构国家身份或国家政体的成功与否很大程度上受到以人为代表的政治权力集团的伦理评判标准的影响，因此人所具有的“兽性因子”与“人性因子”自然而然地融入国家政治决策之中。《午夜之子》中，拉什迪指出：印度政治伦理混乱即是上述两种因子之间界定混乱或因政治、历史原因人为不作界定的结果。

特丽萨·赫弗南（Teresa Heffernan）教授撰文提出萨里姆“有边界叙事”（bounded narrative）的问题，指出萨里姆的叙事陷入一系列二元对立的两难境地，其中包括：进步与倒退、中心与边缘、个人与公共；尽管萨里姆努力寻找妥协方法，但因“历史的终结”而无法实现。③ 实

① Salman Rushdie, *Midnight's Children*, London: Vintage Books, 2013, p. 139.

② 聂珍钊：《文学伦理学批评导论》，北京大学出版社 2014 年版，第 38 页。

③ Teresa Heffernan, “Apocalyptic Narratives: The Nation in Salman Rushdie's Midnight's Children”, *Twentieth Century Literature*, Vol. 46, No. 4 (Winter, 2000), pp. 470-491, p. 476.

际上，萨里姆的“叙事边界”是因萨里姆凭想象建构的“午夜之子”的虚拟社区对外部现实社会的排斥而产生的，表现为萨里姆的“理想化自我”对希瓦（Shiva）“妖魔化他者”间的对立关系。从萨里姆与希瓦同时出生和被调换身份的情节视角出发，可将希瓦视为萨里姆的“他我”（alter-ego），因此萨里姆圈定叙事边界的过程是以自我之“人性因子”为中心，边缘化、他者化（othering）“他我”之“兽性因子”的抑制策略。萨里姆利用超自然力量屏蔽了希瓦，剥夺了希瓦参加“午夜之子会议”（M. C. C.）的权力。帕特里克·霍根教授将萨里姆通过心灵感应（telepathy）组织的“午夜之子会议”比作甘地理想化的地方主义（localism）的跨地域、现代化了的表现形式，仿佛为所有问题提供了解决办法，[①] 从某种程度上，“午夜之子会议”仿佛是甘地政治伦理乌托邦克什米尔的跨越时空的变体。然而恰似乌托邦的破灭一样，“午夜之子会议”因拒绝承认“恶”之存在和拒绝了解“恶”之真实内涵而将印度问题简单化，最终因无法应对混乱的局面而宣告解散。

面对英国殖民统治留下来的“遗产”——规模巨大的印度赤贫阶层，印度政府不仅对他们赤贫的生活状况持漠视的态度（萨里姆对希瓦的屏蔽），为了维护自身的政治和经济利益印度当权者甚至强化并利用了“多头妖怪”的存在。摆脱殖民统治而新独立的印度因此而陷入政治与经济双重层面上的伦理混乱之中。拉什迪对英国殖民“遗产”的政治伦理谴责同样涉及印度分裂后新成立的巴基斯坦政府。小说中，政府领导人“克隆”了英国殖民统治方式，并将其本土化，建立了以满足私利为目的的“金钱帝国”。1947 年，萨里姆的叔叔巴基斯坦将军祖尔费卡尔从逃离巴基斯坦的印度教难民手中掠夺了大量财产而暴富，为一己之私，他还利用军权组建了专门从事印巴边境走私活动的影子部队（phantom troops）[②]。

---

① Patrick Colm Hogan, “Midnight's Children: Kashmir and the Politics of Identity”, *Twentieth Century Literature*, Vol. 47, No. 4, Salman Rushdie (Winter, 2001), pp. 510 – 544, p. 524.

② Salman Rushdie, *Midnight's Children*, London: Vintage Books, 2013, p. 467.

拉什迪以哈姆德·西奈对梅斯沃尔德伯爵不分善恶的模仿批判了印度当权者对英国殖民政治的继承。梅斯沃尔德伯爵房产正式移交前的二十天内，未来房子的主人哈姆德·西奈潜意识里已经被梅斯沃尔德伯爵的生活方式所改变。他不仅继续举办伯爵二十年如一日每晚六点开始的鸡尾酒会，“梅斯沃尔德伯爵来访的时候，他们［哈姆德·西奈一家人］会不知不觉、毫不费力地模仿起慢吞吞的牛津腔调（Oxford drawls）来……”[①] 不仅如此，哈姆德·西奈还从伯爵那里习得了家族、王朝的观念，哈姆德·西奈模仿着一口牛津腔急切地想给即将离去的英国人留下深刻印象，编造了自己是莫卧尔帝国贵族后代的故事。“然而这种抹杀现实的做法，虽然达到了他［哈姆德·西奈］的目的，但为我们的生活引入了家族诅咒的概念”[②]。拉什迪将1947年称为印度的“黑暗时代”（the Age of Darkness），在此期间对英国殖民政治的盲目模仿如邪恶的诅咒一般，造成印度全国范围内的道德失衡和善恶混淆：“在这个时代里，财产能换取官职，财富等同于美德，激情是男女关系的纽带，弄虚作假能带来成功。”[③]

《午夜之子》中，名为辛格（Picture Singh）的耍蛇魔法师有一把神奇的雨伞，这把伞能化解同住一个贫民区里的魔法师们彼此之间的矛盾，维护贫民区里的和谐生活。每当矛盾发生，斗争的双方会不约而同地走到伞下，听取辛格的协调意见[④]。实际上，萨里姆利用超自然魔力召开的“午夜之子会议”与魔法师的伞相似，都起着召唤某种政治伦理秩序的作用。正如“午夜之子会议”因参会者意见分歧过多、过于尖锐，加之召集者萨里姆的号召力有限而最终解散一样，辛格那把神奇的雨伞也因无法应付人们之间日益升级的矛盾而失去了法力。小说中，“会议”与“伞”的隐喻一前一后，首尾呼应体现出作家代言人萨里姆在

① Salman Rushdie, *Midnight's Children*, London: Vintage Books, 2013, p. 131.
② Salman Rushdie, *Midnight's Children*, London: Vintage Books, 2013, p. 148.
③ Salman Rushdie, *Midnight's Children*, London: Vintage Books, 2013, p. 269.
④ Salman Rushdie, *Midnight's Children*, London: Vintage Books, 2013, p. 557.

印度政治乱局中对政治伦理秩序的渴望。小说结尾，孟买地下夜总会里萨里姆与盲人舞女间的问与答侧面表现了萨里姆渴望幻灭之后的绝望。

> 看着她［盲舞女］性感的穿着，紧闭双眼的眼睑上画着明亮的眼睛让人看了心生恐怖。我禁不住问她“为什么……”她随便回答道：我是瞎子；况且，来这儿的人不想让人看到。你现在身处于一个没有面貌或名字的世界里；这里的人没有记忆，家庭或过去；这里只有现在，除了现在什么都没有。①

盲舞女的回答既应和了萨里姆的人生经历，又反映了印度的社会现实。“纵欲和忘记过去”这一逃避现实的享乐主义已成为人们应对印度社会政治伦理混乱状况的权宜之计。然而，见证了乱伦、屠杀、丑闻和阴谋等事件的萨里姆已经从刻意屏蔽“恶”的理想主义者转变成众人皆醉我独醒的批判现实主义者；一时间，因弹震症暂时失忆的萨里姆恢复了记忆。

《午夜之子》中，拉什迪借萨里姆之口谈及历史距离感的问题，指出对现实的认识深度取决于与过去距离的远近，“离过去越远，［对现实的认识］就越确定、越合理，然而离现在越近，认识就越不可信”②。以英国印裔流散小说家身份写作的拉什迪在印度独立 34 年后出版了《午夜之子》，这标志着作家本人对自己与印度历史现实之间时空距离的确信，并表明了意图通过记忆进行伦理价值判断的决心，如萨里姆所说：“道德、评判、人物……一切都以记忆开始……”③ 拉什迪通过对印度“腌菜”的描写喻指五味杂陈的印度近代史，指出在人们享受印度“历史的腌菜”（pickles of history）的时候不要忘记对历史现实的道德评判，不要使国家患上历史健忘症。

---

① Salman Rushdie, *Midnight's Children*, London: Vintage Books, 2013, p. 634.

② Salman Rushdie, *Midnight's Children*, London: Vintage Books, 2013, p. 229.

③ Salman Rushdie, *Midnight's Children*, London: Vintage Books, 2013, p. 292.

小说以克什米尔开始又以克什米尔结束，萨里姆虽胸怀对印度美好未来的向往，但因深知梦想之虚幻、现实之残酷而备感无奈。与因欲为人却无法成为人而跳崖身亡的斯芬克斯相似，明辨善恶却无法向善的萨里姆最终死在暴民的踩踏之下。然而与斯芬克斯一死百了的结局不同，拉什迪写道被卷入民众漩涡中的萨里姆将处于“无生无死永无安宁”（to be unable to live or die in peace）的状态之中。帕特里克·霍根认为萨里姆是印度的拟人化呈现，拉什迪“以寓言的方式将国家同化于一个人身上”①，如以此观点为依据不难看出拉什迪以萨里姆之“死”警醒印度国民政治伦理意识的写作动机。

综上所述，英国后殖民流散作家劳伦斯·达雷尔、V. S. 奈保尔和萨尔曼·拉什迪擅长对特定政治历史语境下典型人物形象、伦理身份的刻画以及民族、国家命运的描述。达雷尔笔下1918年至1943年间埃及科普特少数民族领导的埃及独立运动、奈保尔笔下1965年至1975年间蒙博托领导下的新独立国家扎伊尔由和平发展到腐败战乱的历史、拉什迪笔下1915年甘地返回印度至1947年印度建国的历史从非洲（埃及和扎伊尔）到亚洲（印度）为读者呈现出一个第三世界国家殖民后期与后殖民时期政治伦理状况的全景图。

亚里士多德在《政治学》中曾有“人本质上是政治动物”（Man is by nature a political animal.）（Aristotle，*Politics* 37）的论述；除此之外，亚里士多德还强调了人在社会、政治活动中所具有的言语和伦理道德判断能力，认为：“政治是有关人之善的科学”②。不仅如此，人的伦理判断与选择会受到特定政治环境的影响，因此在各种政治因素影响下所做出的伦理选择也可被称为政治伦理选择。《亚历山大四重奏》《河湾》和《午夜之子》中，达雷尔、奈保尔和拉什迪巧妙地把人物塑造

---

① Patrick Colm Hogan，“Midnight's Children：Kashmir and the Politics of Identity”，*Twentieth Century Literature*，Vol. 47，No. 4，Salman Rushdie（Winter，2001），p. 525.

② Aristotle，*The Nicomachean Ethics*，Trans. David Ross，Oxford，New York：Oxford University Press，2009，p. 4.

与情节构思与政治历史事件、运动紧密编织在一起，小说人物的伦理身份选择与伦理身份危机成为反映国家、民族政治危机的指示剂，个人、民族负有责任感的政治伦理选择是决定国家前途命运的前提条件。

第三章　回写帝国、互文经典：解构殖民历史与白人种族权威

卡里尔·菲利普斯在其编著的作品集《四海为家的异邦人：有关归属的文学》[①]（*Extravagant Strangers A Literature of Belonging* 1997）的《前言》中指出：并没有所谓不受外来者影响的纯粹的英国文学。尽管作为前殖民大国的英国在扩展版图的过程中一直以划分界限确定哪些人是非英国人的方式确保本国文化和种族的同质性，但事实却告诉我们英国如同融合的坩埚（crucible of fusion），杂合是其本质属性。[②] 实际上，国家与民族社会文化生活中因陌生他者的介入而具有的杂合属性不仅适用于英国还适用于欧美乃至全世界。

菲利普斯意在指出，始于16世纪的跨大西洋黑奴贸易所引发的非洲黑人在欧美范围内的流散将欧美白人与非洲黑人的命运紧密联系在了一起。美国小说家拉尔夫·艾里森（Ralph Ellison 1914—1994）《看不

---

① 在作品集的目录之前，菲利普斯引用了莎士比亚戏剧《奥赛罗》第一幕第一场中罗特力戈（Roderigo）的话："我再说一句，要是令爱没有得到您的许可，就把她的责任、美貌、智慧和财产，全部委弃在一个到处为家、漂泊流浪的异邦人的身上，那么她的确已经干下了一件重大的逆行了。"由此可见，菲利普斯作品集的题目中"Extravagant Strangers"的表述源自莎士比亚的《奥赛罗》，该表述因此可被译为"四海为家的异邦人"。参见［英］威廉姆·莎士比亚《奥赛罗》，《莎士比亚全集第五卷》，朱生豪译，土生、冼宁、肇兴主编，中国戏剧出版社2001年版，第29页。

② Caryl Phillips，"Preface"，*Extravagant Strangers A Literature of Belonging*，New York：Vintage Books，pp. xiii – xvi，p. xiii.

见的人》（*Invisible Man* 1952）中描写的美国白人对待黑人如同出自噩梦里的看不见的人的做法已无法应对当下欧美社会中黑人与白人的种族关系。屏蔽和篡改黑奴贸易史使前殖民者和前被殖民者的后代均成为历史遗忘症和无罪妄想症等后殖民精神疾病的受害者。

菲利普斯作品中对与黑人流散并发的欧美白人由殖民宗主国前往殖民地的流散，以及由黑人流散引发的欧美社会内部矛盾的描写揭示了以大英帝国为代表的欧洲各殖民帝国引以为荣的殖民史对殖民宗主国人民生活的负面和灾难性影响。在此过程中，欧美白人的种族权威理应受到质疑和批判。

此外，菲利普斯对英国历史教科书和经典英国文学作品中所讲述的英国历史或殖民地历史持怀疑态度，他认为："历史即是故事，写故事的人决定了我们（故事/历史人物）的身份；作为故事的历史可被重写。"① 在"重写历史"和互文经典的创作过程中，菲利普斯实际上担当了霍米·巴巴所说的批评家的角色："批评家必须试图全面了解，并为那些未被讲述、没有代表的过去/历史肩负责任，那些过去/历史持续不断地与当下历史纠缠在一起。"② 菲利普斯对经典英国文学作品、史料和新闻报道的"创造性误读"和改写是回写帝国、重写文学史和消解帝国文化霸权的重要方式，这即是比尔·阿希克洛夫特（Bill Ashcroft）等人所说的"文化解殖民的过程涉及对欧洲语符的彻底消解以及对支配性欧洲话语的后殖民颠覆和挪用"③。

菲利普斯流散叙事中的主人公并非仅限于黑人，与黑人流散共生的白人的流散同样是菲利普斯关注的主题。"我是谁?"不再是黑人流散者对自我身份的单方追问，而已成为黑人与白人、互为"自我"与

① Zhang Helong, "An Interview with Caryl Phillips", *Foreign Literature Studies*, 2011, Vol. 3, pp. 1 -7, p. 3.

② Homi Bhabha, "Introduction", *The Location of Culture*, London and New York: Routledge, pp. 1 -27, p. 18.

③ ［澳大利亚］比尔·阿希克洛夫特、格瑞斯·格里菲斯、海伦·蒂芬：《逆写帝国》，任一鸣译，北京大学出版社 2014 年版，第 208 页。

“他者”的双向度的国家政治经济与文化层面上的道德拷问。在其小说中，菲利普斯巧妙地将对流散者国民身份“工具化”与“商品化”焦虑的探讨转换为对殖民和后殖民语境下英美社会中白人的种族道德批判。

菲利普斯的小说《剑桥》（*Cambridge* 1991）虽以西印度群岛种植园里非洲黑奴剑桥（Cambridge）的名字命名，然而就其故事情节而言，该小说的主人公应是第一人称叙述者，即：被父亲派往西印度群岛检查种植园情况的英国白人女性艾米丽·卡特赖特（Emily Cartwright）。菲利普斯讲述了19世纪初《奴隶贸易法》（*Slave Trade Act of* 1807）颁布之后，黑奴与英国白人殖民者在流散西印度群岛的过程中杂合的故事，具体表现为：一、艾米丽与黑奴剑桥和黑人女仆斯特拉（Stella）之间跨种族友谊的建立；二、艾米丽历经磨难后做出的留在西印度与斯特拉生活在一起和从英国人变成克里奥人的决定。通过《剑桥》，菲利普斯阐发了杂合始于流散的观点。

菲利普斯的小说《迷失的孩子》对艾米利·勃朗特小说《呼啸山庄》（*Wuthering Heights*，1847）的改写达到了揭露经典英国文学作品中刻意遮蔽的罪恶殖民史的效果。《迷失的孩子》揭示了《呼啸山庄》中希斯克利夫作为恩肖先生与刚果女黑奴私生子的身份及其为母复仇的真实动机。通过对《呼啸山庄》中希斯克利夫身份的互文改写，菲利普斯阐明了18世纪大英帝国殖民政治对20世纪英国社会的滞后性影响。简言之，菲利普斯描述了前殖民者所犯罪行和所承受的家园焦虑与前被殖民者的“复仇”行动之间的因果关系，而这一因果关系可被形象地比喻为“帝国回飞镖”。菲利普斯认为，当下英国社会的人种景观迫切需要英国社会道德景观的巨大变化与之匹配；唯有如此，由大英帝国殖民史而引发的英国人的道德恐慌与家园焦虑才能得到消减乃至消除。

《大西洋之声》中，跨大西洋奴隶贸易这一原已写进教科书中的客观历史事实之所以会变形为幽灵，化为潜意识里袭扰利物浦人和加纳人的梦魇，源自他们对祖辈历史罪责的逃避和对当下物质欲求的抒发。物质欲求的抒发以逃避罪责为前提，引发欲求主体畏罪却不认罪的精神分裂。20 世纪 90 年代末，利物浦人五月天里播放圣诞歌曲的癖好和加纳人"泛非节"空洞无物的商业炒作是菲利普斯笔下利物浦人集体忧郁症和加纳人"被卖者有罪，卖人者无辜"的无罪妄想症等后殖民精神疾病的外现。

《血的本质》中，菲利普斯把威尼斯"血祭"审判、犹太大屠杀、以色列建国和奥赛罗的悲剧等历史事件与文学描述有机融为一体。通过建立与莎士比亚戏剧《威尼斯商人》《奥赛罗》和安妮·弗兰克的《安妮日记》之间互文关系的方式，菲利普斯分别回写并批判了 15、16 世纪的威尼斯帝国和 20 世纪 40 年代的德意志第三帝国的反犹主义意识形态及其社会表现。由反犹主义论及反黑人的种族主义的同时，菲利普斯巧妙地将"血祭"、"隔都"和"奥赛罗"设定为欧洲种族主义的政治文化表征并加以批判，对种族主义背后的经济、军事和政治文化动因的揭示实现了解构白人种族权威的目的。

第一节　卡里尔·菲利普斯小说中的流散叙事与国民身份焦虑

卡里尔·菲利普斯受非裔美国作家理查德·赖特（Richard Wright 1908—1960）影响深远。[①] 为黑人争取社会地位和权利进行文学创作是

---

① 在《欧洲部落》（*The European Tribe* 1987）前言中，卡里尔·菲利普斯生动阐释了自己 20 岁时阅读著名非裔美国作家理查德·赖特成名作《土生子》（*Native Son* 1940）的经历以及赖特对其创作生涯的深远影响（seminal effect）。《世界新秩序》（*A New World Order* 2001）中，菲利普斯进一步分析阐释了赖特为"黑人"权利而战的叙事策略：赖特的短篇小说集《汤姆叔叔的孩子》（*Uncle Tom's Children* 1938）虽激起了白人读者的同情与怜悯，然而赖特却担心在引发此种情感共鸣的同时，他使白人读者想当然地认为非裔美国人的困境并非他们（白人）造成；于是赖特决定在其首部小说《土生子》中绝不给白人读者在同情和眼泪中逃避（罪责）的机会。赖特采取的策略是让白人读者正视非裔美国人生存困境并鼓励他们（白人）认同自身在造成这一美国底层社会人群悲惨境遇过程中所扮演的共谋者身份。参见：Caryl Phillips, *A New World Order*, London: Random House UK Ltd., 2001, p. 19。

赖特和菲利普斯共同的“艺术伦理选择”。[①] 为突破前驱作家赖特19世纪末至20世纪中期描写同代非裔美国人生活困境的“共时性”叙事的局限，菲利普斯采用了类似哈罗德·布鲁姆（Harold Bloom 1930—）在《影响的焦虑》中提出的“钛瑟拉”（Tessera）的修正比，力图以文学的方式跨时空呈现黑人流散的全景图。菲利普斯追根溯源在其虚拟小说世界中再现了非洲黑人跨大西洋种族流散史以及与之共生的以英国人为代表的欧洲白人的流散经历。

小说《渡河》（*Crossing the River* 1993）中，非洲被拟人化为第一人称叙事者，“我”（非洲）是众多黑人流散者共同的父亲；其叙述既是对非洲黑人流散史的回顾，又是对黑人流散子孙们的家园召唤：“250年来，我一直在听不同声音的合唱。有时，在各色焦虑的声音中，我能发现我自己孩子的声音。我的纳什、我的玛莎和我的特拉维斯。他们的生命支离破碎，将充满希望的根植于贫瘠的土壤之中。250年来，我一直想告诉他们：我的孩子，我是你们的父亲。”[②] 小说中“我”所说的250年的时间概念对应的是菲利普斯小说创作中所关注的17世纪末大西洋黑奴贸易以及由此引发的持续至20世纪的非洲黑人流散史。

菲利普斯流散叙事中的主人公并非仅限于黑人，与黑人流散共生的白人的流散同样是菲利普斯流散叙事中所关注的主题。“我是谁?”不再是黑人流散者对自我身份的单方追问，而已成为黑人与白人、互为“自我”与“他者”的双向度的国家政治、经济与文化层面上的道德拷问。在小说《剑桥》《渡河》《黑暗中的舞蹈》（*Dancing in the Dark* 2005）和小说集《外国人》（*Foreigners*：*Three English Lives* 2007）中，菲利普斯为读者提出并解答了如下问题：一、大西洋奴隶贸易（Atlantic Slave

---

① “艺术伦理选择”指的是艺术家从其艺术工作者的职业身份出发进行的伦理选择及其在艺术创作中展现出的伦理旨归。参见徐彬《劳伦斯·达雷尔的多重身份与艺术伦理选择》，《外国文学评论》2015年第1期。

② Caryl Phillips, *Crossing the River*, London: Vintage Books, 2006, p. 1.

Trade）在为英国赚取大量财富[①]的同时，为何引发了英国白人殖民者的流散与国民身份焦虑？二、消费价值如何成为英美社会中黑人流散者国民身份的前提条件？

一　黑奴贸易、白人流散与“克里奥化”

《剑桥》中，受父亲委派前往西印度种植园巡视的英国白人女主人公艾米丽·卡特赖特在日记中写道：“或许我的历险经历能帮助父亲接受这一抽象却日渐普及的英国人的观点——奴隶制是不公正的（the iniquity of slavery）”。[②] 通过艾米丽之口，菲利普斯为读者交代了小说叙事的政治历史语境。1807 年，英国议会颁布了《奴隶贸易法》（*Slave Trade Act of* 1807），该法案旨在废除奴隶贸易而非奴隶制。[③] 以此为背景，菲利普斯在《剑桥》中阐释了“盈利”的黑奴贸易和奴隶制所引发的以艾米丽为代表的英国白人殖民者从英国到西印度殖民地的流散以及由此而引发的英国白人的国民身份焦虑。对“有家不能回”的艾米丽而言，从英国人到“克里奥人”的身份转变是解除自身国民身份焦虑的行之有效的办法。

为替父亲偿还赌债，30 岁的艾米丽被迫嫁给 50 岁且有 3 个孩子的

① 英国历史学家威尔逊·威廉姆斯（Wilson Williams）指出：“如果没有黑人奴隶，非洲贸易和西印度经济均不会在英国资本主义发展过程中起到任何作用；因此没有奴隶贸易英国的资本主义将不会出现惊人速度的增长”。索罗（B. L. Solow）认为：“工业革命伊始，奴隶贸易的收益和来自西印度殖民地的收入远高于英国境内总投资收益和英国商业、工业投资收益”。奴隶贸易年收入从 1770 年的 115000 英镑增长至 18 世纪 90 年代的 379200 英镑，奴隶贸易资本在国民收入所占比例从 7% 上涨至 11%。参见：Kenneth Morgan, *Slavery, Atlantic Trade and the British Economy*, 1660—1800, Cambridge: Cambridge University Press, 2000, pp. 33, 47。

② Caryl Phillips, *Cambridge*, New York: Vintage International Vintage Books, 1993, p. 8.

③ 1831 年牙买加大规模奴隶暴动之后，迫于压力英国议会于 1833 年通过了《废奴法案》（Slavery Abolition Act）。参见：http://www.bbc.co.uk/history/british/empire_seapower/antislavery_01.shtml；“大英帝国版图内的奴隶制直到 1838 年才被完全废除……”参见：James Walvin, “The slave trade, abolition and public memory”, *Transactions of the Royal Historical Society*, *Sixth Series*, Vol. 19 (2009), pp. 139-149, p. 141。

鳏夫，出嫁之前艾米丽还要替父亲前往西印度检查种植园的经营状况。就遵从父命流散西印度的艾米丽而言，被父亲抛弃等同于被英国抛弃。父亲与英国间的等式关系反映在如下两方面：一、艾米丽第一人称叙事中“父亲”（Father）一词始终以首字母大写的形式出现；二、第一章《序言》（“Prologue”）中“父亲”（Papa）与“英国”（England）两个单词的交替重复出现。从离开英国之日起，艾米丽作为英国国民的身份焦虑业已产生。菲利普斯对艾米丽随行女仆伊莎贝拉的去世以及艾米丽本人在西印度两次不幸遭遇（因水土不服而引发的食物中毒和因难产而生下死婴）的描写颇具隐喻功能，可被视为艾米丽英国国民身份焦虑的三个阶段；历经三个阶段，艾米丽最终完成了从英国白人殖民者到与非洲女黑奴斯特拉相依为命的西印度“克里奥人”[①] 的身份转变。

伊莎贝拉的去世意味着艾米丽英国生活模式的结束，取而代之的新仆人斯特拉因缺乏英国教育而被初到西印度的艾米丽视为伊莎贝拉拙劣的模仿者。在斯特拉的服侍下，艾米丽感到自己的英国人身份大打折扣。

在以英国医生麦克唐纳和布朗先生为代表的英国白人叙事中，黑奴以装病的懒汉和乱交的低等动物的形象出现；然而，艾米丽眼中的黑奴却具有忠诚、无辜、勤劳和不屈不挠的品格，黑奴不堪入目的行为仅发生在他们醉酒之后。两种事实（英国殖民者讲述的事实和艾米丽观察到的事实）间的矛盾冲突是艾米丽水土不服、“食物中毒”的精神层面上的原因之所在。艾米丽的“食物中毒”具有善恶指涉的功能：与被妖魔化了的黑奴的“恶”相比，英国白人虚伪的“善”与科学的谎言更令人感到可怖，这便是艾米丽难以消化的残酷的事实。

艾米丽眼中“西印度的英国性”不仅表现为英式建筑、英式家具、

---

① 菲利普斯借艾米丽之口给西印度的“克里奥人”下了定义：“在英国‘克里奥人’常用来形容混血人，然而在这里（西印度）这一术语既可指黑人又可指白人，他们是已经适应并能安全生活于这一新热带地区的人，或是在此地出生且能完全投入美洲蔗糖生产贸易中的人”。参见：Caryl Phillips，*Cambridge*，New York：Vintage International Vintage Books，1993，p. 38。《剑桥》中，“克里奥化”了的英国白人并非有钱有势的农场主，而是为谋生计在西印度种植园里给农场主打工的人；在变成“克里奥人”的同时，他们的英国人身份随即消失。

英国马车、英国猎狗、为数众多的英国工匠和医生，还表现为英国人对西印度的绝对控制。艾米丽认为：英国人和被贩卖至西印度的黑奴一样并非本地人，英国国民身份内含教化与经济双重使命（civilizing and economic mission）。[①] 然而，随着西印度生活的深入，艾米丽却发现"高尚的英国人"不过是为了谋求经济利益而虚构美化了的形象，其真实身份更像约翰逊·斯威夫特（Jonathan Swift 1667—1745）笔下为非作歹、不知廉耻的"雅虎人"。

英国医生麦克唐纳对黑奴懒惰与兽性的判断似乎具有科学性和可信度，然而此后艾米丽在其叙事中话锋一转，写道："如此轻而易举的赚钱方式（在西印度行医）吸引了大批江湖庸医和资质不够的医生来到西印度群岛，因缺少审查手段，从船上下来的任何人都可以给自己冠以医生的头衔。"[②] 因此，麦克唐纳的医生身份及其有关黑奴懒惰与兽性的"科学"判断不再可靠。在与种植园经理布朗的交流中，艾米丽发现黑奴之所以被贬低为动物是因为他们在西印度所具有的不可替代的劳动力的价值，"简言之，如果黑奴不劳动，谁劳动？根据我（艾米丽）的教导者（布朗）所说，白人和牲畜都不能胜任这样的苦役"。[③] 伦敦国王学院英美文学教授保罗·吉洛伊（Paul Gilroy）指出：种植园奴隶制从本质上讲是"脱掉外衣的资本主义"。[④] 麦克唐纳和布朗将黑人贬低为牲畜、动物的"科学种族主义论"（Scientific racism）[⑤] 旨在证明对黑奴资本主义经济剥削的合理性。

---

① Caryl Phillips, *Cambridge*, New York: Vintage International Vintage Books, 1993, p. 24.

② Caryl Phillips, *Cambridge*, New York: Vintage International Vintage Books, 1993, p. 35.

③ Caryl Phillips, *Cambridge*, New York: Vintage International Vintage Books, 1993, p. 85.

④ Paul Gilroy, *The Black Atlantic Modernity and Double Consciousness*, Cambridge, Massachusetts: Harvard University Press, 1993, p. 15.

⑤ 英国著名自然学家查尔斯·达尔文（Charles Darwin 1809—1882）的表弟英国人类学家弗兰西斯·高尔顿爵士（Sir. Francis Galton 1822—1911）通过科学归纳法得出"在能力和智商方面，黑人比盎格鲁—撒克逊人（英国人）低至少两个等级"的结论。参见：John P. Jackson Jr. and Nadine M. Weidman, "The Origins of Scientific Racism", *The Journal of Blacks in Higher Education*, No. 50 (Winter, 2005/2006), pp. 66 - 79, p. 67。

特立尼达和多巴哥第一任首相埃里克·威廉姆斯（Eric Williams 1911—1981）指出："奴隶制并非源于种族歧视；恰恰相反，种族歧视是奴隶制的结果。"[①] 威廉姆斯认为，从本质上讲奴隶制是一种经济现象，奴隶贸易和英国境内糖的销售为英国18世纪后期资本的增长和制造业的发展奠定了基础；西印度商人和种植园主是驱动英国商业运作的企业家，他们的商业活动对英国境内的政治经济产生了深远影响。[②]《剑桥》中，英国白人妖魔化黑奴的政治经济动机可见一斑。

《剑桥》中，英国白人对黑奴的善行表现在医疗与宗教两方面；然而，在实施过程中，两方面皆名不副实。首先，对黑奴的救治以保障种植园劳动力的数量和经济收益为前提；然而，庸医的存在却使大量黑奴因得不到正确的治疗而死亡。其次，就对黑奴的基督教教化而言，以罗杰斯牧师为代表的殖民者为确保英国白人精神上的优越性，防止黑奴暴动而限制黑奴获取基督教知识。罗杰斯牧师认为只有保持白人道德与智力上的优越性才能控制身体上占优的黑人，黑奴一旦拥有知识势必造反，届时英国民兵和海军将无力镇压。

布朗对黑奴剑桥（Cambridge）的"教化"表现为无端鞭打、逼其臣服的暴行。目睹布朗鞭打剑桥的情景，艾米丽发出如下感叹：

> 太阳的孩子（黑人）也是凡人，也有性格上的缺陷，因此必须忍受这般非人的鞭打。然而惩罚必须合理、适度，因为看着那怀有复仇心、充满恶意的赶牛鞭无情地打在（剑桥）身上，让人实在无法忍受。我不得不承认，目睹这一场景是不幸的；那手持长鞭的恶棍不是别人恰是布朗先生本人。[③]

---

① Eric Williams, *Capitalism and Slavery*, Durham, N. C.: The University of North Carolina Press, 1994, p. 7.

② Kenneth Morgan, *Slavery*, *Atlantic Trade and the British Economy*, 1660—1800, Cambridge: Cambridge University Press, 2000, pp. 30 – 31.

③ Caryl Phillips, *Cambridge*, New York: Vintage International Vintage Books, 1993, p. 41.

此后，为博得艾米丽的好感，布朗巧借剑桥"偷肉"一事在奴隶法庭上假扮公正执法者的角色。同情剑桥的艾米丽虽不理解布朗先生"弃恶从善"的真实动机，但她最终选择站在布朗先生一边。这并不能被视为艾米丽"道德失明"（morally blind）① 的证据，而是她被布朗虚假正义的伪装所蒙蔽和为维护本人英国人身份而刻意放弃道德判断的结果；无论如何，布朗先生在艾米丽眼中毕竟是英国同胞，在满是黑奴的种植园里，与英国同胞在一起才有对英国的归属感。

实际上，艾米丽对流散黑人的同情已远超越其所属阶层和所处时代；就其对黑人流散史的洞察力与预见力而言，艾米丽可被视为作家菲利普斯的代言人：

> 在我所听说的黑人最司空见惯的神态中，我能识别的是（他们效仿的）英国人的神态，这恰恰反映了他们的无根性。他们被从生养的土地上连根拔起，被投掷到我们（白人殖民者）的文明世界中。他们是否能再找回真正的自我，很值得怀疑。我的见闻告诉我只有经历几十年、或许几个世纪的旅程之后（流散）黑人才能找到真正的自我。然而，这一过程绝非一蹴而就。②

抑或是受西印度白人殖民者"科学种族主义论"的影响太深，抑或是对殖民者的暴行司空见惯，艾米丽在西印度水土不服的疾病终因其道德疲劳（moral fatigue）而不治自愈。

因难产而生下与布朗的死婴是艾米丽英国人身份"克里奥化"（creolization）的转折阶段。艾米丽因难产持续高烧不退遭布朗抛弃、布朗被剑桥杀死、种植园减产、黑奴暴动以及种植园濒临破产均促使艾米丽产生了作为英国人的身份危机意识。小说中艾米丽对黑奴和白皮肤

---

① 在卡里尔·菲利普斯的官方主页上，艾米丽被描述为患道德失明症的英国大家闺秀（a morally-blind, genteel Englishwoman）。参见：http：//www.carylphillips.com/cambridge.html。

② Caryl Phillips, *Cambridge*, New York: Vintage International Vintage Books, 1993, p. 71.

的“克里奥人”的赞美比比皆是，这种赞美既是对他们辛勤劳动[①]的肯定，又是对以自己父亲为代表的英国外居地主/种植园主阶层寄生、腐败生活[②]的批判。身为英国种植园主的女儿和英国国民，艾米丽深感羞耻，欲将这两种身份除之而后快。

欣赏着黑人村落里美丽的花园、黑人欢快的舞蹈，听到他们愉快的歌唱，艾米丽发现黑人才是西印度群岛上精力充沛、生机勃勃的人，灵魂枯萎的白人很快就会变成毫无生气的空心人。艾米丽甚至宣称：“如果让我在白人劳工和西印度奴隶之间进行选择，我会毫不犹豫地选择后者”。[③] 对黑人生活的向往为艾米丽最终离开父亲的大宅，选择与黑奴斯特拉一起生活埋下了伏笔。

小说后记中，菲利普斯以衣服为喻，描写了历经生死磨难后艾米丽对英国家园和对自己英国人身份态度180度的转变：

> 英国。艾米丽暗自微笑。医生（麦克唐纳）说这个词的时候，仿佛英国是一件可以依靠的衣服，可以随心所欲地穿上、脱下。难道他（麦克唐纳）不懂人是会生长变化的吗？难道他不知道有一天会发现这件“国家衣服”（country-garb）的尺寸已经不合适了吗？接下来，该怎么办呢？[④]

从某种意义上讲，“丧子”标志着艾米丽对西印度英国人和本土英

---

① 艾米丽写道：“克里奥白人种植园经理辛勤劳动，从日出到日落，清晨第一个走进田地，晚上最后一个离开。因他们的劳动并非为个人利益，所以他们更令人尊重。像父亲一样的人，只会靠这些经理获利，如让他们（外居地主）从事些许种植园日常所需的体力和脑力工作，他们定会早早断气”。Caryl Phillips, *Cambridge*, New York: Vintage International Vintage Books, 1993, p. 114.

② 小说中，艾米丽多次描述以父亲为代表的英国外居地主/种植园主寄生虫式的腐败生活。“他们（种植园经理们）是那些只想榨取财富以便在英国赌桌上挥霍，并在家庭生活中为非作歹的人们（外居地主/种植园主）的（金钱）供给站（holding stations）”。Caryl Phillips, *Cambridge*, New York: Vintage International Vintage Books, 1993, p. 126.

③ Caryl Phillips, *Cambridge*, New York: Vintage International Vintage Books, 1993, p. 42.

④ Caryl Phillips, *Cambridge*, New York: Vintage International Vintage Books, 1993, p. 177.

国人信任的幻灭以及由此而引发的艾米丽英国自我的消失；英国国民身份对艾米丽来说已是一件因尺寸不合、无法依靠而不得不抛弃的衣服。

小说结尾，艾米丽注视着镜中自己赤裸的身体思绪万千，既观察到自己生育后的成熟又感受到新生的来临，而这“新生”即是艾米丽对西印度“克里奥人”身份的认同。在艾米丽眼中，女黑奴斯特拉不再是“伊莎贝拉拙劣的模仿者”而成为可以依靠的“亲爱的斯特拉”。黎明时分，艾米丽朝山上斯特拉的小屋（Hawthorn Cottage）走去象征着艾米丽以西印度为家和对“克里奥人”未来生活的选择；至此，西印度“克里奥人”取代“英国人”成为艾米丽的身份新装。

由上可见，英国大西洋奴隶贸易造成黑奴与部分英国白人殖民者的共同流散，在非洲黑人以奴隶身份被贩卖至西印度群岛、背井离乡的同时，从事黑奴贸易和经营殖民地种植园的英国白人不得不放弃英国家园成为流散西印度殖民地的有家不能回的“克里奥人”。

就其在英国殖民经济体系中的作用而言，殖民地种植园里的英国白人经理、监工、记账员与黑奴并无本质差异，满足有钱、有闲的英国外居地主/种植园主阶层的物质需求是黑、白两种肤色的流散者存在的共同价值之所在。伴随着对英国人的信任危机和自身经济能力的丧失①，部分英国流散者失去或放弃了英国国民身份。黑奴（或黑人）的同情与帮助成为英国流散者的生命线，白皮肤的“克里奥人”与非洲黑人在西印度群岛上的命运共同体因此而诞生。

二　黑人流散者的“消费品”形象

以非裔美国记者基思·里奇伯格（Keith Richburg）为代表的黑奴

---

① 小说人物阿诺德（Arnold）告诉艾米丽：在西印度，有很多原本富有的且在白人社区中地位较高的奴隶主因为运气不佳、目光短浅和挥霍浪费，而变得一贫如洗，只能靠黑人的恩惠生活；饥饿常常战胜尊严，黑人的肉汁在贫穷的白人眼中都是一道美味的晚餐。参见：Caryl Phillips, *Cambridge*, New York: Vintage International Vintage Books, 1993, pp. 108, 109。

贸易“救世论”者认为奴隶贸易改变了非裔黑人的命运，帮助他们逃离了非洲的未来。对此，菲利普斯持相反观点：“尽管在音乐、体育、科学、文学等诸多领域，非裔人群为西方文明做出巨大贡献，但绝不能将这些成就归功于奴隶贸易和奴隶制”。[①] 透过小说，菲利普斯指出：黑人对以英美社会为代表的西方世界文明发展所做出的贡献毋庸置疑；然而，黑人流散者之所以能被英美两国接纳为国民、从遭歧视的黑奴摇身一变成为自由民或英美社会中红极一时的“成功人士”均得益于黑人在西方社会里的“种族优势”。

黑人的“种族优势”既可以将其降格为种植园里的奴隶，又可以把他们抬举成白人社会中的“宠儿”。流散至英美社会中的黑人的“种族优势”表现为他们的有用性和与之相关的消费价值。欧美社会将黑人作为商品买卖的传统可追溯到始于16世纪的黑奴贸易，透过小说菲利普斯指出：奴隶贸易和奴隶制的终止并不意味着欧美社会中白人对黑人消费欲的消失，黑人的消费价值在性、宗教、政治经济与文化艺术等领域均有体现，黑人国民身份的有无取决于他们在白人主导的英美社会中上述领域内消费价值的有无。

《剑桥》中，黑奴剑桥记述了1807年《奴隶贸易法》颁布之后伦敦城内黑人的生活状况。虽然在英国各个阶层皆有黑人的存在，但能够真正“享受”英国国民待遇的黑人却为数不多。根据“我”（黑奴剑桥）的发现，过着体面且不受歧视的英国黑人皆是被英国白人称为“时尚附属品”（fashionable appendage）的“伴侣”（companion）[②]。这些黑人宠儿的财富积累源于他们对英国白人性欲的满足。伦敦街头，剑桥所见的更多的是落魄、贫困的黑人；失去工作能力的男性黑人沿街乞讨，无用的女性黑人靠贱卖自己的身体为生。具有讽刺意味的是，以剑桥的主人为代表的英国人却将伦敦城里白人的纵欲无度归因于非洲黑

① Caryl Phillips, *A New World Order*, London: Random House UK Ltd., 2001, p. 309.

② Caryl Phillips, *Cambridge*, New York: Vintage International Vintage Books, 1993, p. 142.

人在大英帝国的中心所创建的“爱神的帝国”（the empire of Cupid）①；言外之意，英国白人认为他们对黑人无法控制的性欲皆因黑人的诱惑产生与自身无关。

除了黑人的性消遣功能之外，菲利普斯还着力描述了非洲黑人在英美社会中的宗教与殖民政治功能。《剑桥》和《渡河》中，英国《奴隶贸易法》和“美国殖民协会”（American Colonization Society）赋予剑桥和纳什的国民身份具有相对性与欺骗性，服务于英美基督教组织、被英美殖民政治所“消费”是他们国民身份成立的前提条件。剑桥和纳什误将黑人基督徒身份等同于英美国民身份，投身于英美殖民地的宗教宣传工作之中。他们未能顺利完成其宗教使命却经历了从英国到西印度和从美国到利比亚的第二次流散和从英、美国民到黑奴和非洲土著居民的身份逆转。

从某种意义上讲，剑桥与纳什的故事是对英国历史上著名的废奴运动倡导者非洲黑人罗达·艾库维阿诺（Olaudah Equiano 1745—1797）生平的戏仿。与艾库维阿诺一样，剑桥与纳什都是皈依基督教和娶英美白人为妻的非洲黑人；然而剑桥在英国和纳什在利比亚的贫困生活以及由此导致的妻儿的相继去世却与艾库维阿诺在英国伦敦的幸福生活②形成强烈反差。客死他乡（剑桥和纳什分别将英国和美国视为祖国）是两者国民身份焦虑的终结。

非洲黑人奥卢米德（Olumide）先后被取名为托马斯（Thomas）、汤姆（Tom）、大卫·亨德森（David Henderson）和剑桥（Cambridge），姓名的变化反映了剑桥所经历的“非洲人/黑奴—英国自由民—黑人基督徒/传教士—西印度黑奴”身份的变化。尽管《奴隶贸易法》使大卫·亨

---

① Caryl Phillips, *Cambridge*, New York: Vintage International Vintage Books, 1993, p. 145.

② 作为自由人，艾库维阿诺曾饱受生活折磨；在接受基督教洗礼之前，他曾一度萌生自杀念头，基督教使其获得了内心平静。定居伦敦之后，1792 年艾库维阿诺迎娶英国女子苏珊娜·卡伦（Susannah Cullen）为妻，卡伦生下两个女儿，并从此过上了幸福的生活。参见："DEATHS: In London, Mr. Gustavus Vassa, the African, well known to the public for the interesting narrative of his life", *Weekly Oracle* (New London, CT), 12 August 1797, p. 3。

德森取得了英国国民身份，但英国境内对黑人的排斥和英国境外奴隶贸易的畅通无阻导致大卫·亨德森的英国国民身份有名无实。理论上讲，《奴隶贸易法》的适用范围涵盖英国本土和大英帝国海外殖民地；然而，颁布之初《奴隶贸易法》的法律效力却仅限于英国本土，恰如英国约克大学历史系教授杰姆斯·瓦文（James Walvin）所说：1807 年奴隶贸易法标志着英国完善大西洋奴隶制和奴隶贸易（the perfection of Atlantic slavery and the slave trade）的开始。[①] 奴隶贸易在英国境内的禁止与在英国殖民地的兴盛形成鲜明对比。离开英国，亨德森不再受《奴隶贸易法》保护，这是亨德森在前往几内亚途中遭法国人欺骗，被英国船长再次卖为黑奴的原因之所在。

剑桥因反抗而杀死种植园经理布朗先生，被处死之前，再次回想起自己非洲本姓奥卢米德。坎坷的经历使剑桥意识到他的真实身份始终是那个遭英国人贩卖、欺骗和迫害的非洲黑人奥卢米德，记起本姓标志着剑桥英国国家归属感的幻灭和英国国民身份焦虑的消失。

《渡河》中，成立于 1816 年的“美国殖民协会”兼具解放黑奴和将自由的美国黑人遣返非洲两种功能，“解放”和“遣返”并不意味着赋予非洲黑人自由美国公民的身份，其真实动机是在实现美国境内种族纯化的同时，利用所谓的黑人自由民实现美国在非洲的殖民政治。查尔斯·福斯特（Charles Foster）撰文指出：

> 1816 年，美国众多有识之士意识到美国境内 1500000 个黑奴所带来的种族问题，奴隶制是邪恶且无利可图的解决办法。解放黑奴无济于事。……持自由主义思想的美国人投票支持美国非洲黑人的自由，却没有人愿与自由后的黑人为伍。采用对美洲印第安人种族隔离的方式以洛基山为界设置美国非洲黑人定居点的做法成本太

① James Walvin, “The slave trade, abolition and public memory”, *Transactions of the Royal Historical Society*, *Sixth Series*, Vol. 19 (2009), pp. 139 - 149, p. 139.

> 高，而将黑人送回非洲更可行，在情感上更容易让人接受；“遣返”方案的另一优势在于有英国人的先例可以借鉴。①

1821至1822年，在“美国殖民协会”帮助下美国在非洲西海岸的利比里亚建立了殖民地，美国出生且身份自由的黑人被运往这一殖民地定居。② 就这一特定时期内的美国黑人而言，“自由民”与“美国公民”并非同义词，“殖民工具”才是美国自由黑人的真实身份。

小说中，纳什的前奴隶主爱德华是一位富有且充满人道主义精神的奴隶主，爱德华急需一种方法助其摆脱因奴役黑人而产生的负罪感；“美国殖民协会”的成立恰好满足了爱德华的需求。纳什以黑人基督徒的身份被“美国殖民协会”送回他的出生地利比里亚；“美国殖民协会”赋予纳什美国人的国民身份只在美国西非殖民地利比里亚才具合法性。纳什不过是美国殖民政治中麦考利主义（Macaulayism）的实验对象，即：利用受过基督教教育的自由的美国黑人教育、管理非洲殖民地的黑人会取得事半功倍的效果。然而事与愿违，纳什在利比里亚建立基督学校的计划尚未实现便英年早逝。

在写给爱德华的信中，纳什借种子发芽、生长、枯萎和死亡的植物生长过程③映射爱德华和“美国殖民协会”对其生活状况的漠视。纳什的自生自灭是对以他为代表的被遣返非洲的美国黑人国民身份和生存权的质疑。纳什的死被“美国殖民协会”视为一种财产损失和美国殖民事业出师不利的象征；然而，纳什之死绝不会影响美国的殖民进程，因为更多的“纳什”将会源源不断地运送至利比里亚，填补空缺。

“作为消费品的流散黑人”的主题在文化艺术领域表现尤为突出。小说《黑暗中的舞蹈》中，以1885年从巴哈马群岛移民至美国弗罗里

---

① Charles Foster, “The Colonization of Free Negroes, in Liberia, 1816—1835”, *The Journal of Negro History*, Vol. 38, No. 1 (Jan., 1953), pp. 41－66, p. 41.

② 参见 https://en.wikipedia.org/wiki/American_ Colonization_ Society#cite_ note-AFP-2。

③ Caryl Phillips, *Crossing the River*, London: Vintage Books, 2006, p. 63.

达州的著名喜剧演员伯特·威廉姆斯（Bert Williams）的生平为蓝本，菲利普斯阐释了威廉姆斯所扮演的“黑人角色”与其美国黑人身份之间艺术与现实之间的矛盾，即：威廉姆斯艺术上的成功无法改变美国白人对黑人的种族歧视；白人观众对威廉姆斯的认可仅限于他所创造的舞台形象，威廉姆斯黑人艺术家的身份焦虑由此产生，恰如威廉姆斯的好友菲尔兹（W. C. Fields）对他的评价：“（他）是我所见过的最有趣的人，又是据我所知最悲伤的人”。[①] 就艺术成就和知名度[②]而言，威廉姆斯本应是个成功实现了美国梦的美国人；然而，他的成功与美国人身份却受到场所（舞台）和扮演角色（黑人）的限制。

菲利普斯通过对威廉姆斯不断重复的“戴面具”和“摘面具”的过程揭示了威廉姆斯这位黑人艺术家的内心矛盾与国民身份焦虑。摆脱黑人面具（或曰黑人舞台传统形象）的束缚成功涉足白人喜剧演员的艺术领域，是威廉姆斯的艺术追求，然而跨越黑白艺术家间的界限却导致他艺术生涯的结束。总而言之，威廉姆斯的成功有两个核心要素：一、威廉姆斯所扮演的黑人形象符合美国白人观众对“拖着脚步走路、愚蠢的、笨拙的、吃西瓜的黑人”的种族幻想，“只有唱着无聊的黑人歌曲，傻傻地跳着舞的黑人才能被美国舞台所接受”[③]；二、威廉姆斯遵守黑人表演者与白人观众之间“不成文的契约”，在表演过程中能准确感知和把握那条无形的种族分界线。成名后的威廉姆斯不满于对黑人传统舞台形象的机械复制而致力于艺术创新，试图以一己之力改变美国白人观众对有色演员舞台角色先入为主的限定，并以此获得黑人艺术家应有的尊严；然而，威廉姆斯不戴面具的本色表演却因违背“契约”

---

① Brian Seibert, “The Troubled Side of Comedy”, *The Threepenny Review*, No. 105 (Spring, 2006), pp. 20 – 21, p. 20.

② 1903 年，威廉姆斯与搭档乔治·沃克（George Walker）首次成功出演黑人百老汇音乐剧（all-black Broadway musical, *In Dahomey*）。他们还有幸为当时的英国国王表演。威廉姆斯已成为有史以来第一位有色录音艺人（a recording artist, one of the first of any color）。1910 年沃克去世，此后十年里，威廉姆斯成为著名的齐格菲歌舞团中第一位也是唯一一位黑人表演者。1914 年，威廉姆斯出演电影史上第一个黑人主人公。

③ Caryl Phillips, *Dancing in the Dark*, London: Vintage Books, 2006, p. 180.

和背离白人观众的审美消费传统而遭拒绝。

在此后出版的短篇小说《威尔士制造》① 中，菲利普斯延续了《黑暗中的舞蹈》中取材知名黑人生平的创作方式，文学化地再现了1951至1966年间，英国黑人移民的后代、拳王特平从“讨厌鬼”到“国家英雄”到“丛林野兽”的身份转变和从一夜暴富到因无法偿还所欠个人所得税而杀死自己2岁女儿后自杀的悲惨命运。1951年特平因战胜美国世界级拳王雷·罗宾逊（Sugar Ray Robinson 1921—1989）而被英国白人视为“国家英雄”，这是以黑人为代表的有色移民（或曰流散者）在英国社会中消费价值最大化的体现。

以特平为例，菲利普斯意在指出与英国本土生白人与生俱来的国民身份相比，有色移民的国民身份仅是其作为商品的使用价值的副产品。

> 菲利普斯以英国社会特定历史时期内黑人拳王特平作为（提升英国人士气的）伦理消费品的形成、神化、贬值和妖魔化的过程为例意在指出：“新的无阶级性”的英国社会表象之后隐藏着的是对“有色工人阶级”的歧视与压迫。作为“有色工人阶级”一员的特平已成为英国社会中阶级与种族双重矛盾焦虑的发泄对象与替罪羊，是被战后英国社会伦理消费之后又被再度边缘化了的有家难回的“外国人”。②

如从政治经济学的视角出发分析特平事件，可以发现英国人对特平“神圣化”与“妖魔化”的时间段与英国社会战后20世纪50年代经济繁荣期与60、70年代经济萧条期恰好吻合。

英国战后早期因经济发展需要，各政党达成“共识”（consensus）为实现福利制国家而建立跨阶级、跨种族的联合。然而随着20世纪60、

① 《威尔士制造》是卡里尔·菲利普斯小说集《外国人》中的第二篇小说。

② 徐彬：《卡里尔·菲利普斯〈外国人〉中的种族伦理内涵》，《国外文学》（CSSCI）2016年第4期。

70年代经济衰退的到来，失业率激增、工资水平下降，英国社会“共识”的价值观失效。统治阶层的管理策略从经济繁荣时期的“共识”转变为经济危机时的“高压”（coercion）。[①] 特平既是英国福利制国家制度的受益者又是为转嫁经济危机而制定的“高压”政策的受害者。伴随着经济危机的到来，英国黑人首当其冲成为白人为缓解经济压力而刻意制造的“道德恐慌”的来源，而难逃被“妖魔化”的厄运。

综上所述，就对英国黑奴贸易与殖民统治的批判而言，菲利普斯流散叙事中以艾米丽为代表的白人流散叙事有效地消除了黑人叙事者一面之词的嫌疑，在展现出一定客观性与公正性的同时，还呈现出明确的阶级批判属性，即：大英帝国并非普通英国百姓的大英帝国而是以外居地主/种植园主为代表的英国上层阶级的牟利工具和造钱机器。英国百姓在知情或不知情的情况下（被）卷入帝国殖民事业之中。受利益驱使，英国上层阶级置英国国民生死于不顾，被祖国抛弃于殖民地的英国人迫于生存压力放弃了英国国民身份成为“克里奥人”，黑奴（或黑人）对他们以德报怨的接纳和帮助是他们生存的前提和希望。

菲利普斯小说中，与白人流散者英国国民身份的“工具化”焦虑相对的是黑人流散者在英美社会中国民身份“工具化”与“商品化”的双重焦虑。黑人的有用性和可消费性是认定他们英美国家国民身份的基本标准，上述两种属性因受特定政治、经济和文化因素制约而具有相对性。殖民地或英美国家里的黑人流散者对（流散）白人的绝对接受和服从与英美社会（白人）对黑人流散者有条件的接受形成鲜明反差。菲利普斯巧妙地将其流散叙事中对流散者国民身份焦虑的探讨转换为对殖民与后殖民语境下英美社会中白人的种族道德批判。

---

① 英国著名文化理论家斯图亚特·霍尔（Stuart Hall 1932—2014）在《抵抗与管制》（*Resistance and Policing*）中以“富裕”“共识”“资产阶级化”和“高压”等关键词描述了英国政治、经济文化从20世纪50年代到60、70年代由“左倾”向“右倾”的转向。参见：James Procter, *Stuart Hall*, London and New York: Routledge, 2004, pp. 86 – 87。

第二节 《迷失的孩子》中的“帝国回飞镖”

卡里尔·菲利普斯将英国著名女作家艾米莉·勃朗特（Emily Brontë 1818—1848）的代表作《呼啸山庄》中有关男主人公希斯克里夫（Heathcliff）身世的描述巧妙地引入他在2015年出版的小说《迷失的孩子》中。英国作家、巴斯斯帕大学的伍德沃教授在其书评中写道：“卡里尔·菲利普斯在其新出版的小说（《迷失的孩子》）中通过与英国经典文学作品《呼啸山庄》建立对话关系的方式，延续了他一贯的创作主题：出身、归属和排斥”①。核心词“出身、归属和排斥”虽较全面地概括了《迷失的孩子》表层叙事中的文学现象，但未曾触及该小说的创作动机。本文认为，在《迷失的孩子》中，菲利普斯主要深入探究了由大英帝国殖民政治“回飞镖”的历史、现实影响而引发的英国人的道德恐慌与家园焦虑。

《迷失的孩子》讲述的是18世纪的英国绅士恩肖先生对刚果女黑奴以纵欲为目的的始乱终弃和20世纪的英国绅士罗纳德·约翰逊因反对女儿莫妮卡跨种族婚姻而与女儿断绝关系、黑人威尔逊为实现政治牟利而抛妻弃子以及莫妮卡因家破人亡而变疯致死的故事。借由这些故事，菲利普斯阐明了18世纪大英帝国殖民史对20世纪英国社会的滞后性负面影响。简言之，菲利普斯描述了前殖民者所犯罪行和所承受的家园焦虑与前被殖民者的“复仇”行动之间的因果关系，而这一因果关系可被形象地比喻为“帝国回飞镖”。“回飞镖”原是澳大利亚土著居民的狩猎武器，以其捕杀猎物后返回狩猎者的飞行方式而得名，其语义也可引申为“自食其果”。借助帝国“回飞镖”的比喻，本文力图阐释

① Gerard Woodward, “*The Lost Child* by Caryl Phillips, book review: Wuthering Heights relived in post-war Britain”, *The Independent*, 26 March 2015, http://www.independent.co.uk/arts-entertainment/books/reviews/the-lost-child-by-caryl-phillips-book-review-wuthering-heights-relived-in-post-war-britain-10135393.html.

《迷失的孩子》中18世纪大英帝国针对被殖民他者的殖民政治与种族歧视反作用于20世纪英国社会的运动轨迹。在文学化呈现这一反作用力的同时，菲利普斯指出，当下英国社会的人种景观迫切需要英国社会道德景观的巨大变化与之匹配；唯有如此，由大英帝国殖民史而引发的英国人的道德恐慌与家园焦虑才能得到消减乃至消除。

一　希斯克里夫究竟是谁?

尽管艾米莉·勃朗特在《呼啸山庄》中曾多次暗示希斯克里夫的吉卜赛人身份，但从未明确告知读者希斯克里夫的真实身份。因此，“希斯克里夫究竟是谁?”始终是英国文学史上困扰读者们的难解之谜。《呼啸山庄》中小说人物充满对希斯克里夫身份的诸多猜测，如：恩肖夫人将希斯克里夫称为“吉卜赛顽童”[①]；林顿先生将其称为“印度小水手，或是来自美洲或西班牙的漂流者”[②]。恩肖先生将利物浦街头的流浪儿希斯克里夫带回家，称之为“上帝的礼物；然而它［希斯克里夫］黑的却如同来自地狱”[③]。恩肖先生为何将希斯克里夫视为“上帝的礼物”？为何对养子希斯克里夫宠爱有加，胜似自己的亲生儿子？就《呼啸山庄》而言，上述谜题始终悬而未决。对此，鲍温教授曾撰文写道，希斯克里夫是“被贩卖到英国的奴隶的后代或是逃避饥荒流散到利物浦的爱尔兰人之子”[④]。而菲利普斯似乎对《呼啸山庄》中希斯克里夫吉卜赛人的身份暗示和鲍温教授对希斯克里夫二选一的身份定义均不满意。《迷失的孩子》中，菲利普斯阐明了恩肖先生与希斯克里夫之间“英国绅士及其混血私生子”的隐秘逻辑关系。

---

① Emily Brontë, *Wuthering Heights*, New York: Bantam Dell, 1981, p. 33.

② Emily Brontë, *Wuthering Heights*, New York: Bantam Dell, 1981, p. 46.

③ Emily Brontë, *Wuthering Heights*, New York: Bantam Dell, 1981, p. 33.

④ John Bowen, "The Brontës and the Transformations of Romanticism", in John Kucich and Jenny Bourne Taylor, eds., *The Oxford History of the Novel in English, Vol. 3: the Nineteenth-Century Novel 1820—1880*, Oxford: Oxford UP, 2011, pp. 203 - 219, p. 209.

从某种意义上讲，菲利普斯对恩肖先生与希斯克里夫之间“英国绅士及其混血私生子”关系的阐释是对20世纪50、60年代英国道德恐慌的官方代言人英国保守党议会议员伊诺克·鲍威尔所宣扬的种族歧视政治的历史性反讽。在“血河”演讲中，鲍威尔巧妙地以讲故事的方式借“他人”之口指出：“在这个国家［英国］15至20年的时间里黑人将手拿皮鞭统治白人”[①]。鲍威尔毫不避讳地将移民视为“异国元素”和“恶魔”，英国政府应该当机立断采取措施将现有移民遣返回国。

就成因而言，以黑人为代表的有色人种进入英国的移民史不具偶发性，而是大英帝国殖民史（尤其是奴隶贸易史）的结果。因此，对有色移民的道德恐慌与排斥等同于对帝国殖民史中殖民者罪恶行径的否定。由此可见，菲利普斯“回写”《呼啸山庄》、重新定义希斯克里夫身份的写作动机在于揭示如下事实，即：究其本质，英国人的道德恐慌与家园焦虑并非来自对有色移民的恐惧而源自对大英帝国罪恶殖民史的刻意屏蔽，希斯克里夫的复仇有还原历史、警醒世人的功效。

《迷失的孩子》中，以18世纪后期英国殖民贸易枢纽利物浦为叙事场所，菲利普斯将《呼啸山庄》中男主人公希斯克里夫的身份设定为英国绅士恩肖先生与被贩卖到利物浦的刚果女黑奴的混血私生子。夏特曼教授曾就卡里尔·菲利普斯作品对特定历史背景下人物生活的关照评论如下：“在其小说和非小说中，卡里尔·菲利普斯对极少呈现于历史之中的人们的生活展开丰富联想；实际上，这些人却是遭受历史环境之负面影响最多的人”[②]。《呼啸山庄》的叙事时间始于1801年，艾米莉·勃朗特以倒叙的手法让女仆耐莉给画眉山庄的新租客洛克伍德先生讲述20多年前呼啸山庄里的故事。擅长将历史考据融入小说创作的菲

① Enoch Powell, “I seem to see ‘the River Tiber foaming with much blood’”, in Brian MacArthur, ed., *The Penguin Book of Twentieth-Century Speeches*, London: Penguin Books Ltd., 2000, pp. 383–392, p. 384.

② Renee T. Schatteman, “Introduction”, *Conversations with Caryl Phillips*, ed. Renee T. Schatteman, Jackson: University Press of Mississippi, 2009, pp. ix–xviii, p. ix.

利普斯敏感地捕捉到时间（18 世纪后半叶）、地点（利物浦）和人物（恩肖先生与希斯克里夫）之间的内在联系。

18 世纪后半叶，利物浦是大西洋奴隶贸易的重要港口城市。在此期间，近 3/4 的欧洲奴隶贸易商船从利物浦起航。英国奴隶商人通过利物浦的商船共贩卖了 150 万非洲黑奴。几乎所有利物浦富商和包括多位市长在内的利物浦市民都与奴隶贸易有关。① 普罗克特认为茶叶与糖的贸易与英国奴隶贸易和殖民扩张并行不悖："16 世纪开始，英国从南亚进口茶叶，从加勒比海进口糖。英国的奴隶贸易、攻城略地和殖民统治与上述商品交易同时进行，这一切促使英国发展成强大、富有的殖民力量"②。《迷失的孩子》中，女儿凯瑟琳对恩肖先生恋恋不舍地说："求求您了，父亲，您必须去［利物浦］吗？您的船不是还停靠在安提瓜岛吗？您的糖厂出问题了吗？"③ 凭借凯瑟琳的问话，菲利普斯在揭示恩肖先生英国殖民商人身份的同时，还为恩肖先生与流散至利物浦的刚果女黑奴之间"浪漫情史"的展开做好了铺垫。

在利物浦做生意的恩肖先生被女黑奴的优雅气质所吸引。面对恩肖先生持续一周的求爱攻势，女黑奴最终答应与恩肖先生约会。恩肖先生用鲜花、美食和甜言蜜语俘获了她的芳心；在知道恩肖先生已有妻儿家室的情况下，女黑奴愿做恩肖先生在利物浦的秘密情人。与暴虐、无人性的西印度群岛上的奴隶主、女黑奴之前遇到的英国奴隶商船船长相比，彬彬有礼的恩肖先生的出现让刚果女黑奴产生了对英国的家园归属感。对船长而言，柔弱的女黑奴并不能在美洲殖民地卖个好价钱；船长之所以从奴隶主手中买下她，是为了将其作为漫长枯燥的海上生活中为自己提供性消遣的对象。商船停靠利物浦期间，船长给她一枚金币让她下船后自谋生路。在满头白发、上了年纪的英国女工帮助下刚果女黑奴

① 参见："Liverpool and the transatlantic slave trade"，http：//www. liverpoolmuseums. org. uk/ism/slavery/europe/liverpool. aspx。

② James Procter，*Stuart Hall*，London and New York：Routledge，2004，p. 82.

③ Caryl Phillips，*The Lost Child*，London：Oneworld Publications，2015，p. 243.

成为一名女织工；善良的英国女工还“帮助她重新打起精神在满是船只与水手且喧嚣吵闹的小镇安了家”①。

女黑奴眼中的恩肖先生永远是“她的绅士”；即使是在弥留之际，女黑奴仍对恩肖先生的“善良”“礼貌”和“文雅”念念不忘②。恩肖先生身上展示出“善”“恶”二重性，他的行为方式符合18世纪英国社会对绅士品质的要求，然而他对刚果女黑奴的“善行”从本质上讲却是殖民政治力比多的投射，女黑奴是殖民者对被殖民他者欲望的发泄对象，希斯克里夫则是殖民者恩肖先生欲望的产物。在讲述刚果女黑奴（希斯克里夫的母亲）“恋爱”与“失恋”故事的基础上，菲利普斯阐释了恩肖先生的“善意”与“恶果”之间的悖论关系，即：始终被刚果女黑奴视为“谦谦君子”的恩肖先生却是18世纪崇尚功利主义的英国殖民商人的代表，他的自私自利导致刚果女黑奴英国家园梦想的破灭和客死他乡的悲惨命运。希斯克里夫母子将命运交付给了英国绅士恩肖先生，换回的却是低人一等的卑贱地位和食不果腹、衣不遮体的困苦生活。

通过第三人称叙事，菲利普斯揭露了恩肖先生绅士身份的伪善本质。恩肖先生对女黑奴示爱与友善的前提条件是对其身体的占有；发现女黑奴怀有身孕且生下皮肤、头发黝黑的混血私生子后，出于对自己所犯通奸罪的恐惧和逃避，恩肖先生断绝了与女黑奴母子（希斯克里夫母子）的联系。原本能自食其力的女黑奴因怀孕生子而失业。为了抚养希斯克里夫，女黑奴只能靠卖身挣钱，直至染病失去行动能力。利物浦街头，年仅七岁的希斯克里夫与身患重病的母亲以乞讨为生。在经历了从刚果到加勒比、从加勒比到英国的两次旅程之后，女黑奴最终完成了从英国到阴间（从生到死）的第三次旅程。

恩肖先生是18世纪末众多利物浦商人中的一个，他将与女黑奴之

① Caryl Phillips, *The Lost Child*, London: Oneworld Publications, 2015, p. 10.

② Caryl Phillips, *The Lost Child*, London: Oneworld Publications, 2015, pp. 8–9.

间的关系视为一种你情我愿、不负责任的买卖关系。菲利普斯写道：利物浦的商人皆是铁石心肠、没有善心的人，抛弃妻子是这些绅士们的常事[①]。金斯敦咖啡馆中，高谈阔论的商人们喜欢用吹嘘、炫耀战胜逻辑和理性；平日里他们的主要话题是位于利物浦市中心旗帜交易所里蔗糖、朗姆酒和奴隶价格的波动。金斯敦咖啡馆和女王头酒馆是恩肖先生在利物浦经常光顾的两个场所；前者是恩肖先生与其他商人聚会聊天的地方，后一个则是他与女黑奴幽会的地方。念及与恩肖先生之间的“感情”，女黑奴已将女王头酒馆看作她在利物浦的家[②]。然而，在恩肖先生眼中，女王头酒馆与旗帜交易所一样只不过是他买和卖的另一个交易场所。

《迷失的孩子》中，恩肖先生之所以与女黑奴断绝来往 7 年之后重返利物浦料理女黑奴的后事，将私生子希斯克里夫带回呼啸山庄却不公开宣称与希斯克里夫之间的父子关系的做法皆出于他的道德恐慌，即：恩肖先生对本人罪行的恐惧。此次利物浦之行并非恩肖先生刻意而为，而是被利物浦知情者“敲诈勒索”的结果。首先，恩肖先生的家人并不知道他此次利物浦之行的时间和目的；其次，恩肖先生在利物浦的接头人是个肮脏的酒鬼，女黑奴的房东让恩肖先生支付女黑奴所欠的房租和处理女黑奴尸体所产生的费用。酒鬼和房东是恩肖先生与女黑奴之间婚外恋的知情人。为保守秘密、维护自己的绅士身份，恩肖先生不得不买通酒鬼，替死去的女黑奴支付房租。意识到所犯通奸罪的同时，恩肖先生还意识到为满足一时之快而导致女黑奴之死和迫使希斯克里夫流落街头的罪恶。恩肖先生的自言自语“愿上帝的清洗降临到每个人身上”[③]是其发自内心的悔罪感叹。

恩肖先生个人的道德恐慌似乎伴随着女黑奴的离世和成功收养希斯克里夫而宣告结束，然而希斯克里夫的“回家”却是《呼啸山庄》中

① Caryl Phillips, *The Lost Child*, London: Oneworld Publications, 2015, p. 243.

② Caryl Phillips, *The Lost Child*, London: Oneworld Publications, 2015, p. 251.

③ Caryl Phillips, *The Lost Child*, London: Oneworld Publications, 2015, p. 252.

以欣德利为代表的新一代英国绅士们集体道德恐慌的开始。恰如斯图亚特·霍尔所说："寻找民间妖魔并将其放置于自身梦魇之中是主流文化抒发道德恐慌的重要途径"[①]。《呼啸山庄》中，强势回归的希斯克里夫被文学评论家们普遍视为充满无理性复仇欲的恶魔，也是打破《呼啸山庄》小说世界内在平静的外来威胁："希斯克里夫来自外界，来自他者，给接纳他的世界带来危险，他从未在任何一个所到之处随遇而安"[②]。依据霍尔的观点来解释，希斯克里夫即是《呼啸山庄》中18世纪英国主流文化（殖民主义文化）中的"民间妖魔"，他的到来和反客为主打破了殖民者与被殖民者之间"主仆""尊卑"的伦理道德秩序，其复仇行动使英国绅士们的殖民罪恶暴露无遗，英国人的道德恐慌和家园焦虑由此产生。

二　莫妮卡：新时代的"凯瑟琳"

《迷失的孩子》中，威尔逊和莫妮卡夫妇可被视为《呼啸山庄》中希斯克里夫和凯瑟琳在当代英国社会中的变体。与因阶级、种族差异而拒绝嫁给希斯克里夫的凯瑟琳不同，莫妮卡毅然与黑人威尔逊结婚。当代英国社会对跨种族婚姻表现出两种截然不同的态度，即：法律层面上的允许和日常生活中的"禁止"。英国境内以黑人为代表的有色人种与白人之间的跨种族通婚成为确实存在却又被以白人为主导的英国社会刻意隐藏甚至力图消除的一种社会现象，恰如戈文比奥夫斯卡（Ewa A. Golebiowska）教授所说："20世纪60年代，白人种族歧视现象有所好转，但阻碍［有色］种族地位提升的力量依旧存在，对跨种族婚姻的［负面］态度即是上述现象改善较为缓慢的明显例证"[③]。

---

① 转引自 James Procter, *Stuart Hall*, London and New York: Routledge, 2004, p. 80。

② Steven Vine, "The Wuther of the Other in *Wuthering Heights*", in *Nineteenth-Century Literature*, 49, 3 (Dec., 1994), pp. 339 – 359, p. 341.

③ Ewa A. Golebiowska, "The Contours and Etiology of Whites' Attitudes Toward Black-White Interracial Marriage", *Journal of Black Studies*, 38, 2 (Nov., 2007), pp. 268 – 287, p. 268.

以莫妮卡的父亲、邻居为代表的英国白人和以利兹市政局、精神病院为代表的权力机构将种族歧视的认知暴力转嫁于莫妮卡身上，被英国白人同胞“他者化”了的莫妮卡在失去孩子和被关进精神病院后最终成为噤声了的英国白人女性“贱民”。

1957年，牛津大学女子学院二年级学生20岁的莫妮卡爱上了来自加勒比的年长自己10岁的牛津大学历史系黑人留学生威尔逊。得知消息后，视女儿为掌上明珠的约翰逊立刻从韦克菲尔德驱车赶往牛津。约翰逊此行的目的是以断绝父女关系来要挟女儿放弃自己的选择。出于职业习惯，约翰逊将父亲与女儿的关系定义为师生关系，与女儿的谈话进而演变为一项灌输种族歧视思想的教学任务。父亲约翰逊对女儿莫妮卡跨种族婚姻的反对与其说是出于对女儿的爱，不如说是他本人种族歧视思想的抒发；该思想源自英国20世纪50、60年代种族化了的政治（或曰种族歧视政治）[①]。伍德沃教授认为：“罗纳德·约翰逊绝非暴君。他是个好人，只不过被当时英国社会的道德景观所束缚”。[②] 英国种族化了的政治恰是伍德沃教授所说的“当时英国社会道德景观”的重要组成部分。约翰逊先后采取了说教和断绝父女关系的方式强迫女儿认同种族歧视思想，取消与威尔逊的跨种族通婚的决定。约翰逊父女之间是一种父亲发号施令，女儿必须无条件接受的父权制的单向度交流。莫妮卡的违抗父命即是违反了英国社会种族歧视的道德准则，莫妮卡因此成为遭英国社会排斥和惩罚的罪人。

---

① 露丝·布朗在《英国的种族主义和移民》一文中写道：虽然20世纪50年代英国保守党内阁投票反对限制移民，但部分保守党后座议员却在议会中公开宣称英联邦移民与疾病、黑人与暴力犯罪之间存在着某种必然联系。他们以黑人的高出生率和高失业率为依据做出如下暗示：黑人移民来英国旨在骗取英国的福利。20世纪50年代末与60年代初，这些保守党后座议员人为建立起了“种族关系”与移民之间的联系，这一时期的英国政治是被种族化了的政治。参见：Ruth Brown，“Racism and immigration in Britain”，*International Socialism Journal*，Issue 68，Autumn 1995，http：//pubs. socialistreviewindex. org. uk/isj68/brown. htm。

② Gerard Woodward，“*The Lost Child* by Caryl Phillips，book review：Wuthering Heights relived in post-war Britain”，*The Independent*，26 March 2015，http：//www. independent. co. uk/arts-entertainment/books/reviews/the-lost-child-by-caryl-phillips-book-review-wuthering-heights-relived-in-post-war-britain-10135393. html.

身为韦克菲尔德文法学校校长的约翰逊擅长以通俗易懂的方式向年轻人讲授进步观念；然而，就女儿跨种族婚姻的决定而言，约翰逊却展现出极端保守的种族歧视思想。菲利普斯刻意将父女二人的谈话场所设定在牛津大学女子学院19世纪建造的狭窄楼梯顶端的房间里。通过对19世纪牛津建筑的简短描述，菲利普斯映射了以约翰逊为代表的英国人食古不化的种族歧视思想，即：时代在变，但流通于英国社会的种族歧视思想却如同老建筑一样亘古不变。约翰逊把从未谋面的威尔逊贬低为低级、原始的他者，认为："［他们］缺乏教养，对他人家庭的尊重显然是种陌生概念"[①]。以此为依据，约翰逊给女儿出了一道父母与黑人丈夫之间非此即彼的单选题。约翰逊将做出"错误"选择的莫妮卡从"有家教、不流俗的女高才生"妖魔化为"放荡不羁"的不良少女，将莫妮卡的婚姻视为家族耻辱和不可饶恕的罪恶，因为"他［威尔逊］抛弃了他［约翰逊］唯一的孩子，给她［莫妮卡］的名声留下了永久的污点"[②]。

断绝父女关系给莫妮卡带来巨大的精神压力。莫妮卡牛津大学的两位导师用"情绪不稳定"和"思想不集中"[③]形容结婚后的莫妮卡，牛津大学校方欣然同意了莫妮卡休学的申请。从某种意义上讲，莫妮卡的导师及牛津大学校方对她采取了类似约翰逊断绝父女关系一样的对待方式。恰如婚姻登记处的工作人员目睹莫妮卡与威尔逊结婚登记时的一脸茫然和手足无措一样，牛津大学的教员与院系领导因无法接受莫妮卡跨种族婚姻的现实而焦虑不安，只能用莫妮卡精神状态不佳来解释她"违背常理"的婚姻。在未加调查和未对莫妮卡进行心理咨询的情况下，校方欣然同意莫妮卡休学申请的做法确有急于摆脱莫妮卡的嫌疑。

莫妮卡将黑人留学生威尔逊视为绅士并托付终身的原因有二：1. 在父亲家庭暴政下成长起来的莫妮卡希望嫁给一位强于父亲的真正的绅

---

① Caryl Phillips, *The Lost Child*, London: Oneworld Publications, 2015, p. 22.

② Caryl Phillips, *The Lost Child*, London: Oneworld Publications, 2015, p. 57.

③ Caryl Phillips, *The Lost Child*, London: Oneworld Publications, 2015, p. 27.

士。莫妮卡眼中的"父亲是个性格扭曲的人，他早已将自己的妻子欺负到近乎无声的服从状态"①。2. 莫妮卡曾遭英国前男友打嘴的粗暴对待。对英国绅士（父亲与前男友）的失望和心理阴影是莫妮卡接近威尔逊的主要原因；相比之下，威尔逊更显成熟稳重，是莫妮卡心中真正的绅士。然而，在对父亲种族歧视的逆反心理作用下，莫妮卡对威尔逊绅士身份的判断可谓差之毫厘谬以千里。

通过对莫妮卡与威尔逊关系的描述，菲利普斯塑造了被英国白人和被殖民他者双重"他者化"了的莫妮卡的"贱民"形象。婚后的莫妮卡不但是英国白人排斥的对象，还是来自加勒比英国殖民地的黑人丈夫威尔逊实施反殖民和反种族歧视（冷）暴力的对象。与占有东方女性的西方殖民者在东方建立属于自己的家园一样，威尔逊通过对莫妮卡的占有获得了他在英国的家园归属感。然而，在 1958 年诺丁山种族暴力事件和个人反殖民政治野心②的影响下，威尔逊对莫妮卡的爱（或曰占有）及其英国家园归属感最终昙花一现。菲利普斯描述了威尔逊婚前、婚后自相矛盾的英国家园心态："他［威尔逊］在这个国家［英国］已经生活 7 年了，然而对约翰逊·莫妮卡的占有标志着到达"③；"但是那个夜晚，独自一人坐在格罗夫纳酒店的酒吧里，朱利叶斯环顾四周，最终意识到虽然在这个国家安家已十多年，但他丝毫没有为这个国家做贡献的兴趣"④。

《迷失的孩子》中，威尔逊与莫妮卡的爱情故事与《呼啸山庄》中希斯克里夫和凯瑟琳之间的感情纠葛存在着某种互文关系；此种互文既是对希斯克里夫和凯瑟琳未竟爱情主题的续写，又是对威尔逊和莫妮卡

---

① Caryl Phillips, *The Lost Child*, London: Oneworld Publications, 2015, p. 16.

② 1957 年博士毕业后，威尔逊在英格兰南岸海滨小镇上新建的理工学校里任讲师。授课之余，威尔逊创立了"反殖民俱乐部"。此后，威尔逊放弃教师工作，前往伦敦担任加勒比反殖民政党组织者和反殖民月报《人民之声》的发行人（See Caryl Phillips, *The Lost Child*, London: Oneworld Publications, 2015, pp. 29 – 31）。

③ Caryl Phillips, *The Lost Child*, London: Oneworld Publications, 2015, p. 26.

④ Caryl Phillips, *The Lost Child*, London: Oneworld Publications, 2015, p. 49.

跨种族婚姻伦理道德的拷问。祖籍英国加勒比殖民地，获帝国奖学金资助前来英国留学的威尔逊可被视为被英国收养的孤儿。此番论断有以下两个原因：1. 威尔逊23岁到达英国，在英国居住时间长达15年，期间威尔逊对自己加勒比的父母只字未提；2. 英国政府颁发的帝国奖学金改变了威尔逊英国殖民地岛民的身份，使其成为被母国（英国）所接受的黑人移民。性格固执的莫妮卡与凯瑟琳相比有过之而无不及，莫妮卡做了凯瑟琳想做却做不到的事，即：与黑人威尔逊结婚。为婚姻而与父亲断绝关系和放弃学业的做法足以证明莫妮卡对威尔逊的爱之深。她对威尔逊全身心的付出和依赖恰是凯瑟琳“我就是希斯克里夫”[①] 这一爱情宣言的真实体现。

通过对莫妮卡悲惨遭遇的描写，菲利普斯不仅谴责了充斥殖民伦理与种族歧视思想的父权制英国社会，还谴责了以威尔逊为代表的（前）被殖民者针对无辜英国百姓的反殖民和反种族歧视的复仇行为。小说中，菲利普斯将威尔逊的复仇与希斯克里夫的复仇加以对比。在强调希斯克里夫复仇之现实合理性的同时，菲利普斯批判了威尔逊复仇的非理性和不道德动机。菲利普斯认为，希斯克里夫为母复仇理所应当，然而威尔逊为谋求政治仕途、恩将仇报、转嫁种族矛盾和抛妻弃子之所为却理应遭到谴责。

三　帝国“回飞镖”的后殖民反作用力

如前所述，《呼啸山庄》中被视为来自外界的威胁和英国文明敌人的希斯克里夫实际上是大英帝国殖民政治力比多的产物；通过对《呼啸山庄》的互文指涉，菲利普斯驳斥了英国主流文化对希斯克里夫形象的妖魔化诠释。希斯克里夫的“鸠占鹊巢”与其说是种报复，不如说是帝国殖民“回飞镖”作用力与反作用力的必然结果和对英国殖民者罪

① Emily Brontë, *Wuthering Heights*, New York: Bantam Dell, 1981, p. 77.

行强有力的惩罚。大英帝国射向被殖民他者的殖民政治“回飞镖”反作用于以恩肖先生和他的儿子欣德利为代表的殖民者及其后代身上。对以希斯克里夫为代表的异族入侵的家园焦虑背后隐藏着的是英国殖民者对自己所犯殖民罪行的道德恐慌。

菲利普斯笔下的希斯克里夫并非恶魔而是恩肖先生恶行的产物与受害者。希斯克里夫对自己是恩肖先生私生子的身份早有所知。在利物浦街头被恩肖先生收养的那刻起，希斯克里夫便清楚无误地表露出对恩肖先生的憎恨之情。在菲利普斯看来，《呼啸山庄》中希斯克里夫鸠占鹊巢的最初原因不过是没有名分的混血私生子因母亲的惨死而引发的复仇行为，这一复仇行为也可被视为殖民绅士（恩肖先生）对被殖民他者（刚果女黑奴）的罪行引发的因果报应。

《迷失的孩子》中，母亲刚果女黑奴和儿子希斯克里夫皆是遭受英国殖民绅士恩肖先生迫害的受难者。“恩肖先生”“刚果女黑奴”和“希斯克里夫”组成18世纪末以利物浦为例的英国“接触区域”内殖民者与被殖民者之间罪与罚的能指符号链，上述三者分别对应英国殖民政治力比多、遭受英国殖民者罪恶欲望迫害的被殖民他者和夺取家园、确立“帝国之子”身份的复仇者。透过小说，菲利普斯意在阐明如下观点：《呼啸山庄》中以欣德利为代表的小说人物刻意妖魔化希斯克里夫的做法究其本质是占主流地位的英国殖民主义文化抒发其道德恐慌的文学表现，即：在通过妖魔化被殖民他者的方式为大英帝国殖民罪行开脱的同时，殖民者却对自身殖民罪行“回飞镖”式的因果报应心生恐惧。

莫妮卡的“贱民”化悲剧则是帝国“回飞镖”反作用于20世纪50、60年代英国本土居民身上的另一种表现形式。作为殖民遗产的种族歧视政治的迫害对象（或曰帝国“回飞镖”的作用对象）已从有色人种波及与有色人种通婚的英国白人女性，种族歧视是威尔逊对莫妮卡恩将仇报和莫妮卡由女高才生变成无家可归的疯女人的根本原因；莫妮卡的悲惨境遇已成为当代英国社会中与有色人种通婚的英国本土白人女性家园焦虑的缩影。

威尔逊对莫妮卡的利用和恩将仇报与莫妮卡对威尔逊无条件的爱形成强烈反差。凭借与莫妮卡的婚姻，威尔逊实现了对殖民政治力比多的反向书写，莫妮卡成为威尔逊反殖民与反种族歧视政治力比多的发泄对象。菲利普斯巧妙地建立了威尔逊与恩肖先生、莫妮卡与刚果女黑奴之间的对等关系；18 世纪英国殖民者（恩肖先生）与被殖民他者（刚果女黑奴）间的施害与受害关系极具讽刺性地逆转为 20 世纪被殖民他者（威尔逊）与英国人（莫妮卡）间的施害与受害的关系。

在婚姻家庭和反殖民政治牟利面前，威尔逊选择了后者。屡遭英国白人殴打的威尔逊将对白人的仇恨转嫁到妻子莫妮卡身上。威尔逊刻意疏远与妻子和两个混血儿子之间的关系，放弃了丈夫对妻子、父亲对儿子的家庭责任。威尔逊无视莫妮卡的意愿毅然决然地独自返回加勒比，并最终在自己国家独立后如愿以偿地当上了该国派驻英国的外交官。与莫妮卡结婚和抛弃妻子皆出自威尔逊的私欲，莫妮卡自始至终是威尔逊欲望（性欲和政治欲）的牺牲品。

在婚姻破裂和与父亲断交的双重心理压力下，莫妮卡已变得精神恍惚[①]；然而最终将莫妮卡从牛津大学女高才生变成"疯女人"的却是英国社会对下嫁黑人的白人女性的歧视和对莫妮卡以救助为名、行迫害之实的以警局和精神病院为代表的英国社会机构。小说中，通过对诺丁山种族暴力事件起因的指涉，菲利普斯意在指出：英国白人对跨种族通婚的白人女性所施加的种族与性别的双重歧视是导致莫妮卡悲惨命运的重要原因。1958 年 8 月 29 日，瑞典前性工作者玛伊布里特·莫里森（Majbritt Morrison）和其牙买加黑人丈夫雷蒙德·莫里森（Raymond Morrison）在拉蒂默路地铁站的争吵是诺丁山种族暴力事件的导火索。英国白人青年向玛伊布里特·莫里森投掷牛奶瓶并称其为"黑人的妓女"[②]。小说中莫妮卡先后以牛津大学女高才生、全职家庭主妇和利兹

---

① Caryl Phillips, *The Lost Child*, London: Oneworld Publications, 2015, p. 35.

② Ashley Dawson, *Mongrel Nation*, Michigan: U of Michigan P, 2007, pp. 27 – 29.

社区图书馆馆员等身份出现。与玛伊布里特·莫里森不同，莫妮卡并未从事过性工作。

即便如此，鉴于种族歧视，英国人似乎本能地将莫妮卡与莫里森画上了等号，为嫁给黑人的白人女子不加区分地贴上了妓女的标签。莫妮卡先后被其情人德里克·埃文斯、暂时收养她两个儿子的斯文森太太和伦敦暂居地的邻居视为“妓女”。埃文斯在与莫妮卡的一夜情之后给莫妮卡留下10先令作为报酬。斯文森太太对莫妮卡的儿子本和汤米说：“你们的母亲就是个骗子，不是吗？骗我收养你们，她可以继续像个荡妇一样生活，仿佛别人对此一无所知。”① 伦敦暂居地的邻居诬告莫妮卡是妓女，警察因此将莫妮卡带回警局审问。

在小儿子失踪（或已死亡）、大儿子的抚养权被剥夺的情况下，莫妮卡被警方送入精神病院。然而，警方和精神病院做出的莫妮卡是疯女人的判断是否正确有待商榷。在“独自”一章中，菲利普斯用第一人称叙事的方式让囚禁在精神病院中的莫妮卡讲述自己的悲惨经历和内心感受。莫妮卡的内心独白展现出清晰严谨的语言逻辑，这足以证明莫妮卡并非精神错乱。莫妮卡的“疯”不过是其家破人亡，被家人和社会“他者化”“贱民”化之后抛弃、排斥的境遇下无人倾诉，极度无助和焦虑的表现。

英国警局和精神病院对莫妮卡是“妓女”和“疯女人”的论断，是当代英国社会以种族歧视为表征的道德景观与有色人种景观之间矛盾冲突的结果。18世纪以希斯克里夫为代表的异族入侵而引发的道德恐慌在20世纪的英国依旧存在。随着跨种族婚姻的出现，英国人上述道德恐慌的发泄对象有所改变，从黑人转向了嫁给黑人并生育混血后代的英国土生土长的白人女子。男婚女嫁因掺杂了种族色彩而被视为与英国道德景观格格不入的罪行。

莫妮卡从牛津大学女高才生到精神病院里的“疯女人”的身份转

① Caryl Phillips, *The Lost Child*, London: Oneworld Publications, 2015, p. 152.

变背后隐含着的是莫妮卡如何从父亲的宠儿、英国精英沦落为无家可归、自我迷失的弃子的故事。透过小说，菲利普斯给出如下暗示：莫妮卡的“他者化”“贱民”化悲剧不会随着她的服药自杀而结束，莫妮卡与威尔逊所生的混血孤儿本是否会成为英国种族歧视的下一个牺牲品尚不可知。

综上所述，通过对《呼啸山庄》的回写菲利普斯指出英国殖民的历史并非仅发生于海外，殖民者与被殖民者的接触区域并非仅限于英国殖民地，英国海外殖民史同样深远地影响着英国国内的政治经济与文化。借助历史考据，菲利普斯发现作为英国海外殖民政治重要组成部分的英国18世纪大西洋奴隶贸易在帮助大英帝国获取巨额经济利润的同时，还深刻地改变了英国国民的生活。以英国为中转地，英国奴隶贩子将大量非洲黑奴贩卖到美洲与欧洲，其中部分黑奴及其后代被留在了英国，他们的到来恰如漫长的英国殖民史一般持续不断且不可逆转地改写了英国社会的人种景观。

《迷失的孩子》中，菲利普斯深入阐发了以下两个观点：1. 大英帝国殖民史与英国有色移民史和种族歧视史之间存在着共生逻辑关系，战后英国社会政治文化领域中帝国“回飞镖”的负面影响依然存在；2. 有色人种的存在和跨种族婚姻形塑了英国社会不可回避的人种景观，恰如菲利普斯在《给我涂上英国的颜色》一书中所写，“我始终坚信欧洲的有色化进程；一个人可以既是黑人又是欧洲人，这不是可能发生的事情，而是已经发生了的事情”①。英国社会人种景观业已改变了的客观现实要求英国社会种族歧视的道德景观相应地发生改变。只有正视殖民和种族歧视的罪恶史、接受英国社会有色化的现实，英国人的道德恐慌与家园焦虑才能早日消除。

① Caryl Phillips, *Colour Me English*, London: Harvill Secker, 2011, pp. 13 – 14.

第三节 《大西洋之声》中黑奴贸易幽灵的后殖民精神分析

法农（Frantz Fanon 1925—1961）曾指出殖民主义与被殖民者的“精神疾病”（mental disorder）之间存在着某种必然因果关系：“究其本质，殖民主义已肩负起精神病院承办商的角色……殖民主义是一个以否定他者和抹杀他者所有人类特征为目的的系统，它迫使被支配的人们时刻不断地问自己‘我究竟是谁?’”。[①] 在此，法农集中探讨了殖民统治者对被殖民他者造成的近乎不可逆的心理与精神伤害，被殖民者无法消除的身份危机是这一伤害的直接后果。法农所论及的由殖民主义引发的被殖民者的“精神疾病”并未随着殖民主义的终结而消失；与之相反，进入后殖民时期上述“精神疾病”的发病人群有所扩大。前被殖民者的后代和前殖民者的后代皆是（潜在）发病者，发病场所涉及前殖民宗主国与前殖民地。

“否定和抹杀他者”仍是后殖民精神疾病的成因；不同的是，后殖民语境下被“否定和抹杀的他者”不再是具体的人而是某一特定历史事实。《大西洋之声》旅行叙事中，菲利普斯聚焦大西洋奴隶贸易两大港口城市，英国利物浦和非洲加纳，指出20世纪末利物浦人与加纳人意图“否定和抹杀的他者”是其父辈经营和参与的跨大西洋奴隶贸易史。这段历史不仅形塑了奴隶贸易时期利物浦人和非洲人的种族文化身份还是当代利物浦人、非洲人和身为非洲黑奴后代的非裔流散者种族文化身份必不可少的组成部分。否定和抹杀黑奴贸易史等同于否定和抹杀利物浦人乃至英国人辉煌的帝国殖民史，这一历史恰是他们“自我”之中引以为荣却不可见光的“他者”。对加纳人来说，黑奴贸易中非洲人把同胞贩卖给欧洲人的事实是他们意图否定和抹杀的“他者”。

① Frantz Fanon, *The Wretched of the Earth*, London: Penguin, 2001, p. 200.

对与当下"自我"密切相关的历史"他者"的否定和抹杀使利物浦人和加纳人分别患上集体忧郁症和"被卖者有罪，卖人者无辜"的无罪妄想症。

本文对卡里尔·菲利普斯描写的利物浦人的集体忧郁症和加纳人的无罪妄想症进行了后殖民精神分析，认为，黑奴贸易这一原已写进教科书中的客观历史事实之所以会变形为幽灵，化为潜意识里袭扰人们的梦魇，源自人们对历史罪责的逃避和对物质欲求的抒发。物质欲求的抒发以逃避罪责为前提，引发欲求主体畏罪且不认罪的精神分裂。利物浦人五月天里播放圣诞歌曲的癖好和加纳人"泛非节"空洞无物的商业炒作是菲利普斯笔下利物浦人集体忧郁症和加纳人无罪妄想症等后殖民精神疾病的外现。

一　黑金、暗恐与集体忧郁症

《大西洋之声》"离家"（Leaving Home）一章中菲利普斯巧妙地改写了非洲商人约翰·奥坎西（John Emmanuel Ocansey）1881 年替父亲威廉·奥坎西（William Narh Ocansey）前往伦敦向英国代理商罗伯特·希克森（Robert W. Hickson）索赔 2678 英镑购船款的真实历史事件①，将约翰·奥坎西英国之行的目的地从伦敦改为利物浦是为满足其利物浦旅行叙事之需。菲利普斯利物浦旅行叙事的目的在于阐释 18、19 世纪跨大西洋奴隶贸易史对 20 世纪末利物浦人社会生活的影响。借用希腊悲剧唱诗班式的开场白，菲利普斯高度概括了约翰·奥坎西在利物浦等待 3 个月后无功而返的讨债经历。以约翰·奥坎西讨债故事为线索，菲利普斯追溯了利物浦奴隶贸易和非洲商品买卖的历史，并分别从奥坎西

① 约翰·奥坎西将其伦敦讨债的旅行见闻写入 1881 年出版的题为《非洲贸易；或威廉·奥坎西的官司》（*African Trading; or the trials of William Narh Ocansey*）的书中。旅居伦敦的 8 天里，约翰·奥坎西不仅参观了伦敦标志性建筑还见证了伦敦城百姓的贫困生活状况。参见：http：//www. culture24. org. uk/places-to-go/london/art47250。

和利物浦旅行者（第一人称叙事者“我”）的视角出发绘制了19世纪末与20世纪末两幅截然不同的利物浦政治经济与种族政治图景。两个时段中的利物浦社会经济状况可谓天壤之别，昔日利物浦人趋之若鹜的奴隶“黑金”却成为今日触发利物浦白人“暗恐”心理与集体忧郁症的动因。

19世纪末，凭借黑奴贸易和非洲商品买卖利物浦成为欧洲最富有的港口城市。时过境迁，20世纪末菲利普斯描绘了经济萧条、充满种族歧视与暴力的利物浦社会现状。曾使18、19世纪利物浦人备感自豪的奴隶贸易成为20世纪末利物浦人意欲遮蔽的罪恶“隐私”，奴隶贸易时期的建筑与艺术品成为利物浦人社会生活中不可见光的黑奴贸易幽灵的具象。

菲利普斯追溯了利物浦城市发展史，指出黑奴贸易使利物浦在英国乃至欧洲范围内的政治经济地位发生了翻天覆地的变化。1207年约翰王宪章（King John's Charter）上名为“Liverpul”的小村庄逐渐发展成18世纪码头林立、闻名欧洲的重要港口城市。[①] 1665年伦敦瘟疫和1666年伦敦大火爆发之后，几位伦敦商人北上利物浦以便继续开展他们与西印度和美洲殖民地的贸易，伦敦商人定居利物浦奠定了利物浦非洲商品买卖与黑奴贸易的基础。英国与非洲之间的贸易由1553年用英国产品换取非洲黄金、象牙等的物物交换转变成1573年后的非洲人口交易。18世纪末利物浦已超过伦敦和布里斯托黑奴贸易量的总和而成为英国最大、最活跃的黑奴贸易港。“有可能的话，诚实地获得奴隶，如无法诚实获得，不择手段也要得到”[②] 是当时利物浦人的口头禅。实际上，利物浦人已把非洲黑奴视为能助其发家致富的“黑金”（black gold）。

---

① 英国工业革命时期利物浦港早期的声望与繁荣与数百万计非洲奴隶贸易密不可分。随着美洲新大陆的发现和此后奴隶贸易的兴起，昔日以渔业为主的港口小镇发展成被称为帝国大门的重要港口城市。参见：Tony Lane，*Liverpool*：*Gateway to empire*，London：Lawrence & Wishart，1987。

② Caryl Phillips，*The Atlantic Sound*，New York：Vintage International，2001，pp. 44 – 45.

菲利普斯仿照《一个温和的建议》（“A Modest Proposal”）中约翰逊·斯威夫特（Jonathan Swift 1667—1745）对爱尔兰人卖孩子赚钱的计算方法算出了少数几个最富有的利物浦“商人”（奴隶贩子）（a handful of the richest）[①] 买卖黑奴而获取的巨额利润：“1783 年至 1793 年的 10 年间，921 艘运奴船离开利物浦。这些船向美洲运送了 30 万黑奴，总售价高达 15186850 英镑；平均每个黑奴的售价是 50 英镑。尽管还需扣除运输成本和 5% 的佣金，利物浦奴隶商们最终仍可获得巨额利润”。[②] 虽然菲利普斯有关货物换取奴隶和用奴隶赚取现金的说法忽视了“奴隶贸易中的巨大风险和不确定性”[③] 有简单化计算的嫌疑，但利物浦奴隶商在 1807 年英国废除奴隶贸易和 1834 年在英国废除奴隶制的议会辩论中的“慷慨陈词”足以证明黑奴贸易对他们的重要性。

如菲利普斯所写：18 世纪末欧洲近半数非洲贸易商船从利物浦出发。奴隶贸易倡导者们在英国议会中形成一个强有力的游说集团，还特意编写了打油诗为其利益辩护：

没了奴隶贸易，美好生活将一去不复返，
我们与妻子、儿女流落街头行乞；
满帆的船儿不再从我们的港口出发远航，
街道上野草蔓生，只剩牛儿在此啃食。[④]

---

① 菲利普斯给“商人”一词加上引号旨在揭露利物浦奴隶贩子们道貌岸然的虚伪本质，即：他们以“商人”自居，刻意美化买卖奴隶爆发致富的卑劣行径。

② Caryl Phillips, *The Atlantic Sound*, New York: Vintage International, 2001, pp. 40, 41.

③ 弗朗西斯·海德等人详尽阐释了《达文波特文件》（*Davenport Papers*）中对利物浦出发的霍克（Hawke）号商船连续 3 次大西洋三角航行中实质收益（substantial gain）与全部损失（total loss）之间可能性范围的分析。海德等人指出霍克号的业务范围并非局限于奴隶贸易，而是包括象牙买卖在内的综合贸易。海德等人“认为霍克号依赖奴隶贸易赚钱的观点是完全错误的”。参见：Francis E. Hyde, Bradbury B. Parkinsion and Sheila Marriner, “The Nature and Profitability of the Liverpool Slave Trade”, *The Economic History Review*, *New Series*, Vol. 5, No. 3 (1953), pp. 368 – 377, pp. 369 – 370。

④ Caryl Phillips, *The Atlantic Sound*, New York: Vintage International, 2001, p. 44.

奴隶商们指出利物浦奴隶贸易是英国的支柱产业，奴隶贸易的终止意味着水手、工匠、造船者、箍桶匠、索具装配工、管道工、玻璃工、军械工、面包师等劳动力的大量失业。以曼彻斯特和伯明翰为代表的英国制造业中心将因奴隶贸易的终止而陷入贫穷，因为从非洲获得廉价劳动力和向非洲与西印度出口商品是上述城市的主要经济来源。利物浦议员威廉·罗斯科（William Roscoe 1753—1831）将非洲（奴隶）贸易视为英国国家贸易（trade of the nation），将利物浦（奴隶）商人称为大英帝国版图内独立且具有公共美德与个人修养的榜样；然而，“这一由政府授权的贸易最近却遭受议会制裁”。[①] 利物浦奴隶贸易已深入人心，拉姆齐·缪尔（Ramsay Muir）在《利物浦史》（*A History of Liverpool* 1907）中写道：“非洲（奴隶）贸易已成为利物浦的骄傲，为数众多的市民准备誓死保护这一贸易”。[②]

事实上，奴隶贸易黄金期内的利物浦是商人的天堂、穷人的地狱：“利物浦商人像国王一样生活，穷人却如同生活在贫民窟里的动物。因传染病的流行，利物浦人平均死亡年龄只有 17 岁。”[③]

奴隶商们发出的利物浦将因奴隶贸易终止而毁灭的言论并不可信；对此，菲利普斯写道“事实证明他们是错误的，1834 年英国的东方贸易，尤其是对中国的贸易，向私营公司敞开了大门……与此同时，利物浦还成为数以千万计前往美洲和澳大利亚的欧洲移民的离岸港”。[④] 菲利普斯以城市人口数量的大规模增长证明了废除奴隶贸易后利物浦经济的持续繁荣：“1831 年，利物浦人口数量令人吃惊，达到 205572 人；1881 年约翰·奥坎西到达利物浦的时候，利物浦人口数量增长 3 倍，达到 600000 人。”[⑤] 在约翰·奥坎西眼中，废止奴隶贸易后的利物浦仍是一片车水马龙的繁荣景象。

---

① Caryl Phillips, *The Atlantic Sound*, New York: Vintage International, 2001, p. 53.

② Ramsay Muir, *History of Liverpool*, London: Redwood Press, 1907, p. 194.

③ Caryl Phillips, *The Atlantic Sound*, New York: Vintage International, 2001, p. 39.

④ Caryl Phillips, *The Atlantic Sound*, New York: Vintage International, 2001, p. 46.

⑤ Caryl Phillips, *The Atlantic Sound*, New York: Vintage International, 2001, p. 47.

《大西洋之声》中，菲利普斯并未解释20世纪末利物浦经济萧条和高失业率的成因[①]，但通过对利物浦城市建筑、足球队和黑人贫民区的描述却揭示了“黑金”与经济发展、“暗恐”与经济衰退之间的隐秘逻辑关系。

菲利普斯的利物浦导游、非裔黑人青年史蒂芬阐释了利物浦白人黑金“暗恐”（或曰“压抑的复现”）的根源，“实际上是所有（白）人都有一种‘负罪感’（guilt problem）。他们不知该拿我们如何是好，因为我们哪儿也不去。我们的存在提醒他们那些不愿记起的事情”。[②] 史蒂芬所说的“不愿记起的事情”显然是曾使利物浦人发家致富的跨大西洋奴隶贸易。20世纪末罪恶的黑奴贸易通过人证（利物浦黑人贫民窟里英国黑奴的后代）和物证（利物浦奴隶贸易时期的建筑和与之相关的艺术品）实现了跨世纪的幽灵般复现，这便是利物浦白人“暗恐”焦虑的成因。18、19世纪利物浦人对黑人（奴）的趋之若鹜，戏剧性地转变成20世纪末对跨大西洋奴隶贸易史和黑人的避犹不及，表现为刻意而为的“历史健忘症”和针对黑人的种族隔离与种族暴力。黑奴贸易已成为利物浦不可消除的城市政治经济与种族文化基因，这一基因是利物浦白人内心邪恶的他者、陌生的元素——“我”之中的“异域”或“异质”（foreignness）；利物浦白人对自己而言同样是陌生人，[③] 利物浦白人不仅不自由，还因黑奴贸易史“压抑的复现”而惶惶不可终日。压抑与复现之间存在一种正比例关系，即：越是压抑，越容易复现，压抑的强度与频度决定复现对人们产生的心理冲击力的强度。

减少公共场所中黑人的数量是利物浦消除其黑奴贸易史人证的重要

① 经济史学家指出20世纪利物浦经济长期萎靡不振的原因有以下两点：1. 1918年之后利物浦地方政府的权力被削弱；2. 作为1929至1931年间英国大萧条的受害者，利物浦的经济发展自此之后未能恢复。参见：Charlotte Wildman，“Urban Transformation in Liverpool and Manchester，1918—1939”，*The Historical Journal*，Vol. 55，No. 1（March 2012），pp. 119 - 143，p. 120。

② Caryl Phillips，*The Atlantic Sound*，New York：Vintage International，2001，p. 99.

③ 此处借用了童明（刘军）教授的观点，参见童明《暗恐/非家幻觉》，《外国文学》2011年第4期。

方式；足球运动领域中诸多种族暴力事件令利物浦人遮蔽历史和实施种族隔离的邪恶动机欲盖弥彰。在英国各大火车站均可看到黑人的身影，他们的身份通常是行李搬运工、收票员和铁路工人，然而在利物浦莱姆街火车站却看不到一张黑人面孔。[①] 利物浦埃弗顿足球队（Everton）招募黑人球员的历史映射了20世纪末利物浦种族歧视和种族暴力现状。1985年利物浦足球俱乐部（Liverpool football club）签约英国最有才华的球员约翰·巴恩斯（John Barnes），其黑人身份引发利物浦球迷的不满并制造了一系列暴力事件，如：1985年比利时海塞尔体育场英国球迷闹事造成39名意大利球迷死亡；1989年谢菲尔德希尔斯堡足球场踩踏事件中94名利物浦球迷身亡。

史蒂芬制作BBC非洲之行个人纪录片及其电台报道与利物浦市政议员修改街道名称的决定之间的因果关系反映出作为利物浦黑奴贸易物证的建筑物（街道）对利物浦人影响的焦虑。与菲利普斯见面之前的几个月里，23岁的史蒂芬在伦敦英国广播公司（BBC）安排下与电台制作人一起前往西非拍摄一个以“回家”为主题的个人纪录片。就祖籍而言，史蒂芬的“家”应是加纳境内的埃尔米纳（Elmina）小镇，那里有一座保存完好的西印度奴隶堡。史蒂芬制作的纪录片《在野兽的肚子里》（*In the Belly of the Beast*）引起英国媒体与听众的广泛关注。应利物浦地方电台邀请，史蒂芬出席了一档有关非洲的访谈节目。讨论环节涉及利物浦的“非洲”史[②]。听完史蒂芬的讲解，一名利物浦市政议员决定将名为“格雷”大街（The Goree）的主干道重新命名为乐透大街（Lottery Way）。这位议员认为：“格雷”一词源自塞内加尔海岸上一个因黑奴贸易而声名狼藉的名为“格雷”的小岛，以此命名利物浦的大街令人尴尬。访谈中，史蒂芬驳斥了议员的决定并指出，重新命

① 菲利普斯写道：“我父亲50年代刚到英国的时候所做的工作就是铁路工人，儿时的我常把英国铁路与黑人联系在一起。”Caryl Phillips, *The Atlantic Sound*, New York: Vintage International, 2001, pp. 94–95.

② Caryl Phillips, *The Atlantic Sound*, New York: Vintage International, 2001, p. 98.

名街道势必会让业已流行于利物浦人中的历史健忘症愈发严重。

20 世纪 90 年代初，在报纸上读到英国政府振兴包括利物浦在内的英格兰北部经济的宣传，在电视上看到利物浦足球队与埃弗顿足球队比赛中为数众多的黑人球员的面孔，身处美国的菲利普斯抱着怀疑态度决定前往利物浦一探究竟。[①] 然而，菲利普斯的利物浦旅行见闻却与英国政府美化了的媒体宣传相去甚远。对 20 世纪末的利物浦白人而言，负罪感似乎与生俱来，却不能认罪，因为认罪就等于否定利物浦人引以为荣的历史，否定祖辈开创的伟大的帝国殖民事业。既然不能认罪，利物浦白人决定以封存历史和种族歧视的方式维护自己的权威与尊严。菲利普斯对 5 月天里愁容满面、播放圣诞颂歌的利物浦白人形象的刻画可被视为因“暗恐”的道德焦虑而产生集体抑郁症的文学表述。对 20 世纪末的利物浦白人而言，忘记历史和与黑人“保持距离”被视为维护自尊和保障利物浦白人性的“有效”手段。

参观完 1754 年修建的利物浦市政厅（Town Hall）和 1994 年建成开放的利物浦海事博物馆（Maritime Museum）后，菲利普斯有感而发，指出：为振兴地方经济，利物浦市政当局已将黑奴贸易遗址和遗物开发成旅游产品；然而，这一举措仅限于对利物浦（白）人物质欲求的满足，并未起到教育后人的作用。市政厅里导游含糊其辞、顾左右而言他的解说，海事博物馆里白人小学生因年纪尚小而无法理解老师的讲解，白人老先生面对妻子有关“黑奴贸易是否邪恶?”的提问不置可否的回答均让在场的菲利普斯感到莫名的压抑与惆怅。菲利普斯这一情感反应可被视为对利物浦白人遮蔽历史与自我压抑的心理机制认识基础上的通感，是对 20 世纪末利物浦白人因压抑而分裂的精神状况的深切同情。

利物浦游记末尾，菲利普斯着重描写了五月天里利物浦人的圣诞情结，表现为：利物浦酒吧自动点唱机里包括约翰 · 列侬（John Lennon）

---

① 从 1985 年因种族歧视而引发的利物浦足球骚乱至 20 世纪 90 年代初尚不足 10 年，利物浦球场上人种景观的历时性巨变令菲利普斯半信半疑。参见：Caryl Phillips, *The Atlantic Sound*, New York: Vintage International, 2001, p. 97。

的代表作《圣诞快乐，战争已经结束》（"Merry Christmas，War is Over"）和英国斯莱德（Slade）摇滚乐队的代表作《祝大家圣诞快乐》（"Merry Christmas Everybody"）在内的一系列圣诞歌曲的滚动播放。[①] 借此，菲利普斯诠释了利物浦人几近病态的集体忧郁症的成因，即：利物浦城市发展和利物浦人生活幸福指数的高低与对该城市历史的认同与记忆休戚相关，因为"记忆存放之处才是能被称为家的地方"[②]，令人遗憾的是"利物浦的历史虽有确凿无疑的物证，却在人们的记忆中明显缺失"[③]。菲利普斯一针见血地指出："上述两种状况（历史物证与记忆缺失）间的不和谐引发利物浦人心灵深处愤世嫉俗的智慧与临床忧郁症（a cynical wit and a clinical depression）"[④]。

二 "泛非节""回家"的生意与无罪妄想症

1998年[⑤]菲利普斯的加纳之行围绕每两年一次的"泛非节"（Panafest）（泛非历史戏剧项目 The Pan African Historical Theatre Project）展开，其加纳旅行叙事由访谈和"泛非节"见闻两部分组成。通过访谈和见闻，菲利普斯揭示了黑奴贸易的幽灵对当代非洲人和"回家"的非裔流散者的心理与现实影响。"泛非节"的商业运作与加纳人对跨大西洋奴隶贸易史的篡改密切相关。经篡改变形后的黑奴贸易史越过加纳人的"道德审查"并被用作与非裔流散者（被贩卖的黑奴后代）做交易的旅游产品。20世纪末非洲人经营的欢迎非裔流散者"回家"的生意与16至19世纪非洲人向欧洲人贩卖同胞的黑奴贸易虽在买卖方向

① Caryl Phillips, *The Atlantic Sound*, New York: Vintage International, 2001, p. 107.

② Caryl Phillips, *The Atlantic Sound*, New York: Vintage International, 2001, p. 116.

③ Caryl Phillips, *The Atlantic Sound*, New York: Vintage International, 2001, p. 117.

④ Caryl Phillips, *The Atlantic Sound*, New York: Vintage International, 2001, p. 116.

⑤ 菲利普斯加纳本地接洽人和司机曼苏尔（Mansour）因护照过期非法滞留英国而被英国政府遣返回国的时间是1995年，6月28日；曼苏尔返回加纳生活两年半后与前往加纳旅行的菲利普斯见面，由此可以判断1998年是菲利普斯加纳旅行叙事的时间背景。参见：Caryl Phillips, *The Atlantic Sound*, New York: Vintage International, 2001, pp. 196 – 197。

（前者进入非洲，后者离开非洲）上不同，但金钱至上、违背伦理道德的本质却极为相似。“被卖者有罪，卖人者无辜”这一荒谬的黑奴贸易史观是加纳人无罪妄想症的核心。

论及后殖民时期人们重写历史的原因，布赖顿大学吉娜·怀斯克教授写道：

> 后殖民时期人们有重写历史的愿望不足为奇，因为此前的历史将他们排除在外或对他们进行了错误解释；重写历史意在阐明：历史本身，特定时间、事件和叙述重点均是权力阶层、帝国主义与反殖民主义主流、后殖民国家与权力集团构建与强化的结果，他们的商业运作统治着21世纪的世界。[①]

菲利普斯对加纳前文化部高官和著名剧作家穆罕默德·本·阿卜杜拉教授（Dr Mohammed Ben Abdallah）的访谈可被视为对以阿卜杜拉教授为代表的加纳反殖民主义主流所构建的黑奴贸易史的重写。阿卜杜拉教授讲述的黑奴贸易史将以菲利普斯为代表的非裔流散者排除在外，刻意歪曲了跨大西洋奴隶贸易中黑奴的身份，实现了20世纪末加纳反殖民主义思潮之后的商业动机。

阿卜杜拉教授讲述的黑奴贸易史中，关押、贩卖黑奴的奴隶堡被美化为国王和王后居住过的宫殿和教会学校给非洲学生上课的地方；非裔流散者是被放逐他乡以示惩戒的非洲罪犯的后代，是不属于非洲大陆的外来部落。受马库斯·加维（Marcus Garvey 1887—1940）[②]“返回非洲运动”的影响和被“泛非节”广告吸引而来的非裔流散者不过是拉动

---

① Gina Wisker, *Key Concepts in Postcolonial Literature*, New York: Palgrave Macmillan, 2007, p. 60.

② 菲利普斯对马库斯·加维的观点和事迹作了简要介绍：20世纪初，加维招募了数以万计非裔流散者支持他提出的“返回非洲运动”的主张，这一主张旨在鼓舞“（非洲）大家庭成员”（“family” members）把非洲当作自己的“家”。参见：Caryl Phillips, *The Atlantic Sound*, New York: Vintage International, 2001, p. 143。

地方经济的“投资客”。以海岸角堡（Cape Coast Castle）和埃尔米纳城堡（Elmina Castle）为代表的“泛非节”文化活动中心已成为加纳人主导的非裔流散者参与的专做“回家”生意的场所；“泛非节”则是非洲人自编自导、打着感情招牌骗取非裔流散者钱财的荒唐闹剧。

尚未到达加纳，菲利普斯已对20世纪“泛非主义”的主旨（如：非洲团结与现代化（African unity and modernization）和保存非洲传统与文化）[①] 和“泛非节”欢迎非裔流散者“回家”的主题心存怀疑。实际上，以非裔流散者身份示人，以跨大西洋非裔流散者为写作对象[②]的菲利普斯并未将非洲视为可以回归的家园。加纳之旅使菲利普斯意识到：篡改黑奴贸易的历史帮助以加纳人为代表的非洲人解除了昔日祖辈出卖同胞的罪责，令今天的非裔流散者无家可归。

对菲利普斯而言，“你从哪里来?”这一有关家园归属问题的内涵因发问者的不同而不同。白人将菲利普斯视为应被遣返回非洲的非洲人，“你从哪里来?”这一问题具有排他性和种族歧视的色彩。与之相反，加纳人本（Ben）的提问将返回非洲家园的寻根意志一厢情愿地强加于菲利普斯身上。

同机旅行的本向菲利普斯提出：“朋友，你从哪里来?”的问题时，菲利普斯的大段内心独白揭示了他有关非洲是“家”又“非家”的矛盾情感：

> 这个问题，对在充斥着排外情绪的社会中长大的我们来说这个问题本身就有问题。就我们（黑人）而言，这是一个内含编码的问题（coded question）。你是我们中的一员吗？你是我们的人吗？你从哪里来？你究竟从哪里来？现在，在这架去非洲的飞机上，还

① Geiss, Imanuel, “Pan-Africanism”, *Journal of Contemporary History*, Vol. 4, No. 1, Colonialism and Decolonization (Jan., 1969), pp. 187 – 200, p. 189.

② Bell, C. Rosalind, “Worlds Within: An Interview with Caryl Phillips”, *Callaloo*, 14 (3) (Summer, 1991), pp. 578 – 606.

是那个蹩脚的问题。他（本）的意思是：我是谁？我属于哪儿？这个人（本）为何不懂这一问题的复杂性？我慌乱不安地试图回答这个问题。他不听我把话讲完，便打断说："这么说，我的朋友，你要回非洲，去加纳。"我什么也没说。不，我不是回家。①

2001年与《大西洋之声》同年出版的散文集《世界新秩序》中，菲利普斯结合自己身世向读者阐释了"你从哪里来？"引发其内心焦虑的成因：20世纪60、70年代以老师和警察为代表的利兹白人向以菲利普斯为代表的黑人刨根问底地询问归属地，目的在于"把他们（黑人）送回（非洲）去"和阻止更多的"我们"（黑人）进入英国；② 利兹白人并不相信菲利普斯"我是利兹人或约克郡人"的回答，少年菲利普斯③已清楚地意识到"你从哪里来？"这一问题所具有的排他和种族歧视的言外之意。

时过境迁，1998年前往加纳旅行的40岁的菲利普斯被本问及相同问题，儿时"你从哪里来？"的问答场景与不安情绪再次涌上心头，不同于利兹白人的发问，本的发问带有欢迎非洲同胞"回家"的"泛非主义"意味；然而，恰如菲利普斯在其利物浦游记中所写"记忆存放之处才是能被称为家的地方"，非洲（加纳）并非以菲利普斯为代表的非裔流散者的"记忆存放之处"。因为，非洲（加纳）人正堂而皇之地篡改与非裔流散者密切相关的跨大西洋黑奴贸易史，而这段历史却是非裔流散者这一特定非裔族群记忆中不可或缺的组成部分。非洲不再是非裔流散者们的"记忆存放之处"；"返回非洲"已成为非裔流散者缓解种族歧视焦虑的权宜之计和非洲本地人对非裔流散者所做的"回家"生意的广告词。

---

① Caryl Phillips, *The Atlantic Sound*, New York: Vintage International, 2001, p. 125.

② Caryl Phillips, *A New World Order*, New York: Vintage International Vintage Books, pp. 303 – 304.

③ 1958年，卡里尔·菲利普斯出生于圣基茨，四个月大的时候随父母移民英国利兹。《世界新秩序》中，60、70年代被老师和警察询问祖籍的菲利普斯应是就读于利兹学校的少年。

阿卜杜拉教授对菲利普斯提出的加纳学校里如何教授黑奴贸易史的问题的回答是："我们教育非洲学生让他们知道那些被卖为奴的人都是罪犯，他们被卖为奴乃咎由自取。经营奴隶堡的人是神的子民，海岸角堡是第一个教会学校"。[①]

堪萨斯大学（University of Kansas）罗思柴尔德（Rothschild）教授等人认为"寻找替罪羊"是将不良后果无端归罪于某个人或某个群体的做法，其心理动机有二："1. 通过减弱个人在不良后果中所承担责任之负罪感的方式确保个人道德价值（不受威胁）；2. 通过对不良后果给予清楚解释的方式确保可被感知的个人控制力"。[②] 以阿卜杜拉教授为代表的加纳官方文化权威对跨大西洋黑奴贸易史的讲述实现了控制历史的目的。黑奴贸易的受害者（非洲黑奴及其非裔流散者后代）在阿卜杜拉教授的"清楚解释"中成为贩卖同胞的非洲人的牺牲品和替罪羊，黑奴贸易被阿卜杜拉教授披上了"合法"的外衣。

阿卜杜拉教授"黑奴有罪论"的观点有其历史依据，在欧洲奴隶贸易开始之前，非洲内部已有奴隶制与奴隶贸易的传统。问题在于：为达到开脱罪责的目的，阿卜杜拉教授将非洲境内奴隶贸易和跨大西洋奴隶贸易混为一谈。非洲境内奴隶贸易的正义性由战争的胜利方决定，遵循"胜者为王，败者为寇"的原则，失败者以战争罪犯的身份被卖为奴，但被卖为奴的非洲人仍享受一定的社会权利和法律保护[③]。然而，这一善恶逻辑并不适用于欧洲人的跨大西洋奴隶贸易。加纳大学艾琳·奥都太（Irene Odotei）教授指出：非洲人与欧洲人相互勾结的黑奴贸易

---

① Caryl Phillips, *The Atlantic Sound*, New York: Vintage International, 2001, p. 148.

② Rothschild, Zachary K., Mark J. Landau, Daniel Sullivan, and Lucas A. Keefer, "A Dual-Motive Model of Scapegoating: Displacing Blame to Reduce Guilt or Increase Control", *Journal of Personality and Social Psychology*, Vol. 102, No. 6, 2012, pp. 1148 - 1163, p. 1148.

③ 加纳大学阿科苏·珀尔比（Akosua Perbi）研究员指出：在非洲文化中，奴隶制是被认可的家庭生活惯例，奴隶通常有自己的权利，受法律保护且具有社会流动的能力。"很多房主把他们的奴隶成为女儿或儿子，并因此而成为房主的家庭成员"。参见：Gary Strieker, "Researchers uncover Africans' part in slavery", http://edition.cnn.com/WORLD/9510/ghana_slavery/。

与非洲各国（African states）之间的战争有关，非洲人把非洲战俘卖给欧洲人为奴，换取欧洲的枪支用于战争之中。①跨大西洋奴隶贸易不涉及欧洲人与非洲人之间的大规模战争，大多数黑奴被非洲同胞抓捕、贩卖给欧洲奴隶商。被卖的黑奴并非有罪之人，充其量只是战俘。被卖给欧洲人的黑奴不会享受非洲本土奴隶的权利与待遇，大西洋对岸等待他们的只是白人的压迫和死亡的威胁。美国有线新闻网记者加里·斯特里克（Gary Strieker）写道："研究者们认为，（非洲）国王和酋长不知道大海另一边奴隶制的残酷程度。他们知道的话，跨大西洋奴隶贸易或许不会发展到如此宏大的规模，时间也不会持续如此之久"。②

阿卜杜拉教授并非16至19世纪欧洲奴隶贸易期间对跨大西洋奴隶贸易中黑奴的苦难遭遇"毫不知情"的国王或酋长，其"黑奴有罪论"不过是为掩盖（或曰洗白）非洲人向欧洲奴隶商贩卖非洲同胞的罪行而编造的谎言。

菲利普斯将埃尔米纳奴隶堡的修建史、葡萄牙人与非洲国王卡拉曼萨（Caramansa）的商业协议和非洲人菲利普·夸克（Philip Quaque，1741—1816）③ 1766至1811年间海岸角堡牧师的任职经历插入《大西洋之声》的旅行叙事之中，意在指出："为打内战，卖人换枪"仅是非洲人参与跨大西洋奴隶贸易的部分原因，非洲部落（酋长）与欧洲殖

---

① 加纳大学阿科苏·珀尔比（Akosua Perbi）研究员指出：在非洲文化中，奴隶制是被认可的家庭生活惯例，奴隶通常有自己的权利，受法律保护且具有社会流动的能力。"很多房主把他们的奴隶成为女儿或儿子，并因此而成为房主的家庭成员"。参见：Gary Strieker，"Researchers uncover Africans' part in slavery"，http：//edition. cnn. com/WORLD/9510/ghana_ slavery/。

② 加纳大学阿科苏·珀尔比（Akosua Perbi）研究员指出：在非洲文化中，奴隶制是被认可的家庭生活惯例，奴隶通常有自己的权利，受法律保护且具有社会流动的能力。"很多房主把他们的奴隶成为女儿或儿子，并因此而成为房主的家庭成员"。参见：Gary Strieker，"Researchers uncover Africans' part in slavery"，http：//edition. cnn. com/WORLD/9510/ghana_ slavery/。

③ 《大西洋之声》中，菲利普斯详细介绍了菲利普·夸克的身世，其中涉及其非洲人身份、在英国接受6年英国国教教育并被埃克塞特主教授予执事和伦敦主教授予牧师身份的经历、菲利普·夸克在加纳海岸角堡50年牧师任职的经历。参见：Caryl Phillips，*The Atlantic Sound*，New York：Vintage International，2001，pp. 175 - 180。

民者各取所需的商业关系才是跨大西洋奴隶贸易的核心。菲利普斯描述了夸克对被卖为奴的非洲同胞悲惨遭遇熟视无睹的态度，反映出当时非洲人对欧洲人黑奴贸易的默许与支持。在那时的非洲人眼中与欧洲人的黑奴贸易是无道德可言的名正言顺的商品交易："这位非洲人（菲利普·夸克）与英国奴隶贩子们生活在一起，是他们的随行牧师，实际上他的住所就在关押成千上万个等待被送往美洲的非洲同胞的地牢上面。1766 年至 1811 年间的书信往来中，菲利普·夸克对关在他脚下地牢里的非洲同胞竟只字未提"。①

菲利普斯揭示了菲利普·夸克创办的所谓"教会学校"的真实情况，驳斥了阿卜杜拉教授有关"经营奴隶堡的人是神的子民，海岸角堡是第一个教会学校"的说法。首先，菲利普·夸克发现：活命和挣钱是奴隶堡里英国人的生存法则，他们对基督教全无兴趣并想尽一切办法取消礼拜；其次，菲利普·夸克在其房间里创办学校旨在打发时间，他所教授的学生都是混血儿，且学生数量从未超过 16 人，有时仅剩 1 名学生或没有学生。

此外，菲利普斯还揭示了海岸角堡和埃尔米纳奴隶堡自古至今的双重经济功能：非洲奴隶堡既是 18、19 世纪欧洲人买卖非洲黑奴的场所，又是 20 世纪 90 年代在"泛非运动"和"泛非艺术节"炒作下吸引非裔流散者的旅游胜地。阿卜杜拉教授认为奴隶堡与非裔流散者的历史密切相关，非裔流散者应肩负起修缮奴隶堡的责任，奴隶堡年久失修、日渐破败的现实与加纳人无关。② 然而，早在 1956 年定居加纳并开设诊所的非裔美国牙医罗伯特·李曾向加纳政府申请租赁并修缮奴隶堡，却遭拒绝。罗伯特·李向菲利普斯讲述了非洲人、奴隶堡和旅游经济之间的逻辑关系：

① Caryl Phillips, *The Atlantic Sound*, New York: Vintage International, 2001, pp. 176, 179.

② Caryl Phillips, *The Atlantic Sound*, New York: Vintage International, 2001, p. 149.

> 非洲人并不理解奴隶贸易，跟他（非洲人）谈奴隶贸易会令其难堪。如能把这些地方（奴隶堡）改造成接待非裔流散者的旅游胜地赚钱的话，他们（非洲人）定会不遗余力。他们不会因目睹“回家”的非裔流散者们触景生情后的痛哭流涕和咬牙切齿的悲愤而动容。他们是商人。绝大多数非洲人不会深究奴隶贸易的心理和历史意义。[①]

言外之意，奴隶堡已成为加纳政府着力开发的旅游景点，讲述黑奴贸易史和还原关押、交易黑奴的现场成为满足非裔流散者“寻根”欲的卖点。黑奴和黑奴的后代（非裔流散者）是不同时代，16 至 19 世纪和 20 世纪末，非洲人用以赚钱的工具。

菲利普斯有关“泛非节”文化活动的描述包括：埃尔米纳城堡表演、“悼念与纪念日”仪式和海岸角堡文化中心展览。延迟、荒诞、失望和无奈是菲利普斯用来形容上述活动从形式到内容的关键词，曾经鼓舞人心的“返回非洲”的种族政治宣传已成为今日百姓与官方共同炒作的噱头。加纳之旅结束之际，菲利普斯发出：“我被泛非节洗脑了”和“持续不断的陈词滥调已使我饱受流散疲劳（diasporan fatigue）之苦”[②] 的无奈感叹，“返回非洲”并非消除非裔流散者“乡愁”的灵丹妙药，“非洲无法让人感到完整。非洲不是心理医生和精神病学家”，[③] 非洲之所以无法消除非裔流散者的“乡愁”，是因为非洲（人）本身是后殖民精神疾病（无罪妄想症）的受害者。

霍米·巴巴认为：从宽泛的理论层面上讲，后殖民工程（postcolonial project）试图探究那些社会异常现象（social pathologies）——“意义缺失与社会混乱”——这不仅限于因阶级敌对关系而引发的社会问题，更

① Caryl Phillips, *The Atlantic Sound*, New York: Vintage International, 2001, p. 153.

② Caryl Phillips, *The Atlantic Sound*, New York: Vintage International, 2001, pp. 185, 186.

③ Caryl Phillips, *The Atlantic Sound*, New York: Vintage International, 2001, p. 216.

表现为分散且普遍存在的历史偶发事件（*historical contingencies*）。[1] 其中，英文单词“pathology”一词具有“病理学”的基本内涵，霍米·巴巴使用“social pathologies”的表述意在揭示后殖民语境下与（被）殖民历史相关的人们的精神问题以及由此而引发的社会异常现象。然而，后殖民社会中“普遍存在的历史偶发事件”就其本质而言并非“偶发”，其中内含历史事实与当今现实之间的因果逻辑关系。

《大西洋之声》中，透过利物浦和加纳的旅行叙事，菲利普斯为读者阐释了如下事实：被遮蔽和篡改的黑奴贸易史如幽灵一般袭扰着利物浦人和加纳人的后殖民精神世界，并引发20世纪末利物浦与加纳两个社会中的异常现象，如：利物浦人的种族歧视、种族暴力和加纳人举办的充满喧嚣与躁动的“泛非节”。菲利普斯指出：对黑奴贸易史的遮蔽和篡改是引发利物浦人的集体忧郁症和加纳人“被卖者有罪，卖人者无辜”的无罪妄想症的成因。16世纪至19世纪，黑奴不仅是以利物浦人为代表的欧洲奴隶商们眼中的黑金还是非洲本地人的摇钱树。20世纪末，利物浦人因对黑奴贸易史的遮蔽而深陷“暗恐”焦虑之中，加纳人因篡改跨大西洋奴隶贸易史而患上无罪妄想症，为图经济牟利而上演了一幕幕“泛非”闹剧。

第四节　《血的本质》中欧洲种族主义的政治文化表征

当代英国黑人小说家卡里尔·菲利普斯（Caryl Phillips 1958—）的文学创作多以大西洋黑奴贸易、黑人流散、种族歧视和迫害为主题。《血的本质》（*The Nature of Blood* 1997）是菲利普斯为数不多的以犹太人流散和受难为主题的小说，黑人将军奥赛罗的第一人称叙事穿插其中，展现出菲利普斯的“犹太情结”和以犹太人的经历类比黑人在欧

① Bhabha, Homi, “Postcolonial Criticism”, *Postcolonialism Critical concepts in literary and cultural studies*, ed. Diana Brydon, London and New York: Routledge, 2000, p. 105.

美社会中被剥削、遭歧视和受压迫的历史与现状的创作意图。生于加勒比圣基茨（St. Kitts）随父母移民英国的菲利普斯可被视为巴斯蒂安·贝克尔（Bastian Becker）所说的："用犹太人的历史遭遇反映其自身经验的加勒比或加勒比裔流散作家"①。1973 年看完德国占领荷兰的纪录片后，年仅 15 岁的菲利普斯便写了一部以荷兰犹太男孩为主人公的短篇小说；对此，蕾妮·沙特曼（Renee T. Schatteman）评论道："菲利普斯时常提及少年时期学习反犹主义和大屠杀的重要性，最终他将本人的艰辛生活跟一个与本种族和自己无关的其他种族的受难史联系在一起"。②

在旅行散文集《欧洲部落》（*The European Tribe* 1987）中，菲利普斯业已阐发了针对欧洲种族主义的批判观点③。小说《血的本质》可被视为继《欧洲部落》之后菲利普斯欧洲种族主义批判的文学再现。20 世纪 80 年代欧洲资本主义世界爆发的大规模经济危机④和新法西斯主义的产生是菲利普斯创作《欧洲部落》和《血的本质》的时代背景。菲利普斯指出："当前的经济危机在资本主义世界实属罕见。欧洲失业人数已超过 2000 万。西欧社会普遍存在着的绝望和幻灭心态为法西斯主义意识形态的产生提供了理想的土壤，法西斯主义简单地将种族问题等同于复杂的社会经济问题"。⑤ 在此，菲利普斯阐明了 20 世纪 80 年代

① Bastian Balthazar Becker, " 'An Everblooming Flower': Caribbean Antidote to a European Disease in the Works of Caryl Phillips", *South Atlantic Review*, Vol. 75, No. 2 (Spring, 2010), pp. 113 - 134, p. 114.

② Renee T. Schatteman, "Introduction", *Conversations with Caryl Phillips*, ed. Renee T. Schatteman, Jackson: University Press of Mississippi, 2009, pp. ix - xviii, p. xii.

③ 凭借《欧洲部落》菲利普斯获得 1987 年度"马丁·路德金纪念奖"（The Martin Luther King Memorial Prize）。在《前言》中，菲利普斯自谦地写道：该书是个人经验和观点的阐发，"并非学术专著，不期待能够通过社会学家实验室的严格考验"。参见：Caryl Phillips, "Preface", *The European Tribe*, New York: Vintage Books, 2000, p. ix。

④ 20 世纪 80 年代的欧洲经济危机"从 1980 年春开始席卷西欧各国（其中英国经济危机早在 1979 年夏开始，1981 年 5 月到达谷底）。迄 1982 年 8 月，危机已持续了两年半，但西欧经济仍未见好转。总的来看，这次危机超过了上次 1974--75 年危机，成为战后西欧最严重的经济危机"。参见关树芬《八十年代的西欧经济》，《现代国际关系》1983 年第 4 期。

⑤ Caryl Phillips, *The European Tribe*, New York: Vintage Books, 2000, p. 124.

欧洲境内“经济危机”“法西斯主义”和“种族主义”之间由此及彼的内在逻辑关系。

在上述历史语境下①，菲利普斯探讨了旅行所到之处，西班牙、德国、英国、威尼斯、巴黎和阿姆斯特丹等欧洲国家和地区反犹太人和反黑人的种族主义的历史与现状②，揭示了本人由反犹主义论及反黑人的种族主义的写作意图。菲利普斯认为：尽管不同人种遭受种族主义迫害的成因不同，犹太人和以黑人为代表的有色人种欧洲种族主义受害者的身份却相同，第二次世界大战期间的犹太大屠杀是欧洲种族主义暴力的极端表现，对犹太大屠杀的谈论已成为包括犹太人和有色人种在内的欧洲少数族裔人群宣泄反种族主义情绪的历史依据；如其所述：

> 欧洲右翼分子始终把犹太人视为欧洲黑人（Europe's nigger）。我在欧洲长大。提及犹太大屠杀的罪恶，至今欧洲人仍不寒而栗。成百上千的图书、电影、电视节目和文章均与此有关。学校里讲授纳粹迫害犹太人的历史，大学里有相关的辩论，犹太大屠杀是欧洲教育的一部分。（我）尚未成年，在一个充满敌意的国家（英国）里生活，犹太人是唯一一个被谈论的少数族裔人群，种族剥削与种族歧视是谈论的话题；因此，我自然而然地与他们（犹太人）产生了共鸣和认同。③

《血的本质》中，以犹太姑娘安妮·弗兰克的《安妮日记》（*The Di-*

---

① 卡里尔·菲利普斯在散文集《欧洲部落》的最后一章中集中阐释了该散文集的历史语境，最后一章的标题（“The European tribe”）虽与散文集书名（*The European Tribe*）相同，但最后一个单词“tribe”的首字母为小写，以示区别的同时，暗示“欧洲部落”意识的狭隘。

② 菲利普斯将欧洲国家比喻成“为小事争吵不断的部落（squabbling tribes），隔着边界线，彼此怒目而视。政治上恐慌、经济统治地位的失去，欧洲只能扮演道德领导者（moral leader）的角色。……然而，她（欧洲）必须意识到欧洲内部对种族主义的持续容忍将断送掉所有积极的道德主动权”。Caryl Phillips，*The European Tribe*，New York：Vintage Books，2000，p. 121.

③ Caryl Phillips，*The European Tribe*，New York：Vintage Books，2000，pp. 53 – 54.

ary of Anne Frank，1947）[①]、莎士比亚的戏剧《威尼斯商人》（*Merchant of Venice*，1596—1597）和《奥赛罗》（*Othello*，1603）为蓝本，菲利普斯将"以色列建国者史蒂芬·斯特恩的回忆""犹太姑娘伊娃·施特恩对第二次世界大战期间家庭悲剧的自述""1480 年威尼斯犹太血祭审判"和"奥赛罗的威尼斯爱情故事"四个跨时空、跨种族的故事拼贴在一起，构建了一个反欧洲种族主义的叙事"迷宫"[②]。其中，"血祭""隔都"和"奥赛罗"等特定历史事件、场所和人物形象是菲利普斯笔下以 15、16 世纪的威尼斯人和 20 世纪 40 年代的德国人为代表的欧洲白人基督徒歧视和迫害犹太人与黑人的欧洲种族主义意识形态的政治文化表征。

一　"血祭"阴谋

《血的本质》中，菲利普斯揭示了 1480 年威尼斯共和国（The Republic of Venice）的犹太"血祭"（blood libel）审判背后的经济动因，建立了 20 世纪 40 年代德国反犹主义与 1480 年威尼斯犹太"血祭"审判之间跨时空的镜像关系。1480 年 3 月 25 日，威尼斯共和国波托布劳尔（Portobuffole）小镇上塞瓦迪奥（Servadio）、摩西（Moses）和贾科布（Giacobbe）三名犹太人被指控在安息日的宗教仪式中杀害了基督徒流浪男孩塞巴斯蒂安并饮食了他的鲜血。

尽管威尼斯法庭上来自帕多瓦的辩护律师引用犹太《圣经》指出：对犹太人而言，血是世间最肮脏的东西，《摩西十诫》不仅禁止杀人还禁止犹太人饮食鲜血，但威尼斯法庭并不采信。法庭对塞瓦迪奥、摩西和贾科布死刑判决的证据有二：塞瓦迪奥的仆人多纳托（Donato）提供

---

① 《安妮日记》中，1942 至 1944 年间，作者本人犹太姑娘弗兰克·安妮在阿姆斯丹躲避纳粹抓捕的藏匿经历为菲利普斯《血的本质》中犹太姑娘伊娃被关进纳粹集中营之前的生活描写提供了蓝本。

② 本尼迪克特·莱登将《血的本质》形象地比喻为"迷宫一样的文本（maze-like text）"。Benedicte Ledent，*Caryl Phillips*，Manchester：Manchester University Press，2002，p. 136.

的与犹太《圣经》相悖且逻辑混乱的虚假证词[①]和犹太嫌疑人屈打成招后的主动认罪。1480 年 7 月 6 日，在没有确凿证据的情况下，威尼斯法庭对三名犹太人执行死刑判决。

"血祭"指的是：犹太人在宗教节日（"安息日"）中杀害基督徒（尤其是孩子）并用其鲜血进行祭祀的活动[②]。然而，犹太人的"血祭"仪式并非事实[③]，而是威尼斯白人基督徒为满足自身政治经济需求蓄意制造的以种族迫害为目的的阴谋，隐藏其中的是以妖魔化和牺牲犹太人为代价化解由于土耳其战争失利而引发的威尼斯共和国国民经济危机焦虑的险恶用心。

1463 年至 1479 年版，第一次土耳其战争（the first Turkish war）[④]是 1480 年犹太"血祭"案发生的时代背景。面临战争恐惧的同时，被视为瘟疫散播者的德国犹太移民的到来令威尼斯基督徒备感恐慌。早在 1349 年波托布劳尔的基督徒就以犹太人散播瘟疫为由对犹太人实施了种族暴力，菲利普斯称其为："基督徒的歇斯底里"（Christian hysteria）[⑤]。1424 年为逃避种族迫害，大量犹太人从德国科隆流散至波托布劳尔，

---

① 案发后不久，多纳托不仅背弃了犹太教改信基督教，还把"被害"的基督教男孩的名字"塞巴斯蒂安"作为自己的名字。此外，多纳托还宣称古老的犹太著作中曾写道：如不杀人放血，犹太人不能获得自由，不能返回应许之地；所以，犹太人每年都会杀害一名基督徒，在向他们最高的神献祭的同时蔑视基督，正是因为基督的死犹太人才被逐出自己的国家，流亡异国他乡。Caryl Phillips, *The Nature of Blood*, London: Faber and Faber, 1997, pp. 103 – 104.

② 阿兰·邓德斯（Alan Dundes）在其主编的《血祭传说》中写道："1144 年英国诺里奇发生的名为威廉姆的基督教男孩被犹太人杀害、嗜血的传说是最早被报道的宗教谋杀案"。参见：Alan Dundes, "Preface", *The Blood Libel Legend A Casebook in Anti-Semitic Folklore*, ed. Alan Dundes, Madison: The University of Wisconsin Press, 1991, pp. vii – ix, p. vii。

③ 学者们已彻底否定了中世纪和早期现代社会有关血祭传说和对犹太人祭祀谋杀的指控并用事实证明对犹太人的指控是那时欧洲社会为强化自身社区认同（communal identity of European society）而采取的排除种族和宗教敌人的手段。参见：Francesca Matteoni, "The Jew, the Blood and the Body in Late Medieval and Early Modern Europe", *Folklore*, Vol. 119, No. 2 (August 2008), pp. 182 – 200, p. 182。

④ 威尼斯帝国始于 1203 年版，第四次十字军东征攻占君士坦丁堡；1797 年被拿破仑占领而宣告结束。期间经历 4 次土耳其战争。参见：Jan Morris, *The Venetian Empire: A Sea Voyage*, London: Penguin Books, 1990, pp. 1, 2。

⑤ Caryl Phillips, *The Nature of Blood*, London: Faber and Faber, 1997, p. 50.

"德国犹太人常被无辜杀害，德国人声称（并提供了足够证据）犹太人通过向水井投毒的方式传播瘟疫，致人死亡"①。为免遭迫害，部分德国犹太人甚至选择在犹太教堂里自焚而死。

以 1480 年犹太"血祭"案为叙事中心，菲利普斯解答了《威尼斯商人》中"夏洛克为何以犹太高利贷者的身份示人并遭到基督徒的憎恶?"以及"基督徒安东尼奥身上尚未流出的鲜血为何具有剥夺夏洛克财产和宗教信仰的隐性法律效力?"等问题。

首先，威尼斯白人基督徒对犹太人的憎恶与犹太高利贷者的种族职业身份密切相关。威尼斯法律禁止基督徒放贷，因为放贷会腐化基督徒的灵魂。实际上，犹太教与基督教一样均将向同胞放贷视为违背上帝旨意的行为。犹太人却可向基督徒放贷而不违反犹太教义。此外，"因威尼斯商会皆与基督教有关，所以不论技艺如何，犹太人被剥夺了涉足威尼斯艺术和商业领域的机会；基督徒被禁止涉足的高利贷业成为犹太人屈指可数的就业出路中的一个"②。基督徒对犹太人怀有经济上的依赖和种族层面上的憎恶的矛盾心态。尽管威尼斯大议会（Venetian Grand Council）意识到犹太人在共和国经济中的重要作用并试图阻止妖魔化犹太人的不实言论的传播，然而总督十人委员会（Council of Ten）却颁布法令要求犹太人在衣服上缝上黄线以显示其犹太人身份。如此一来，被种族标记了的犹太人更容易遭到迫害。1480 年 4 月 17 日威尼斯大议会颁布的法令对基督徒迫害犹太人的行为持宽容态度："我们（威尼斯大议会）容忍欺辱、虐待犹太人的部分行为，但我们想让他们（犹太人）能在我们的领土上生活而不至于遭受过度的伤害和侮辱"。③

其次，就时间顺序而言，威尼斯"血祭"审判（1480 年）在前，夏洛克审判（1596—1597 年，即：莎士比亚剧本创作时间）在后；真实的"血祭"审判为虚拟文学文本《威尼斯商人》中假扮法官的波西

① Caryl Phillips, *The Nature of Blood*, London: Faber and Faber, 1997, p. 51.

② Caryl Phillips, *The Nature of Blood*, London: Faber and Faber, 1997, p. 52.

③ Caryl Phillips, *The Nature of Blood*, London: Faber and Faber, 1997, p. 99.

亚对夏洛克的审判提供了历史参照。波西亚“割一磅肉但不允许流一滴基督徒的鲜血，使基督徒流血便触犯了威尼斯法律”和“谋害基督徒性命的想法本身即是犯罪”的说辞与“血祭”审判中的证词和审判结果暗合。莎士比亚笔下的夏洛克审判与“血祭”审判之间必定存在着某种互文关系，“基督徒的血”是这一关系的核心所在。“血祭”审判的历史事实增强了戏剧中以波西亚为代表的威尼斯基督教法庭对夏洛克的法律威慑力。夏洛克从起初口若悬河的原告到后来缄口不言的被告的身份转变与“血祭”审判跨世纪的深远历史影响（或曰《威尼斯商人》中莎士比亚引而不发的以夏洛克为代表的16世纪末的威尼斯犹太人对1480年“血祭”审判的忌惮）密切相关①。

“血祭”审判也好，夏洛克审判也罢；15世纪末，威尼斯共和国爆发的经济危机是导致上述审判发生的主要原因。《血的本质》中，土耳其战争以及由此引发的经济危机已严重影响到威尼斯帝国的商业活动和经济生活。“威尼斯人奉行金钱至上的原则，15世纪时教皇皮乌斯二世（Pope Pius Ⅱ）曾写道：‘每个威尼斯人都是肮脏的商业奴隶’……对威尼斯帝国（the Venetian Empire）的子民而言，自尊与利益之间有千丝万缕的联系”②。威尔士著名历史学家简·莫里斯（Jan Morris）指出：

> 尽管威尼斯人的帝国主义表现出支离破碎和机会主义的特征，但是12世纪末兴起、18世纪末灭亡的威尼斯共和国仍可被视为除罗马帝国外的第一个且存续时间最长的欧洲海外帝国（the first and the longest-lived of the European overseas empires）。威尼斯人靠收集

① 在引用英国牧师约翰·福克斯（John Foxe 1516—1587）1577年4月1日布道中与犹太人杀害基督的罪恶和犹太血祭相关内容的基础上，加州大学伯克利分校教授珍妮特·阿德尔曼指出：《威尼斯商人》中，夏洛克扮演了嗜血的犹太人的角色，波西亚最终对基督徒鲜血的具象化（Portia's final reification of Christian blood）引发夏洛克对“犹太罪恶”的焦虑和转变信仰的恐慌。Janet Adelman, *Blood Relations Christian and Jew in The Merchant of Venice*, Chicago and London: The University of Chicago Press, 2008, p. 37.

② Jan Morris, *The Venetian Empire: A Sea Voyage*, London: Penguin Books, 1990, pp. 1, 2.

> 东方产品运往威尼斯，然后将它们分发至欧洲其他地方的方法发家致富。威尼斯帝国致力于保护和发展这一经济运行模式；然而，受环境限制，实际操作过程中有一定缺陷。①

土耳其战争结束后，威尼斯帝国东扩路径被土耳其封锁。以放贷为生（或被迫以放贷为职业）的“富有”的犹太人成为威尼斯基督徒转嫁经济危机的对象。

在威尼斯帝国经济衰退的情况下，威尼斯贵族只好将商业经济的重心转向内地；然而，这一商业转向亟须大量犹太投资。在资本吃紧的情况下，基督教商人恶意诋毁犹太人的事情时有发生，但总督和他的十人委员会深知基督徒不能完全断绝与犹太人的联系。为此，威尼斯政府颁布了“摩西契约”（“The Contract of Moses”），该契约在赋予犹太人放贷“自由”的同时，也为犹太人放贷制定了诸多限制，如：

> ——星期日、圣诞节、复活节、圣体节和玛丽节等基督教节日期间，犹太人不得开放银行。
>
> ——犹太人不得拒绝给价值低于10达克特（ducati）的抵押物放贷；如果犹太人连续10个工作日拒绝给低于10达克特（ducati）的抵押物放贷，犹太人必须支付10达克特的罚金。
>
> ——犹太人放贷利息不得超过每月2.5威尼斯里拉。
>
> ——无抵押物贷款，或曰书面贷款的月利息可升至4里拉。
>
> ——犹太人必须无条件、无利息为市政府提供上至100达克特的贷款。
>
> ——严禁将神圣家具（sacred furniture）作为抵押物；将武器作为抵押物须谨慎行事。

① Jan Morris, *The Venetian Empire: A Sea Voyage*, London: Penguin Books, 1990, pp. 1, 2.

——任何罚金的半数都应上缴市议会。[①]

15、16 世纪，放贷仅是威尼斯犹太人维持生计的手段，并不能使其发家致富。菲利普斯笔下出自莎士比亚戏剧《奥赛罗》（1603）的黑人将军奥赛罗漫步威尼斯街头目睹了名为“隔都”的犹太聚居区里犹太人肮脏、穷苦的地狱般的生活，发出如下感叹：“我的探险让我感到些许不安，犹太人向来以富有著称，他们为何会选择这种生活，令我百思不得其解”[②]。《血的本质》中，1480 年威尼斯“血祭”审判与纳粹犹太大屠杀背景下伊娃一家的家庭悲剧之间“戏中戏”的套层结构间接揭示了《凡尔赛条约》、希特勒执政和犹太大屠杀之间种族与政治经济层面上的因果关系，即：与 15 世纪末威尼斯帝国经济危机引发“血祭”审判的原理相似，20 世纪 40 年代德国犹太大屠杀与“德意志第三帝国”经济危机密不可分。

1918 年 11 月 11 日第一次世界大战结束，战败国德国与英法美为代表的战胜国签订了《凡尔赛条约》（1920 年 1 月 10 日），“德国人发现《条约》与美国总统伍德罗·威尔逊（Woodrow Wilson）最初提出的作为《条约》基础的 14 条建议相去甚远；自感被出卖了的德国人公开指责《条约》‘道德上无效’（morally invalid）”[③]。上千亿马克的战争赔款给德国带上沉重的经济枷锁。由《条约》引发的德国经济危机以及 1929 年的全球经济危机和由反《条约》情绪引发的全国范围内的德国民族主义运动为 1933 年希特勒当选德国元首奠定了基础。1934 年 5 月 1 日名为“抨击者”（*Der Sturmer*）的德国纳粹报纸以 14 个版面的篇幅印刷销售了 13 万份题为“宗教谋杀”的特刊，再次将中世纪威尼斯人对犹太人血祭仪式的指控引入德国百姓的视野，并将其张贴在公共布告牌上展示。报纸上载有一幅血祭仪式雕刻品的拓印；其中，4 名犹太教祭祀正用吸管吮吸

① Caryl Phillips, *The Nature of Blood*, London: Faber and Faber, 1997, pp. 54, 55.

② Caryl Phillips, *The Nature of Blood*, London: Faber and Faber, 1997, p. 130.

③ Ruth Henig, *Versailles and After*: 1919—1933, London: Routledge, 1995, p. 67.

一个基督教男孩的鲜血……[①]被希特勒称为“反德国元素”[②] 的犹太人成为“德意志第三帝国”转嫁《凡尔赛条约》的复仇欲和德国经济危机的替罪羊，被杀害的犹太人的财产为德国经济发展和军队建设做出了巨大贡献。

菲利普斯“戏中戏”的套层叙事意在阐释如下内容，即：1480 年的威尼斯“血祭”审判在 20 世纪 40 年代的德国以犹太大屠杀的方式再次上演；犹太“血祭”是一场欧洲基督徒（威尼斯人和德国人）蓄意制造、历史久远且可被随时拿来使用的阴谋，“血祭”行动中施害者（犹太人）与受害者（欧洲基督徒）之间关系的逆转，欧洲基督徒“血祭”犹太人才是历史事实。

二　无处不在的“隔都”

“血祭”审判之后，1516 年 3 月 29 日，鉴于犹太人在威尼斯数量的增加和地位的提高，威尼斯共和国颁布迫害和隔离犹太人的法律，以保护犹太人的生命、财产安全为由建立了名为“隔都”（Ghetto）[③] 的相对隔离的犹太人聚居区。“隔都”的建立非但未起到保护犹太人的作用，却为白人基督教徒限制犹太人的社会权利和集中、大规模迫害犹太人提供了便利，如菲利普斯所写：“受到惊吓的犹太人争辩说隔都远未起到保护作用，却成为基督教众为获得（政府）关注实施暴力的发泄

---

① Martin Gilbert, *The Holocaust The Human Tragedy*, Ontario: Fitzhenry & Whiteside Ltd., 1985, p. 42.

② 希特勒本人在访谈中曾说：“我们关心的是我国境内的反德国元素，我们有权利以我们认为合适的方式扫除这些元素。犹太人是反德国、颠覆德国的拥护者，必须清除”。参见：Hans V. Kaltenborn and Adolf Hitler, “An Interview with Hitler, August 17, 1932”, *The Wisconsin Magazine of History*, Vol. 50, No. 4, Unpublished Documents on Nazi Germany from the Mass Communications History Center (Summer, 1967), pp. 283 – 290, p. 286。

③ Carl H. Nightingale, *Segregation: A Global History of Divided Cities*, Chicago: University of Chicago Press, 2012, p. 32.

场地，犹太人被集中在一起，被关在毫无防御功能的围栏里”①。《血的本质》中，“隔都”一词具备更为宽泛的指涉功能，除指代15、16世纪威尼斯城里的犹太聚居区外，“隔都”还是20世纪40年代纳粹集中营的原型，如菲利普斯所说：“威尼斯隔都是最早的隔都，是世界上所有以贫困和迫害为特征的场所的模型”②。

就来自非洲的黑人将军奥赛罗而言，威尼斯同样是他的“隔都”，奥赛罗的悲剧不仅在于威尼斯基督徒的险恶用心，更在于奥赛罗未能认清的威尼斯城中黑人与犹太人同病相怜的现实。《血的本质》中，从15、16世纪的威尼斯到20世纪40年代的德国，种族隔离与迫害的“隔都”已成为无处不在的欧洲种族主义的代名词。

首先，“隔都”是犹太人虽遭种族歧视和迫害却不想离开的家，正是这一恋家情结导致大量犹太人成为任人宰割的羔羊。其次，以奥赛罗为代表的非洲人（或非裔黑人）为融入欧洲白人社会而与自己的种族和出生地断绝联系，进入欧洲白人社会意味着进入种族隔离、种族歧视与迫害的“隔都”。

《血的本质》以犹太姑娘伊娃的叔叔史蒂芬在塞浦路斯援助犹太难民的故事开始，期间穿插史蒂芬对昔日生活回忆的描述。第二次世界大战尚未爆发，史蒂芬早已离开德国前往巴勒斯坦和其他犹太人一起为建立犹太人的国家（以色列）做准备。史蒂芬开篇叙事中高频出现的词和句，如：“国”（country）、“家”（home）和“树上长着水果，你能直接从树枝上摘下来”反映出史蒂芬对犹太人“国”与“家”始终无法统一的流散困境的反思和对以小说人物穆萨（Moshe）为代表的年轻一代犹太人在以色列建立家园的希冀。“树上的水果”是像史蒂芬一样为以色列建国而牺牲的犹太人努力奋斗的成果，“你”（穆萨）则是摘取和享受胜利果实的年轻一代犹太移民。史蒂芬曾劝哥哥厄恩斯特携家人一起去

① Caryl Phillips, *The Nature of Blood*, London: Faber and Faber, 1997, p. 129.

② Caryl Phillips, *The European Tribe*, New York: Vintage Books, 2000, p. 52.

巴勒斯坦，却遭到厄恩斯特的拒绝，厄恩斯特的回答是："为什么要建立另一个家园？我们可以开办自己的诊所。斯特恩兄弟。我们或许能成为这个国家（德国）最富有的医生"。[①] 显而易见，厄恩斯特并未像弟弟史蒂芬一样意识到德国反犹政局的变化，如史蒂芬所说："（犹太人的）商店和生意正在关闭"[②]。不仅如此，厄恩斯特有移民美国的机会，然而作为一家之主的厄恩斯特却拒绝移民，最终导致家破人亡。

厄恩斯特的妻子认为厄恩斯特的社会底层阶级出身是他固守财产（fierce attachment to his possessions）[③]，不想移民的原因所在。实际上，与先知先觉的弟弟史蒂芬相比，厄恩斯特不过是对德国政府抱有幻想，恋家且不愿离开出生地的众多犹太人中的一员。"恋家"思想导致1939至1945年间大量犹太人轻信德国纳粹谎言，带上黄色犹太徽章（Jewish badge）先进入德国纳粹建立的"隔都"，后被送入德国纳粹集中营惨遭杀害。[④]

《血的本质》中，菲利普斯由20世纪40年代的德国纳粹"隔都"（纳粹集中营）回写至15、16世纪威尼斯城里的犹太"隔都"，不仅揭示了以"隔都"形式呈现的反犹主义的历史延续性，还揭示了以奥赛罗为代表的黑人在16世纪的威尼斯城所遭受的与之类似的种族主义迫害。

在与蕾妮·沙特曼的访谈中，菲利普斯阐释了《血的本质》中"血"这一单词的意义："一方面'血'的确能创建得以延续的家庭和纽带关系；然而，从另一方面看'血'又造成了分裂，敌对与排斥，人们还能在其中发现与他人之间的'血亲'联系"。[⑤]《血的本质》中，

---

① Caryl Phillips, *The Nature of Blood*, London: Faber and Faber, 1997, p. 10.

② Caryl Phillips, *The Nature of Blood*, London: Faber and Faber, 1997, p. 10.

③ Caryl Phillips, *The Nature of Blood*, London: Faber and Faber, 1997, p. 20.

④ "Jewish Badge: During the Nazi Era", https://encyclopedia.ushmm.org/content/en/article/jewish-badge-during-the-nazi-era.

⑤ Renée Schatteman, "Disturbing the Master Narrative: An Interview with Caryl Phillips", *Conversations with Caryl Phillips*, Jackson: UP of Mississippi, 2009, pp. 53-66, p. 63.

通过黑人将军奥赛罗造访犹太人“隔都”的情节设置，菲利普斯意在指出：就遭欧洲白人基督徒敌对和排斥的生存状况而言，奥赛罗与威尼斯犹太人之间有某种“血亲”关系；然而，“奥赛罗未能意识到威尼斯犹太人的‘隔都’实际上是他威尼斯城中被边缘化处境的镜像反映”[①]。目睹犹太人受歧视、遭迫害的现状，尽管奥赛罗惊恐万分，却未把自己的命运与犹太人的命运联系在一起。殊不知，威尼斯城里不仅有囚困犹太人的“隔都”，威尼斯城本身还是囚困奥赛罗的“隔都”。在土耳其战争的特定历史语境下，奥赛罗因其英勇无敌的将军身份受到威尼斯政府重用；然而，危机解除后（奥赛罗对土耳其作战胜利，率军占领塞浦路斯）奥赛罗的利用价值随即消失，进而遭受以伊阿古为代表的威尼斯白人的阴谋陷害。

《血的本质》中，菲利普斯对莎士比亚戏剧《奥赛罗》中奥赛罗与苔丝狄梦娜之间篇幅有限的爱情婚姻故事加以深化和扩展意在凸显莎士比亚戏剧中的种族主义内涵。早在 16 世纪被称为“摩尔人”（Moor）的非洲黑人业已通过移民和被贩卖的奴隶身份出现于英国社会，“伊丽莎白时期的伦敦人对摩尔人的外貌和言行举止持惊奇和愤怒的矛盾心态，强调自己与被称为旅行者（traveler）的摩尔人、伊丽莎白女王与‘行为不轨’的野蛮人（erring Barbarian）之间的本质差别”。[②] 伊丽莎白女王本人对黑人也怀有上述矛盾心态“尽管伊丽莎白女王喜欢听宫廷里黑人乐师们演奏的悦耳的旋律，但这并不影响她在 16 世纪 90 年代发表反对黑人的宣言”。[③] 1596 年，伊丽莎白一世在给各大城市市长的信中写道：“最近大量黑皮肤的摩尔人被运送进入我国，其数量之多以令

① Bastian Balthazar Becker, “ ‘An Everblooming Flower’: Caribbean Antidote to a European Disease in the Works of Caryl Phillips”, *South Atlantic Review*, Vol. 75, No. 2 (Spring, 2010), pp. 113 – 134, p. 125.

② Bernard Harris, “A Portrait of a Moor”, *Shakespeare and Race*, ed. Catherine M. S. Alexander and Stanley Wells, Cambridge: Cambridge University Press, 2001, pp. 23 – 36, p. 32.

③ Alpaslan Toker, “OTHELLO: ALIEN IN VENICE”, *Journal of Academic Studies*, Vol. 15, Issue 60, February 2014, pp. 29 – 51, p. 34.

人感到恐惧……这些人应被送出国境"[①]。亚瑟·利特尔指出："17 世纪初英国境内针对黑人的种族主义已经萌芽，与黑人存在的事实相比更令人感到紧迫的是如何将黑人驱逐出白人的领地"[②]，黑人与白人之间（如奥赛罗与苔丝狄梦娜之间）的跨种族通婚被视为对西方文明与传统的羞辱和伊丽莎白社会的禁忌[③]。透过《血的本质》，菲利普斯意在指出：《奥赛罗》中以威尼斯贵族和伊阿古为代表的威尼斯社会对奥赛罗的"欣赏""利用"和"排斥"恰是伊丽莎白时期包括女王在内的英国人对黑人"惊奇和愤怒的矛盾心态"的反映。

三　"奥赛罗"与遗弃神经官能症

如果说莎士比亚偏重《奥赛罗》悲剧情节的设置，菲利普斯则更关注对"奥赛罗"这一悲剧人物的精神分析。在题为《一位黑皮肤的欧洲成功人士》（"A black European success"）的短文中，菲利普斯一针见血地指出莎士比亚、白人演员和白人观众均忽视了导致奥赛罗悲剧发生的内在原因，即：奥赛罗所患的名为"遗弃神经官能症"（abandonmentneurosis）[④] 的精神疾病。援引古克斯博士（Dr. Guex）的观点，法农（Frantz Fanon 1925—1961）描述了"遗弃神经官能症"三种彼此关联的临床表现：被抛弃的痛苦、侵略欲和自我贬低[⑤]。奥赛罗"征服"的雄心背后隐藏着的是为了不被威尼斯白人社会遗弃，通过战争暴力的方式不断寻求威尼斯白人社会认可的欲望。从本质上讲，奥赛罗的"征服"是对威尼斯白人社会的无条件"臣服"，其内心痛苦鲜为人知。

① J. R. Dasent, *Acts of Privy Council of England*, H. M. Stationary Office, Vol. 26, 1902, pp. 16 – 17.

② Arthur L. Little, *Shakespeare Jungle Fever: National-Imperial Re-Visions of Race, Rape, and Sacrifice*, Stanford: Stanford University Press, p. 74.

③ Alpaslan Toker, "OTHELLO: ALIEN IN VENICE", *Journal of Academic Studies*, Vol. 15, Issue 60, February 2014, pp. 29 – 51, p. 31.

④ Caryl Phillips, *The European Tribe*, New York: Vintage Books, 2000, p. 50.

⑤ Frantz Fanon, *Black Skin White Masks*, London: Pluto Press, 1986, p. 73.

当然，奥赛罗的精神疾病并非无中生有，而是威尼斯城里种族主义环境下适者生存的丛林法则的产物。

14—16世纪，欧洲文艺复兴时期，威尼斯不仅是因逃避种族迫害而流散的犹太人的目的地还是因被卖为奴的非洲黑人“强迫流散”(forced diaspora) 的目的地。凯特·洛伊 (Kate Lowe) 教授指出：部分撒哈拉沙漠以南的非洲人被贩卖到威尼斯时还是儿童或青少年，但威尼斯也可能是非洲人第二个、第三个或第四个强迫流散的目的地，在这种情况下流散至威尼斯的非洲黑人有些已是成年人。还有一些上了年纪的非洲人也到达了威尼斯，他们成年时才被卖为奴……15世纪末16世纪初，不论年龄高低，流散线路复杂与否，几乎所有进入威尼斯的撒哈拉沙漠以南的非洲人的身份都是黑奴，只有极少数非洲黑人以使者或来自埃塞俄比亚朝圣者的身份进入威尼斯。[①]

文艺复兴时期威尼斯绘画中有大量非洲黑人形象，如卡尔帕乔 (Carpaccio) 和贝里尼家族 (Gentile Bellini) 画作中的黑人贡多拉船夫。威尼斯的黑人并非终生为奴，他们都有重获自由的机会。贡多拉船夫是一种从奴隶到自由人的过渡性工作。融入和参与威尼斯生活对重获自由的非洲人来说至关重要；然而，重获自由的非洲黑人并无生活保障，其未来充满不确定性。[②]

《血的本质》中，奥赛罗讲述了自己生为非洲王子被卖为奴，最终以伟大的黑人将军身份流散至威尼斯的经历，也袒露了困扰着他的“从王子到黑奴，从黑奴到将军”的身份焦虑，“我出生皇室，是勇猛无敌的战士；然而，曾几何时只能把自己视为一名穷苦的奴隶”[③]。不同于绝大多数黑人贡多拉船夫靠划船换取自由的方式，奥赛罗凭借自身的军事才能赢得了自由。奥赛罗曾提及自己在非洲的妻子和孩子，可见

① Kate Lowe, “Visible Lives: Black Gondoliers and Other Black Africans in Renaissance Venice”, *Renaissance Quarterly*, Vol. 66, No. 2 (Summer, 2013), pp. 412 – 452, p. 420.

② Kate Lowe, “Visible Lives: Black Gondoliers and Other Black Africans in Renaissance Venice”, *Renaissance Quarterly*, Vol. 66, No. 2 (Summer, 2013), pp. 413 – 414.

③ Caryl Phillips, *The Nature of Blood*, London: Faber and Faber, 1997, p. 107.

奥赛罗被卖为奴时已是成人。至于威尼斯是奥赛罗“强迫流散”过程中的第几个目的地，不得而知，但从奥赛罗的语言能力、穿着打扮和行事风格可以发现，奥赛罗在多次流散过程中已接受了较为全面的欧洲教育。

王子出身、为奴经历和欧洲教育使奥赛罗内心充满矛盾，即：身处帝国中心，领导威尼斯军队，曾经为奴的经历却挥之不去，自觉低人一等。菲利普斯把奥赛罗比喻成“威尼斯创造的无法忍受的特价商品（loss-leader），所有成功的黑皮肤的欧洲人中最著名的那一个”[①]。奥赛罗从非洲王子变身为被欧洲白人社会规训、教化后受雇于欧洲人，替欧洲人冲锋陷阵的黑人武士。“欧洲人将其抓获，教他另一种语言，嘲笑他的宗教，教给他欧洲人的宗教，让他穿欧洲人的衣服，却又让他认识到在欧洲他永远不可能与白人平起平坐”[②]。奥赛罗虽贵为将军，却得不到威尼斯人的尊重，被遗弃的感觉油然而生。

奥赛罗的“征服”不仅表现为对敌作战和攻城略地，还表现为对苔丝狄梦娜的占有；然而，这一占有违背了萨义德以福楼拜和埃及妓女为例所探讨的东方被西方言说和占有的话语模式[③]，奥赛罗对苔丝狄梦娜的占有与15、16世纪威尼斯帝国的霸权地位格格不入。奥赛罗并不具备言说/征服以苔丝狄梦娜为代表的西方（威尼斯）女性的种族政治文化优势，苔丝狄梦娜也因这场婚姻成为被威尼斯白人同胞轻贱的人。对此，奥赛罗似乎心知肚明：“她平静地睡着，黑发及肩。这位年轻女子从未想象到命运将其置于如此这般的困境之中。自此不再有安全的港湾，强大的传统将其破坏。她不再被视为遥不可及的理想的化身。所有人都会把她想象成轻浮下贱的女人”[④]。

---

① Caryl Phillips, *The European Tribe*, New York: Vintage Books, 2000, p. 46.

② Caryl Phillips, *The European Tribe*, New York: Vintage Books, 2000, p. 46.

③ ［美］爱德华·W. 萨义德：《东方学》，王宇根译，生活·读书·新知三联书店2007年版，第8页。

④ Caryl Phillips, *The Nature of Blood*, London: Faber and Faber, 1997, p. 106.

“着迷”“壮丽”“富丽堂皇”“震撼”“宏大”和“巧夺天工的建筑令我目不暇接”[①] 是奥赛罗对威尼斯城的描述，其间“臣服”之情溢于言表。奥赛罗的“臣服”还表现在他在讲故事过程中对自己欧洲旅行者的角色安排；从欧洲白人的视角出发讲述自己征战异国他乡的故事，奥赛罗虽“征服”了威尼斯贵族听众，赢得苔丝狄梦娜的芳心，却也成为法农所说的戴着白人面具的黑人。

奥赛罗知道“名声”是他威尼斯生活的前提条件，有保护他免遭威尼斯人歧视的功能：“在威尼斯我（奥赛罗）没有朋友，名声能缓和因相貌而引发的威尼斯人（对我）的敌对态度”[②]，奥赛罗所说的“相貌”与其说是长相，不如说是肤色。鉴于奥赛罗骁勇善战的威名和迫在眉睫的土耳其战争威尼斯贵族把他奉为座上客并默许奥赛罗迎娶苔丝狄梦娜为妻。名声和婚姻冲昏了奥赛罗的头脑，引发了奥赛罗带有浪漫主义色彩的“我是威尼斯人”的主观臆想。与流散威尼斯的犹太人一样，奥赛罗是被威尼斯白人基督徒利用后遭迫害的异族“他者”。他的悲剧从忘记自己黑人身份的那一刻开始；对此，菲利普斯写道：

> 他（奥赛罗）一路奋斗从奴隶制进入欧洲梦魇的主流。他确保自身安全和地位的尝试仅在战争爆发需要他参战时才有效……据我们所知，他否定了或至少是没有培养本人对过去（经验与传统）的认知与记忆。他过分依赖威尼斯的体制，并最终以欧洲人的死亡方式—自杀结束了自己的性命”。[③]

威尼斯城里的奥赛罗是欧洲种族主义政治文化的缩影，这一文化试

① Caryl Phillips, *The European Tribe*, New York: Vintage Books, 2000, pp. 106 - 107, p. 46.

② Caryl Phillips, *The European Tribe*, New York: Vintage Books, 2000, pp. 46, 118.

③ Caryl Phillips, *The European Tribe*, New York: Vintage Books, 2000, p. 51.

图忘记“为建造她的教堂、艺术馆和其他宏伟建筑而付出的代价”①。像奥赛罗一样的黑人便是那“代价的一部分”，他们在欧洲的生活经历即是可怖的梦魇。

奥赛罗在威尼斯军队中的地位并非莎士比亚戏剧中所描写的那样无可替代，《血的本质》中奥赛罗对自己打折了的将军身份已有所知，“我之所以在威尼斯享受这样的待遇是因为威尼斯共和国喜欢雇佣国外将军，以此防止军事独裁。事实上，威尼斯政府已习惯于通过这种手段羞辱出色的威尼斯士兵、挫伤他们的士气，好让他们安于现状”②。由此可见，奥赛罗不过是威尼斯共和国总督建立自己绝对统治权威的一枚棋子。此外，尽管威尼斯城里已有大量黑人存在，如凯特·洛伊教授提及的黑人贡多拉船夫，但身居高位的奥赛罗一心只想跻身白人社会对流散威尼斯的非洲黑人社区视而不见。不安和孤独既是奥赛罗威尼斯生活的主旋律，又是莎剧中奥赛罗不自信和轻信伊阿古的心理原因。

如同作为夏洛特·勃朗特小说《简·爱》前传的琼·里斯的小说《茫茫藻海》揭示了罗切斯特太太（阁楼上的疯女人）变疯、致死的种族原因一样，作为莎士比亚戏剧《奥赛罗》的前传，《血的本质》中奥赛罗的第一人称叙事揭示了奥赛罗杀妻后自杀这一悲剧的种族主义成因。奥赛罗希望通过婚姻获得在威尼斯社会与白人平等的权利，令其意想不到的是以伊阿古为代表的威尼斯种族主义势力对奥赛罗和苔丝狄梦娜展开了恐怖的复仇。如果说奥赛罗杀妻是遗弃神经官能症患者侵略性行动的表现，奥赛罗自杀则可被视为彻底的自我贬低与否定，“被遗弃”的感觉是奥赛罗杀妻后自杀这一极端暴力行动的导火索。奥赛罗并未意识到遗弃他的不是他的妻子而是威尼斯白人社会。

论及反犹主义（anti-semintism）和黑人恐惧症（negrophobia）之间的内在联系时，法农指出：“反犹分子（anti-Semite）必定是反黑人分

① Caryl Phillips, *The European Tribe*, New York: Vintage Books, 2000, p. 128.

② Caryl Phillips, *The Nature of Blood*, London: Faber and Faber, 1997, p. 116.

子（anti-Negro）”①。安德烈·施瓦兹—巴特（Andre Schwarz-Bart 1928—2006）认为：从某种意义上讲，奴隶制与法西斯关押、驱逐和建立（犹太）集中营的做法遥相呼应。② 如法农和施瓦兹—巴特所言，犹太人与黑人已形成具有相同或相似流散和受难经历的跨种族命运共同体。在（反）欧洲种族主义的探讨中，二者缺一不可。《血的本质》中，从20世纪40年代的德国纳粹犹太大屠杀回写至1480年威尼斯共和国的“血祭审判”，菲利普斯向读者表明：欧洲境内，针对犹太人和黑人的种族主义意识形态以及与之关联的种族歧视和迫害行动并未随着帝国（如：威尼斯帝国和“德意志第三帝国”）的变迁和文明的发展而改变。将“血祭”阴谋、“隔都”现场和“奥赛罗”的第一人称叙事有机编织于小说之中，菲利普斯再现了由来已久的以15、16世纪的威尼斯人和20世纪40年代的德国人为代表的狭隘的欧洲种族部落意识，创造了一个内含欧洲种族主义政治文化编码的表征系统。作家反欧洲种族主义的写作动机可见一斑。

---

① 反犹主义的观点与黑人恐惧症密切相关的说法乍听起来令人感到费解。来自安的列斯群岛的我（法农）的哲学教授让我认识到这样一个事实，即：“不论何时你听到有人侮辱犹太人，都应密切关注，因为那人正在谈论你”。我（法农）发现教授说的没错——我认为我应该身体力行对我兄弟们（犹太人和黑人）的遭遇有所反应。此后我意识到教授的意思其实很简单：反犹分子（anti-Semite）必定是反黑人分子（anti-Negro）。转自 Bastian Balthazar Becker, “‘An Everblooming Flower’: Caribbean Antidote to a European Disease in the Works of Caryl Phillips”, *South Atlantic Review*, Vol. 75, No. 2 (Spring, 2010), pp. 113 – 134, p. 115。

② Bastian Balthazar Becker, “‘An Everblooming Flower’: Caribbean Antidote to a European Disease in the Works of Caryl Phillips”, *South Atlantic Review*, Vol. 75, No. 2 (Spring, 2010), p. 115.

第四章　多元文化、种族杂合：狂欢、黑色幽默与人权批判

1948 年 6 月一艘名为“帝国风驰号”的轮船从牙买加等加勒比海国家出发，将 492 名黑人带到英国，开启了二战后有色人种移民英国的高潮。移民的到来为英国战后经济复苏、基础设施建设做出了贡献，直至 1962 年《联邦移民法》（*Commonwealth Immigration Act*）颁布，该法律禁止帝国版图内的“非本土生人”（non-patrial）进入或在英国定居。萨姆·塞尔文、哈尼夫·库雷西、卡里尔·菲利普斯和扎迪·史密斯的小说创作与其自身二战后英国有色移民的生活密不可分；从有色移民或有色移民后代的视角出发，上述作家作品中有关英国的描述可被大致分为两类：一、移民眼中以伦敦为代表的英国是“应许之地”“世界上最安全的地方”；二、英国是藏污纳垢之地，是致人邪恶的地方。乔纳森·拉班（Jonathan Raban）指出，污垢（dirt）是描写英国城市的作品中经常被提到的唯一特征，污垢似乎被赋予“道德提喻”（moral synecdoche）[①] 的功能。

有色移民在英国的生活可谓冷暖自知，萨姆·塞尔文（Sam Selvon 1923—1994）、哈尼夫·库雷西（Hanif Kureishi 1954—）和扎迪·史密斯（Zadie Smith 1975—）笔下的有色移民均对英国生活抱有既来之则

① Jonathan Raban, *Soft City*, London: Flamingo, 1984, p. 32.

安之的态度，他们自我安慰、自我解嘲，试图以一己之力融入英国社会。性、宗教以及有色移民原初国的文化和历史是上述作家作品中主人公与英国社会主流文化与价值观互动、交锋与妥协的场域。作家诙谐幽默的文字背后隐藏着的多是主人公为稻粱谋的玩世不恭的心态。有色移民的纵欲、嘉年华般的狂欢和争取少数族裔人群社会文化权利的令人啼笑皆非的斗争是塞尔文、库雷西和史密斯对有色移民英国生活的生动再现，同时也体现出上述作家对建构英国多元文化社会的相对积极心态。换言之，尽管困难重重，有时会以丧失道德为代价，被同化也罢，维持自我也好，有色移民期盼能在英国谋生，甚至能过上相对富裕的和有尊严的生活。

就出版时间而言，萨姆·塞尔文的小说《孤独的伦敦人》和扎迪·史密斯的小说《白牙》虽相隔近半个世纪，两部小说却因对英国有色移民种族危机的诠释而展现出主题上的一致性。以“摩西十诫”和“掉牙”的焦虑为隐喻，塞尔文和史密斯为读者阐释了英国20世纪四五十年代有色移民的生存与道德危机和20世纪八九十年代有色移民种族文化与历史存续危机的社会经济与种族政治成因。

《孤独的伦敦人》中加勒比移民在英国的贫苦生活与其嘉年华般的纵欲狂欢交织在一起，痛苦与快乐、道德与邪恶并存。加勒比青年潇洒快活的生理追求与其居无定所、食不果腹的生活现实形成巨大反差；无道德可言的寻欢作乐是其摆脱内心焦虑的唯一途径。尽管如此，他们对英国的迷恋却使其无法摆脱夏日里的纵欲与冬日里的贫穷，这一随季节更替而展开的恶性循环。需在此指出的是，塞尔文以暗喻的方式将夏日与经济繁荣，冬日与经济萧条画上了等号；小说中，“夏”与“冬”两个季节分别象征着英国经济形势的好与坏，也因此成为年轻的加勒比移民生活状况好与坏的指示剂。

《白牙》中，借助一系列故事，如：孟加拉有色移民萨马德与儿子音乐老师的艳遇，萨马德对两个儿子一个留在英国和另一个返回孟加拉接受教育的安排，以及从小接受英国教育的小儿子米拉特在“未来鼠展”（the Future Mouse exhibition）上对德国纳粹基因科学家的暗杀等，扎迪·史密斯试图提出所谓“中立空间”（neutral spaces）的观点，即：用中立空间取代纷繁复杂的现在与过去；借助中立空间，摒弃每个人的历史桎梏。[①] 从皆大欢喜的结尾可见，史密斯对有色移民抛弃“历史负担”，轻装前进，拥抱英国社会的心态表示赞许。这也反映了新千年之际，人们对英国多元文化的美好畅享。

作为第二代有色移民作家，哈尼夫·库雷西与扎迪·史密斯相似，对有色人种融入英国社会持积极肯定态度；与史密斯小说《白牙》中有色人种主人公和小说人物为化解身份危机而采取多种尝试的做法不同，库雷西的小说《郊区佛爷》中的主人公哈伦（Haroon）似乎从一开始就习得了在英国社会里的生存之道。虽然通过小说人物派克（Pyke）之口，库雷西提出：“若想成功变成另外一个人（someone else），你必须是你自己”的悖论中的悖论（paradox of paradoxes）[②]，仔细阅读却发现库雷西所说的坚持自我融入英国社会的策略中的“自我”已经失去了源出国文化的真实可靠性。为赢得英国社会认同，哈伦将伊斯兰人的身份与印度教瑜伽文化和中国道家哲学杂糅在一起，以向英国白人基督徒兜售所谓东方哲学的方式成为享誉白人社区的“郊区佛爷”。库雷西似乎表现出针对源出国文化玩世不恭的态度，即：只要能成为被英国社会所接受的有色英国人，任何文化和身份牺牲都是值得的。

不同于扎迪·史密斯的小说《摇摆时光》（*Swing Time* 2016）中女主人公以投身舞蹈艺术的方式化解本人有色人种身份困惑与文化危机的故事和《郊区佛爷》中库雷西对“郊区佛爷”哈伦成功之道的描述，卡里尔·菲利普斯作品中的非裔黑人主人公如同莎士比亚戏剧《奥赛罗》中受雇于威尼斯帝国的黑人将军“奥赛罗”一样，虽在白人社会里建功立业，却终究逃不掉受种族歧视与种族暴力的悲惨

---

① 参见：Zadie Smith, *White Teeth*, New York: Penguin Books, 2000, p. 514。

② Hanif Kureishi, *The Buddha of Suburbia*, London: Faber and Faber Ltd., 1990, p. 220.

命运。

《黑暗中的舞蹈》（*Dancing in the Dark* 2005）中，菲利普斯再现了20世纪头十年享誉美国第七大道的非裔美国黑人喜剧艺术家伯特·威廉姆斯（Bert Williams 1874—1922）的故事，威廉姆斯因打破了美国白人社会给黑人喜剧演员规定的舞台形象被边缘化后被人遗忘。小说《外国人》（*Foreigners* 2007）中，菲利普斯以历史事实、新闻报道为依据重新讲述了20世纪50年代英国乃至世界拳坛红极一时的英国黑人拳王伦道夫·特平（Randolph Turpin 1928—1966）因贫穷所迫杀死自己两岁的小女儿后自杀的悲剧故事。通过对欧美社会中成功黑人“奥赛罗”般悲剧故事的文学再现，菲利普斯意在指出，艺术能改变黑人的社会身份、名气能改变黑人遭受种族歧视与暴力的生活状况的想法是对英美两国所宣称的多元文化社会的不切实际的幻想，“成功的”和“被英美社会所接受”的非裔黑人与莎士比亚笔下被利用、遭迫害的“奥赛罗”并无本质差别。小说《远岸》中，卡里尔·菲利普斯讲述了非洲黑人男性难民加布里埃尔/所罗门和英格兰白人女性多萝西分别遭受英格兰种族暴力和英格兰白人男性“规训与监视”的故事。加布里埃尔/所罗门和多萝西在斯通利新区构建的跨种族命运共同体是二者抵抗种族暴力和男权压迫继续生活的希望所在。加布里埃尔/所罗门之死和多萝西“变疯”意味着跨种族命运共同体的终结，内含菲利普斯对20世纪末英格兰反人权现象的政治文化批判。

传记故事集《外国人》中，卡里尔·菲利普斯提出并解答了一个具有种族伦理内涵的问题，即：英国黑人土生子特平和来自英国前殖民地尼日利亚拉各斯的黑人移民奥利瓦里为何身为英国公民却被视为低人一等的“外国人”并因此而遭受种族歧视和迫害？通过对特平和奥利瓦里悲惨命运的文学化再现，菲利普斯谴责了隐含于战后英国社会中狭隘的种族部落意识，借此警醒英国民众并希望英国终有一日能成为生活其中以英国黑人为代表的有色公民名副其实的家园。

第一节　《孤独的伦敦人》与《白牙》中英国有色移民的种族危机

2001 年，英国北方城市布拉德福发生种族骚乱。此后，英国种族平等委员会（the Commission for Racial Equality）前主席乌斯利勋爵（Lord Ousley）宣称：英国正“梦游”一般转变为美国式的充满少数民族贫民窟的社会；英国城市中由“种族和宗教隔离”造成的少数民族聚居已成为发展社区凝聚力的主要障碍。[①] 英国境内涉及移民、少数民族聚居、英国性本质和多元文化等领域更为宽泛的探讨揭示了 21 世纪英国多元文化公民（multicultural citizenship）这一身份概念显而易见的缺陷。英国大众和官方政治话语中均传达出对文化与宗教差异潜在（社会）分裂效果的焦虑[②]。

实际上，以“种族和宗教隔离”“多元文化公民身份缺陷”为表征的英国性与英国文化焦虑并非 21 世纪的产物，而是始自 1948 年移民潮后英国种族歧视与有色移民种族危机累积效应的体现。萨姆·塞尔文的小说《孤独的伦敦人》（*The Lonely Londoners* 1956）和扎迪·史密斯的小说《白牙》（*White Teeth* 2000）可被视为移民潮后英国种族歧视和种族危机之文学诠释的典范。上述两部小说中，对有色移民而言，伦敦是“应许之地”更是“犯罪现场”和“对异族文化进行异花传粉与基因控制的实验室”。本文认为，以“摩西十诫”和“掉牙”的焦虑为隐喻，塞尔文和史密斯在其小说中诠释了生活于伦敦的英国有色移民物质与精

① 2005 年 9 月 19 日，《卫报》在英国种族问题专栏上刊登了题为《英国正梦游般走向隔离》的报道，援引英国种族平等委员会前主席乌斯利勋爵和现任主席特雷弗·菲利普斯（Trevor Phillips）的话指出英国种族隔离问题的严重性。菲利普斯认为英国境内“体系健全的少数民族贫民窟”就像一场噩梦，与美国新奥尔良贫民窟规模和数量相似的贫民窟将在英国产生。少数民族聚居区中的族裔人群正遭受贫穷、种族歧视和被排斥之苦，这一社会现象因政府的无能而产生。参见：https：//www. theguardian. com/world/2005/sep/19/race. socialexclusion。

② Deborah Philips, Cathy Davis and Peter Ratcliffet, “British Asian Narratives of Urban Space”, in *Transactions of the Institute of British Geographers*, Vol. 32, No. 2 (April, 2007), p. 217.

神两个层面上的种族危机，即：20世纪四五十年代有色移民的生存与道德危机和20世纪八九十年代有色移民种族文化与历史存续危机，以及导致上述危机产生的社会经济与种族政治成因。

一 “十诫”与“破戒”：加勒比移民的生存与道德危机

《孤独的伦敦人》中，主人公摩西是1948年乘“帝国风驰号”轮船到达英国的492名加勒比移民中的一员。西印度群岛大学资深讲师罗伊登·萨里克认为：摩西具有宗教内涵的名字暗示着流散生活中的艰辛、漫游、力量与特权；尽管摩西发现应许之地伦敦令人困惑、备感孤独，但他仍以其独特方式成为（加勒比）流散社区的领导者，带领怀有相同都市信念的人们从怪异、荒凉的滑铁卢车站进入充满敌意的伦敦城，在那里享受稍纵即逝的生活快感[①]。

《孤独的伦敦人》中的宗教隐喻并非仅限于主人公摩西的名字。如把20世纪四五十年代从加勒比流散至英国的黑人移民与《出埃及记》中离开埃及流散他乡的犹太人类比，可以发现塞尔文欲将“摩西十诫”设定为以摩西为叙事中心的虚拟小说世界的道德参照的创作动机。与《出埃及记》中犹太人遵规守诫，最终到达应许之地迦南的故事不同，塞尔文描写的是加勒比移民到达“应许之地”伦敦之后的破戒行为。《孤独的伦敦人》因此成为一部记载加勒比移民在伦敦如何犯罪和为何犯罪的调查实录。

《出埃及记》中先知摩西是以色列犹太人的领导者；《孤独的伦敦人》中帮助同胞定居伦敦的摩西是加勒比移民的“精神领袖”。定居伦敦10年，见多识广的摩西不仅对同胞们的伦敦生活遭遇深表同情，更对加勒比移民集体“破戒”深感忧虑。加勒比移民的“破戒”与恶劣

① Roydon Salick, *The Novels of Samuel Selvon A Critical Study*, London: Greenwood Press, 2001, p. 128.

的生存环境密切相关。“伦敦城里黄金铺就的街道”（the streets of London paved with gold）不过是英国政府为哄骗殖民地廉价劳动力移民英国而编造的“神话”，是英国政府为加勒比移民炮制的虚无缥缈的“伦敦梦”。朝不保夕、居无定所才是加勒比移民伦敦生活的真实写照。目睹同胞身陷伦敦“欲望之都”无法自拔的现实，摩西发出无可奈何的叹息。

《孤独的伦敦人》以摩西前往伦敦滑铁卢车站迎接同乡亨利·奥利弗开篇；摩西“联络官”兼“福利官”的“头衔”内含两层意义：一、迎接来自西印度群岛的黑人移民已成为摩西日常生活的重要组成部分；二、英国政府为解决国内劳动力短缺问题只顾大量引入移民，却对移民在英国的实际生活袖手旁观。接站、安排住处和找工作，这些理应英国政府负责出面解决的问题却落到了以摩西为代表的第一批抵达英国的加勒比移民身上。

摩西接站之日，蓄意丑化加勒比移民的英国记者夹杂在滑铁卢车站熙来攘往的有色移民中间。英国记者对为数众多的牙买加人移民英国的原因明知故问，希望借助他们的回答妖魔化黑人移民的形象，即：黑人之所以移民英国是想在英国过上不劳而获，吃国家救济的寄生虫般的生活。

《回声》（*Echo*）日报记者误认为摩西是刚到英国的牙买加黑人移民，而询问摩西“为何牙买加人如此喜欢移民英国?”的时候，摩西却借机反问：为什么我们［黑人移民］在英国找不到工作，没有地方住，即便有工作也是最糟糕的工作?① 摩西对记者的反问是已有丰富伦敦生活经验的黑人移民对英国二战后移民政策真实性与合理性的质疑，即：英国政府1948年颁布的《英国国籍法》以自由入境为原则允许来自英国前殖民地的移民进入英国并与英国人享受相同的公民权利②；然而，

① Sam Selvon, *The Lonely Londoners*, London: Penguin Group, 2006, p. 8.

② Randall Hansen, *Citizenship and Immigration in Post-War Britain: The Institutional Origins of a Multicultural Nation*, Oxford, New York: Oxford University Press, 2000, p. 17.

有色移民到达英国后的现实生活却与《英国国籍法》的承诺相去甚远。

加勒比移民并无靠救济金过活的打算，靠诚实劳动致富才是他们移民英国的初衷。救济金领取处，几位加勒比移民坐在排队领救济金的人群中，好像等待审判的罪犯。救济金申领者中英国白人占绝大多数，有些白人是救济金领取处的常客；对他们来说，领救济金似乎是天经地义的事情。与之相反，加勒比移民却将领救济金视为一种耻辱和犯罪。加勒比移民的工作欲从刚到伦敦的亨利·奥利弗身上可见一斑。奥利弗的随身行李只有一只牙刷。被问及为何连衣服、行李都不带时，他的回答是："别担心，有了工作一切都会有的"①。《孤独的伦敦人》中，"摩西十诫"的第七条"奸淫罪"和第八条"偷盗罪"② 分别与加勒比移民纵欲无度和偷猎鸽子与海鸥的罪行相对应。

罗伊登·萨里柯认为"西印度移民之所以沉溺性事是想通过性行为将异质的和不友好的环境黑人化（nigrification）。塞尔文似乎并未就此谴责加勒比移民，因为黑人化是适应新环境和让新环境更像家园的一种自然而然且不可避免的过程"③。萨里柯的论述将"奸淫"视为加勒比移民将伦敦"黑人化"的途径。言外之意，"奸淫欲"乃加勒比移民本性，唯有如此，加勒比移民才会有身在伦敦如同在家的感觉。

然而，事实并非如此，通过对加勒比黑人移民纵欲行为的描写，塞尔文旨在揭露如下现实：黑人移民的纵欲以英国白人对黑人原始丛林里"野蛮人的性幻想"（imaginary sexual savagery）为前提条件④。塞尔文在小说中写道："他们（英国白人）希望你（加勒比黑人）像他们在电影和故事里看过或听说过的原始丛林里的黑人一样生活"⑤，黑人已成

---

① Sam Selvon, *The Lonely Londoners*, London: Penguin Group, 2006, p. 14.

② 详见孙帅《奥古斯丁对摩西十诫对基督教化理解》，《中国社会科学报》2015 年 6 月 3 日第 B02 版。

③ Roydon Salick, *The Novels of Samuel Selvon A Critical Study*, London: Greenwood Press, 2001, p. 124.

④ Graham MacPhee, *Postwar British Literature and Postcolonial Studies*, Edinburgh: Edinburgh University Press, 2011, p. 124.

⑤ Sam Selvon, *The Lonely Londoners*, London: Penguin Group, 2006, p. 100.

为伦敦城里白人的性玩物和色情电影里的主人公。

苏西拉·纳斯塔教授认为：加勒比移民对伦敦的“黑人化”“反映了男孩子们（加勒比黑人男子）内心的焦虑与不安全”①。事实上，男性黑人移民希望通过对英国白人女性的占有彰显他们的男性气质。他们一厢情愿地认为征服了英国白人女子就等于征服了英国，却始终摆脱不了被英国社会边缘化的生存困境，纵欲是他们缓解生活压力和替代破灭了的“伦敦梦”的自欺欺人的作法。然而，与白人女性频繁的“亲密接触”并不能让黑人移民融入英国社会，成为英国白人家中的座上客更是非分之想。如小说题目所示，“孤独”才是诠释加勒比移民伦敦生活的核心词。

惊叹于亨利·奥利弗不畏艰辛的精神，摩西决定用亚瑟王传奇故事中伟大的圆桌骑士加拉哈德爵士（Sir Galahad）的名字称呼亨利·奥利弗。亨利·奥利弗的本名在小说中仅出现过一次。由此可见，加拉哈德爵士并非摩西一时兴起给奥利弗起的绰号，因为摩西不仅在“加拉哈德”身上看到了自己年轻时的影子还希望“加拉哈德”能在伦敦城里勇闯新世界。通过对摩西与奥利弗两代加勒比移民形象的刻画，塞尔文意在揭示如下事实：加勒比移民的“伦敦梦”或许需要几代人的努力才能实现，能为加勒比移民带来幸福的“圣杯”需要依靠前仆后继的“奥利弗（加拉哈德爵士）们”的奋斗才能取得。

《孤独的伦敦人》中，黑人卡车司机哈里斯举办的舞会可被视为加勒比移民稍纵即逝的伦敦幸福生活的缩影。通过对舞会现场的描写，塞尔文为读者呈现了一幅能够自食其力且有尊严的加勒比移民的社区生活照。约翰·麦克劳德认为舞会给加勒比移民提供了：“暂时想象一种新型的且具有社会包容性空间的时刻，这一想象源自将舞池克里奥化的愿望。容忍、种族融合、愉悦、流动……过去与现在、内部与外部、加勒比与伦敦之间的协商与妥协”②。然而，加勒比移民的伦敦乌托邦终究

① Susheila Nasta, *Home Truth: Fictions of the South Asian Diaspora in Britain*, Basingstoke: Palgrave, 2002, p. 80.

② John McLeod, *Postcolonial London: Rewriting the Metropolis*, London: Routledge, 2004, p. 39.

是昙花一现。哈里斯举办的舞会成为加勒比移民“富有”与“落泊”两种截然不同的伦敦生存状态的分水岭。

1958年诺丁山种族骚乱爆发。在英国种族歧视政治高压下大批加勒比移民失业。失业后的亨利·奥利弗以偷窃公园里的鸽子为食，犯下“偷盗罪”。目击亨利·奥利弗犯罪过程的英国老妇称其为“残忍的恶魔”，要喊警察来将其绳之以法。亨利·奥利弗偷窃鸽子和绰号为“船长”的加勒比移民偷猎海鸥的罪行均是无奈之举，如奥利弗所说“在这个国家，人们宁愿看他人挨饿也不愿看到小猫、小狗没东西吃”①。文中“人们”指的是英国白人，“他人”指的是加勒比移民。言外之意，加勒比移民的在英国白人心中的地位还比不上英国的小猫、小狗。

库德拉·福布斯认为：“伦敦西印度人的底层生活是一种类似流浪者般的生活；因生活所迫退化成‘男孩’的加勒比男性自始至终受工作所限，找工作、逃离工作、准备去工作成为小说中仪式化重复出现的模式”②；福布斯将加勒比男性的纵欲视为一种逃离工作的仪式。失去仪式寄托的加勒比移民要么靠猎食鸽子、海鸥为生，要么自杀身亡或被房东半夜打开煤气毒害致死。

“精神领袖”摩西领导加勒比流散社区的“独特方式”不仅表现为以接站的方式引领同胞进入伦敦生活，还表现为摩西房间里每周一次的星期日同乡会。同乡会的自发性与仪式性已使其上升到近乎宗教般神圣的地位：

> 几乎每个星期日的早上，像去教堂做礼拜一样，男孩们齐聚摩西的房间，谈些往日的话题，打听一下最近的情况，正在发生些什么，下一场盛大节日何时到来……他们每个星期日都到摩西那儿

① Sam Selvon, *The Lonely Londoners*, London: Penguin Group, 2006, p. 117.

② Curdella Forbes, *From Nation to Diaspora Samuel Selvon, George Lamming and the Cultural Performance of Gender*, Jamaica, Barbados, Trinidad and Tobago: The University of the West Indies Press, 2005, pp. 81, 83.

去，仿佛是去作忏悔，坐在床上、地板上、椅子上，每个人都在问发生了什么，却无人知晓……[①]

摩西满怀同情地倾听同胞们的生活遭遇，“他仿佛经历了他们每个人的生活，所有的压力都落到了他的肩上”[②]。在数百万英国白人中间，加勒比黑人移民无所适从、毫无希望、循环往复的生活现状令摩西焦虑万分。小说中的即兴小调、俏皮语言与嘉年华活动皆是加勒比移民在伦敦悲惨世界中聊以自慰的方式。

《孤独的伦敦人》中的摩西并未像《出埃及记》中的摩西那样试图用“摩西十诫”警告和规约同胞们的言行。因为就摩西及其同胞们艰难的生活而言，伦敦更像《出埃及记》中法老统治下饱受压迫的犹太人的聚居地埃及古城歌珊（Goshen）而非赋予他们自由、幸福生活的应许之地迦南，“犯罪”是伦敦城里加勒比移民迫不得已的生存之道。通过对加勒比移民生存与道德危机的描述，塞尔文巧妙地逆转了“摩西十诫”传统意义上“罪”与“罚”的逻辑关系，即：理应受到谴责和惩罚的不应是“犯罪”了的加勒比移民而应该是实施种族歧视政治而迫使加勒比移民“犯罪”的英国白人社会。

二　“掉牙”的焦虑：种族文化与历史存续危机

就出版时间而言，萨姆·塞尔文的小说《孤独的伦敦人》和扎迪·史密斯的小说《白牙》虽相隔近半个世纪，两部小说却因对有色移民种族危机的诠释而展现出主题上的一致性，可被视为聚焦20世纪中、后期英国有色移民种族危机的前后相继的两部“断代史”。《孤独的伦敦人》中，塞尔文阐发了20世纪中期因贫穷、落泊而引发的有色移民

① Sam Selvon, *The Lonely Londoners*, London: Penguin Group, 2006, pp. 134 – 135.

② Sam Selvon, *The Lonely Londoners*, London: Penguin Group, 2006, p. 135.

的生存与道德危机。《白牙》则揭示了20世纪末英国有色人种的种族危机已从物质层面进入以文化和历史为表征的精神层面的事实。

《白牙》中，“出牙”“门牙”“智齿”“牙根管”“犬齿”等系列牙齿医学术语高频出现。史密斯旨在用“牙齿”这一人体最显著、最坚固和最具种族特征却又最容易被忽视的器官指涉英国有色人种独特的历史记忆与文化传统，用“掉牙”喻指二者的缺失以及由此而引发的20世纪八九十年代伦敦城内有色移民及其后代的种族文化与历史存续危机。

自2000年出版之日起，《白牙》便被评论界广泛赞誉为有关多元文化、新千年英国性（a vision of Britishness for the millennium）的“史诗故事”①。究其本质，《白牙》的创作动机并非如众多评论家们所说，旨在宣扬构建新千年英国“多元文化”和谐社会的美好图景。②

有色移民及其后代如何承前启后，在流散的土地（英国）上通过实际行动维护和发展种族文化与历史才是史密斯的创作意图所在，恰如萨马德对朋友阿奇·琼斯所说：“活着就应充分懂得你行动的影响将持续下去。我们是结果的动物（creatures of consequence）……我们的行动将影响我们的后代，我们所谓的意外事件将决定他们的命运”③。

1973年，45岁的萨马德与年仅20岁的妻子艾尔萨娜从孟加拉移民英国，两人移民英国的动机不同。为保护英国（殖民宗主国）的安全

① Ulrike Tancke, “Original Traumas”: Narrating Migrant Identity in British Muslim Women's Writing, in *Postcolonial Text*, Vol 6, No. 2 (2002), pp. 1 – 15.

② 乌尔里克·谭克尔（Ulrike Tancke）认为：小说中对加勒比裔、孟加拉裔、英国、英国犹太裔家族（家庭）之间复杂关系的描写貌似赞扬英国当代城市文化生活的异质性；然而，深入文本却发现史密斯漫不经心地冷嘲热讽背后却隐含着对移民经验和多元文化逆流的担忧：迷失、无根和无归属感与在世界大都市里生活的状况紧密相关，具全球性特征的地方生活（[g] locality）意味着我们的生活不可改变地陷入因与果的世界性大网之中，而这并不能为我们提供充满希望的创建新型社区与责任的机会；相反，却令我们陷入无家可归的境地。从这层意义上讲，将《白牙》视为鼓舞士气的新纪元小说并不准确，小说中史密斯对“原创伤”和“重复强迫症”的阐释似乎更能说明问题。参见：Ulrike Tancke, “Original Traumas”: Narrating Migrant Identity in British Muslim Women's Writing in *Postcolonial Text*, Vol. 6, No. 2 (2011), pp. 1 – 15, p. 1。

③ Zadie Smith, *White Teeth*, New York: Penguin Books, 2000, p. 102.

和利益而参加第二次世界大战的萨马德在战争结束后面临何去何从和“我究竟是谁?”的归属地与身份危机，如他对阿奇·琼斯所说：“回孟加拉？或是去德里（印度城市)？在那儿谁会需要像我这样的英国人？去英国？谁能接纳像我这样的印度人?”① 移民英国既化解了萨马德的归属地选择焦虑，实现了他对“大英帝国子民”的身份确认。与萨马德长达28年（从17岁为英国参战到45岁移民英国）的英（帝）国情结不同，艾尔萨娜移民英国只为“安全”二字，孟加拉自然灾害频发，每年因热带风暴、洪水和泥石流等自然灾害而引发的人员伤亡不计其数。艾尔萨娜认为，与孟加拉相比英国是世界上最安全的地方。

小说中萨马德的社会身份大致可分为三种：1. 堂弟阿达舍尔（Ardashir）开的印度餐馆里的服务员；2. 双胞胎儿子马吉德和米拉特就读学校里的家委会成员；3. 奥康奈尔酒馆里的常客。通过对上述场所中萨马德行动的描述，史密斯揭示了萨马德所面临的经济、文化与历史三个层面上的危机。

妻子即将生子和为孩子提供良好教育环境而换房搬家给萨马德带来较大经济压力。萨马德向阿达舍尔提出加薪的请求。然而，久居伦敦谙习英国经商之道的阿达舍尔却拒绝了萨马德的请求，并将其归咎于“这个国家的生意经”。言外之意，是英国不近人情的经商法则使阿达舍尔无法顾及同胞亲情。小说第三人称叙事者将阿达舍尔比喻为“伪装成慈善家的寄生虫”。面对妻子对其未能获得加薪的指责，萨马德只得忍气吞声，通过努力工作赚取“小费”的方式补贴家用。

萨马德希望通过减少学校非基督教节日，如：收获节（Harvest Festival）添加穆斯林节日的方式给儿子所在学校染上穆斯林文化的颜色。尽管萨马德的动议论辩充实可靠，但因家委会成员11人赞成、36人反对未能通过。57岁的萨马德却“因祸得福”博得儿子所在班级年轻女音乐老师波比·博恩特的喜爱。与波比·博恩特的婚外恋使萨马德陷入

① Zadie Smith, *White Teeth*, New York: Penguin Books, 2000, p. 112.

道德与文化的双重危机之中。萨马德发现他非但没给英国染上穆斯林文化的颜色，却反被“堕落”的英国文化同化和腐蚀。波比·博恩特被萨马德视为诱惑他道德犯罪的英国“海妖”，穆斯林文化传统之根是拯救灵魂的救生绳。

“牙齿松动是牙龈深处里有什么东西已经腐烂、退化的第一个征兆”[①]这一第三人称插入语，恰似萨马德良心发现后的内心独白，萨马德将出轨行为视为本人及其家族穆斯林文化传统之根腐烂、松动的征兆，认为：与波比·博恩特断交和把大儿子马吉德送回孟加拉接受正统穆斯林教育是实现自我道德救赎和对家族/种族文化传统固本清源的良策。

萨马德的种族文化与历史存续危机论绝非危言耸听。20世纪80年代，萨马德小儿子米拉特为代表的有色移民后代身陷毒品与种族歧视的双重困境之中。英国历史学家对萨马德祖父潘德兵变英雄身份的体系化否定与丑化。二战退伍老兵J. P. 汉密尔顿先生矢口否认第二次世界大战中前英国殖民地人民为英国而战的历史。上述事实令萨马德及其儿子马吉德、米拉特和克莱拉的女儿艾丽备感英国人种族歧视的敌意与因祖辈历史被抹杀而引发的种族文化与历史存续危机。

《白牙》中，史密斯借助对20世纪90年代盛行于英国的科学技术的探讨映射了英国社会的种族文化问题。英国园艺家乔伊斯的“异花传粉论”和基因科学家马库斯的“基因控制论”分别是英国多元文化政策和种族同化政策的缩影。前者旨在创造物种的多样性和更能适应变化了的环境的后代，后者旨在消除偶然性/随机性，如马库斯所说“消除了偶然性，你就能统治全世界”[②]。向艾丽介绍如何利基因技术治疗癌症时，马库斯说：“如你所见，胚胎细胞功能强大，能帮助我们找出诱发癌症的遗传因素，你真正需要弄懂的是肿瘤如何在活体组织上发展。

① Zadie Smith, *White Teeth*, New York: Penguin Books, 2000, p. 193.

② Zadie Smith, *White Teeth*, New York: Penguin Books, 2000, p. 341.

我是说，你不能把这与文化相提并论，两者不是一回事。接下去要将化学致癌物注入靶器官（target organ）但是……”[①] 马库斯“科学”与“文化”不可对等的说法貌似公允却内含借用基因技术的方法消除“文化肿瘤”的动机。对此，马库斯与他人合著的科普书《时间炸弹与身体时钟：基因的未来探险》的年轻读者，亚裔政治学专业女学生一语道破天机，即：消除“文化肿瘤”意味着用基因控制论的方法实施种族文化的清洗——西方对东方文化与阿拉伯文化的清洗[②]。

史密斯写道：“（20 世纪）这是一个陌生人、棕色皮肤的人、黄皮肤的人和白皮肤的人的世纪，是一个伟大的移民实验的世纪”[③]。“移民实验”中既包含多元文化的“异花传粉”，又包含种族同化的“基因控制”，二者虽表现出“差异性”与“同质化”之间的矛盾，但人为控制却是二者的共性，即：多元文化也好，种族同化也罢均在英国政治和文化权威的监控下展开。英国有色人种不仅面临着种族文化与历史基因消失的危机，还面临着决定人种样貌特征的生理基因彻底丧失的危险。有鉴于此，有色人种对自身文化与历史基因的“过度”保护，如：米拉特进入马库斯与乔伊斯家庭生活后的“宗教激进主义化”及其反社会行为或可理解。

奥康奈尔酒馆中，萨马德为了维护曾祖父曼热尔·潘德的英雄形象，确保曾祖父的照片挂在酒馆墙上而与众人争辩，其反驳的对象并非朋友与家人，而是长期以来施加于有色人种身上的以《牛津词典》和英国历史教科书为代表的英国文化与历史权威的“认知暴力”。阿奇·琼斯发现《牛津英语词典》以词条的形式对“潘德”做出叛徒、变节者和任何军事环境中的傻子或懦夫的定义。他还援引英国当代历史学家菲彻特的观点予以证明。萨马德唯一能用来驳斥 1857 年以来英国相关史学著述妖魔化“潘德”真实身份的证据是他从父辈那里得知的家族史和在剑桥大学读书的侄子在图书馆里发现的名为 A. S. 米斯拉（A. S. Misra）的印度公务员

---

① Zadie Smith, *White Teeth*, New York: Penguin Books, 2000, p. 339.

② Zadie Smith, *White Teeth*, New York: Penguin Books, 2000, p. 417.

③ Zadie Smith, *White Teeth*, New York: Penguin Books, 2000, p. 326.

对曼热尔·潘德打响印度反抗英国统治第一枪及其对1947年印度独立之深远影响的简短记载。在英国文化与历史权威的“认知暴力”影响下，酒馆老板米基、萨马德的两个儿子马吉德、米拉特和妻子阿达舍尔、阿奇·琼斯、艾丽、酒馆常客克拉伦斯和丹泽尔超越肤色与种族差异均一致认同“潘德”的负面形象。曼热尔·潘德的照片最终能继续挂在酒馆的墙上并非出于酒馆老板米基对萨马德观点的认同，而是出于对萨马德15年来对奥康奈尔酒馆表现出的消费者的忠诚的同情与回报。

萨马德与儿子米拉特为维护家族、种族文化和历史而斗争的尝试具有一定启示意义，即：他们的斗争是对英国白人种族歧视和文化霸权的抵抗，可被视为英国有色族裔人群在“帝国中心”通过书写本民族文化与历史的方式改变英国主流文化与历史“白人颜色”的开始。

20世纪末，有色移民及其后代虽已进入英国社会生活众多领域，却因种族歧视和“认知暴力”而面临种族文化与历史“掉牙”的焦虑。史密斯将对萨马德·伊克巴尔与霍坦斯·鲍登两个英国有色移民家族文化与历史渊源镶嵌于小说现在时的叙事之中。透过这一叙事方式，史密斯实现了对英国有色人种文化传统和家族、种族历史的“变化中的相同”的书写，即：不断“变化”的有色人种英国生活史需以其“相同”（或曰“不变”）的种族文化、历史传统和记忆为前提。唯有如此，才能彻底消除有色人种的文化与历史存续危机。

《孤独的伦敦人》和《白牙》中，以摩西和萨马德的伦敦生活为叙事主线，塞尔文和史密斯描述了20世纪中、后期英国有色移民及其后代伦敦生活的酸甜苦辣。恰如圭亚那作家、评论家兼外交家戴维·达比丁（David Dabydeen）所说：英国是世界上最后一个殖民地，是充满殖民不确定性与种族不和谐因素的前哨（outpost）[①]。在英国，人种基因、种族文化与历史基因能否传承和发展是有色移民及其后代种族危机意识的核心

① Gina Wisher, *Key Concepts in Postcolonial Literature*, New York: Palgrave Macmillan, 2007, p. 25.

所在。塞尔文和史密斯对英国境内有色移民及其后代生存、道德、文化与历史权力的反思和要求使其成为二战后英国有色移民强有力的代言人。

第二节　《郊区佛爷》中佛事、性事与种族政治

1990 年，英国当代作家哈尼夫·库雷西凭借《郊区佛爷》获得“惠特布雷德首部小说奖”（Whitbread First Novel Award）。这一奖项的获得不仅标志着库雷西从色情小说家到严肃小说家身份的转变，还体现出包括评论家在内的英国读者对库雷西作品中有关英国文化与种族问题阐释方式的认同。以对小说人物佛事与性事的描写为主线，库雷西深入伦敦南部郊区 17 岁印裔英国男孩卡里姆·阿米尔（Karim Amir）的家庭生活揭示了两代印度穆斯林移民融入英国社会的文化策略，即：以卡里姆的父亲哈伦为代表的第一代印度移民凭借对东方文化知识（中国古典哲学思想）的学习和“兜售”成为受英国白人尊重的瑜伽大师/郊区佛爷。以卡里姆为代表的英国出生的第二代印度移民通过性爱和表演等方式参与英国社会活动，进而成为 70 年代英国文化的见证者与代言人。

《郊区佛爷》中，以卡里姆 17 岁至 20 岁短短 3 年间的成长经历为中心的叙事涉及英国阶级、种族、经济和宗教等方面问题。通过对佛事与性事的描写，库雷西阐释了英国特定历史语境下英国白人与印裔有色人种之间共融互动的社会现实。《郊区佛爷》中的佛事与性事背后隐藏着的是英国白人和印裔有色人种在生理与心理层面上的双向欲求，这一欲求自下而上有效地抵制了英国政府的种族主义政治，并由此引发了读者“何谓印裔英国人？”和有关“20 世纪 70 年代英国多元文化”的思考。

一　从“公务员”到“郊区佛爷”

小说中，卡里姆曾多次阐发对父亲路痴的抱怨：“1950 年开始，至今父亲已在英国定居 20 多年；前 15 年里，父亲一直生活在伦敦南郊。

尽管如此，他对这一带依旧陌生，依旧跌跌撞撞，仿佛刚下船的印度人向英国人询问‘多佛在肯特郡吗？’我一直认为作为英国政府雇员，一名公务员，即便收入再差、地位再卑微，常识他总该是知道的”。[①] 哈伦的路痴症与其认知能力和智商无关，而由他从伦敦办公室至伦敦南郊的家两点一线约定俗成的生活轨迹和与英国社会相对绝缘的生活状态所决定。库雷西对哈伦英国公务员形象的刻画与卡夫卡《变形记》中对公司职员格里高尔·萨姆沙的描写有异曲同工之妙。早出晚归的通勤、毫无成就感的琐碎工作和微薄的工资使哈伦失去了工作和生活的动力，与格里高尔·萨姆沙变形甲壳虫的厌世逃避的抵抗方式不同，哈伦决定用东方文化（印度瑜伽、中国道教）充实自己空虚的精神生活。

《郊区佛爷》开篇，库雷西为读者交代了小说的发生的时代背景，“1950 年父亲已在英国定居，截至目前已有 20 多年；前 15 年里，父亲一直生活在伦敦南郊”[②]，内含与 20 世纪 70 年代的英国相关的丰富的经济和种族文化信息，即：在 70 年代经济危机面前，英国百姓人人平等，“穷苦的穆斯林人和穷苦的同性恋者对教育、资源和工作的需求相同”[③]。库雷西在访谈中指出：英国社会对各种身份的定义始于 70 年代，80 年代身份划分更为精细，布莱尔时期获得长足发展。实际上我们需要的或许是与阶级有关的更宽泛的或那些我们尚未想到的身份定义；重要是对那些需要工作或住房的人的认同，他们的实际需求超越种族差异，与他们在经济危机中所处的位置有关。[④]

与经济危机并存的是英国社会学家劳雷尔·福斯特（Laurel Forster）和苏·哈帕（Sue Harper）所说的“20 世纪 70 年代英国社会的巨变所造成的英国人无以言表的情感创伤（emotional trauma）和厌世与逃避情绪。70 年代的英国处于相对文化真空之中，可被视为介于 60 年代

① Hanif Kureishi, *The Buddha of Suburbia*, London: Faber and Faber Ltd., 1990, p. 7.

② Hanif Kureishi, *The Buddha of Suburbia*, London: Faber and Faber Ltd., 1990, p. 7.

③ Hanif Kureishi, *The Buddha of Suburbia*, London: Faber and Faber Ltd., 1990, p. 237.

④ Claire Chambers, *British Muslim Fictions Interviews with Contemporary Writers*, New York: Palgrave Macmillan, 2011, pp. 236 – 237.

英国年轻人的乐观主义态度和80年代刻板保守的英国社会政治（social politics）之间的过渡期”①。

经济危机、情感创伤和文化真空等多种社会因素混杂在一起为异质文化进入并被英国社会接受奠定了基础，跨种族和宗教差异的文化共享是库雷西所说的“新经济环境下，重振人们思想的创新联合”②（reinvigorate people's thinking）的前提。《郊区佛爷》中，印裔英国人哈伦顺应英国社会的经济、文化欲求，通过将佛教、中国古典哲学和穆斯林文化结合在一起加以兜售的方式完成了从默默无闻的“英国公务员”到名噪一时的“郊区佛爷”的身份转变。身为“郊区佛爷”的哈伦实际上是身披佛教徒外衣、练习瑜伽术、传播中国古典哲学思想的印裔英国穆斯林人。通过对“郊区佛爷”的角色扮演，哈伦成功塑造了自身印裔英国人的高大形象。

与特立尼达移民作家萨姆·塞尔文（Sam Selvon 1923—1994）《孤独的伦敦人》（*The Lonely Londoners* 1956）中所描述的50年代几乎与哈伦同期到达英国的居无定所、衣不蔽体、食不果腹的第一代西印度移民劳工形象形成鲜明对比。《郊区佛爷》中哈伦是有稳定收入、有房并与英国白人女性结婚生子的第一代印度穆斯林移民。哈伦和一起移民英国的印度朋友安华（Anwar）没来英国之前在家乡孟买早已享受到了类似英国上流社会的生活。仆人、网球和板球是他们孟买生活中必不可少的组成部分。在孟买，哈伦从未下过厨房，是衣来伸手饭来张口的纨绔子弟。1950年哈伦到达英国的时候英国人仍在使用配给本生活。哈伦英国之行的主要目的是接受英国教育，像甘地（Gandhi）和真纳（Jinnah）③一样能以高贵的英国绅士形象重返印度。

---

① Laurel Forster & Sue Harper, “Introduction”, *British Culture and Society in the 1970s: The Lost Decade*, Newcastle: Cambridge Scholars Publishing, 2010, pp. 1-12, p. 2.

② Claire Chambers, *British Muslim Fictions Interviews with Contemporary Writers*, New York: Palgrave Macmillan, 2011, p. 237.

③ 穆罕默德·阿里·真纳（Muhammad Ali Jinnah 1876—1948），律师、政治家、巴基斯坦建国领袖，参见：Akbar S. Ahmed, *Jinnah, Pakistan, and Islamic Identity: The Search for Saladin*, London: Routledge, 1997, p. 239。

然而，本应享受相对安逸的英国生活的哈伦却与英国社会格格不入。在定居英国20年后，仍是对周边社区环境茫然不知的路痴。英国社会对有色移民在工作领域的角色限制与种族歧视是上述问题的根源所在。

生活于70年代的哈伦已经满足了80年代英国保守党政府[①]倡导的勤劳的有色英国人的社会角色要求。1983年保守党的巨幅竞选海报做出了生动诠释：西装革履的年轻黑人男子双臂交叉抱在胸前、自信地看着照相机镜头；海报下方的文字写道："工党人说他是黑人，保守党人说他是英国人。"[②] 如卡里尔·菲利普斯所说："有色人种如想被接纳为英国人必须遵守撒切尔夫人领导的英国保守党政府为其制定的行为规约（code），该规约以经济发展为宗旨；勤劳的有色人种可成为被英国社会所认可的英国人"。[③] 哈伦是勤劳的英国有色工人阶级中的一员。透过"脸色沮丧""火车的味道""公文包""雨衣"，以及街边买的晚餐"印度烤串"和"印度烤面饼"[④] 等关键词的使用，库雷西为读者勾勒出一幅风尘仆仆的印裔英国劳动者的肖像。

每周3镑的微薄工资收入和工作单位心照不宣的种族歧视使哈伦的英国生活陷入无望的境地，"皈依佛教"是哈伦消除勤劳的英国有色公民身份焦虑的有效途径。谈及有色劳动者的职业焦虑，哈伦对儿子说："白人永远不会给我们升职机会。只要地球上还有一个白人，印度人就休想。别和他们（白人）打交道——即使他们裤兜里连两便士都没有，他们依旧认为（大英）帝国仍然存在"。[⑤]

《郊区佛爷》的叙事时间始于20世纪70年代初，此时第一人称叙事者"我"（卡里姆）17岁，根据"我"的观察父亲（哈伦）早在"我"

① 保守党是在20世纪的英国占主导地位的政党，出过丘吉尔和撒切尔夫人等著名首相，并在20世纪70年代和90年代创下4次连续执政（1979—1997年）的业绩。

② 参见：Caryl Phillips, *A New World Order*, New York: Vintage International Vintage Books, 2002, p. 278。

③ 参见：Caryl Phillips, *A New World Order*, New York: Vintage International Vintage Books, 2002, p. 278。

④ Hanif Kureishi, *The Buddha of Suburbia*, London: Faber and Faber Ltd., 1990, p. 3.

⑤ Hanif Kureishi, *The Buddha of Suburbia*, London: Faber and Faber Ltd., 1990, p. 27.

10 岁或 11 岁的时候已对列子（Lieh Tzu）、老子（Lao Tzu）、庄子（Chuang Tzu）和《太乙金华宗旨》（又名《金花的秘密》*The Secret of the Golden Flower*）等中国哲学典籍产生了浓厚兴趣。由此可见，哈伦开始阅读中国哲学典籍的时间是 20 世纪 60 年代，这一时间与佛教在英国兴起的时间恰好吻合。然而，身为穆斯林人的哈伦并非印度佛教徒，“郊区佛爷”是其刻意而为的虚假身份；他将印度瑜伽术与中国古典哲学思想巧妙结合在一起，以假乱真将自己塑造成英国的印度佛教徒。通过卡里姆的叙述，库雷西为读者呈现了哈伦“不拘一格”的东方阅读经验：

> 我（卡里姆）跑去给爸爸（哈伦）拿他喜欢的瑜伽书——《女性瑜伽》（*Yoga for Women*），里面尽是身穿紧身连衣裤的健美女子的图片；这本书和爸爸喜欢的其他种类的书放在一起，这些书大多与佛教、苏菲主义、儒教和禅宗有关，它们是爸爸从查令十字街附近塞西尔法院路上的东方书店里买来的。①

以哈伦的妻子玛格丽特、情人伊娃为代表的英国白人女性和哈伦佛教追随者们对他的崇敬凸显了当时英国社会对东方文化的强烈好奇心和消费欲。20 世纪初，英国人对佛教知之甚少；仅有屈指可数的几位学者从事古代佛教文本的翻译工作，业余爱好者将佛教视为一种带有哲学性质的兴趣爱好，并不将其视为可用于指导生活的宗教。以伦敦佛教小组为中心，英国佛教徒的数量在 20 世纪前半叶增长缓慢，60 年代英国佛教徒数量的增长速度尤为显著。② 戴维·凯（David N. Kay）认为：佛教之所以能博得英国人的喜爱是因为英国人早已对本国文化与宗教产生了不满乃至幻灭；与之相比，佛教的异质性和不连续性却使英国人感到耳目一新。佛教被认为能给因工业化、理性主义、世俗物质主义和消

① Hanif Kureishi, *The Buddha of Suburbia*, London: Faber and Faber Ltd., 1990, p. 5.

② Robert Bluck, "Introduction", *BRITISH BUDDHISM Teachings, practice and development*, London and New York: Routledge, 2006, pp. 1 – 3, p. 1.

费主义的急速发展而心生绝望的现代人提供精神救赎。[①]

刚刚定居英国的时候，哈伦曾花费大量时间试图消除自己印度人的特征，进入70年代哈伦却又一夜之间力图强化自己的印度口音，这种自相矛盾的作法令卡里姆备感困惑。究其成因，不难发现英国佛教热的兴起增强了哈伦作为印裔英国人的自信心。哈伦意识到与违背本心、徒劳无益地将自己英国化相比不如作个定居英国的“佛教徒”来的简单，他对建筑师特德提出的遵从“天赋智慧”（innate wisdom）、“随性而为”的建议是其自身生活原则的体现。

除了强调“郊区佛爷”的精神追求与文化影响之外，库雷西还间接阐明了哈伦“佛事”的经济收益，伊娃与哈伦成功筹划了一系列每周一次的“大师表演”（guru gigs）讲授道教思想、组织冥想活动，参加者需交纳学费。哈伦拥有为数众多信徒，他们身份各异，有学生、心理学家、护士和音乐家。此外，还有大量信徒排队等候加入哈伦的“佛教讲习班”。

哈伦确立其英国主人翁身份的场所不是英国政府大楼而是往返于伦敦城与市郊之间的通勤列车和情人伊娃的住所。成为郊区佛爷之前，哈伦早已养成在通勤车上给下班后急于逃离伦敦的英国白人上班族宣讲道教思想的习惯；情人伊娃的住所是哈伦组织英国白人进行瑜伽活动的中心，是哈伦被神化为郊区佛爷的地方。在伊诺克·鲍威尔（Enoch Powell）“血河演讲”和种族歧视思想盛行的时代[②]，哈伦不仅未受牵连反而成为伦敦郊区英国百姓心目中令人尊敬的“佛爷”，政局与民情之间的强

---

① David N. Kay, *TIBETAN AND ZEN BUDDHISM IN BRITAIN*: *Transplantation*, *development and adaptation*, London and New York: Routledge, 2004, pp. 5, 6.

② 《郊区佛爷》中，库雷西借海伦父亲之口揭示了哈伦、卡里姆和安华一家所遭受的种族歧视政治的威胁。海伦的父亲被卡里姆戏称为“毛背”（Hairy Back）。“我们不想让你们这些黑人到我们家里来”，“毛背”“尽管［英国］已有很多黑鬼。我们支持鲍威尔。如果你敢碰我女儿一下，我会用锤子把你的手打断！”参见：Hanif Kureishi, *The Buddha of Suburbia*, London: Faber and Faber Ltd., 1990, p. 40。1968年，时任英国保守党议会议员的伊诺克·鲍威尔（Enoch Powell 1912—1998）是因来自新联邦（New Commonwealth）的有色移民而引发的英国道德恐慌的官方发言人。鲍威尔毫不避讳地将移民视为“异国元素”（alien element）和“恶魔”（evils），英国政府应该当机立断采取措施将现有移民遣返回国（repatriation）。参见徐彬《卡里尔·菲利普斯〈外国人〉中的种族伦理内涵》，《国外文学》2016年第4期。

烈反差不免令人称奇。哈伦的成功在于他对70年代英国社会国民精神危机、文化匮乏的社会现实的认知和利用；哈伦在英国民间的东方文化宣传成为抵制自上而下的英国种族主义政治的行之有效的策略。

二　性爱与英国社会多元文化欲求

《郊区佛爷》中有关性爱自由的描写不免令读者产生“库雷西是否重操旧业（色情小说创作）?”的疑问。事实上，英国少数族裔作家笔下对跨种族性爱关系的描述并不鲜见，萨姆·塞尔文小说《孤独的伦敦人》中的西印度移民和英国白人女子间的性爱交易[①]与卡里尔·菲利普斯小说《迷失的孩子》中加勒比黑人丈夫对英国白人妻子的始乱终弃[②]均涉及此类题材。两部小说中英国白人和有色移民之间的性爱关系具有如下特征，即：1. 有性无爱的买卖关系；2. 将性爱视为猎奇欲和异族征服欲（包括后殖民复仇欲）的满足[③]，性爱的工具化凸显了种族间的对立关系。

虽然《郊区佛爷》的创作深处20世纪六七十年代鲍威尔种族歧视思想的影响之中，但库雷西并未将74%的英国白人[④]与英国有色人种之间的对立关系设定为小说主题，库雷西笔下英国白人与印裔有色人种间的跨种族文化交流和性爱关系不仅是英国70年代特定文化语境下异族间

① 《孤独的伦敦人》中充斥着西印度移民与英国白人女子间自由性爱的描写；究其本质，这不过是两者间满足彼此生理需求的买与卖的交易关系。

② 《迷失的孩子》中，英国白人女子莫妮卡虽违背父命对来自英国加勒比前殖民地的黑人留学生威尔逊以身相许，但终因（前）被殖民者威尔逊对英国社会（人）的仇恨如同《呼啸山庄》中希斯克里夫（Heathcliff）对恩肖家族和林顿家族的仇恨一般，二人的婚姻染上了种族冲突、对立的色彩。参见徐彬《罪恶、复仇与家园焦虑——卡里尔·菲利普斯〈迷失的孩子〉中的帝国“回飞镖”》，《外国文学研究》2016年第6期。

③ 参见《罪恶、复仇与家园焦虑——卡里尔·菲利普斯〈迷失的孩子〉中的帝国“回飞镖”》，《外国文学研究》2016年第6期。

④ 伦敦大学英文系比尔·施瓦兹（Bill Schwarz）教授指出：“演讲当年举行的民意调查中有74%的英国人同意鲍威尔的观点”。Bill Schwarz, *The White Man's World*, Oxford: Oxford University Press, 2011, p. 48.

心理与生理双向欲求的表现，更是对战后英国性之多元文化属性的印证。

劳雷尔·福斯特和苏·哈帕将英国的70年代称为激进的十年（a radical decade）和文化政治变动不居的十年，长期以来研究者们将其视为历史分析中的“百慕大三角”（Bermuda Triangle）。如两位学者所述，女性解放运动（the Women's Liberation Movement）、同性恋解放阵线（the Gay Liberation Front）、流行音乐节（Pop festivals）和以光头亚文化、朋克亚文化为代表的反文化（counter-culture）构成了英国70年代的时代特征，其中涉及性、种族、阶级、日常生活与工作场所等诸多领域的社会政治冲突不胜枚举。① 库雷西之所以选择以70年代初的英国为其文学创作的时代背景，旨在弱化种族矛盾，强化有色移民在英国社会多元文化形成过程中的重要作用。

《郊区佛爷》以描写哈伦与伊娃间的婚外恋和卡里姆与伊娃的儿子查理之间同性恋关系的描写开篇，库雷西对上述性爱关系的描述超出了对单纯性爱主题的关照。由文化与种族差异而引发的异性或同性间的彼此吸引是上述性爱关系的基础。库雷西之所以未对哈伦和卡里姆父子两代人“离经叛道”的性行为进行道德批判，是因为他更看重性行为背后隐藏着的种族文化内涵。

伦敦国王学院高级讲师鲁瓦尼·蓝纳新哈（Ruvani Ranasinha）指出：库雷西对亚洲男性气质的描述有效地削弱了殖民时期遗留下来的“缺乏男子汉气概”的孟加拉男性形象的影响，与这一形象对应的是卑躬屈膝、胆小怕事、安静且被动消极的亚裔英国人形象；库雷西在其作品中颠覆的正是此类人物原型。精力充沛、充满阳刚气十足的亚裔英国人和混血男性是库雷西着力刻画和讴歌的对象。②《郊区佛爷》中，东方种族文化（哲学思想）与英国多元文化是库雷西对哈伦和卡里姆亚

① 参见：LaurelForster & Sue Harper, “Introduction”, *British Culture and Society in the 1970s: The Lost Decade*, Newcastle: Cambridge Scholars Publishing, 2010, pp. 1 – 12。

② Ruvani Ranasinha, “Racialized masculinities and postcolonial critique in contemporary British Asian male-authored texts”, *Journal of Postcolonial Writing*, Vol. 45, No. 3, September 2009, pp. 297 – 307, p. 298.

裔英国男性积极、阳刚的正面形象刻画的出发点。

哈伦是受英国女性喜爱的有色移民，卡里姆指出：20 年前父亲的天真、迷茫和孩子气引人注意，惹人喜爱。“他的天真无邪让人产生保护他的想法，女人们被他的天真所吸引”①。正因如此，哈伦才能和英国工人阶级女性玛格丽特结婚。然而，哈伦与玛格丽特的婚姻生活缺乏精神交流。哈伦对中国古典哲学的痴迷与玛格丽特对这一领域的无知形成鲜明反差，正如卡里姆所述：“他（哈伦）越是谈论阴阳、宇宙意识、中国哲学和依道而行，妈妈（玛格丽特）就越发感到迷惘”②。伊娃的出现满足了哈伦精神交流的欲望，“直到他（哈伦）遇见伊娃，他才有机会分享中国哲学思想。伊娃与他兴趣相投、惺惺相惜这令哈伦倍感意外”③。

伦敦南郊，以伊娃的家为活动中心伊娃帮助哈伦开设了佛教/瑜伽修行班。在被奉为“郊区佛爷”的同时，哈伦凭借对东方文化思想的杂糅确立了自己作为英国印裔穆斯林人的族裔身份价值。哈伦与伊娃的婚外恋虽有违婚姻道德，却满足了个人精神发展的诉求，伊娃成为哈伦实现其精神追求过程中不可或缺的一环。哈伦与伊娃的婚外恋绝非仅停留在男欢女爱的性爱层面，精神上彼此的归属感是二者婚外恋的基础；小说结尾，哈伦与伊娃的婚姻恰好印证了这一观点。

哈伦的妻子玛格丽特虽对哈伦与伊娃之间的婚外恋心知肚明，但并未出面干涉。玛格丽特之所以听任事态发展并非标志着她对哈伦的情意已决，而隐含着对自己长期以来无法理解哈伦东方思想的自责与无助。凭借想象，玛格丽特以绘画的方式将哈伦与伊娃通奸的场景记录下来，画中一丝不挂的哈伦与伊娃非但没被玛格丽特描绘成令人不齿的奸夫淫妇，却被美化成伊甸园中亚当和夏娃。面对婚变虽承受了重大精神打击，但玛格丽特自知长时间与哈伦精神上的隔阂早已让这场婚

① Hanif Kureishi, *The Buddha of Suburbia*, London: Faber and Faber Ltd., 1990, p. 7.

② Hanif Kureishi, *The Buddha of Suburbia*, London: Faber and Faber Ltd., 1990, p. 27.

③ Hanif Kureishi, *The Buddha of Suburbia*, London: Faber and Faber Ltd., 1990, p. 28.

姻有名无实。

身体缺陷（只剩一个乳房）的伊娃并非仅是哈伦的性伴侣，伊娃的出现让身在英国的哈伦因实现了对东方思想的追求而重获新生，恰如卡里姆所述“与屋里其他任何人相比，他（哈伦）就是生命本身，活力四射、玩世不恭且发出爽朗的笑声”①。可以毫不夸张地说，佛事和与之相伴而生的性事彻底改变了哈伦的生活态度。库雷西用“容光焕发（shinning）”“潇洒自如（magnanimous）”和“活泼开朗（buoyant）”等一系列褒义词刻画哈伦“郊区佛爷”的高大形象，意在指出：与伊娃之间两情相悦的性爱关系在赋予哈伦文化自尊的同时还帮助他实现了印裔英国人的身份自信。

与父辈相比，以卡里姆和杰米拉为代表的第二代亚裔英国移民性事的描写更为复杂。卡里姆的双性恋可被视为其身份焦虑的外在表现，杰米拉的暴力倾向与性自由选择既是欧美社会盛极一时的女权运动的结果，又是新一代亚裔女性移民摆脱源出文化父权束缚的尝试。

经历与伊娃性爱关系，哈伦决定放弃英国公务员工作，终止其20年来试图成为“被英国社会所认可的英国人”的努力。与哈伦因性爱而回归东方的发展轨迹，小说中卡里姆复杂的性经历可被视为他调整社会角色试图成为真正英国人的诸多尝试中的重要组成部分。小说开篇，卡里姆便向读者交代了印英身份混杂而导致的内心焦虑：“或许是大洲、血液、这里和那里、归属和分离凡此种种的复杂关系的奇异混合让我感到焦躁不安，易感无聊”②。卡里姆将自己视为处于各种文化影响节点上的东西方文化杂合的产物。

在与查理、父亲印裔同乡安华之女杰米拉以及英国姑娘海伦的双性恋中，卡里姆展示出亚裔男性的阳刚气质惹人注意。卡里姆与伊娃之子查理之间的同性恋关系既是70年代英美的同性恋运动的缩影，又是卡

① Hanif Kureishi, *The Buddha of Suburbia*, London: Faber and Faber Ltd., 1990, p. 84.

② Hanif Kureishi, *The Buddha of Suburbia*, London: Faber and Faber Ltd., 1990, p. 3.

里姆对英国人身份精神渴望的生理外现。从某种意义上讲，卡里姆已将查理视为英国人的典范。在与查理的同性恋关系中，卡里姆潜意识里已经建立了自己与查理之间的对等关系，查理因此成为卡里姆自我英国人身份认同的有效媒介。

卡里姆与杰米拉之间的性爱是两者英国生活焦虑的一种发泄途径，而卡里姆与英国姑娘海伦之间的性爱与其说是情感的寄托不如说是对卡里姆怀有种族歧视态度并恶语相加的海伦父亲的报复。卡里姆与杰米拉虽有青梅竹马的成长经历，但二人并未达成婚约，彼此仅是倾诉心声、化解焦虑的对象。库雷西这一情节安排既迎合了受 70 年代女权主义影响的杰米拉女性性解放的呼声，又符合杰米拉传统保守的穆斯林父亲安华对女儿的婚嫁主张，即：杰米拉必须嫁给一个血统纯洁的印度穆斯林人，混血儿卡里姆自然不在安华的考虑范围之内。

卡里姆与戏剧导演派克间的合作关系以及由此引发的同性恋关系建立在派克宣称的为英国工人阶级利益而进行戏剧创作和演出的基础上，正如演员博伊德所说："如果我不是中产阶级白人的话，我早在派克导演的戏剧里演出了。毫无疑问，现如今仅凭才能过活将寸步难行。70 年代的英国唯有劣势群体才能取得成功"①。

历史学家塞琳娜·托德（Selina Todd）在其专著《人民》（*The People*）中指出："20 世纪 70 年代，英国工人阶级获得了社会地位提升的短暂黄金期；除此之外，英国工人阶级在长达一个世纪的时间里均未得到历届政府应有的关照"。② 卡里姆是英国 70 年代初有色工人阶级的代表；有色人种和工人阶级成员的双重身份是派克选中卡里姆为其剧团演员的原因所在。派克并非工人阶级出身，而是顺应时代文化需求，靠创作工人阶级题材的戏剧作品发家致富的冒牌工人阶级艺术家。得知真相后，卡里姆指责派克和他的妻子玛琳背叛了工人阶级。

---

① Hanif Kureishi, *The Buddha of Suburbia*, London: Faber and Faber Ltd., 1990, p. 165.

② 参见：Lucy Lethbridge, "History of the British working class", https://www.ft.com/content/8f240d68-ca09-11e3-ac05-00144feabdc0。

卡里姆在派克舞台上所扮演的有色工人角色与他在前任戏剧导演沙德维尔舞台上所扮演的《丛林之书》中印度丛林男孩莫格利的角色并无差异，均是供英国社会猎奇和消费的边缘化了的有色人种形象。通过对卡里姆与派克之间被迫而为的同性恋关系的描写，库雷西旨在映射卡里姆被英国70年代工人阶级文化生产所裹挟的受害者形象。

库雷西虽对卡里姆的性取向和所遭受的不公平待遇未加评判，其言语之中却隐含着“既来之，则安之”的无奈选择。卡里姆的内心独白：“我们（有色移民）已成为英国的一部分，却骄傲地站在它（英国）的外面。要想真正获得自由，我们必须远离所有痛苦与不满；然而，这如何才能实现，痛苦和不满每天都以不同的形式出现”①，这既是自我克制与忍耐的道德规约又是对英国白人社会发出的种族平等的道德呼声，如卡里姆的母亲玛格丽特所说：扮演印度人不应被视为卡里姆的职业，虽然卡里姆身上有印度人的基因，但卡里姆却是个不折不扣的英国人。

总而言之，库雷西巧妙地将盛行于70年代英国社会中的诸多文化事件、现象和知名人物（如：佛教在英国的勃兴、鲍威尔种族歧视主义、新纳粹主义抬头、英国青年反文化运动、甲壳虫乐队、《在路上》、安吉拉·戴维斯、鲍德温、马尔科姆·X、格里尔和米利特等）编织于小说之中，在凸显英国经济危机和变动不居的社会文化背景的同时，强调了新经济和新文化语境下英国白人/社会与有色移民之间精神与肉体上密不可分的共生关系。

第三节　卡里尔·菲利普斯《远岸》中的英格兰反人权批判

20世纪后半叶，以萨姆·塞尔文、哈尼夫·库雷西和扎迪·史密斯为代表的诸多英国族裔流散作家分别在其成名作《孤独的伦敦人》、

① Hanif Kureishi, *The Buddha of Suburbia*, London: Faber and Faber Ltd., 1990, p. 227.

《郊区佛爷》和《白牙》中较为深刻地描写了加勒比和南亚次大陆有色移民与英国白人之间种族杂合与文化融合的社会现实。美中不足的是，上述作家对种族和文化杂合过程中存在着的矛盾冲突及其内涵的揭示因相对夸张的喜剧呈现而大打折扣①。此外，有色移民遭遇挫折时所表现出的幽默、乐观心态的描写体现出作家本人对英国官方做出的英国已是多元文化社会的宣传②的确信。

卡里尔·菲利普斯并不认同上述作家对英国境内种族杂合和多元文化社会的美好憧憬。《远岸》（*A Distant Shore* 2003）中，菲利普斯描写了英格兰白人退休音乐女教师多萝西（Dorothy）和非洲黑人男性难民加布里埃尔/所罗门（Gabriel/Solomon）③受难、遇害和跨种族交流的故事。二者的第一人称叙事你中有我、我中有你，交替进行，菲利普斯旨在以此建立同病相怜的英格兰白人女性与非洲黑人男性难民之间双声部悲剧叙事模式。

菲利普斯之所以将非洲黑人男性难民与英格兰白人女性相提并论是因为二者所面对的施暴者或施压者虽不尽相同（前者源自种族主义，后者源自男权主义），但就其悲惨遭遇而言，二者皆是英格兰社会中受迫害和被边缘化的“贱民”。遭受种族暴力迫害的加布里埃尔/所罗门与遭受男权压迫的多萝西在英格兰北部威斯顿（Weston）村中名为斯通利的新区（new development of Stoneleigh）里暂时组成了脆弱的跨种族命

① 具体表现为：《孤独的伦敦人》中，加勒比移民的即兴小调、夏夜里的狂欢和纵欲；《郊区佛爷》中，印裔穆斯林人哈伦一时兴起对印度瑜伽与中国古典哲学思想的混合炒作；《白牙》中，萨马德的英国艳遇和对双胞胎儿子一个留在英国一个返回孟加拉的生活安排和教育选择，以及由此而引发的令人啼笑皆非的“恐怖主义”袭击事件。

② 黛博拉·菲利普斯（Deborah Phillips）等学者指出：“近年来，尽管作为施政目标的‘多元文化’论多有反弹；然而，资深的政客们仍旧将英国描述为多元文化的国家”。Deborah Phillips, Cathy Davis and Peter Ratcliffe, “British Asian Narrative of Urban Space”, *Transactions of the Institute of British Geographers*, New Series, Vol. 32, No. 2 (Apr., 2007), pp. 217 – 234, p. 218.

③ 加布里埃尔和所罗门是小说主人公非洲难民在两个不同时期使用的姓名，从加布里埃尔到所罗门的姓名转换以其英国监狱经历为节点；出狱后的非洲难民加布里埃尔为避免因遭他人诬告的“犯罪史”被媒体曝光无法找到工作而隐藏自己的真实身份，改名为所罗门。然而，姓名的改变并没有帮助加布里埃尔实现逃离非洲种族屠杀和重获新生的英国梦。

运共同体。对因加布里埃尔/所罗门之死和多萝西“变疯”而导致的跨种族命运共同体终结的描述可被视为菲利普斯对20世纪世纪末以狭隘的地方民族主义和新法西斯主义为内核的英格兰反人权（难民生存权与英国白人女性人身权）现象的政治文化批判。

一 从塞拉利昂到英格兰：种族暴力与难民生存权

《远岸》中，卡里尔·菲利普斯虽未明确表明小说叙事的时间背景，但以作者本人2003年塞拉利昂旅行经历及其记录战后塞拉利昂作家生存状况的旅行文章《遥远的声音》（“Distant Voices”2003）为依据，不难发现小说主人公加布里埃尔/所罗门叙事中提及的非洲内战应是始于1991年止于2002年长达11年的塞拉利昂内战。如果说在《遥远的声音》中菲利普斯关注的是战争灾难后塞拉利昂作家和塞拉利昂文化发展的前途命运[①]，《远岸》中菲利普斯关注的则是为逃生从塞拉利昂流散至英格兰的非洲难民的生存问题。通过加布里埃尔/所罗门的故事，菲利普斯意图向读者传递如下信息，即：随着非洲难民的到来，来自塞拉利昂的“遥远的声音”已成为英格兰社会生活的组成部分；如何满足难民的生存诉求使其免遭种族歧视和暴力已成为英格兰社会亟待解决的问题。

来自前英国殖民地塞拉利昂[②]的加布里埃尔/所罗门作为塞拉利昂内战的受害者想当然地将英国视为理想的避难所。事实并非如此，加布里埃尔/所罗门历尽艰辛从塞拉利昂流散至英格兰，却被英格兰人以类似塞拉利昂种族暴力的方式剥夺了生存权。

加布里埃尔/所罗门由当下英格兰监狱遭遇而触发的对塞拉利昂内

① 参见：http：//www. carylphillips. com/distant-voices. html。

② 1808年，塞拉利昂沿海地区成为英国殖民地，1896年塞拉利昂沦为英“保护地”（protectorate）；1961年4月27日宣布独立，但仍留在英联邦内。参见：https：//www. britanni-ca. com/place/Sierra-Leone/Sports-and-recreation#ref541017。

战与种族屠杀[①]的回忆可被视为是对霍米·巴巴提出的“地方世界主义”（vernacular cosmopolitanism）[②]的文学诠释。加布里埃尔/所罗门的第一人称叙事将塞拉利昂种族屠杀的历史与英格兰种族歧视与暴力的当下现实紧密交织在一起。战争、难民、流散、警察和监狱等与“地方世界主义”和被边缘化了的贱民生存状况密切相关的主题贯穿其中，体现出菲利普斯对英格兰种族部落意识和反世界主义的谴责和对以加布里埃尔/所罗门为代表的难民生存权的伸张。

《远岸》中，随着以加布里埃尔/所罗门为代表的带有异国他乡生活、文化和种族经验的难民/移民的到来，名为威斯顿的较为偏僻的英格兰北部小山村具有了“世界性”。小说《迷失的孩子》（*The Lost Child* 2015）中，卡里尔·菲利普斯曾将英格兰“世界性”的文学反映追溯至19世纪艾米丽·布朗特（Emily Bronte 1818—1848）的时代[③]，实际上，英格兰的“世界性”可追溯至始于16世纪60年代的黑奴贸易[④]。时至今日，尽管大量有色移民业已进入并定居英格兰，英国人似乎仍未接受英格兰已被染上不同种族的颜色的现实，菲利普斯散文集《给我染上英国的颜色》（*Color Me English* 2011）便是对英格兰种族主义和反世界主义意识形态的讽刺与批判。

---

① 小说中，加布里埃尔的父亲讲述了非洲种族屠杀的成因，即：因政府军不满于占人口少数的部落拥有大量财富且其首领担任总统的现状而发动叛乱，并大规模屠杀人口占少数的非洲部落成员。参见：Caryl Phillips, *A Distant Shore*, London: Vintage Books, 2004, p. 137。

② 谈及“地方世界主义”，霍米·巴巴认为：“地方世界主义代表一个政治过程，致力于民主统治中共同的目标，而不是简单地认可业已形成的‘边缘’政体或身份（‘marginal’ political entities or identities）”。Homi Bhabha, “Preface to the Routledge Classic Edition”, *The Location of Culture*, London and New York: Routledge Classics, 2004, pp. ix－xxv, p. xviii.

③ 菲利普斯小说《迷失的孩子》中对艾米丽·布朗特小说《呼啸山庄》中希斯克利夫是恩肖先生与刚果女黑奴私生子身份的界定是英格兰或曰约克郡古已有之的“世界主义”的文学脚注。参见徐彬《道德恐慌与家园焦虑——卡里尔·菲利普斯〈迷失的孩子〉中的“帝国回飞镖”》，《外国文学研究》2016年第6期。

④ 第一个靠贩卖黑奴发家致富的英国人是一位名叫约翰·霍金斯（John Hawkyns）的贪得无厌的冒险者；1562年至1563年，在第一次跨大西洋旅行中，约翰·霍金斯在几内亚海岸获得了至少300名黑奴。参见：Peter Fryer, *Staying Power*: *The History of black people in Britain*, London: Pluto Press, 2018, p. 8。

菲利普斯揭示了作为难民流散目的地的当代英格兰“地方世界主义”的本质内涵，并明确了其中的人权指向，即：迫于生存压力进入英格兰的难民将其视安全自由的地方；然而，英国官方层面上接纳难民的政策与社会层面上对难民的消化吸收之间存在无法调和的矛盾，作为惩戒机构的监狱成为集中体现与宣泄这一矛盾的场所。《远岸》中，狱警柯林斯的种族暴力行动可被视为英格兰白人种族主义的具体表现。

谈及后殖民时期以伦敦为代表的英国对包括难民在内的移民的吸引力，约翰·克莱门特·鲍尔（John Clement Ball）写道：或许是英国殖民历史促使人们对伦敦产生了复杂的情感依恋，“在众多后殖民文学作品中，伦敦是被神话了的梦和欲望的对象，是凭主观印象构建并重复流通着的意象，内含英国政治权威、文化品质、中心与边缘等编码信息”①，英国因此成为众多移民心目中的避风港和应许之地。

《远岸》中，与为提高生活质量而移民英国的人不同，加布里埃尔/所罗门移民英国却是为了实现最基本的生存权。加布里埃尔/所罗门的难民身份使其对英国的期待和依赖愈发强烈，这可被视为流散英国的难民们的普遍心态。与加布里埃尔关押在同一牢房里的难民萨义德对英国是安全自由国度的确信达到无以复加的程度，这与其逃避本国境内死亡危险的强烈求生欲密不可分。在英国夫妇诬告其偷窃而被警察逮捕之际，萨义德非但不关心自己的命运，还迫不及待地向警察提出如下问题：“能在英国的空气中呼吸到自由的味道。这是真的吗？英国的空气与众不同？”② 在劝说非洲女难民阿玛前往英国的对话中，加布里埃尔/所罗门内心安全自由的英国梦袒露无遗：“但是你必须尝试到达英格兰。那里的人很友好，还会给你提供食物和住所。我们在法国不受欢迎，我会帮助你的”。③

① John Clement Ball, “Introduction: The Key to the Capital”, *Imagining London Postcolonial Fiction and the Transnational Metropolis*, Toronto: University of Toronto Press, 2004, pp. 3 – 40, p. 6.

② Caryl Phillips, *A Distant Shore*, London: Vintage Books, 2004, p. 79.

③ Caryl Phillips, *A Distant Shore*, London: Vintage Books, 2004, p. 118.

萨义德因生病得不到及时救治惨死狱中的现实触发了布里埃尔塞拉利昂内战中父母被杀、两个妹妹被先奸后杀的家庭悲剧及其英国逃亡经历的回忆。通过穿插叙事的方式，加布里埃尔将当下英格兰监狱中狱警柯林斯见死不救、恶语相加的种族迫害行为与远在万里之外的塞拉利昂种族屠杀暴行联系在一起；言外之意，英格兰并非难民想象中安全自由的地方，英格兰只不过是以不同形式存在着的另一个剥夺人类最基本生存权的种族主义暴力现场。

在2007年出版的传记故事集《外国人》（*Foreigners*）中，菲利普斯将1969年发生于英格兰北部城市利兹的英格兰白人警官基钦和埃勒克故意杀害黑人移民奥利瓦里的真实历史事件以文学的形式再次呈现，揭示了20世纪40年代与60年代之间英格兰境内以“警局——监狱——精神病院”为基本结构的种族迫害权力体系①。《远岸》中菲利普斯对英格兰警察种族暴力的描写不仅可被视为是《外国人》相关阐释的前奏，更是对引发种族暴力的狭隘的英格兰地方民族主义自下而上，从百姓到以警察为代表的政府执法层面较为全面的展示。

英格兰百姓对英国警察的种族暴力已有所知，英格兰夫妇之所以诬陷萨义德偷窃不过是想假借警察之手实现自身种族歧视和迫害的目的。怀有种族主义思想的英格兰人与英格兰警察之间存在着某种心照不宣的共谋关系。女主人公多萝西的妹妹希拉对此心知肚明。与诬陷萨义德偷窃的英格兰夫妇不同，虽遭有色移民抢劫希拉却不愿配合警方提起诉讼，因为她知道有色移民将会在英格兰警局和监狱中遭遇何种形式的种族迫害，如希拉在与警察的对话中所说：

> 我不认识他。从未见过那个人，你们抓住他后会怎样？他意外摔倒，脑袋磕到地上，是吗？或是出于某种神秘的过程他的腰带缠到了他的脖子上？我知道拘留室里年轻黑人的下场如何。你已经等

① 徐彬：《卡里尔·菲利普斯〈外国人〉中的种族伦理内涵》，《国外文学》2016年第4期。

不急了，对吗?①

言外之意，在英格兰警局和监狱中警察对“惩戒”有色人种已驾轻就熟，并灵活掌握了不留证据、合理有效地实施种族暴力的方法手段。

以多萝西的父亲为代表的英格兰人针对有色人种和除英格兰人以外的英国人（威尔士人、苏格兰人和爱尔兰人）的种族歧视可被视为狭隘的英格兰地方民族主义思想在普通百姓中的表现：

> 爸爸和妈妈一开始就不喜欢有色人种。爸爸告诉我有色人种对英格兰人的身份而言是种挑战。他认为，威尔士人充满多愁善感的愚蠢；苏格兰人的刻薄和忧郁让人感到无能为力，他们应该老老实地待在哈德良长城另一边；爱尔兰人都是性情暴躁的天主教酒鬼。对爸爸而言，英格兰人的身份比英国人的身份重要得多，是英格兰人意味着不是有色人种。学校老师和他［父亲］一样都不会听我的见解，他们同样憎恨有色人种。②

20世纪后半叶，英格兰地方民族主义的兴起和种族主义暴力的猖獗与英格兰经济衰退、失业率升高和光头青年亚文化（skinhead youth subculture）流行等政治经济与社会文化因素密不可分。论及20世纪70年代末英国经济状况，吉姆·汤姆林森（Jim Tomlinson）指出：撒切尔在其回忆录中曾写道“1975至1979年间，最重要的政策问题是如何应对通货膨胀”③；然而，撒切尔执政期内却产生了长期的和根深蒂固的经济衰退。④ 经济衰退导致英国失业率与犯罪率升高。

① Caryl Phillips, *A Distant Shore*, London: Vintage Books, 2004, p. 253.

② Caryl Phillips, *A Distant Shore*, London: Vintage Books, 2004, p. 42.

③ 转自：Jim Tomlinson, “British Government and Popular Understanding of Inflation in the Mid-1970s”, *The Economic History Review*, Vol. 67, No. 3 (August 2014), pp. 750 – 768, p. 755。

④ Jim Tomlinson, “British Government and Popular Understanding of Inflation in the Mid – 1970s”, *The Economic History Review*, Vol. 67, No. 3 (August 2014), pp. 750 – 768, p. 755.

《远岸》中，从多萝西的视角出发，菲利普斯描写了因失业而露宿街头靠捡拾垃圾为生的数量众多的英格兰人，其中不乏靠骗取政府救济金生活，不劳而获的懒惰的年轻人，“他们该去找个工作。我［多萝西］对其中的一个人说，他只是笑，露出发黄的牙齿。他像一只动物那样在门口蹲伏着。他们真是令人作呕，如此这般拖垮自己也拖垮这个国家”①。与此同时，英国社会治安状况每况愈下，多萝西前夫布赖恩（Brian）将其所在城市伯明翰称为英国版的贝鲁特（Beirut）；地方报纸上常有青年流氓当街抢劫的报道②。

菲利普斯对狱警柯林斯仇视有色人种的青年人身份和杀害加布里埃尔/所罗门的威斯顿青年流氓身份的描写皆是对英国光头青年亚文化的映射。英国20世纪70年代末的经济、社会治安状况催生了英国光头青年亚文化，绝大多数参与者是右翼民族主义者（right-wing nationalists）或新法西斯主义者（neofascists）；对此，蒂莫西·S. 布朗（Timothy S. Brown）指出：“光头青年亚文化于20世纪70年代末出现于英国，传播至欧洲大陆，在德国与种族主义和反移民暴力的高潮相伴而生，并成为席卷全球的极端右翼势力的核心”③。

伊丽莎白·斯万森·戈德伯格（Elizabeth Swanson Goldberg）指出《远岸》中20世纪末威斯顿村中杀害加布里埃尔/所罗门的凶手的身份可被界定为“残暴的新纳粹街头小混混”（brutal Neo-Nazi “yobs”）④；加布里埃尔/所罗门之死因此成为兴起于20世纪70年代末延续至20世纪末的英国光头青年亚文化、新法西斯主义及其种族暴力的文学诠释。

---

① Caryl Phillips, *A Distant Shore*, London: Vintage Books, 2004, p. 65.

② Caryl Phillips, *A Distant Shore*, London: Vintage Books, 2004, p. 195.

③ Timothy S. Brown, “Subcultures, Pop Music and Politics: Skinheads and ‘Nazi Rock’ in England and Germany”, *Journal of Social History*, Vol. 38, No. 1 (Autumn, 2004), pp. 157 – 178, p. 157.

④ Elizabeth Swanson Goldberg, “Plotting, Finally, the Human: Unsettling the Manichean Allegory in Caryl Phillips's ‘Cambridge’ and ‘A Distant Shore’”, *South Atlantic Review*, Vol. 75, No. 2, Human Rights and the Humanities (Spring, 2010), pp. 135 – 154, p. 146.

《远岸》中，威斯顿村指示牌上的简介：“本村与二战期间德国小镇和法国南部犹太村落同名”和房地产经纪人对斯通利新区的宣传：“与威斯顿村同名的德国小镇被英国皇家空军狂轰滥炸，夷为平地；法国南部同名村落中的犹太人遭围捕并被送入纳粹犹太集中营”①，均映射了威斯顿村对欧洲种族主义传统一脉相承的继承关系。在种族暴力场所化（欧洲大陆和英格兰）的语境下，加布里埃尔/所罗门被害致死已成为20世纪末欧洲种族部落意识和种族暴力在威斯顿村的缩影。

颇具讽刺意味的是，遭诬告并被无罪释放后，加布里埃尔/所罗门虽在英格兰北部与爱尔兰青年迈克和来自苏格兰的安德森夫妇生活时间不长，却受英格兰种族歧视思想的影响对来自西印度群岛、印度和巴基斯坦的有色移民怀有敌意。加布里埃尔/所罗门认为：“西印度群岛移民多是狂躁的酒鬼，印度人和巴基斯坦人比有些英国人还糟糕”②。

在此，加布里埃尔/所罗门做出了两个错误判断：一、误将暂居英格兰北部的非英格兰人（迈克和安德森夫妇）的友情视为英格兰人对待有色难民的普遍态度；二、受英国右翼民族主义和反移民思想影响，加布里埃尔/所罗门将自己的难民身份与西印度群岛人、印度人和巴基斯坦人的普通移民身份加以区别，在认定本人移民英国之合法性的同时，却对西印度群岛人、印度人和巴基斯坦人移民英国的动机产生了质疑。

然而，现实却与加布里埃尔/所罗门的主观臆断相去甚远。英格兰人不会对加布里埃尔/所罗门的“难民”身份和西印度群岛人、印度人和巴基斯坦人的“普通移民”身份区别对待，在英格兰人眼中二者并无本质差异，他们均是不受欢迎的有色“外国人”。虽频繁收到威斯顿村民寄给他的内藏刀片的警告信，加布里埃尔/所罗门却依旧对当地居

① Caryl Phillips, *A Distant Shore*, London: Vintage Books, 2004, p. 4.

② Caryl Phillips, *A Distant Shore*, London: Vintage Books, 2004, p. 291.

民抱有幻想。加布里埃尔/所罗门的误判最终导致他被以保罗为首的当地“残暴的新纳粹街头小混混”殴打致死并被抛尸运河的悲惨结局。从目击证人英国姑娘卡拉的描述可见，保罗等人的暴力行为使加布里埃尔/所罗门仿佛重回塞拉利昂种族暴力的现场，加布里埃尔/所罗门如塞拉利昂战士般的疯狂反击是其应对英格兰种族暴力的本能表现。

透过加布里埃尔/所罗门从非洲到英格兰的流散叙事，菲利普斯意在指出20世纪后半叶随着大量难民、移民涌入英格兰，英格兰“地方世界主义”的内涵以及与之密切相关的“贱民”的生存权问题日益凸显；由经济萧条所引发的地方民族主义和新法西斯主义势力的兴起与英格兰社会人种构成业已发生根本改变的事实之间形成不可调和的矛盾。以英格兰警察和监狱为代表的惩戒机构和具有种族歧视思想的英格兰百姓之间的共谋关系是剥夺以萨义德和加布里埃尔/所罗门为代表的有色难民生存权的罪魁祸首。

二　非洲难民与白人女性跨种族命运“共同体”的死胡同

《远岸》中，威斯顿村里的斯通利新区原是非洲难民加布里埃尔/所罗门和英国退休音乐女教师多萝西试图忘记过去，开启新生活的避难所和两人构建的彼此关爱、赖以为生的跨种族命运“共同体”的所在地。加布里埃尔/所罗门被害致死是压垮多萝西精神的最后一根稻草，精神病院是其最终归属。多萝西曾多次用“街尽头”或“死胡同”（culs-de-sac）一词描述斯通利新区里二十几座平房所处的位置。“死胡同”既是对多萝西和加布里埃尔/所罗门所住房屋实际地理位置的说明，又是菲利普斯刻意而为的对二者构建的跨种族命运“共同体”穷途末路的文学隐喻。

经受父母去世、离婚、妹妹病逝和被其任教学校校长要求提前退休等事件的多重打击后，身患抑郁症的55岁的多萝西决定迁居至斯通利新区，希望以此缓解精神压力、安度晚年。然而，多萝西却成为英格兰地方民族主义和英格兰白人男性权威的牺牲品。

狭隘的英格兰地方民族主义并未随着英格兰地理景观（如：新区的建立）和人种景观（如：人口流动）的改变而改变，如小说开篇多萝西所述："英格兰变了。这些日子里，很难判断谁是这儿的人，谁不是。这让人感到不安，感觉不对。三个月前、六月初，我搬到这里，斯通利新区。原来的村民都对'新区'的叫法表示不满。他们干脆称斯通利是'山上的新房子'"①。

威斯顿村民坚决抵制开发商对"斯通利新区"命名的态度具有英格兰地方民族主义的内涵。小说中，英格兰地方民族主义不仅表现为对加布里埃尔/所罗门的种族歧视与暴力，还表现为对黑人男子与白人女性建立跨种族两性关系的严令禁止。对此，伊丽莎白·斯万森·戈德伯格指出：

> 菲利普斯小说中在特定语境下白人女性与黑人男性的平行叙事反映了在历史、种族和人权等问题交织在一起的情况下令人担忧的主体位置（subject positions）。二者的叙事相互映照，折射出彼此显著的相似之处；叙事背景是极具暴力和戏剧性的欧洲人对种族通婚/杂交的观点——或是用对种族通婚/杂交的模糊怀疑代替了真实事物本身。②

以法农（Franz Fanon）代表作《黑皮肤，白面具》（*Black Skin*, *White Masks* 1952）中论述的"白人种族主义者阐发的黑人男性对白人女性实施性暴力的标准叙述"（the standard narrative of black male sexual violation of white womanhood）③ 为依据，戈德伯格映射了《远岸》中威斯顿

① Caryl Phillips, *A Distant Shore*, London: Vintage Books, 2004, p. 3.

② Elizabeth Swanson Goldberg, "Plotting, Finally, the Human: Unsettling the Manichean Allegory in Caryl Phillips's 'Cambridge' and 'A Distant Shore'", *South Atlantic Review*, Vol. 75, No. 2, Human Rights and the Humanities (Spring, 2010), pp. 135 – 154, p. 136.

③ Elizabeth Swanson Goldberg, "Plotting, Finally, the Human: Unsettling the Manichean Allegory in Caryl Phillips's 'Cambridge' and 'A Distant Shore'", *South Atlantic Review*, Vol. 75, No. 2, Human Rights and the Humanities (Spring, 2010), p. 138.

村村民的“黑险”（black peril）恐慌，即：对非洲黑人加布里埃尔/所罗门对英国白人女性多萝西施加性暴力的恐慌。[①] 加布里埃尔/所罗门被害致死意味着“黑险”的消除。戈德伯格上述分析虽为加布里埃尔/所罗门和多萝西悲剧故事的成因提供了较为科学的解释，却忽视了加布里埃尔/所罗门与多萝西构建相互依存的跨种族命运“共同体”的迫切需求与客观现实。加布里埃尔/所罗门与多萝西组成的跨种族命运“共同体”内含以下情感信息：一、饱受英格兰男权/父权压抑与迫害和威斯顿村民排他之苦且身患抑郁症的多萝西需要加布里埃尔/所罗门的情感抚慰；二、为解除塞拉利昂内战和种族屠杀的精神创伤，加布里埃尔/所罗门需要像多萝西这样的倾诉对象。

《远岸》中，从地理景观到人物精神面貌，菲利普斯有关英格兰男性气概危机的描述不胜枚举；加强对英格兰“女性的规训和监视”[②] 成为消除英格兰男性气概危机、强化男性权威的行之有效的手段。菲利普斯建立了英格兰社会经济萧条、男性气概危机和强化男性对女性的“规训和监视”之间的隐秘逻辑关系。小说中，落日、死鱼、静止浑浊的河水、流浪街头的无业游民、喧嚣肮脏的街道、总是低着头走路且闷闷不乐的英格兰人等一系列意象清楚无误地展示了20世纪末英格兰社会经济萧条与英格兰男性气概的无力。

在女性是国家/民族的暗喻和男性具有国家/民族的提喻功能等观点基础上，普拉西达·戈皮纳特（Praseeda Gopinath）指出：“对女性的规训和监视与国家/民族男性气概的构建（the construction of a national masculinity）相辅相成”[③]。《远岸》中以父亲、丈夫布赖恩和心理医生

① Elizabeth Swanson Goldberg, "Plotting, Finally, the Human: Unsettling the Manichean Allegory in Caryl Phillips's 'Cambridge' and 'A Distant Shore'", *South Atlantic Review*, Vol. 75, No. 2, Human Rights and the Humanities (Spring, 2010), p. 147.

② Praseeda Gopinath, *Scarecrows of Chivalry English Masculinities after Empire*, Charlottesville and London: University of Virginia Press, 2013, p. 5.

③ Praseeda Gopinath, *Scarecrows of Chivalry English Masculinities after Empire*, Charlottesville and London: University of Virginia Press, 2013, p. 5.

威廉斯为代表的英国白人男性对多萝西的“规训和监视”成为英格兰男权主义的表征，强化男权和男性气概则意味着对多萝西的压抑和权利的剥夺。

就对英格兰白人男性[①]“规训与监视”英格兰白人女性的文学阐释而言，《剑桥》（*Cambridge* 1991）、《远岸》和《迷失的孩子》（*The Lost Child* 2015）可被视为菲利普斯批判英格兰男权主义的三部曲。《剑桥》中，年仅30岁的艾米丽为替父亲偿还赌债，被迫嫁给50岁且有3个孩子的鳏夫，并在婚前被派往西印度群岛检查父亲种植园的经营情况[②]。《迷失的孩子》中，莫妮卡的父亲约翰逊“将自己的妻子欺负到近乎无声的服从状态”[③]，因不同意女儿嫁给黑人大学生威尔逊的婚姻与女儿断绝父女关系。艾米丽遭种植园经理布朗始乱终弃和莫妮卡历经磨难后在精神病院里服药自杀均是英格兰白人男性“规训与监视”下英格兰白人女性悲惨命运的文本表现。

菲利普斯笔下20世纪末、21世纪初的英国白人女性艾米丽、多萝西和莫妮卡与桑德拉·吉尔伯特（Sandra Gilbert）和苏珊·古芭（Susan Gubar）所阐释的19世纪英美女作家所描写的遭男性迫害并被男性妖魔化了的“阁楼上的疯女人”的形象颇为相似。《远岸》中，女主人公多萝西与艾米丽和莫妮卡有类似的不幸遭遇；不同的是，多萝西所承受的男权压力更加多元化，不仅涉及父女、夫妻关系，还涉及职业雇佣与医患关系。毫不夸张地说，《远岸》中几乎所有与多萝西有关的英格兰白人“绅士”均对她造成一定程度的精神伤害，直接或间接导致多萝西抑郁症的形成与恶化。

多萝西与希拉两姐妹均是父亲家庭权威的受害者。多萝西所受的父亲的“影响的焦虑”并未随着父亲的去世而宣告结束。多萝西在父母

---

① 《剑桥》《远岸》和《迷失的孩子》三部小说中对白人女主人公施加压迫的白人男性皆是英格兰人。

② 徐彬：《卡里尔·菲利普斯小说中的流散叙事与国民身份焦虑》，《外国文学研究》2018年第1期。

③ Caryl Phillips, *The Lost Child*, London: Oneworld Publications, 2015, p. 16.

坟前的倾诉仿佛是在征求父亲对自己搬家和与加布里埃尔/所罗门交往的同意。多萝西的妹妹希拉童年时曾是父亲的掌上明珠，出于对父亲“宠物”般待遇的反抗，15岁时希拉便离家出走，断绝了家庭联系。虽然父亲对希拉的“宠爱”是否涉及父亲对女儿的性骚扰不得而知，但希拉成年后同性恋性取向的形成必定与其童年时所遭受的父亲的“宠爱”不无关系。离家出走和拒绝参加父亲葬礼可被视为希拉憎恨、反抗父亲（或曰父权）的方式。

多萝西丈夫布赖恩的婚外情似乎是他与多萝西离婚的原因；然而，事实并非如此，布赖恩抛弃多萝西后与他人结婚是布赖恩面临男性气概危机却依旧希望维持男性权威的策略。布赖恩的男性气概危机与其被诊断没有生育能力的事实密不可分。就布赖恩而言，男性生育能力是男性气概的组成要素，生育能力的丧失即等同于其男性气概的缺失。

布赖恩30多岁时已开始变得懒惰、发福，其男子汉阳刚之气日渐消失。多萝西对布赖恩应该走路而非开车上下班的建议和对布赖恩“啤酒肚”的说法均使布赖恩不悦，久而久之夫妻二人行同路人，如菲利普斯所写：

> 布赖恩从来不听她的建议。她（多萝西）说他应该走路，只需多加小心，而他则用街头犯罪偏高给自己的懒惰找借口，布赖恩变得越来越胖。二人少有的性爱对她来说更像移动某人的重量。布赖恩憎恨她提及他那小小的啤酒肚，于是她对此缄口不语。就这样他们在一起一同度过了30多岁、40多岁的时光。彼此默不作声。①

实际上，在与多萝西离婚前，为了证明自己男子汉的阳刚之气布赖恩经常与所工作银行里作后勤工作的姑娘们打情骂俏。布赖恩婚前对多萝西恩爱有加，婚后却对多萝西冷若冰霜。前后两种态度的转变

① Caryl Phillips, *A Distant Shore*, London: Vintage Books, 2004, p. 196.

由布赖恩得知自己没有生育能力后的自卑心理所致，对多萝西的漠不关心和抛弃是布赖恩“规训”多萝西以强化其男性气概的极端方式。令人遗憾的是，无辜的多萝西却要为此买单，成为布赖恩男性气概缺失和男性权威的受害者。菲利普斯虽未明确指出多萝西患有抑郁症的起因和时间，但从多萝西与布赖恩长达30年的不和谐的婚姻史以及离婚对多萝西造成的心理影响可以判断，多萝西的抑郁症与其婚姻状况密不可分。

多萝西不仅是婚姻的牺牲品和其他英格兰白人男性（如：学校男同事和同坐一辆公共汽车的男乘客）的欲望对象，还是校长雷蒙德·约威特（Raymond Jowett）和代课教师杰夫·韦弗利（Geoff Waverley）为实现教学安排和个人职业发展的目的利用和丢弃的工具。

离婚多年后，多萝西成为其所在学校新任地理代课教师杰夫·韦弗利在伯明翰的情人；此后，杰夫·韦弗利断绝了与多萝西的情人关系并向校长诬告多萝西干涉他的私生活。校长约威特以骚扰其他员工正常工作为由，让多萝西提前退休并向多萝西提供了所谓“体面的提前退休的一揽子计划”①。校长约威特原计划以多萝西违反相关法律为理由开除多萝西，以便为杰夫·韦弗利提供教职，如校长所说“我们急需一名地理老师”②。“体面的提前退休的一揽子计划”不过是校长约威特向地方教育局控告多萝西违反校规证据不足，陷入僵局后的无奈之举。福利退休“计划”背后隐藏着的是校长约威特与杰夫·韦弗利对多萝西的控制和利用。面对校长约威特滥用职权，多萝西发出如下感叹：“当一名历史老师或许是他（约威特）此生全部野心，可好运气却偏偏降临在他身上，让他能运用令人无法想象的权威”③。

《远岸》中，从前夫布赖恩、校长约威特到心理医生威廉姆斯（Dr. Williams）和威斯顿村中名为“船夫的臂膀”的酒馆老板，与多萝西生

---

① Caryl Phillips, *A Distant Shore*, London: Vintage Books, 2004, p. 256.

② Caryl Phillips, *A Distant Shore*, London: Vintage Books, 2004, p. 256.

③ Caryl Phillips, *A Distant Shore*, London: Vintage Books, 2004, p. 257.

活密切相关的多是虽已发福却仍有极强控制欲的英格兰“中年男性”。杰夫·韦弗利是唯一一位穿着讲究、身材匀称的英格兰白人男性；然而，通过他以诬告和以辞职威胁校长的手段获得原本属于多萝西的教职一事可见貌似体面、绅士的杰夫·韦弗利控制、利用和抛弃多萝西的险恶用心与其他英格兰白人男性相比有过之而无不及。

多萝西在校长的胁迫下提前退休和被心理医生威廉姆斯判定为精神病而被送入精神病院的遭遇恰是英格兰社会中“科学与法律打着帮助弱者的旗号，串通一气对女性实施暴力”① 的典型案例。威廉姆斯仅凭多萝西与袭击她的吉卜赛女乞丐的大声争吵，便判定多萝西患有精神病的不负责任的做法内含针对多萝西的隐性暴力。尽管多萝西是遭吉卜赛女乞丐袭击的受害者；然而，在威廉姆斯和警察眼中不劳而获、靠国家救济金生活的流浪汉才是受保护的对象。受伤且流血了的多萝西与吉卜赛女乞丐的大声争吵实属正当防卫，却被威廉姆斯视为精神分裂症的征兆。从多萝西在精神病院中的内心独白可以判断，具有良好逻辑思辨能力的多萝西并非“疯狂”的精神分裂症患者②；威廉姆斯认定的多萝西的“疯狂”举动充其量不过是加布里埃尔/所罗门之死诱发的深度抑郁症的表现。事实上，多萝西“变疯”应是英格兰经济形势、社会制度和威廉姆斯医生的职业权威共同作用下的产物。

---

① 以无家可归且患有精神病的女性曼尼莎（Manisha）在精神病院中英年早逝的事件为例，金伯利·拉克鲁瓦（Kimberly Lacroix）和沙巴·西迪基（Sabah Siddiqui）指出，科学医疗模式、国家法律体系和社会允许一位无助、柔弱的女性莫名其妙、毫无线索地消失。在貌似仁慈的机构里同样存在针对女性的暴力文化；科学与法律打着帮助弱者的旗号，串通一气对女性施加了暴力。参见：Kimberly Lacroix & Sabah Siddiqui，“Cultures of Violence A Woman without a Past or a Future”，*Economic and Political Weekly*，Vol. 48，No. 44（No. 2，2013），pp. 68 – 72，p. 68。

② 威廉姆·克拉里（William G. Crary）和杰拉尔德·克拉里（Gerald C. Crary）指出：如果在病人身上感受到困惑、“空虚”（emptiness）和无法捕捉的真实存在感，这个人定是患上了精神分裂症，即便发生在孤僻的人身上。抑郁症常表现为思维迟缓和障碍；精神分裂症常表现为杂乱无章、言不及义的散谈。忧郁是抑郁症患者通常情况下的情绪表现且无较大变化；然而，大多数精神分裂症患者的情感表达变化较大，同时伴有情感表达不当的现象。参见：William G. Crary，Gerald C. Crary，“Depression”，*The American Journal of Nursing*，Vol. 73，No. 3（Mar.，1973），pp. 472 – 475，p. 475。

与上述控制、利用和抛弃多萝西的英格兰白人男性截然不同，非洲难民加布里埃尔/所罗门对多萝西表现出无私的同情与关爱。威廉姆斯对多萝西应付公事般的心理治疗与加布里埃尔/所罗门对多萝西发自内心的热情关照形成鲜明反差。对多萝西而言，按时去威廉姆斯医生那里接受所谓的治疗不过是寻求一种自欺欺人的心里安慰，和加布里埃尔/所罗门的谈话交流才真正起到了缓解抑郁症的作用。

经安德森先生介绍，加布里埃尔/所罗门在斯通利担任看门人一职，负责物业维护和夜晚巡逻工作。加布里埃尔/所罗门还以医院志愿者的身份为多萝西提供免费医院就诊接送服务。加布里埃尔/所罗门的敬业精神和绅士风度给多萝西留下深刻印象，多萝西眼中的加布里埃尔/所罗门是“我（多萝西）的骑士，穿着闪亮的盔甲，驾着闪光的战车”。[①]

加布里埃尔/所罗门对多萝西的生活意义重大，甚至可被视为多萝西的精神支柱。父母坟墓前，在假想的同已故父母的对话中，多萝西坦言：“事实上，所罗门是我有生以来遇见的第一个绅士，戴着他那漂亮的驾车手套。相比之下，布赖恩简直就是个邋遢的蠢货……”[②] 加布里埃尔/所罗门对多萝西的关心、照顾使多萝西渐渐敞开心扉；加布里埃尔/所罗门之死是多萝西生命意义的终结，如多萝西的内心独白所示：“没有了所罗门，威斯顿仿佛突然变成一个奇怪且空洞的村子；所罗门登门拜访至今，仿佛［我］的一生就如此这般地过去了”[③]。

尽管，威斯顿村村民认定了加布里埃尔/所罗门的“黑险”身份并对其心怀敌意；然而，加布里埃尔/所罗门并无侵犯多萝西、图谋不轨的动机。加布里埃尔/所罗门之所以主动接近多萝西并给她提供帮助同他本人不幸的生活遭遇和孤独的生活状态密不可分。朱迪丝·巴特勒指出：“身患抑郁症的人拒绝接受失去［的残酷现实］……内化是将失去

---

① Caryl Phillips, *A Distant Shore*, London: Vintage Books, 2004, p. 19.

② Caryl Phillips, *A Distant Shore*, London: Vintage Books, 2004, p. 64.

③ Caryl Phillips, *A Distant Shore*, London: Vintage Books, 2004, p. 55.

[之物/人]保存于灵魂之中的方式”。[①] 加布里埃尔/所罗门改名换姓并对自己的过去只字不提，将痛失亲人的创伤记忆内化于心，并因此患上了与多萝西相似的精神抑郁症。

长期自我压抑的加布里埃尔/所罗门亟须找到一个倾诉对象。家住对面且同病相怜的多萝西成为加布里埃尔/所罗门理想的倾诉对象，如加布里埃尔/所罗门所说：“我很想找个人谈话，她（多萝西）是一位令人尊重的女性。或许可以告诉她我的故事。如果我不分享我的故事，我就只有一年的生活经历。我是那个只有一岁大的、拖着沉重的脚步走路的男人。我背负着沉重且隐秘的历史”[②]。被害之前，加布里埃尔/所罗门高喊多萝西名字的做法展现出他想对多萝西倾诉的强烈愿望。

加布里埃尔/所罗门的死前高喊和多萝西被送入精神病院之前的内心独白内含彼此不可或缺的情感寄托，可被视为二人构建跨种族命运共同体的宣言。在即将对彼此袒露心声之际，加布里埃尔/所罗门之死和多萝西“变疯”使这一跨种族命运共同体不复存在，跨种族共同体的宣言亦是共同体终结的挽歌。

《远岸》中，以20世纪末的英格兰为叙事背景，菲利普斯描述了加布里埃尔/所罗门和多萝西两位被噤声了的“贱民”形象，前者是遭受种族暴力的非洲黑人男性难民，后者是遭受英格兰白人男性“规训与监视”的英格兰白人女性。加布里埃尔/所罗门与多萝西你中有我、我中有你的双声部悲剧叙事既是他们所构建的跨种族命运共同体形成与终结的文学表征，又是他们在斯通利新区虚拟小说世界中未曾达成的彼此倾诉在读者阅读层面的最终“实现”。菲利普斯旨在以此种方式召唤读者的同情、反思与批判。透过小说，菲利普斯意在指出：20世纪末，英格兰经济萧条、民族主义和新法西斯主义的兴起等因素导致以加布里埃尔/所

---

① Judith Butler, “Melancholy-Gender-Refused Identification”, *Gender in Psychoanalytic Space: Between Clinic and Culture*, Ed. Muriel Dimen and Virginia Goldner, New York: Other P, 2002, pp. 1–15, p. 3.

② Caryl Phillips, *A Distant Shore*, London: Vintage Books, 2004, p. 300.

罗门为代表的非洲难民和以多萝西为代表的英格兰白人女性均成为人权无法保障的少数群体；在剥夺加布里埃尔/所罗门生存权和多萝西人身权的同时，英格兰已走向全球化[①]和世界主义的对立面，成为康纳·格雷蒂（Conor Gearty）所说的人权的“幻想岛”（fantasy island）[②]。

第四节　《外国人》中的种族伦理内涵

恰如英国多丽丝·莱辛在其游记《回家》（*Going Home* 1957）中所写“新闻记者是收集事实和信息的人，而小说家则是深入其中探究真实的人”,[③] 在其传记故事集《外国人》（*Foreigners* 2007）中的两个短篇故事《威尔士制造》（“Made in Wales”）和《北方的灯光》（“Northern Lights”）的创作过程中，卡里尔·菲利普斯兼具新闻记者与小说家双重身份，选取典型案例文学化地再现了发生于20世纪五六十年代英国社会中的种族歧视事件。菲利普斯提出并解答了一个具有种族伦理内涵的问题，即：英国黑人土生子特平（Randolph Turpin 1928—1966）和来自英国殖民地尼日利亚拉各斯的黑人移民奥利瓦里（David Oluwale 1930—1969）为何身为英国公民却被视为低人一等的“外国人”并因此而遭受种族歧视和迫害？

---

① 霍米·巴巴认为：全球化必定总是始于家园（本国、本地），“衡量全球化的合理标准要求我们首先对全球化过程中的国家如何对待境内的差异做出评判，包括，多样化与地方重新分配问题，以及区域范围内少数群体的权利与代表”。参见：Homi Bhabha，“Preface to the Routledge Classic Edition”，*The Location of Culture*，London and New York：Routledge Classics，2004，pp. ix－xxv，p. xv。

② 康纳·格雷蒂（Conor Gearty）指出：伴随着英格兰/英国（English/British）霸权的终结，“自信且视野向外的英格兰人回退至视野向内的状态，以便以更严格控制其（大大缩小了的）后院的方式补偿国家衰落的损失……‘反对外国’（against abroad）和‘怀旧过去’（for the past）的运动具有明显的英国属性，这一运动的政治和知识领导者们几乎是清一色的男性……过去不应凌驾于现实之上，否则我们的未来将危机重重。(人权）这一主题太过严肃，不应仅停留于幻想层面”。参见：Conor Gearty，*On Fantasy Island Britain*，*Europe*，*and Human Rights*，Oxford：Oxford University Press，2016，pp. 202，219。

③ Doris Lessing，*Going Home*，London：Panther，1968，p. 50.

美国西北大学查尔斯·米尔斯（Charles W. Mills）教授在其专著《种族契约》（*The Racial Contract* 1997）中指出：种族契约（racial contract）是欧洲部落（the tribes of Europe）成员主张、促进和维持其凌驾于世界其他部落（other tribes of the world）之上的白人优越性的协议；"当白人说'正义'（justice）的时候，他们的意思是'只是我们'（just us）"①。米尔斯的种族契约论阐释了白人优于其他有色人种的尊卑、贵贱的隐形契约关系，这一关系成为定义有色人种低人一等的身份和规约有色人种言行的种族伦理的核心。此种由欧洲白人制定，有色人种被迫接受的种族伦理关系即是英国种族主义者他者化、妖魔化以黑人为代表的有色公民，并对其施以种族歧视和暴力的"法律依据"。

菲利普斯在其作品中阐释了"种族契约论"在战后英国社会文化、政治与法律等层面的具体表现及其后果。《威尔士制造》中，黑人拳王特平被英国媒体分别符号化为"国家英雄"和"丛林野兽"。对上述身份的定义以是否满足英国国民的伦理消费欲为前提。特平之死可被视为英国社会所患的以"阶级失明症"（class blindness）和"有色人种失明症"（color blindness）为表征的伦理道德疾病的恶果。从法律角度出发，本文力图阐释《北方的灯光》中菲利普斯以"奥利瓦里谋杀案"为核心的叙事中20世纪中叶英国殖民伦理的延拓与种族歧视之间的内在因果关系。通过小说，菲利普斯意在指出部分政客的言论已成为以诺丁山暴力事件为代表的英国种族歧视运动的导火索，以警察局、监狱和精神病院为代表的执法机构甚至直接参与种族歧视与迫害行动之中；政治层面上貌似合理的立法与执法，却伴随着伦理层面上违背人性的知法犯法。

一　作为伦理消费品的英国黑人拳王特平

《威尔士制造》中，菲利普斯提出并回答了特平的身份是什么？以

① Charles W. Mills, *The Racial Contract*, New York: Cornell University Press, 1999, p. 110.

及他的身份由谁定义？等问题。特平的身份随叙事视角的切换而变化，从“国家英雄”到“丛林野兽”再到“守法公民、好丈夫与好父亲”。以史实为依据，菲利普斯如实阐释了特平的公共形象与家庭角色之间的巨大反差。菲利普斯意在指出：特平的身份不由其本人决定而取决于英国白人观众的好恶，其公共形象不过是20世纪50年代流通于英国社会的伦理消费品。以特平的悲剧人生为例，菲利普斯映射并批判了当代英国社会对有色工人阶级在种族与阶级两个层面上的歧视与压迫。

英国杂志《伦理消费者》（*Ethical Consumer* 1989）上最早广泛使用了“伦理消费”和“伦理消费者”等术语，伦理消费概念的核心在于商品所具有的伦理道德价值，即：商品价值的高低取决于对消费者伦理道德欲求满足程度的高低。[①] 加拿大著名经济学市场学家马库斯·吉斯勒（Markus Giesler）认为：伦理消费主义（Ethical consumerism）是基于“美元投票”（dollar voting）概念上的消费行为主义，“有责任消费”和“作为道德主体的消费者”是贯穿这一理论探讨之中的核心词。[②] 英国埃克塞特大学克莱夫·巴奈特（Clive Barnett）教授指出：“［当今社会］主流消费的选择越来越多地涉及‘人与人之间的关心、团结与集体忧虑（collective concern）’等问题”；[③] 从本质上讲，吉斯勒和巴奈特教授虽表述不同但均探讨了消费责任的问题，即：消费活动的目的并非仅在于对个人物质需求的满足，而在于是否实现了集体伦理道德欲的抒发。

1951年是第二次世界大战结束后的第6个年头，在英国经济停滞、工业不景气、失业率激增、人民生活艰辛和信心不足等诸多“集体忧虑”的社会大背景下，英国黑人拳手特平击败美国世界级拳王雷·罗宾

① 参见：https://en.wikipedia.org/wiki/Ethical_consumerism。

② Markus Giesler & Ela Veresiu，“Creating the Responsible Consumer：Moralistic Governance Regimes and Consumer Subjectivity”，*Journal of Consumer Research* 41（October 2014），pp. 840－857，p. 840.

③ Clive Barnett，Nick Clarke，Paul Cloke and Alice Malpass，“The political ethics of consumerism”，*Consumer Policy Review*，Vol. 15，No. 2，2005，pp. 45－51，p. 45.

逊（Sugar Ray Robinson 1921—1989）的消息无疑给英国国民打了一针提升士气的强心剂。来自前英属圭亚那殖民地乔治城的黑人移民莱昂内尔（Lionel Fitzherbert Turpin）与英国本地白人女子碧翠斯（Beatrice Whitehouse）所生的小儿子特平因此被英国人视为“国家英雄”，是英国人顽强的斗牛犬精神的化身和英国人团结一致的爱国主义伦理道德情操的缩影。特平迅速成为英国流行一时的伦理消费品。

实际上，菲利普斯对特平“产品”身份的描述不仅体现在“威尔士制造”这一短篇故事题目中，还明确出现于作品第一页：“特平是镇［利明顿温泉镇］上不太惹人注意的居住区［工人阶级聚居的飞地 working-class enclave］里的产品”①。特平的出生地——位于英格兰境内的利明顿温泉镇和他的训练地——位于威尔士的格里赫城堡（Gwrych Castle）皆是特平的“产地”，而消费这一拳击“产品”的市场则是以白人为主导的整个英国社会。

“威尔士制造”取名于特平在格里赫城堡里的训练经历。为了筹集城堡维护费，城堡主人莱斯利·萨尔茨（Leslie Salts）为特平等拳手建立了训练营，将其命名为“威尔士胜地”（the showplace of Wales）。“普通英国人仍在使用配给本（ration book）和为了节省每个便士而精打细算的时候，格里赫城堡一日游却赢得英国人的喜爱，观看特平等拳手们的实地训练让每个人的生活为之一振”。（73）由此可见，与罗宾逊比赛之前，特平已经具备了供英国人消费的伦理商品的使用价值。这一使用价值不仅表现为特平 1.2 万英镑的高额出场费，还表现为英国社会为战胜罗宾逊后的特平所塑造的神化了的英雄形象。特平这一“威尔士制造”的地方产品享誉全国，其获胜的消息立刻成为各大报纸的头版头条。

谙习英国人此时伦理消费心理的犹太裔拳击比赛承办者杰克·所罗门斯（Jack Solomons）和特平的经纪人乔治·米德尔顿（George Middle-

① Caryl Phillips, *Foreigners*, London: Harvill Secker, 2007, p. 63.

ton）抓住商机、在利益驱使下，“不惜将英国的羔羊［特平］抛给了屠夫［罗宾逊］”（70），[①] 因为他们深知：从解除英国人“集体忧虑”的角度出发英国观众其实并不在乎罗宾逊与特平之战谁赢谁输，因为花钱观摩强壮健美的拳手们的日常训练、现场观看拳击比赛已成为当时英国人振奋精神的不可或缺且行之有效的手段。

英国德蒙特福德大学（De Montfort University）首席讲师西蒙·费瑟斯通（Simon Featherstone）指出：“英国记者们所报道的特平比赛中一反常规的‘恶棍风格’（ruffian style）却成为特平内在英国性（Turpin's essential Englishness）的最好证明”。[②] 费瑟斯通认为特平的胜利是第二次世界大战之后英国人引以为荣的英国性的生动诠释，恰如菲利普斯所写：

> 特平艰难地打满了15个回合，在场的英国观众齐声高唱赞美歌“他真是个好小伙！”（For He's a Jolly Good Fellow!）……英国民众庆祝特平胜利的喜悦程度不亚于6年前对第二次世界大战胜利日的庆祝。然而，特平仿佛未被这兴高采烈的场面所打动，仅是淡淡一笑，并未发现自己实际上刚刚释放了压抑许久的英国的灵魂（the soul of the British nation）。[③]

成名之前，特平家乡利明顿温泉镇（Leamington Spa）的居民将其

---

① 菲利普斯此番论断基于对雷·罗宾逊战绩的考察之上：“截至1951年［与特平比赛之前］，30岁的雷·罗宾逊参加过133场职业拳击比赛，只输给过杰克·莫塔（Jack La Motta）；在此后的复赛中雷·罗宾逊击败杰克·莫塔。……他［雷·罗宾逊］的名气如此之大，前几天1951年6月25日，他还成为《时代》周刊的封面人物。”菲利普斯的言外之意是：刚获得英国冠军称号的年仅23岁的特平显然与经验丰富、实力超群的雷·罗宾逊不可同日而语；从竞技水平与职业发展的角度出发，特平尚不具备与罗宾逊同台竞技的资质，这场实力悬殊的比赛将很有可能给特平造成严重的身体伤害甚至终结其职业生涯。参见：Caryl Phillips, *Foreigners*, London: Harvill Secker, 2007, p. 66。

② Simon Featherstone, *Englishness: Twentieth-Century Popular Culture and the Forming of English Identity*, Edinburgh: Edinburgh University Press, 2008, p. 121.

③ Caryl Phillips, *Foreigners*, London: Harvill Secker, 2007, p. 83.

视为有损城市形象的危险的异类，对其避犹不及；特平成名后，利明顿温泉镇的镇长和市民将特平视为该镇的骄傲并举行隆重庆祝仪式欢迎他回“家”。正如菲利普斯所写“兰道夫·特平在‘家’仅待了几天”[①]。菲利普斯刻意将“家”（home）字放在引号之中，以此凸显“家园”概念对以特平为代表的英国有色移民后代所具有的相对性。

《威尔士制造》中，菲利普斯指出英国媒体塑造的特平形象经历了从“国家英雄”到“丛林野兽”的非黑即白的戏剧性转变；此后隐藏着的是特平英雄身份的贬值与变异和英国观众对特平始乱终弃的不道德行为。

英国社会对特平先神化后妖魔化的态度转变是英国人伦理消费选择变化的结果。回顾历史，菲利普斯指出黑人作为英国白人消费品的历史可追溯到16世纪，来自非洲和美洲的黑奴起到了点缀贵族绅士们的宫殿与庄园的作用，然而“1601年当有色人种在英国的数量增长到一定程度时，伊丽莎白一世下令驱逐黑人（blackamoors）”[②]；从某种程度上讲，特平不过是英国人此种沾染了“黑人种族猎奇欲”的贵族消费习惯的延续，特平对英国人爱国主义伦理消费欲的满足是其“国家英雄”这一身份成立的前提条件。

《威尔士制造》中，菲利普斯简要介绍了1953年初发生于英国社会的两大重要历史事件：英国女皇伊丽莎白二世加冕和英国登山队在新西兰登山家的带领下登上了珠穆朗玛峰（126—127）。这一插入信息貌似旁生侧枝与特平的生平叙事无关，其实不然，上述事件的发生从某种意义上讲却是特平伦理消费价值贬值的转折点。美国密西根州立大学历史系戈登·斯图尔特（Gordon T. Stewart）教授评论说：

> 1953年英国登山队成功登上世界最高峰珠穆朗玛峰。对当代

① Caryl Phillips, *Foreigners*, London: Harvill Secker, 2007, p. 109.

② Caryl Phillips, *Foreigners*, London: Harvill Secker, 2007, p. 95.

> 英国文化而言，这一胜利具有象征性的历史意义，与 19 世纪末和 20 世纪初英国崛起为世界强国的经验和英国在现代世界中国家身份的重塑过程紧密相关。登顶的消息于伊丽莎白二世登基当天早上传到伦敦。凭借时间上的巧合，评论员们将英国人珠穆朗玛峰登顶成功视为始于伊丽莎白一世殖民北美的大英帝国［再现］最辉煌时刻的象征。①

斯图尔特的言外之意是伊丽莎白二世加冕与英国人登顶珠峰这两个历史事件的同时发生起到了振奋帝国人心②的作用。菲利普斯认为就这两个事件的社会、国际影响力和提升英国人士气的功效而言，它们已远超特平昔日的拳坛神话。相比之下，特平作为“国家英雄”的伦理消费价值自然消失。

特平的正面形象失效之后，英国人将注意力转向媒体对特平的负面报道上。“野蛮、家暴和性虐”成为英美媒体妖魔化特平的关键词。曾与特平热恋的美国小姐阿黛尔·丹尼尔斯（Adele Daniels）的律师在法庭上将特平描述为：“以人形出现的丛林野兽，一个危险的杀手”③。究其本质，特平前妻玛丽之所以指控特平家暴是因为特平过分专注于拳击训练而忽视了家庭生活；丹尼尔斯指控特平性虐既是出于对特平拒绝娶其为妻的报复又是对他的敲诈勒索。令人遗憾的是曾视特平英雄的英国民众却乐于接受媒体的报道，将“邪恶”的特平作为茶余饭后的谈资；特平因此被打回了低等、野蛮的黑人原形。

菲利普斯并不满足于对英美媒体塑造且被英国观众消费了的特平的

---

① Gordon T. Stewart, “Tenzing's Two Wrist-Watches: The Conquest of Everest and Late Imperial Culture in Britain 1921—1953”, *Past & Present*, No. 149 (Nov., 1995), pp. 170 – 197, p. 170.

② 南密苏里州立大学（Missouri Southern State University）克利夫·托利弗（Cliff Toliver）教授在书评中写道：贝叶斯（Peter L. Bayers）在其专著中阐释了美国人和英国人的登山探险活动在强化国家形象和帝国意识等方面所起的作用。参见：Cliff Toliver, “Review of *Imperial Ascent: Mountaineering, Masculinity, and Empire*”, *Rocky Mountain Review of Language and Literature*, Vol. 58, No. 2 (2004), pp. 97 – 100, p. 98。

③ Caryl Phillips, *Foreigners*, London: Harvill Secker, 2007, p. 137.

公共形象（“国家英雄”与“丛林野兽”）之生成原因的探究。通过特平母亲和与其共患难的妻子格温的讲述，菲利普斯为读者呈现了特平鲜为人知的守法公民、好丈夫与好父亲的真实身份，与媒体描述的丛林野兽形象形成强烈反差。

1958 年 9 月在与特立尼达拳手约兰德·庞培（Yolande Pompey）的比赛中，特平在第二轮便被对手轻松击倒，《伦敦标准晚报》通信员将这一失败视为特平拳击生涯的终结。特平在饱受职业伤痛（视力与听力急剧下降）之苦的同时还面临投资失败、丧失稳定收入来源和缴纳高额个人所得税等经济压力；“特平的贫困生活与其骄人的职业战绩（64 胜、8 负、1 平）形成鲜明对比”[①]。菲利普斯指出：特平窘困生活的根源在于高达十几万英镑的个人所得税，而该所得税本应由特平比赛的组织者和经纪人支付。英国国税局认定的特平的个人收入与他实际所得相差甚远。[②] 言外之意，杰克·所罗门斯和乔治·米德尔顿故意虚报了特平的收入，并侵占了用来支付特平个人所得税的资金。为支付个人所得税和养家糊口，特平曾在他先前的经纪人乔治·米德尔顿开的废品厂里作收废品的工作，一周所得仅有 2—4 镑。为了赚钱，特平不顾病痛参加了一系列摔跤比赛，直至彻底丧失劳动力。

特平兼具守法的英国纳税人与好丈夫的双重伦理身份，而这两者之间却存在着难以调和的矛盾；杀死自己 2 岁女儿之后的自杀成为特平消除伦理身份危机的最佳途径。通过对这一伦理悲剧的描述，菲利普斯指出：特平虽犯下了逃税罪和杀婴罪，但特平逃税与杀婴之伦理犯罪的根源不在特平本人而在于麻木不仁的英国社会。失去经济来源的特平无法继续承担本不应由其支付的高额个人所得税。特平深知个人所得税将因自己的死而一笔勾销，自杀便成为他合理逃税和为家庭成员谋福利的唯一选择；为了不让自己的小女儿给妻子和另外三个女儿的生活增加负

① Caryl Phillips, *Foreigners*, London: Harvill Secker, 2007, p. 141.

② Caryl Phillips, *Foreigners*, London: Harvill Secker, 2007, p. 146.

担，特平决定将其一并杀死。

借尤金·哈瑟登（Eugene Haselden）牧师的葬礼悼词，菲利普斯控诉了英国社会对已故黑人拳王特平的不公正对待：

> 在其事业巅峰之际，伦道夫［特平］被那些自认为是其朋友和支持者的人所包围；然而，当他失去地位与钱财的时候，却遭人遗弃。朋友们的变化无常和无用的建议必定给他带来了巨大压力，最终使其身陷绝望境地。伦道夫是个天真、单纯的人，需要朋友保护他免受寄食者们的危害。然而，让我们自感羞耻的是我们辜负了他。这一悲剧不仅是他个人的失败，更是整个［英国］社会的失败。①

菲利普斯对特平葬礼的描述颇具伟大的盖茨比葬礼般的悲剧讽刺效果。英国新闻报道说出席特平葬礼的人数是2000人，而实际出席葬礼的人数却只有500人，且其中大多数并非特平生前挚友而是冒雨慕名前来悼念的陌生人。杰克·所罗门斯不仅没有发来唁电，甚至连不能出席葬礼的致歉信都没写。令人吃惊的是位于伦敦的英国拳击委员会竟没派人出席朗斯代尔奖带拥有者，前英国、欧洲和世界拳王的葬礼。

布鲁奈尔大学（Brunel University）文学院教授菲利普·图（Philip Tew）指出："阶级失明症（class blindness）困扰着当代英国小说以及与此有关的学术阐释"。② 言外之意，当代英国小说及其评论缺乏对阶级压迫与阶级矛盾等问题的阐释。就《威尔士制造》而言，工人阶级出身的英国黑人作家菲利普斯③因对特平悲剧人生的深入探讨可被视为

---

① Caryl Phillips, *Foreigners*, London: Harvill Secker, 2007, p. 152.

② 转自：Lawrence Driscoll, *Evading Class in Contemporary British Literature*, New York: Palgrave Macmillan, 2009, p. 2。

③ 美国圣莫尼卡学院（Santa Monica College）的劳伦斯·德里斯科尔（Lawrence Driscoll）教授将卡里尔·菲利普斯和丹尼斯·波特（Dennis Potter）归类为受过良好教育（毕业于牛津大学）的工人阶级作家（working-class author）。参见：Lawrence Driscoll, *Evading Class in Contemporary British Literature*, New York: Palgrave Macmillan, 2009, p. 4。

批判英国社会阶级失明症的典范。

以拳击运动为例，菲利普斯控诉了“有色工人阶级”（colored working class）在英国所遭受的种族与阶级的双重歧视，特平则是英国社会以“阶级失明症”和“有色人种失明症”为表征的伦理道德疾病的受害者。菲利普斯意在指出，英国社会对有色工人阶级出身的特平利用与漠视是导致特平成名前与落魄后均是英国白人眼中低人一等的“外国人”的原因之所在。回顾历史，菲利普斯阐明了英国拳击运动中隐含着的阶级与种族特征：

> 拳击运动将英国社会阶层的［高低］两端集合在一起。职业拳手因其坚忍不拔的意志和强健的体魄被英国人尊重。拳手多来自工人阶级，［他们］在中产阶级和贵族阶层人士的资助和监督下训练和比赛。对上层阶级的人来说，拳击是他们教育的一部分，是一种社交技巧。参加职业拳击比赛的皆是社会底层人士。(76)

20 世纪初，特平出生地利明顿温泉镇的工人聚居区里只有特平 5 兄妹是黑人与白人通婚后所生的混血儿；当地白人不仅无法容忍他们的存在，还将他们视为尚未准备好应对的社会问题。受种族歧视氛围的影响，14 岁的特平已成为当地白人眼中横行街头、无法无天的“讨厌鬼”(Licker)。中途辍学的特平很可能从此走上违法犯罪的道路；充满暴力的拳击运动自然而然地成为特平和两位哥哥发泄种族歧视焦虑、获得财富和在英国出人头地的有效途径[①]。菲利普斯写道：“19 世纪末 20 世纪初，一批接一批的移民拳手（意大利人、爱尔兰人和犹太人）为在美国立足而战。然而，拳王争霸赛中［白人］刻意将他们安排在参赛者名单的末尾”[②]。通过类比，菲利普斯意在指出特平对拳击运动的职业

① 20 世纪 50 年代，英国拳坛种族歧视的限制才被消除。参见：Caryl Phillips, *Foreigners*, London: Harvill Secker, 2007, p. 78。

② Caryl Phillips, *Foreigners*, London: Harvill Secker, 2007, p. 77.

选择与美国移民拳手的选择相似，即：旨在以此取得英国社会的认可与接受。

虽然马尔科姆·布雷德伯里（Malcolm Bradbury 1932—2000）认为不同于狄更斯小说生成的时代背景，战后英国小说产生于一个没有阶级、等级和主仆顺从观念的时代，等级制度已被新的无阶级性（new classlessness）所取代，[①] 然而有别于布雷德伯里的判断，菲利普斯以英国社会特定历史时期内黑人拳王特平作为伦理消费品的形成、神化、贬值和妖魔化的过程为例意在指出："新的无阶级性"的英国社会表象之后隐藏着的是对"有色工人阶级"的歧视与压迫。作为"有色工人阶级"一员的特平已成为英国社会中阶级与种族双重矛盾焦虑的发泄对象与替罪羊，是被战后英国社会伦理消费之后又被再度边缘化了的有家难回的"外国人"。

二　殖民伦理的延拓与奥利瓦里谋杀案

澳大利亚弗林德斯大学博士后研究员埃文·史密斯（Evan Smith）和弗林德斯大学犯罪学副教授马里内拉·马尔默（Marinella Marmo）指出：英国移民控制系统（the UK immigration control system）是英国人与移民之间接触区域的前线，白人"自我"与有色"他者"之间的优劣差异在此得到明确体现。上述两位学者撰文论述了英国移民控制系统中种族歧视思想的成因：

> 尽管因社会经济和政治等的考虑该系统多有缓和、有所收敛，但移民控制系统的最终目的仍是保护英国人的"白人性"（whiteness），并借此阻止大量来自前殖民地的移民进入这个国家［英国］。英国移民控制系统在实际操作中起到了确保"白皮肤"的本土英

① Malcolm Bradbury, *The Modern British Novel*: 1878—2001, London: Penguin, 2001, p. 519.

> 国人（“white” domestic Britain）与殖民他者（colonial “other”）之间区别的作用。……从20世纪60年代开始，移民控制不仅显现出对“秩序的欲望”（desire for order），还展示出在后殖民时期英国重申其过去殖民统治的意图。[①]

英国移民控制系统意欲保持的界线明显带有帝国种族主义（imperial racism）特征。有色移民的下等公民身份在经过英国边检的那一刻便确定下来了。

1948年429名牙买加旅客到达英国，开启了第二次世界大战之后英国有色移民的历史。[②] 而所谓有色移民主要指的是来自英国前殖民地的移民。[③] 随着大量有色移民的到来，此前殖民者与被殖民他者之间的接触区域由英国海外殖民地转移至英国本土；在后殖民语境下，殖民者与被殖民者之间“我尊你卑”的殖民伦理[④]关系随之发生迁移，进而成为英国境内英国白人与有色移民之间关系的核心。发生于1969年英国利兹的奥利瓦里谋杀案即是上述殖民伦理关系时空延拓的具体表现。

聚焦奥利瓦里谋杀案，菲利普斯谴责了20世纪40年代至60年代之间英国社会普遍存在的种族歧视思想和体系化种族迫害现象。菲利普斯指出奥利瓦里谋杀案并非偶然，而是以“警局——监狱——精神病院”为基本结构的“圆形监狱”权力控制与迫害下的必然结果。菲利

---

① Evan Smith and Marinella Marmo, *Race, Gender and the Body in British Immigration Control: Subject to Examination*, Melbourne: Palgrave Macmillan M. U. A, 2014, pp. 45 – 46.

② Ann Blake, Leela Gandhi and Sue Thomas, *England through Colonial Eyes in Twentieth Century Fiction*, Houndmills and New York: Palgrave, 2001, p. 3.

③ 20世纪50年代，涌入英国的移民主要来自西印度群岛、东非和亚洲——这些移民与本地人最大的差别是他们的肤色。参见：K. Sillitoe and P. H. White, “Ethnic Group and the British Census: The Search for a Question”, *Journal of the Royal Statistical Society, Series A (Statistics in Society)*, Vol. 155, No. 1 (1992), pp. 141 – 163, p. 141。

④ 殖民伦理可被归纳为殖民者与被殖民者“他者”之间高低贵贱、主动与被动的主仆式或家长制伦理关系。参见徐彬、汪海洪《劳伦斯·达雷尔〈亚历山大四重奏〉中殖民伦理的后殖民重写》，载《山东外语教学》2015年第5期。

普斯勾勒出一条奥利瓦里从“来自拉各斯（Lagos 尼日利亚首都）的年轻非洲雄狮”“满怀希望、不畏艰难的移民”到“惨死街头的流浪汉”的生活轨迹。将奥利瓦里毒打致死的英国利兹警官基钦（Kitching）和埃勒克（Ellerker）则扮演了种族歧视“执法者”的角色，是英国种族歧视思想和相关政治、法律体制的代言人。

1968 年，时任英国保守党议会议员的伊诺克·鲍威尔（Enoch Powell 1912—1998）是因来自新联邦（New Commonwealth）的有色移民而引发的英国道德恐慌的官方发言人。在“血河”演讲（the Rivers of Blood speech）[①] 中，鲍威尔巧妙地以讲故事的方式借“他人”之口指出：“在这个国家［英国］15 至 20 年的时间里黑人将手拿皮鞭统治白人”。[②] 鲍威尔毫不避讳地将移民视为“异国元素”（alien element）和“恶魔”（evils），英国政府应该当机立断采取措施将现有移民遣返回国（repatriation）。

伦敦大学英文系比尔·施瓦兹（Bill Schwarz）教授指出演讲当年举行的民意调查中有 74% 的英国人同意鲍威尔的观点。[③] 然而英国人对鲍威尔观点的支持绝非仅停留在语言层面，1969 年来自尼日利亚拉各斯的黑人移民戴维·奥利瓦里被利兹警官基钦和埃勒克蓄意杀害的事件便是英国社会中种族歧视思想行动化的体现。《北方的灯光》开篇，卡里尔·菲利普斯就主人公奥利瓦里的被害时间写道“那必定是 1968 年或 1969 年……”[④] 不难看出菲利普斯旨在通过刻意而为的时间记忆含混映射

---

① 1968 年 4 月 20 日，鲍威尔就移民问题在伯明翰作了英国历史上臭名昭著的“血河”演讲（the Rivers of Blood speech）。批评家们指出这是鲍威尔一系列极具煽动性的演讲中的一场，虽然攻击了来自肯尼亚和亚洲的移民，但是该演讲却成为种族歧视运动的导火索；“血河”演讲引发了英国白人工人阶级对移民的恐惧与歧视。参见：Brian MacArthur ed.，*The Penguin Book of Twentieth-Century Speeches*，London：Penguin Books Ltd.，p. 383。

② Enoch Powell，“I seem to see ‘the River Tiber foaming with much blood’”，*The Penguin Book of Twentieth-Century Speeches*，ed. Brian MacArthur，London：Penguin Books Ltd.，pp. 383 – 392，p. 384.

③ Bill Schwarz，*The White Man's World*，Oxford：Oxford University Press，2011，p. 48.

④ Caryl Phillips，*Foreigners*，London：Harvill Secker，2007，p. 168.

鲍威尔“血河”演讲与奥利瓦里谋杀案之间隐秘逻辑关系的写作动机。

以对奥利瓦里真实身份的探讨为叙事主线，菲利普斯提出并解答了如下问题：奥利瓦里移民英国的动机是什么？奥利瓦里是否如利兹警方所说是非法移民、酒鬼、罪犯和精神病患者？通过对奥利瓦里移民动机合法性、合理性的阐释和对奥利瓦里遵纪守法、精神正常的有色英国人身份的描述，菲利普斯实现了对英国特定历史时期内的移民政治和种族歧视思想的伦理道德批判。

1949 年 8 月，19 岁的奥利瓦里藏在前往英格兰东北部港口城市赫尔（Hull）的轮船中抵达英国。① 1948 年为了解决第二次世界大战之后英国劳动力短缺的问题，英国政府制定了《英国国籍法》（British nationality law），该法律以自由入境为原则允许来自英国前殖民地的移民进入英国并与英国人享受相同的公民权利。② 由此可见，奥利瓦里不能被视为非法移民，其偷渡行为不过是没钱买船票却想搭船去英国的无奈之举。奥利瓦里英国之行的动机是希望接受英国教育将来成为一名工程师，这也是他白天在西约克郡铸造厂里从事繁重危险的体力劳动，晚上坚持去夜校上课的原因之所在。

就奥利瓦里的社会形象而言，熟悉奥利瓦里的利兹百姓和加害他的利兹警方各执一词。菲利普斯将不同观察者对奥利瓦里印象整合在一起，拼凑出两幅截然相反的奥利瓦里的身份肖像。以精神病院医生、利兹警官为代表的官方叙述和以 14 岁英国姑娘、奥利瓦里同乡、好心的店铺老板、精神病院病友为代表的平民叙述之间就奥利瓦里的善恶判断存在巨大差异。

奥利瓦里被官方叙述妖魔化为非法移民、酒鬼、罪犯和精神病患者；在平民叙述中奥利瓦里却是个爱微笑、爱跳舞、努力学习与工作、

---

① Kester Aspden, *The Hounding of David Oluwale*, Adapted for the stage by Oladipo Agboluaje, London: Oberon Books Ltd., 2009, p. 30.

② 从 1948 年至 1962 年，英国殖民地公民与英国本土公民从法律层面上讲没有区分。参见：Randall Hansen, *Citizenship and Immigration in Post-War Britain: The Institutional Origins of a Multicultural Nation*, Oxford; New York: Oxford University Press, 2000, p. 17。

酒量小且从未醉酒、从不惹是生非和面对种族歧视敢于反抗的遵纪守法的市民。奥利瓦里对种族歧视行为的据理反驳是他被利兹警官妖魔化的原因之所在。奥利瓦里对英国利兹市民的身份认同被利兹警方视为精神病患者的一派胡言。面对朋友的告诫，奥利瓦里的回答是："我来自英国殖民地，所以我是英国人。为什么他们管我叫'黑鬼'?"① 由此可见，支撑奥利瓦里移民英国的力量，除经济因素外，更重要的是源自他将英国视为"母亲国"而将自身视为"大英帝国"子民的身份认同。

利兹警官随机抓捕有色人种的过程中奥利瓦里不幸被捕入狱，此后奥利瓦里又因对利兹警官种族歧视言行反唇相讥而被多次关入利兹城中的阿姆利监狱（Armley jail），并被送往西莱德贫民疯人院（The West Riding Pauper Lunatic Asylum）。菲利普斯笔下的警察局、监狱和疯人院恰如福柯（Michel Foucault 1926—1984）所描述的惩戒机构，这些机构"秘密构建出一套控制体系，其工作原理就像监视他人行为的显微镜";② 除了传统的监视功能之外，以精神病院为例福柯指出这些机构还具有"改变个人"（transform individuals）甚至置人于死地的邪恶力量。

《北方的灯光》中，菲利普斯深入剖析了利兹警官为满足个人种族歧视快感，打着"维持公共秩序"的旗号把奥利瓦里从正常人逼成疯子，并最终将奥利瓦里毒打致死、抛尸利兹河的犯罪过程。利兹警官希望借助警局、监狱和精神病院对反抗种族歧视的奥利瓦里加以惩戒，迫使其认同英国白人与有色人种之间尊卑、贵贱的种族伦理关系。西莱德贫民疯人院偏信警官基钦和埃勒克做出的奥利瓦里患有精神病的非专业判断，在未对奥利瓦里的精神状况进行有关医学检查的情况下对奥利瓦里实施了包括电击疗法（electro-convulsive therapy）在内的一系列精神病治疗手段，"治疗"时间竟然长达8年。

菲利普斯的伦理叙事并非仅限于第三人称的事实陈述，还表现为第

---

① Caryl Phillips, *Foreigners*, London: Harvill Secker, 2007, p. 191.

② Michel Foucault, *Discipline and Punish The Birth of the Prison*, Trans. Alan Sheridan, London: Penguin Books Ltd., 1991, p. 173.

一人称叙事者的旁白插话。第一人称叙事者仿佛道德法庭上的原告律师，而叙事方式的切换旨在激起读者陪审团对这一体系化种族迫害事件深层次的伦理道德反思。

> （我的朋友，1953 年至 1961 年间你在这个精神病院里，做些什么？他们是如何待你的？有没有像你一样的其他人？）主建筑像一个巨大体面的家。上面有一个钟楼，无情地提醒着你在这里时间对你来说不再重要。你的时间已被剥夺。再见，时间。（他么是如何待你的？有没有像你一样的其他人？）……（戴维，你跳舞了吗？还是他们只给你吃镇定药让你屈服？）①

致疯后的奥利瓦里成为失去语言表达能力、反抗与自卫能力的街头流浪汉，只能默默忍受警官基钦和埃勒克的频繁施暴，并最终被二人毒打致死。

奥利瓦里谋杀案法庭审判中为了减轻对警官基钦和埃勒克的判刑，辩护律师所提供的利兹警方、精神病院医生等政府专业机构人士的证词刻意将奥利瓦里描述为：非法移民、智障、臆想症者、暴徒等。尽管法庭获得了利兹警方逮捕、监禁奥利瓦里的详细记录和警官基钦和埃勒克对奥利瓦里长期蓄意施暴的供词，但终因关键证据不足，如：奥利瓦里在精神病院的病例不翼而飞、缺乏目击证人，法庭对杀人凶手重罪轻判。

通过对法庭成员组成情况的分析，菲利普斯对判决的合理性提出了质疑。法官欣奇克利夫先生已是 71 岁的老者；23 人的陪审团中仅有 2 名女性和 1 名有色男性。该审判由白人主导且带有明显种族歧视的色彩而使其审判结果的公正性有待商榷，正如老法官在宣判词中所说：

---

① Caryl Phillips, *Foreigners*, London: Harvill Secker, 2007, p. 193.

> 这是我主持过的审判中最令人难过的一个。毫无疑问，戴维·奥利瓦里是个不受欢迎的人。他的肮脏、暴力和重复犯罪令文明社会感到震惊。他是那类你在大街上避犹不及的人。然而法律却赋予他受保护的权利。你们的行事不当给崇高的警察部队带来了耻辱，给那些批评警察的人提供了口实。希望你们服刑期间能对此前的所作所为加以反思。① （109）

欣奇克利夫法官的言外之意是：虽宣判警官基钦和埃勒克有罪但二人的种族歧视与种族暴力行为无可厚非；“肮脏、暴力和重复犯罪”的奥利瓦里被视为城市“垃圾”理应被“清扫”出利兹城。在此，欣奇克利夫法官挑战并否定了保护奥利瓦里人身安全的英国法律，在他看来这条法律不该适用于有色人种。欣奇克利夫法官认为警官基钦和埃勒克的过错不在清除奥利瓦里，而在于以杀人的极端方式使奥利瓦里在利兹城消失；与杀人罪相比，给利兹警察部队抹黑才是警官基钦和埃勒克真正的罪责。换言之，在欣奇克利夫法官眼中基钦和埃勒克从一定程度上履行了利兹警官的职责，而问题仅出在“清扫”手段的使用不当上。

菲利普斯在其作品内部的道德法庭上所提供的证词还包括对利兹城内阶级压迫史的阐述，

> 1836 年利兹城建立、加强警察部队的目的是为了专门应对工人阶层日益不满的抗议……1847 年新建立的阿姆利监狱旨在关押流浪汉和不受欢迎的人，随着城市的快速增长，富有的市民很快就认识到加强对下层阶级监视的重要性。在任何情况下，绝不能让他们占上风。②

① Caryl Phillips, *Foreigners*, London: Harvill Secker, 2007, p. 109.

② Caryl Phillips, *Foreigners*, London: Harvill Secker, 2007, pp. 198 – 199.

通过此番插叙，菲利普斯意在说明：早在奥利瓦里谋杀案之前利兹警方已有此类犯罪前科。如今历史重演，只不过利兹警方的执法对象不再是英国工人阶级，取而代之的是来自英国前殖民地的有色移民；有色移民已成为后殖民时期英国社会转嫁内部阶级矛盾的替罪羊，在“我尊你卑”的伦理关系规约下有色移民将代替英国工人阶级成为遭受歧视、压迫和“不占上风”的下等公民。

《外国人》中的叙述者常以事件调查人的身份出现，随着叙事进程的延拓叙述者逐渐由貌似中立、客观的调查人转变成故事中黑人受害者的控诉律师。菲利普斯旨在以此种方式建立一个文本自治的伦理道德法庭。其中叙述者/控诉律师将开展一系列“伦理问询”[①]，旨在揭露真实历史事件背后隐藏着的鲜为人知或避而不谈的丑陋现实。菲利普斯将读者（或隐含读者）设定为伦理道德法庭上的陪审团或法官，在召唤读者伦理价值判断的同时，集中控诉了英国社会中白人与黑人之间尊卑、贵贱的畸形种族伦理关系所引发的种族歧视与迫害。

恰如加利福尼亚大学文学系教授罗丝玛丽·乔治（Rosemary George）所写：“‘家园’一词内含一系列具有包容性与排他性特征的模式。家园是确立差异的一种方式”[②]，《外国人》中，菲利普斯意在指出：就特平而言英国“家园”对他所展示出的包容性的前提是特平所具有的伦理商品的价值，英国“家园”对特平与奥利瓦里排他性源自二者卑贱的黑人身份，两者因此成为有家难回的“外国人”。菲利普斯以滞后半

---

① 就文学伦理学批评的功能而言，美国著名文学评论家韦恩·布斯（Wayne C. Booth）曾撰文指出：伦理批评与文学密切相关；有责任心的批评者可使其变为一种理性问询。有责任心的读者在阅读内涵丰富的故事时会主动探讨这些故事中所蕴含的伦理价值的问题，读者们的阅读结果因此可被贴上“知识”的标签；通过“伦理问询”（ethical enquiry）可以获得确定无疑的结论——知识。参见：Wayne C. Booth，“Why Ethical Criticism Can Never Be Simple”，*Mapping the Ethical Turn*，ed. Todd F. Davis and Kenneth Womack，Charlottesville and London：University Press of Virginia，2001，p. 16。实际上，回归“历史的伦理现场，……并从历史的角度做出道德评价”是对文学作品进行伦理问询获得知识的重要途径。参见聂珍钊《文学伦理学批评：基本理论与术语》，《外国文学研究》2010 年第 1 期。

② Rosemary George，*The Politics of Home Postcolonial Relocations and Twentieth-Century Fiction*，Berkeley and Los Angeles：University of California Press，1999，p. 2.

个多世纪的“新闻报道者”身份重新梳理、审视了20世纪五六十年代英国社会中的典型种族歧视与种族迫害事件，试图以此警醒英国民众和纠正深藏于英国社会中的种族伦理意识。在阐释并谴责英国狭隘的种族部落意识之危害性的同时，菲利普斯希望英国终有一日能成为生活其中以黑人为代表的有色公民名副其实的家园。

结　语

英国字典编纂家威廉·史密斯爵士（Sir William Smith）在对拉丁语词组“Tabula rasa”（对应英语翻译是 clean slate，意为“干净的记事板”）进行词源考证时发现该词源自罗马语“tabula”实为“笔记”（notes）之意（Smith 608—609）。以此为基础，史密斯爵士指出，人出生之时大脑如同一块干净的白板，没有任何内容；此后，各种经验和感知被大脑记录并存储下来。大脑是经验与知识载体的观点是西方经验主义哲学的核心思想。亚里士多德在《论灵魂》（*De Anima* or *On the Soul*）中指出，大脑中已有知识信息的储备，就像字母一样虽然没有被写到书写板（writing-tablet）上却已在我们的大脑之中，这便是大脑（mind）运行的方式。① 针对大脑的记忆功能，聂珍钊教授提出“脑文本”的概念并指出：“感知、认知和理解转化成记忆才能存储在脑文本里，因此脑文本存储的是记忆”②。史密斯爵士的大脑“白板”说和亚里士多德的大脑“笔记”说可用聂珍钊教授提出的“脑文本”的概念加以科学阐释和替代。

以聂珍钊教授提出的“脑文本”概念为依据，可对殖民主义“脑文本”做出如下定义：殖民主义“脑文本”是在殖民主义政治经济和

---

① Aristotle, *On the Soul*, Trans. J. A. Smith. http://classics. mit. edu/Aristotle/soul. 3. iii. html.

② 聂珍钊：《文学伦理学批评：口头文学与脑文本》，《外国文学研究》2013 年第 6 期。

历史文化影响下，对殖民与被殖民经验和与之相关的殖民伦理的认同与记忆。英国后殖民作家及其文学虚构人物对殖民主义“脑文本”的反映、创造性回写与重写具有后殖民伦理道德问询和反帝国主义文化霸权的功能。

论及后殖民语境下的大英帝国文化霸权，比尔·阿什克罗夫特（Bill Ashcroft）等人指出：尽管像其他19世纪殖民强国一样，在国际事务中英国已降格为从属次要地位，欧洲帝国列强已被美国超越，然而就文学经典而言，英国文学作品长期以来仍是品味与价值的试金石。古老的英国标准英语在广大后殖民世界依旧占统治地位①。在帝国文化霸权影响下的英国后殖民作家的创作面临着“与帝国文化霸权妥协还是与其对抗?”的问题。

现当代英国流散作家及其小说主人公应对以殖民历史和文化记忆为内核的殖民主义“脑文本”的策略可概括为以下三种：一、对殖民主义“脑文本”的合理性不置可否，前被殖民者及其后代面临如何重新审视殖民主义“脑文本”的伦理困惑；二、认为殖民伦理（或曰“奴性”）已成为被殖民者及其后代与生俱来的种族文化基因，对殖民伦理的继承已成为前被殖民者及其后代在所在国家和地区去殖民化后无法实现种族解放与独立发展的作茧自缚的精神枷锁；三、将殖民主义“脑文本”视为虚假的自我与种族身份的成因，后殖民作家旨在通过重写英国殖民史和英国经典文学作品的方式达到重塑后殖民自我与种族身份的目的。重写英国殖民史和英国经典文学作品已成为英国后殖民作家抵抗殖民主义“脑文本”及隐含其中的帝国主义文化霸权的有效途径。

第一节 流散者的混杂身份与伦理困惑

扎迪·史密斯的小说《白牙》中第二次世界大战期间曾为英国而

① Bill Ashcroft, Gareth Griffiths and Helen Tiffin, *The Empire Writes Back*, London and New York: Routledge, 2002, pp. 6 -7.

战的45岁的孟加拉移民萨马德在战争结束后面临着何去何从和“我究竟是谁?”的归属地与身份危机，如他对英国战友阿奇·琼斯所说：“回孟加拉？或是去德里（印度城市）？在那儿谁会需要像我这样的英国人？去英国？谁能接纳像我这样的印度人?”① 萨马德的身份与归属地疑惑源自其殖民主义思想中英国是母亲国，殖民地人民是大英帝国子民的身份认同。以“帝国风驰号一代”为代表的从前英国殖民地，如：加勒比、印度、巴基斯坦等前往英国的有色移民在殖民主义“脑文本”的影响下展现出介于东、西之间的混杂身份。

哈尼夫·库雷西（Hanif Kureishi 1954—）的小说《郊区佛爷》（*The Buddha of Suburbia* 1990）中，小说主人公印裔英国人哈伦的殖民主义“脑文本”表现为对圣雄甘地（Gandhi）等人的模仿。哈伦英国之行的本来目的是接受英国教育，希望像甘地和真纳（Jinnah）② 一样能以高贵的英国绅士形象重返印度。然而哈伦并未如愿以偿，却成为为英国人所喜爱的“郊区佛爷”。以哈伦在伦敦郊区举办的系列“大师表演”（guru gigs）和“佛教讲习班”为例，库雷西以诙谐幽默的反讽指出印裔穆斯林人哈伦为发财致富而将印度佛教与中国道教移花接木般地混杂在一起。白天，哈伦以为英国女王服务的英国公务员的身份示人；晚上，哈伦则以“郊区佛爷”的神秘形象出现。虽然《白牙》中的萨马德和《郊区佛爷》中的哈伦具有相同的流散者身份；然而，不同于哈伦为追求经济利益和享乐，迎合英国人的东方文化猎奇欲而将印度佛教与中国古典哲学混合炒作的行为，萨马德仍心存延续种族历史与文化的道德责任。

面对英国社会政治、经济和文化的同化高压，如何保持和延续本种族的历史、文化传统造成有色移民的伦理身份困惑。扎迪·史密斯指

① Zadie Smith, *Whit Teeth*, New York: Penguin Books, 2000, p. 112.

② 穆罕默德·阿里·真纳（Muhammad Ali Jinnah 1876—1948），律师、政治家、巴基斯坦建国领袖，参见：Akbar S. Ahmed, *Jinnah, Pakistan, and Islamic Identity: The Search for Saladin*, London: Routledge, 1997, p. 239。

出，千禧年来临之际英国政府推行的多元文化政策不过是刻意而为的假象。通过对基因科学家马库斯的“基因控制论”的描述，扎迪·史密斯揭示了英国政府压制和消除有色移民异质文化的实际策略。“基因控制论”已成为战后英国消除异质文化，强化有色移民心中殖民主义“脑文本”的有效措施。

介于东、西方之间的流散者不仅是来自前英国殖民地的移民，还包括以英国作家劳伦斯·达雷尔为代表的出生于前英国殖民地（印度）的英国殖民者的后裔。殖民主义时期，他们已被父辈灌输了英国殖民主义思想的“脑文本”。然而，在现实生活中此类英国（裔）流散者身上却表现出因殖民与反殖民思想共存而引发的伦理身份危机，具体表现为：作为殖民者后代对殖民主义原则的认同以及由此而引发的高人一等的优越感和对出生地或流散地风土人情的依恋以及对（前）被殖民者的同情。

以吉卜林为代表的大英帝国鼎盛时期流散至英国殖民地的作家几乎毫无例外地赋予文学创作强化英国殖民主义统治的功能。与之不同，处于殖民与后殖民过渡期的劳伦斯·达雷尔在其文学创作中却表现出对英国殖民主义政治不置可否的心态，恰如达雷尔小说《芒特奥利夫》（*Mountolive* 1958）中主人公芒特奥利夫20年前和20年后两次亚历山大之行，对英国殖民主义思想所持的态度由怀疑到坚持的转变。这一转变与达雷尔出任英国驻埃及、塞浦路斯、罗德岛等殖民地新闻官的经历密不可分。“英国殖民者”和“流散所到之处的市民或岛民”这两种身份的并存与矛盾导致达雷尔对其自身殖民主义“脑文本”和殖民伦理认同的模棱两可。

《芒特奥利夫》开始，初出茅庐的英国年轻外交官芒特奥利夫为学习阿拉伯语到达压力山大并暂住埃及科普特乡绅法尔陶斯·霍斯南尼家中。芒特奥利夫问及利拉为何将其选作情人时，利拉却流利地背诵了英国著名诗人罗斯金（John Ruskin，1819—1900）1870年2月8日在牛津大学作的题为《帝国责任》的就职演讲中的一段文字①。该演讲以宣扬

---

① LawrenceDurrell, *Mountolive*, New York: E. P. Dutton, 1961, p. 29.

大英帝国全球范围内殖民事业的伟大和帝国缔造者们的光辉形象为主题。可见，受过良好欧洲教育的利拉爱上的是大英帝国的文学和其中所塑造的崇高的英国殖民者形象，芒特奥利夫则是崇高的英国殖民者中的一员。听到利拉的回答，震惊之余，芒特奥利夫反驳道："我们早已不再是那样的形象了，利拉"①。此后，第三人称叙述者的描述恰似芒特奥利夫的内心独白："这段文字好像这位科普特人发现并翻译了源于书本的荒诞离奇的一场梦……你能爱上一尊死去了的十字军士兵的石像吗?"②

20 年前，以爱情为第一原则的芒特奥利夫尚且能对殖民主义"脑文本"业已过时了的现实进行客观评价；20 年后，作为首任英国驻埃及大使重返压力山大，以英国在埃及的政治权力为第一原则，芒特奥利夫却唤醒了内心压抑已久的现代十字军战士的殖民主义"脑文本"。达雷尔用芒特奥利夫的大使制服来形容规范、制约他的刻板的殖民主义伦理道德规约："他的制服好似中世纪的锁子甲一样将他包裹其中，使他与世隔绝"③。在殖民主义伦理道德的高压之下，芒特奥利夫无法挣脱英国殖民主义意识形态的束缚，逾越东西方的鸿沟。

1945 年和 1953 年，劳伦斯·达雷尔分别前往英属罗德岛和英属塞浦路斯。达雷尔的罗德岛之行带有鲜明的殖民政治色彩。英国政府任命达雷尔为多德卡尼斯群岛上的新闻发布官，其办公总部设在罗德岛。英国人塞西尔·托尔的专著《古代罗德岛》是达雷尔在罗德岛上的殖民主义"脑文本"的来源。以此为基础，达雷尔预设了罗德岛上英国殖民者与罗德岛岛民和在罗德岛工作的希腊人、土耳其人之间的殖民主义伦理关系。游记《海上维纳斯的思考》(*Reflections on a Marine Venus* 1953) 中，达雷尔广泛涉及罗德岛被殖民的历史，并表现出"复活"十字军殖民意识的写作动机。担任新闻官的达雷尔将自己的身份定义为

---

① LawrenceDurrell, *Mountolive*, New York: E. P. Dutton, 1961, pp. 29 – 30.

② LawrenceDurrell, *Mountolive*, New York: E. P. Dutton, 1961, pp. 29 – 30.

③ LawrenceDurrell, *Mountolive*, New York: E. P. Dutton, 1961, p. 131.

“调解人”、立法者和名不见经传的圣贤，他肩负着让手下的意大利人、希腊人和土耳其人听从指挥，和睦相处的责任[①]。游记中，达雷尔对希腊人、土耳其人乃至意大利人的丑化，颇有殖民主义“脑文本”中“大英帝国中心论”的嫌疑。

不同于1945年达雷尔在罗德岛上的殖民主义“脑文本”的明确无误的现实指涉，游记《苦柠檬》中，1953年英属塞浦路斯之行却使达雷尔因塞浦路斯岛民和英国殖民地官员双重身份而陷入“究竟为谁服务和为谁写作?”的伦理两难之中。为文学创作放弃南斯拉夫英国领事馆工作，初到塞浦路斯的达雷尔希望定居塞浦路斯成为一名普通岛民。以在塞浦路斯买房为例，达雷尔热情地讴歌了希腊裔和土耳其裔塞浦路斯人之间和睦相处的种族关系；此后，身为英国驻塞浦路斯新闻官的达雷尔对被卷入意诺西斯运动的塞浦路斯居民深表同情，对自己美好塞浦路斯生活的结束深感遗憾。达雷尔对塞岛生活的热爱和对塞浦路斯岛民超越种族与国别的信赖与其对英国塞岛殖民政治的批判形成鲜明反差；因服务英国政府和同情塞岛居民而产生的伦理困惑可见一斑。

第二节　殖民主义“脑文本”固化的焦虑

多丽丝·莱辛在其作品中展现出对20世纪50年代南非独立后，人口占少数的南非白人因坚守殖民主义种族伦理关系而引发的政治危机与种族焦虑。1652年南非成为荷兰人的殖民地，1815年成为英国殖民地，1934年南非宣布独立。从1652年至1934年，长达282年的被殖民历史已使欧洲白人殖民者与被殖民的南非黑人之间尊卑、贵贱的种族伦理关系成为南非白人与南非本土黑人世代以来内化于心的殖民主义“脑文本”的重要组成部分。透过文学作品，莱辛意在指出：固化了的殖民主义“脑文本”贻害无穷，如不及时消除，独立南非的种族与社会秩序

① 徐彬：《劳伦斯·达雷尔研究》，中国社会科学出版社2017年版，第147页。

将重蹈殖民主义政治的覆辙，并进而成为以美国为主导的非洲新殖民主义政治经济的受害者。

在旅行散文集《回家》（*Going Home* 1957）中，莱辛探讨了产生于南非殖民主义时期至20世纪后半叶流通于英国白人、南非白人和非洲黑人三类人群中的殖民主义“脑文本”，表现为南非境内的种族隔离、英国境内的种族歧视和南非本土黑人对欧美白人的无条件顺从。

以伦敦热带病医院（Tropical Disease Hospital in London）里白人中年妇女将黑人医生和病人视为容器裂缝里寄生着的病菌而高度神经紧张的事件为例，莱辛指出英国境内的种族歧视已发展成英国白人所患的神经官能症，如同患有精神病的人一样，持种族歧视心态的英国白人才是应该受到同情的对象。

后殖民时期，南非白人在政治经济和文化等领域仍占统治地位；他们也是受殖民主义“脑文本”毒害最深的人。南非白人与黑人经济上的高低贵贱关系进一步强化了隐含于殖民主义“脑文本”中的种族伦理。进入后殖民时期，殖民伦理的遗毒从政治、文化领域延伸到工业经济领域，南非白人政府通过限制南非黑人经济活动场所的方法控制其思想行为。令莱辛备感焦虑的是：像诸多跑步机上的小白鼠一样，南非白人生活在一个日渐狭小、令人窒息的笼子里；非洲黑人则被引导进入工业领域，从事工业劳动的非洲黑人与欧洲文明的精华绝缘。非洲黑人仅被告知什么是坏、什么是愚蠢。在遭受白人工业化剥削的同时，南非黑人逐渐丧失了他们丰富的文化遗产。

透过莱辛小说《野草在歌唱》可以看出，以摩西为代表的受过西方基督教教育的部分南非黑人业已认识到南非黑白种族不平等的现实。迪克家庭生活中白人与黑人主仆权力关系的逆转，即：摩西虽身为仆人，却因迪克和玛丽对他的依赖而获得了家庭生活的主导权，成为南非黑人凭借其身体和劳动力优越性抵制殖民主义种族伦理关系的典型案例。因迪克农场破产，摩西被解雇后对玛丽的复仇和束手就擒后被绞死的结果是被剥夺权力的摩西暴力反抗后的无奈选择。实际上，就莱辛而言，大多数非洲黑人因知识、眼界所限对殖民主义“脑文本”均持明天会更好的消极接受态度；如莱辛所言，“面对白人的种族压迫，非洲黑人以快乐、幽默和乐观的态度展示出其人种的优越性”①。莱辛认为，绝大多数南非黑人并不具备摩西的反抗能力，表现出逆来顺受的形象；白人优于黑人、白人优先的观念深入南非黑人的思想意识。从某种意义上讲，后殖民时期南非黑人的被奴役状态与南非黑人对殖民主义“脑文本”的集体无意识的认同密不可分。

凭借“是什么导致英国白人非洲的美国化?”② 的发问，莱辛指出南非的美国化进程从经济层面上进一步强化了殖民主义“脑文本”对南非黑人的控制。小资产阶级金钱至上的美国价值观的普及消除了种族、阶级的差异，财富占有者即是国家、社会的合法统治者。占有绝大多数的南非财富却占人口少数的南非白人在美国价值观体系中被再次神话。

卡里尔·菲利普斯的游记《大西洋之声》中，殖民主义“脑文本”的固化在篡改黑奴贸易历史、谋求现实利益的非洲黑人无罪妄想症患者的身上得以体现。在与加纳前文化部高官和著名剧作家穆罕默德·本·阿卜杜拉教授的访谈③中，卡里尔·菲利普斯发现殖民主义“脑文本”以泛非节为代表的文化宣传的方式得以固化，解除了跨大西洋奴隶贸易期间加纳人将同胞贩卖给欧洲奴隶贩子的历史负罪感。以此为基础，加纳人与“返回非洲”的非裔流散者做起了“回家”的生意。泛非节与奴隶堡的商业化运作是加纳人的生财之道。加纳文化部的官方宣传、非裔流散者泛非节上的狂欢和加纳人祖先罪恶的奴隶贸易史遥相呼应。对昔日关押黑奴的奴隶堡的内部改造并非以再现昔日黑奴受难场景和对今

① Doris Lessing, *Going Home*, New York: Harper Perennial, 1976, p. 14.

② Doris Lessing, *Going Home*, New York: Harper Perennial, 1976, p. 51.

③ 阿卜杜拉教授讲述的黑奴贸易史中，关押、贩卖黑奴的奴隶堡被美化为国王和王后居住过的宫殿和教会学校给非洲学生上课的地方；非裔流散者是被放逐他乡以示惩戒的非洲罪犯的后代，是不属于非洲大陆的外来部落。参见：Caryl Phillips, *The Atlantic Sound*, New York: Vintage International, 2001, p. 148。

人进行历史教育为目的。通过对关押女黑奴的奴隶堡房间的描述，卡里尔·菲利普斯指出奴隶堡实现了从历史教育素材到可供贩卖的商品的功能转变。这一转变恰是后殖民时期在殖民主义“脑文本”影响下，加纳人与（前）殖民主义者共谋关系的体现。

第三节 殖民主义“脑文本”的后殖民重写

作为被殖民者的后代，加勒比英语作家乔治·拉明（George Lamming，1927—）、奈保尔和卡里尔·菲利普斯均被迫接受了英国的殖民教育；然而，英国殖民教育给他们输入的殖民主义“脑文本”并未使两位作家成为法农所说的因缺乏文化根基，自感低人一等而向殖民宗主国文化投怀送抱的“黑皮肤，白面具”的人。相反，三位作家从种族政治伦理视角出发，成功实现了对英国文化和经典英国文学作品的后殖民重写。“以其人之道，还治其人之身”，上述作家的后殖民重写实现了对英国殖民教育从被动记忆到主动反击的态度转变。

奈保尔的小说《半生》和《魔种》中，主人公父子两代人皆因无法摆脱殖民主义文化、文学记忆的“脑文本”的桎梏而导致生命意义的缺失。奈保尔讲述了主人公威利的父亲、威利及其妹妹沙拉金尼两代人受殖民主义“脑文本”的影响而向西方“自我献祭”的故事。威利父亲对殖民主义“脑文本”的认同和与以英国作家萨默塞特·毛姆为代表的殖民主义者的共谋恰如威利写作的寓言故事中饥饿的婆罗门僧侣为生存和荣华富贵与魔鬼做的交易，即：只要每年向魔鬼献祭童子，便会得到取之不竭、用之不尽的金币；交易的最终结果却是婆罗门僧侣的一双儿女成为魔鬼的祭品。通过故事，奈保尔建立了魔鬼与帝国文化霸权、婆罗门僧侣与威利父亲、金币与威利父亲的灵修院、婆罗门僧侣的儿女与威利和沙拉金尼之间一系列能指与所指的寓言式对等关系。

威利父亲与萨默塞特·毛姆之间的共谋关系恰如寓言故事中饥饿的婆罗门僧侣与魔鬼签订的契约，契约的本质是对殖民主义“脑文本”

的认同。寓言故事的题目“生命的牺牲”形象生动地概括了威利父亲屈服于魔鬼（帝国文化霸权）的金钱诱惑出卖良心从而导致自己和儿女成为西方傀儡，两代人皆一生一事无成，抱憾终生。

现实生活中，印裔英国作家拉什迪与奈保尔小说中威利的父亲相似，同样是受殖民主义文化、文学记忆的“脑文本”所束缚的人。在自传回忆录中，拉什迪拉开时空距离客观审视自我，对年仅13岁的小男孩（拉什迪本人）主动提出离开父母前往英国的决定提出如下疑问：“小男孩为何要将一切抛之脑后，旅行半个世界去那个未知的国度，远离爱他的人和他熟悉的事？难道是（英国）文学在作怪（毫无疑问他是个书虫）？……换句话说这是不是一个幼稚的决定，前往一个仅在书本中存在的、想象的英国去探险？”① 对年轻的拉什迪来说只有去英国才能远离单调乏味的印度生活，实现在阅读英国文学作品的过程中产生的英国梦。受英国文化、文学潜移默化影响的拉什迪被批评家们称为“第三世界的世界主义者”②；言外之意，拉什迪对第三世界故事的后现代化叙事虽实现了世界主义的思想阐释，却解构了第三世界人民的民族认同感。移民英国，以放弃对本国和本民族的支持和认同为代价，年轻的拉什迪完成了对英国文化和文学的朝圣；在文学创作中，拉什迪妖魔化印度和印度人民的做法与奈保尔小说中威利的父亲出卖灵魂的“生命的牺牲”如出一辙。

实际上，许多后殖民作家已经意识到因对殖民主义“脑文本”的认同而导致的“生命的牺牲”的悲剧性后果，并试图采取相应策略加以避免。在殖民主义文化霸权的影响下，如何反其道而行之，重写殖民主义“脑文本”已成为部分英国后殖民作家文学创作所关注的焦点。

1950年，乔治·拉明离开巴巴多斯前往英国伦敦，从那时起乔治·拉明心中便萌生了背弃故乡的羞耻感。此后，虽佳作不断，其负罪感仍难

---

① Rushdie, Salman, *Joseph Anton A Memoir*, London: Vintage Books, pp. 27 – 28.

② Timothy Brennan, *Salman Rushdie and the Third World: Myths of the Nations*, London: Macmillan, 1989, p. viii.

释怀，恰如拉明在半自传小说《冒险季节》（*Season of Adventure* 1960）里《作者附言》（“Author’s Note”）中所写：“把我自己说成‘生为农民，受殖民教育的殖民地人和天生是个叛徒’毫不过分”①。如何在帝国的中心伦敦回写故乡加勒比并由此实现政治文化层面上的自我解放和民族、国家解放？以及如何从“受殖民教育的殖民地人”转变成独立自主的加勒比人？是乔治·拉明文学创作亟待解决的问题。

乔治·拉明的散文集《流放的快乐》（*The Pleasures of Exile*）出版于1960年。1955年4月，29个亚非国家和地区政府在印度尼西亚组织召开的万隆会议，新独立的亚非国家与地区人民反对殖民主义和以美国和苏联为代表的新殖民主义的呼声在万隆会议上得到抒发。万隆会议的召开为理解《流放的快乐》提供了可供参考的历史语境。被亚非国家和地区的人民的民族与国家日益高涨的独立意识所触动，乔治·拉明将在殖民主义教育体系下习得的文学记忆的“脑文本”，如：莎士比亚的戏剧《暴风雨》（*The Tempest* 1610—1611）反其道而用之，在“复活”卡利班（Caliban）和普洛斯彼罗（Prospero）的基础上，乔治·拉明颠覆了普洛斯彼罗的魔法权威，逆转了二者间的主仆关系。理查德·德雷顿认为：“离开加勒比，卡利班（乔治·拉明）摆脱了强加于其身上的文化角色。……在殖民者普洛斯彼罗的小岛（英国）上，他（卡利班/乔治·拉明）获得了老魔法师（普洛斯彼罗）对加勒比和更广阔世界的权威”②。

就生活与教育背景而言，卡里尔·菲利普斯同样是前殖民宗主国历史、文化和文学的被动接受者。英国白人主导的文化和文学通过屏蔽英国黑奴贸易和英国黑奴史的方式对以卡里尔·菲利普斯为代表的英国黑人实施了类似殖民主义的精神控制。1958年仅4个月大的卡里尔·菲

① Richard Drayton, “Taking back the head: The Pleasures of Exile Viewed from the Caribbean”, *The Pleasures of Exile*, George Lamming, London: Pluto Press, 2005, p. ix.

② Richard Drayton, “Taking back the head: The Pleasures of Exile Viewed from the Caribbean”, *The Pleasures of Exile*, George Lamming, London: Pluto Press, 2005, p. xiii.

利普斯被父母从圣基茨带往英国利兹定居。卡里尔·菲利普斯从小接受英国教育，1979 年毕业于牛津大学皇后学院。不满于对殖民文化和文学知识的习得，卡里尔·菲利普斯凭借近乎虚无主义的史学观①向以《呼啸山庄》为代表的英国经典文学中种族叙事的伦理道德合法性发出挑战，并以文学创作的方式重写了西方世界或避而不谈、或浅尝辄止、或刻意歪曲的奴隶贸易史以及延续至今的历史与社会影响。

在 2009 年拍摄的极具争议的纪录片《一个普通黑人》（*A Regular Black* 2009）中，担任评论员的卡里尔·菲利普斯开诚布公地揭示了艾米丽·勃朗特的小说《呼啸山庄》中隐而未发的有关 18 世纪英国奴隶贸易、奴隶制和种族主义等主题，指出艾米丽·勃朗特创作《呼啸山庄》的时期约克郡英国白人家中拥有黑奴是司空见惯的事情。在 2015 年出版的小说《迷失的孩子》中，卡里尔·菲利普斯否定了艾米丽·勃朗特在《呼啸山庄》中给出的男主人公希斯克利夫是吉卜赛小男孩或爱尔兰人之子的身份定义。以制作纪录片《一个普通黑人》中的调查研究和 18 世纪末利物浦奴隶贸易的史料为依据，卡里尔·菲利普斯将希斯克利夫的身份重新定义为恩肖先生与被贩卖至英国利物浦的刚果女黑奴的私生子。

如将以《呼啸山庄》为代表的英国白人作家创作的经典作品视为卡里尔·菲利普斯被动接受的殖民主义“脑文本”，菲利普斯对希斯克利夫身份的重新定义以及由此引发的对《呼啸山庄》的前传式回写则可被视为菲利普斯对殖民主义“脑文本”的颠覆与反抗。

纪录片《一个普通黑人》和小说《迷失的孩子》均可被视为英国后殖民作家重写殖民主义“脑文本”的典范。如斯图亚特·霍尔（Stuart Hall，1932—2014）所写：“没有他者的历史就没有英国历史”②，卡里

① 在与张和龙教授的访谈中，卡里尔·菲利普斯指出：“由于出身和所受教育的原因，我从不相信我被教授的英国历史。……对我而言，小说可被视为另一种历史，另一种讲述故事的方式，希望这一方式更能吸引读者”。参见：Zhang Helong，“An Interview with Caryl Phillips”，*Foreign Literature Studies*，Vol. 3，2011，pp. 1 – 7，p. 3。

② James Procter，*Stuart Hall*，London and New York：Routledge，2004，p. 82.

尔·菲利普斯的创作动机是真实再现和放大他者的历史并将其重新写入英国文学，使其成为英国文化与文学的“英国性”中不可或缺的“他者”元素。

吉娜·怀斯克（Gina Wisker）将多米尼加裔小说家简·里斯在《茫茫藻海》（*Wide Sargasso Sea* 1966）中对夏洛蒂·勃朗特经典小说《简·爱》中女主人公伯莎（Bertha）故事的重写视为对“殖民主义版本的历史”（colonial versions of history）的重写与反拨①。以此为依据，可做出如下判断，即：简·里斯和卡里尔·菲利普斯的作品是对勃朗特姐妹作品中刻意遮蔽了和扭曲了的特定时期英国殖民历史记忆、记录（或曰殖民主义“脑文本”）的揭露和批判。

与比尔·阿什克罗等人提出的“被殖民者或前被殖民者的英语写作即是反抗殖民主义的后殖民创作”② 的观点不同，W. H. 纽（W. H. New）认为：后殖民的内在矛盾是“抵抗行动本身也是认同，尽管只是一种潜在的、无意识的承认”③。现当代英国流散文学与殖民主义“脑文本”密不可分；甚至可以毫不夸张地说，现当代英国流散文学是殖民主义“脑文本”的产物。现当代英国流散作家与殖民主义“脑文本”之间存在“反映”“共谋”和“抵抗”三种关系。就现当代英国流散作家而言，习得与承认殖民主义“脑文本”是一种生存手段和身份认同方式。然而，对殖民主义“脑文本”无条件的继承却使（前）被殖民者深陷殖民主义和新殖民主义的泥潭。现当代英国流散作家对殖民主义“脑文本”的抵抗并非对现存殖民主义“脑文本”的确认，而是对蕴含其中的殖民与种族主义内涵的批判与否定。

---

① Gina Wisher, *Key Concepts in Postcolonial Literature*, New York: Palgrave Macmillan, 2007, pp. 60 – 61.

② Bill Ashcroft, Gareth Griffiths and Helen Tiffin, *The Empire Writes Back*, London and New York: Routledge, 2002, pp. 38 – 39.

③ W. H. New, *Land Sliding: Imagining Space, Presence, and Power in Canadian Writing*, Toronto: University of Toronto Press, 1997, p. 18.

主要参考文献

一　作品

［英］V. S. 奈保尔：《河湾》，方柏林译，译林出版社 2013 年版。

［英］威廉姆·莎士比亚：《奥赛罗》，《莎士比亚全集第五卷》，朱生豪译，土生、冼宁、肇兴主编，中国戏剧出版社 2001 年版。

Brontë, Emily, *Wuthering Heights*, New York: Bantam Dell, 1981.

Diver, Maud, *Candles in the Wind*, New York: Publishers Printing Company, 1909.

Diver, Maud, *Captain Desmond, V. C.*, Lavergne: Hard Press Publishing, 2018.

Dickens, Charles, *Dombey and Son*, Hertfordshire: Wordsworth Editions Limited, 1995.

Durrell, Lawrence, *Bitter Lemons*, London: Faber and Faber Ltd., 1957.

Durrell, Lawrence, *Mountolive*, New York: E. P. Dutton, 1961.

Durrell, Lawrence, *Pied Piper of Lovers*, Victoria: University of Victoria, 2008.

Durrell, Lawrence, *Reflections on a Marine Venus A companion to the landscape of Rhodes*, London: Faber and Faber Limited, 1960.

Durrell, Lawrence, *Spirit of Place Letters and Essays on Travel*, ed. Alan Thomas, Mount Jackson: Axios Press, 1969.

Durrell, Lawrence, "Troubadour", *Spirit of Place Letters and Essays on Travel*, ed. Alan Thomas, Mount Jackson: Axios Press, 1969.

Kipling, Rudyard, *Plain Tales from the Hills*, Fresno: A Traffic Output Publication, 2019.

Kipling, Rudyard, *Rudyard Kipling Complete Verse*, New York: Anchor Books, 1988.

Kureishi, Hanif, *The Buddha of Suburbia*, London: Faber and Faber Ltd., 1990.

Lamming, George, *The Pleasure of Exile*, London: Pluto Press, 1960.

Lessing, Doris, *African Stories*, New York: Simon & Schuster Paperbacks, 2014.

Lessing, Doris, *Going Home*, London: Harper Perennial, 1996.

Lessing, Doris, *The Grass is Singing*, London: Fourth Estate, 2013.

Phillips, Caryl, *Cambridge*, New York: Vintage International Vintage Books, 1993.

Phillips, Caryl, *Extravagant Strangers A Literature of Belonging*, New York: Vintage Books, 1997.

Phillips, Caryl, *The Nature of Blood*, London: Faber and Faber, 1997.

Phillips, Caryl, *The European Tribe*, New York: Vintage Books, 2000.

Phillips, Caryl, *The Atlantic Sound*, New York: Vintage International, 2001.

Phillips, Caryl, *A New World Order*, London: Random House UK Ltd., 2001.

Phillips, Caryl, *A Distant Shore*, London: Vintage Books, 2004.

Phillips, Caryl, *Crossing the River*, London: Vintage Books, 2006.

Phillips, Caryl, *Dancing in the Dark*, London: Vintage Books, 2006.

Phillips, Caryl, *Foreigners*, London: Harvill Secker, 2007.

Phillips, Caryl, *Colour Me English*, London: Harvill Secker, 2011.

Phillips, Caryl, *The Lost Child*, London: Oneworld Publications, 2015.

Rushdie, Salman, *Midnight's Children*, London: Vintage Books, 2013.

Selvon, Sam, *The Lonely Londoners*, London: Penguin Group, 2006.

Smith, Zadie, *White Teeth*, New York: Penguin Books, 2000.

Naipaul, V. S. , *Half a Life*, London: Picador, 2011.

Naipaul, V. S. , *Magic Seeds*, London: Picador, 2011.

二　学术专著

[美] 爱德华·W. 萨义德:《东方学》, 王宇根译, 生活·读书·新知三联书店2007年版。

[澳大利亚] 比尔·阿希克洛夫特、格瑞斯·格里菲斯、海伦·蒂芬:《逆写帝国》, 任一鸣译, 北京大学出版社2014年版。

陆建德:《序言》, [英] V. S. 奈保尔《河湾》, 方柏林译, 译林出版社2013年版。

聂珍钊:《文学伦理学批评导论》, 北京大学出版社2014年版。

徐彬:《劳伦斯·达雷尔研究》, 中国社会科学出版社2017年版。

Adelman, Janet, *Blood Relations Christian and Jew in The Merchant of Venice*, Chicago and London: The University of Chicago Press, 2008.

Alexander, Catherine M. S. and Stanley Wells, ed. , *Shakespeare and Race*, Cambridge: Cambridge University Press, 2001.

Anderson, Benedict, *Imagined Communities Reflections on the Origin and Spread of Nationalism*, London & New York: Verso, 2006.

Ahmed, Akbar S. , *Jinnah, Pakistan, and Islamic Identity: The Search for Saladin*, London: Routledge, 1997.

Aristotle, *On the Soul*, Trans. J. A. Smith, http: //classics. mit. edu/Aristotle/soul. 3. iii. html.

Aristotle, *The Politics*, Trans. Carnes Lord, Chicago and London: The University of Chicago Press, 1984.

Aristotle, *The Nicomachean Ethics*, Trans. David Ross, Oxford, New York: Oxford University Press, 2009.

Ashcroft, Bill, Gareth Griffiths and Helen Tiffin, *The Empire Writes Back*, London and New York: Routledge, 2002.

Aspden, Kester, *The Hounding of David Oluwale*, Adapted for the stage by Oladipo Agboluaje, London: Oberon Books Ltd. , 2009.

Ball, John Clement, *Imagining London Postcolonial Fiction and the Transnational Metropolis*, Toronto: University of Toronto Press, 2004.

Bamzai, Prithivi Nath Kaul, *A History of Kashmir, Political, Social, Cultural: From the Earliest Times to the Present Day*, Delhi: Metropolitan, 1962.

Barnes, Julian, *England, England*, London: Picador, 1998.

Bhabha, Homi, *The Location of Culture*, London and New York: Routledge Classics, 2004.

Bhabha, Homi, *Postcolonialism Critical concepts in literary and cultural studies*, ed. Diana Brydon, London and New York: Routledge, 2000.

Blake, Ann, Leela Gandhi and Sue Thomas, *England through Colonial Eyes in Twentieth Century Fiction*, Houndmills and New York: Palgrave, 2001.

Bluck, Robert, *British Buddhism: Teachings, Practice and Development*, London and New York: Routledge, 2006.

Blunt, Alison, *Anglo-Indian Women and the Spatial Politics of Home*, Oxford: Blackwell Publishing, 2005.

Boehmer, Elleke Ruskin, ed. , *Empire Writing An Anthology of Colonial Literature* 1870—1918, Oxford: Oxford University Press, 2009.

Booth, Wayne C. , *Mapping the Ethical Turn*, ed. Todd F. Davis and Kenneth Womack, Charlottesville and London: University Press of Virginia, 2001.

Bowen, John, *The Oxford History of the Novel in English, Volume* 3: *the Nineteenth-Century Novel* 1820—1880, eds. John Kucich and Jenny Bourne Taylor, Oxford: Oxford University Press, 2011.

Bowman, Larry, *Politics in Rhodesia: White Power in an African State*, Cambridge, Mass.: Harvard University Press, 1973.

Bradbury, Malcolm, *The Modern British Novel* 1878—2001, Beijing: Foreign Language Teaching and Research Press, 2005.

Bradbury, Malcolm, *The Modern British Novel*: 1878—2001, London: Penguin, 2001.

Brantlinger, Patrick, *Victorian Literature and Postcolonial Studies*, Edinburgh: Edinburgh University Press, 2009.

Brennan, Timothy, *Salman Rushdie and the Third World: Myths of the Nations*, London: Macmillan, 1989.

Brettell, Caroline B., *Constructing Borders/Crossing Boundaries Race, Ethnicity, and Immigration*, ed. Caroline B. Brettell, Plymouth: Lexington Books.

Bridge, Carland Kent Fedorowich, ed., *The British World: Diaspora, Culture and Identity*, London & Portland: Frank Cass Publishers, 2003.

Brydon, Diana, ed., *Postcolonialism Critical concepts in literary and cultural studies*, Vol. 1, London and New York: Routledge, 2000.

Burgess, Miranda J., *British Fiction and the Production of Social Order*, 1740—1830, Cambridge: Cambridge University Press, 2000.

Castleden, Rodney, *Atlantis Destroyed*, London and New York: Routledge, 1998.

Chambers, Claire, *British Muslim Fictions Interviews with Contemporary Writers*, New York: Palgrave Macmillan, 2011.

Clarke, Robert, ed., *Postcolonial Travel Writing*, Cambridge: Cambridge University Press, 2018.

Clark, Steve, ed., *Travel Writing and Empire*, London: Zed Books, 1999.

Coetzee, J. M., *Doubling the Point Essays and Interviews*, ed. David Attwell, Cambridge, London: Harvard University Press, 1992.

Cohen-Vrignaud, Gerard, *Radical Orientalism Rights, Reform, and Romanticism*, Cambridge: Cambridge University Press, 2015.

Crafts, Nicholas and Peter Fearon, ed., *Depression and Recovery in the 1930s*, Oxford: Oxford University Press, 2013.

Dasent, J. R., *Acts of Privy Council of England*, H. M. Stationary Office, Vol. 26, 1902.

Dawson, Ashley, *Mongrel Nation*, Michigan: University of Michigan Press, 2007.

Deidre, David, *Rule Britannia: Women, Empire, and Victorian Writing*, New York: Cornell University Press, 1995.

Dooley, Gillian, *V. S. Naipaul, Man and Writer*, Columbia: University of South Carolina Press, 2006.

Driscoll, Lawrence, *Evading Class in Contemporary British Literature*, New York: Palgrave Macmillan, 2009.

Dundes, Alan, ed., *The Blood Libel Legend A Casebook in Anti-Semitic Folklore*, Madison: The University of Wisconsin Press, 1991.

Fanon, Frantz, *Black Skin, White Masks*, London: Pluto Press, 1986.

Fanon, Frantz, *The Wretched of the Earth*, Trans. Constance Farrington, New York: Grove Press, 1968.

Featherstone, Simon, *Englishness: Twentieth-Century Popular Culture and the Forming of English Identity*, Edinburgh: Edinburgh University Press, 2008.

Forbes, Curdella, *From Nation to Diaspora Samuel Selvon, George Lamming and the Cultural Performance of Gender*, Jamaica, Barbados, Trinidad and Tobago: The University of the West Indies Press, 2005.

Forster, Laurel and Sue Harper, *British Culture and Society in the 1970s: The Lost Decade*, Newcastle: Cambridge Scholars Publishing, 2010.

Foucault, Michel, *Discipline and Punish The Birth of the Prison*, Trans. Alan Sheridan, London: Penguin Books Ltd., 1991.

Fryer, Peter, *Staying Power: The History of black people in Britain*, London: Pluto Press, 2018.

Gandhi, Mahatma, *The Essential Gandhi: An Anthology of His Writings on His Life, Work, and Ideas*, Ed. Louis Fischer, New York: Vintage, 1962.

Gearty, Conor, *On Fantasy Island Britain, Europe, and Human Rights*, Oxford: Oxford University Press, 2016.

George, Rosemary, *The Politics of Home*, Berkeley, Los Angeles, London: University of California Press, 1999.

Gilbert, Martin, *The Holocaust The Human Tragedy*, Ontario: Fitzhenry & Whiteside Ltd., 1985.

Gilroy, Paul, *The Black Atlantic Modernity and Double Consciousness*, Cambridge, Massachusetts: Harvard University Press, 1993.

Gopinath, Praseeda, *Scarecrows of Chivalry English Masculinities after Empire*, Charlottesville and London: University of Virginia Press, 2013.

Goyal, Yogita, *Romance, Diaspora, and Black Atlantic Literature*, Cambridge: Cambridge University Press, 2010.

Rutherford, Jonathan Hall, ed., *Identity: Community, Culture, Difference*, London: Lawrence & Wishart, 1990.

Hansen, Randall, *Citizenship and Immigration in Post-War Britain: The Institutional Origins of a Multicultural Nation*, Oxford, New York: Oxford University Press, 2000.

Hayward, Helen, *The Enigma of V. S. Naipaul*, New York: Palgrave Macmillan, 2002.

Henig, Ruth, *Versailles and After*: 1919—1933, London: Routledge, 1995.

Howe, Susanne, *Novels of Empire*, New York: Columbia University Press, 1949.

Kay, David N., *Tibetan and Zen Buddhism in Britain*: *Transplantation*, *Development and Adaptation*, London and New York: Routledge, 2004.

Kemp, Sandra, Charlotte Mitchell and David Trotter, *The Oxford Companion to Edwardian Fiction*, Oxford: Oxford University Press, 2007.

Kent, Susan Kingsley, *Sex and Suffrage in Britain* 1860—1914, Princeton: Princeton University Press, 1987.

Lamming, George, *The Pleasures of Exile*, London: Pluto Press, 2005.

Lane, Tony, *Liverpool*: *Gateway to empire*, London: Lawrence & Wishart, 1987.

Ledent, Benedicte, *Caryl Phillips*, Manchester: Manchester University Press, 2002.

Lessing, Doris, *In Pursuit of the English A Documentary*, London: Granada Publishing Limited, 1980.

Lillios, Anna, ed., *Lawrence Durrell and the Greek World*, London: Associated University Presses, 2004.

Little, Arthur L., *Shakespeare Jungle Fever*: *National-Imperial Re-Visions of Race*, *Rape*, *and Sacrifice*, Stanford: Stanford University Press, 2000.

Lockey, Brian C., *Law and Empire in English Renaissance Literature*, Cambridge: Cambridge University Press, 2006.

Loomba, Ania, *Shakespeare*, *Race*, *and Colonialism*, Oxford: Oxford University Press, 2002.

MacArthur, Brian, ed., *The Penguin Book of Twentieth-Century Speeches*, London: Penguin Books Ltd., 2000.

Macmillan, Margaret, *Women of the Raj*: *The Mothers*, *Wives*, *and Daughters of the British Empire in India*, London: Thames & Hudson, 1988.

MacNiven, Ian S., *Lawrence Durrell: A Biography*, London: Faber and Faber, 1998.

MacPhee, Graham, *Postwar British Literature and Postcolonial Studies*, Edinburgh: Edinburgh University Press, 2011.

McLaughlin, Peter, *Ragtime Soldiers: the Rhodesian Experience in the First World War*, Bulawayo: Books of Zimbabwe, 1980.

McLeod, John, *Postcolonial London: Rewriting the Metropolis*, London: Routledge, 2004.

Milligan, Barry, *Pleasures and Pains Opium and the Orient in Nineteenth-Century British Culture*, Charlottesville and London: University of Virginia Press, 1998.

Mills, Charles W., *The Racial Contract*, New York: Cornell University Press, 1999.

Mohanram, Radhika, *Imperial White: Race, Diaspora, and the British Empire*, Minneapolis: University of Minnesota Press, 2007.

Morgan, Kenneth, *Slavery, Atlantic Trade and the British Economy*, 1660—1800, Cambridge: Cambridge University Press, 2000.

Morris, Jan, *The Venetian Empire: A Sea Voyage*, London: Penguin Books, 1990.

Muir, Ramsay, *History of Liverpool*, London: Redwood Press, 1907.

Nandy, Ashis, Shikha Trivedi, Shail Mayaram, and Achyut Yagnik, *Creating a Nationality: The Ramjanmabhumi Movement and Fear of the Self*, *In Exiled at Home*, By Nandy, Delhi: Oxford University Press, 1998.

Nasta, Susheila, *Home Truth: Fictions of the South Asian Diaspora in Britain*, Basingstoke: Palgrave, 2002.

New, W. H., *Land Sliding: Imagining Space, Presence, and Power in Canadian Writing*, Toronto: University of Toronto Press, 1997.

Nightingale, Carl H., *Segregation: A Global History of Divided Cities*, Chicago: University of Chicago Press, 2012.

Nixon, Rob, *London Calling V. S. Naipaul, Postcolonial Mandarin*, New York: Oxford University Press, 1992.

Nkruman, Kwame, *Neo-Colonialism: the last stage of imperialism*, London: Nelson, 1968.

Page, Norman, *A Kipling Companion*, London: Macmillan Press, 1984.

Panteli, Stavros, *The Making of Modern Cyprus, From Obscurity to Statehood*, New Barnet, Herts: Interworld Publications, 1990.

Papayanis, Marilyn Adler, *Writing in the Margins: The Ethics of Expatriation from Lawrence to Ondaatje*, Nashville: Vanderbuilt University Press, 2005.

Patterson, Steven, *The Cult of Imperial Honor in British India*, New York: Palgrave Macmillan, 2009.

Paxton, Nancy L., *Writing Under the Raj, Gender, Race, and Rape in the British Colonial Imagination*, 1830—1970, New Brunswick, New Jersey, and London: Rutgers University Press, 1999.

Pitcher, Ben, *The Politics of Multiculturalism Race and Racism in Contemporary Britain*, Houndmills: Palgrave Macmillan, 2009.

Porter, Dennis, *Haunted Journeys Desire and Transgression in European Travel Writing*, Princeton: Princeton University Press, 1991.

Pratt, Mary Louise, *Imperial Eyes: Travel Writing and Transculturation*, London: Routledge, 1992.

Procter, James, *Stuart Hall*, London and New York: Routledge, 2004.

Raban, Jonathan, *Soft City*, London: Flamingo, 1984.

Rushdie, Salman, *Imaginary Homelands Essays and Criticism* 1981—1991, London: Granta Books, 1991.

Rushdie, Salman, *Joseph Anton A Memoir*, London: Vintage Books, 2012.

Said, Edward, *Orientalism*, London: Routledge, 1978.

Salick, Roydon, *The Novels of Samuel Selvon A Critical Study*, London: Greenwood Press, 2001.

Schatteman, Renee T., "Introduction", *Conversations with Caryl Phillips*, ed. Renee T. Schatteman, Jackson: University Press of Mississippi, 2009.

Schatteman, Renée, "Disturbing the Master Narrative: An Interview with Caryl Phillips", *Conversations with Caryl Phillips*, Jackson: University Press of Mississippi, 2009.

Schwarz, Bill, *The White Man's World*, Oxford: Oxford University Press, 2011.

Smith, Anthony D., *National Identity*, London: Penguin Books, 1991.

Smith, Evan and Marinella Marmo, *Race, Gender and the Body in British Immigration Control: Subject to Examination*, Melbourne: Palgrave Macmillan M. U. A, 2014.

Spivak, Gayatri, *In Other Worlds: Essays in Cultural Politics*, London: Methuen, 1987.

Stark, Herbert Alick, *Hostages to India: Or the Life Story of the Anglo-Indian Race*, Calcutta: Star, 1936.

Stark, Herbert Alick, *John Ricketts and His Times*, Calcutta: Wilson, 1934.

Tennenhouse, Leonard, *The Importance of Feeling English: American Literature and the British Diaspora*, 1750—1850, Princeton and Oxford: Princeton University Press, 2007.

Thieme, John, *The Web of Tradition Use of Allusion in V. S. Naipaul's Fiction*, Hertford: Dangaro Press and Hansib Publications, 1987.

Thorpe, Michael, *Doris Lessing's Africa*, London: Evans Brothers Limited, 1978.

Unterecker, John, *Lawrence Durrell*, New York & London: Columbia University Press, 1964.

Williams, Eric, *Capitalism and Slavery*, Durham, N. C. : The University of North Carolina Press, 1994.

Wisker, Gina, *Key Concepts in Postcolonial Literature*, Houndmills: Palgrave Macmillan, 2007.

Wolpert, Stanley, *Shameful Flight*: *The Last Years of the British Empire in India*, Oxford and New York: Oxford University Press, 2009.

三 学术论文

关树芬:《八十年代的西欧经济》,《现代国际关系》1983 年第 4 期。

聂珍钊:《文学伦理学批评: 基本理论与术语》,《外国文学研究》2010 年第 1 期。

聂珍钊:《文学伦理学批评: 口头文学与脑文本》,《外国文学研究》2013 年第 6 期。

孙帅:《奥古斯丁对摩西十诫对基督教化理解》,《中国社会科学报》2015 年 6 月 3 日第 B02 版。

童明:《暗恐/非家幻觉》,《外国文学》2011 年第 4 期。

徐彬:《血祭、隔都、奥赛罗——卡里尔·菲利普斯〈血的本质〉中欧洲种族主义的政治文化表征》,《外国文学评论》2020 年第 1 期。

徐彬:《〈野草在歌唱〉中帝国托拉斯语境下的农场"新"秩序》,《外国文学研究》2019 年第 5 期。

徐彬:《黑奴、黑金与泛非节——卡里尔·菲利普斯〈大西洋之声〉中黑奴贸易幽灵的后殖民精神分析》,《国外文学》2019 年第 2 期。

徐彬:《"摩西十诫"与"掉牙"的焦虑——〈孤独的伦敦人〉与〈白牙〉中英国有色移民的种族危机》,《外语与外语教学》2019 年第 1 期。

徐彬:《卡里尔·菲利普斯小说中的流散叙事与国民身份焦虑》,《外国文学研究》2018 年第 1 期。

徐彬：《〈董贝父子〉中的“商业伦理”与劳动价值》，《英美文学研究论丛》2018 年第 28 辑。

徐彬：《从〈苦柠檬〉看劳伦斯·达雷尔的“恋岛癖”与政治旅居创作》，《国外文学》2017 年第 3 期。

徐彬：《道德恐慌与家园焦虑——卡里尔·菲利普斯〈迷失的孩子〉中的“帝国回飞镖”》，《外国文学研究》2016 年第 6 期。

徐彬：《卡里尔·菲利普斯〈外国人〉中的种族伦理内涵》，《国外文学》2016 年第 4 期。

徐彬：《劳伦斯·达雷尔的多重身份与艺术伦理选择》，《外国文学评论》2015 年第 1 期。

徐彬：《V. S. 奈保尔二十一世纪小说中的婚姻政治与伦理悖论》，《国外文学》2015 年第 4 期。

徐彬：《奈保尔〈河湾〉中“逃避主题”的政治伦理内涵》，《外国文学》2015 年第 3 期。

徐彬：《拉什迪的斯芬克斯之谜——〈午夜之子〉中的政治伦理悖论》，《外语与外语教学》2015 年第 4 期。

徐彬、汪海洪：《劳伦斯·达雷尔〈亚历山大四重奏〉中殖民伦理的后殖民重写》，《山东外语教学》2015 年第 5 期。

徐彬：《达雷尔〈黑书〉中自我与他者之生死变奏》，《外语与外语教学》2010 年第 4 期。

Addicott, George E., “Rhodesian Tobacco and World Markets”, *The South African Journal of Economics*, Vol. 26 (1), Mar. 1, 1958.

Andrewski, Gene & Julian Mitchell, “Lawrence Durrell, The Art of Fiction No. 23”, Paris Review (Autumn-Winter 1959—1960).

Arrighi, G., “Labour supplies in historical perspective: a study of the proletarianization of the African peasantry in Rhodesia”, *Journal of Development Studies*, VI (1970).

Barnett, Clive, Nick Clarke, Paul Cloke and Alice Malpass, “The political ethics of consumerism", *Consumer Policy Review*, 2005, 15 (2).

Beardow, Ted, "The Empire Hero", *Studies in Popular Culture*, Vol. 41, No. 1 (Fall 2018).

Becker, Bastian Balthazar, " 'An Everblooming Flower': Caribbean Antidote to a European Disease in the Works of Caryl Phillips", *South Atlantic Review*, Vol. 75, No. 2 (Spring, 2010).

Bell, C. Rosalind, "Worlds Within: An Interview with Caryl Phillips", *Callaloo*, 14 (3) (Summer, 1991).

Berghe, Pierre L. Van Den, "Miscegenation in South Africa", *Cahiers d'Etudes Africaines*, Vol. 1, Cahier 4 (Dec., 1960).

Bhabha, Homi, "Preface to the Routledge Classic Edition", *The Location of Culture*, London and New York: Routledge Classics, 2004.

Bissell, William Cunningham, "Engaging Colonial Nostalgia", *Cultural Anthropology*, Vol. 20, No. 2 (May, 2005).

Brown, John, "V. S. Naipaul: A Wager on the Triumph of Darkness", *World Literature Today*, Vol. 57, No. 2, Transcending Parochial National Literatures (Spring, 1983).

Brown, Ruth, "Racism and immigration in Britain", International Socialism Journal, Issue 68, Autumn 1995, http://pubs.socialistreviewindex.org.uk/isj68/brown.htm.

Brown, Timothy S., "Subcultures, Pop Music and Politics: Skinheads and 'Nazi Rock' in England and Germany", *Journal of Social History*, Vol. 38, No. 1 (Autumn, 2004).

Butler, Judith, "Melancholy-Gender-Refused Identification", *Gender in Psychoanalytic Space: Between Clinic and Culture*, ed. Muriel Dimen and Virginia Goldner, New York: Other P, 2002.

Collins, Robert O., "Review of The Founder: Cecil Rhodes and the Pursuit of Power by Robert I. Rotbert", *A Quarterly Journal Concerned with*

British Studies, Vol. 22, No. 2 (Summer, 1990).

Cooke, John, " 'A Vision of the Land': V. S. Naipaul's Later Works", *Caribbean Quarterly*, Vol. 25, No. 4, Caribbean Writing: Critical Perspectives, December, 1979.

Cornwell, Gareth, "George Webb Hardy's The Black Peril and the Social Meaning of 'Black Peril' in Early Twentieth-Century South Africa", *Journal of Southern African Studies*, Vol. 22, No. 3 (Sep., 1996).

Crary, William G. and Gerald C. Crary, "Depression", *The American Journal of Nursing*, Vol. 73, No. 3 (Mar., 1973).

Davies, Joshua, "The Middle Ages as property: Beowulf, translation and the ghosts of nationalism", *Postmedieval* 10, (17 July 2019).

"DEATHS: In London, Mr. Gustavus Vassa, the African, well known to the public for the interesting narrative of his life", *Weekly Oracle* (New London, CT), 12 August 1797.

Delap, Lucy, "Superwoman: Theories of Gender and Genius in Edwardian Britain", *The Historical Journal*, 47, 1 (2004).

Dohmen, Renate, "Memsahibs and the 'Sunny East': Representations of British India by Millicent Douglas Pilkington and Beryl White", *Victorian Literature and Culture*, Vol. 40, No. 1 (2012).

Ezard, John, "Durrell Fell Foul of Migrant Law", *The Guardian*, 29 April 2002, http://www.theguardian.com/uk/2002/apr/29/books.booksnews.html.

Fermanis, Porscha, "British Creoles: Nationhood, Identity, and Romantic Geopolitics in Robert Southey's History of Brazil", *The Review of English Studies*, New Series, Vol. 71, No. 299, (April, 2020).

Foster, Charles, "The Colonization of Free Negroes, in Liberia, 1816—1835", *The Journal of Negro History*, Vol. 38, No. 1 (Jan., 1953).

Geiss, Imanuel, "Pan-Africanism", *Journal of Contemporary History*, Vol. 4, No. 1, Colonialism and Decolonization (Jan., 1969).

George, Rosemary Marangoly, "Home in the Empire, Empires in the Home", *Cultural Critique*, No. 26 (Winter, 1993—1994).

Gibson, James L., " 'Truth' and 'Reconciliation' as Social Indicators", *Social Indicators Research*, Vol. 81, No. 2 (April 2007).

Giesler, Markus & Ela Veresiu, "Creating the Responsible Consumer: Moralistic Governance Regimes and Consumer Subjectivity", *Journal of Consumer Research*, 41 (October 2014).

Godman, David, "Somerset Maugham and The Razor's Edge", *The Mountain Path*, Vol. 25, No. 4 (October 1988).

Goldberg, Elizabeth Swanson, "Plotting, Finally, the Human: Unsettling the Manichean Allegory in Caryl Phillips's 'Cambridge' and 'A Distant Shore' ", *South Atlantic Review*, Vol. 75, No. 2, Human Rights and the Humanities (Spring, 2010).

Golebiowska, Ewa A., "The Contours and Etiology of Whites' Attitudes Toward Black-White Interracial Marriage", *Journal of Black Studies*, 38, 2 (Nov., 2007).

Greenberg, Robert M., "Anger and the Alchemy of Literary Method in V. S. Naipaul's Political Fiction: The Case of The Mimic Men", *Twentieth Century Literature*, Vol. 46, No. 2 (Summer, 2000).

Handwick, Elizabeth, "Meeting V. S. Naipaul", *New York Times Book Review*, May 13, 1979.

Hedi, Ben Abbes, "A Variation on the Theme of Violence and Antagonism in V. S. Naipaul's Fiction", *Caribbean Studies*, Vol. 25, No. 1/2 (Jan. - Jul, 1992).

Heffernan, Teresa, "Apocalyptic Narratives: The Nation in Salman Rushdie's Midnight's Children", *Twentieth Century Literature*, Vol. 46, No. 4 (Winter, 2000).

Hogan, Patrick Colm, "Midnight's Children: Kashmir and the Politics of

Identity", *Twentieth Century Literature*, Vol. 47, No. 4, Salman Rushdie (Winter, 2001).

Hulec, Otakar, "Some Aspects of the 1930s Depression in Rhodesia", *The Journal of Modern African Studies*, 7, 1 (1969).

Hyde, Francis E., Bradbury B. Parkinsion and Sheila Marriner, "The Nature and Profitability of the Liverpool Slave Trade", *The Economic History Review*, New Series, Vol. 5, No. 3 (1953).

Jackson Jr., John P. and Nadine M. Weidman, "The Origins of Scientific Racism", *The Journal of Blacks in Higher Education*, No. 50 (Winter, 2005/2006).

Jameson, Fredric, "Third World Literature in the Era of Multinational Capitalism", *Social Text*, No. 15 (Fall, 1986).

Johnson, David, "Settler Farmers and Coerced African Labour in Southern Rhodesia, 1936—46", *The Journal of African History*, Vol. 33, No. 1 (1992).

Kakutani, Michiko, "Naipaul Reviews His Past From Afar", *New York Times*, Dec. 1, 1980.

Kaltenborn, Hans V. and Adolf Hitler, "An Interview with Hitler, August 17, 1932", *The Wisconsin Magazine of History*, Vol. 50, No. 4, Unpublished Documents on Nazi Germany from the Mass Communications History Center (Summer, 1967).

Kennedy, J. Gerald, "Place, Self, and Writing", *Southern Review*, 26. 3 (1990).

Knobler, Adam, "The Rise of Timur and Western Diplomatic Response, 1390—1405", *Journal of the Royal Asiatic Society*, Vol. 5, No. 3 (Nov., 1995).

Lacroix, Kimberly & Sabah Siddiqui, "Cultures of Violence A Woman without a Past or a Future", *Economic and Political Weekly*, Vol. 48, No.

44（No. 2，2013）.

Lethbridge，Lucy，"History of the British working class"，https：//www. ft. com/content/8f240d68 – ca09 – 11e3 – ac05 – 00144feabdc0. html.

Lowe，Kate，"Visible Lives：Black Gondoliers and Other Black Africans in Renaissance Venice"，*Renaissance Quarterly*，Vol. 66，No. 2（Summer，2013）.

Manion，Eileen，"'Not About the Colour Problem'：Doris Lessing's Portrayal of the Colonial Order"，*World Literature Written in English*，21. 3（1982）.

"Marcus Garvey"，*The Journal of Negro History*，Vol. 25，No. 4（Oct.，1940）.

Mas，Jose Ruiz，"Lawrence Durrell in Cyprus：A Philhellene Against Enosis"，*EPOS*，XIX（2003）.

Matteoni，Francesca，"The Jew，the Blood and the Body in Late Medieval and Early Modern Europe"，*Folklore*，Vol. 119，No. 2（August 2008）.

McArthur，Herbert，"In Search of the Indian Novel"，*The Massachusetts Review*，Vol. 2，No. 4（Summer，1961）.

McBratney，John，"Imperial Subjects，Imperial Space in Kipling's 'Jungle Book'"，*Victorian Studies*，Vol. 35，No. 3（Spring，1992）.

Mijares，Loretta M.，"Distancing the Proximate Other：Hybridity and Maud Diver's Candles in the Wind"，*Twentieth Century Literature*，Vol. 50，No. 2（Summer，2004）.

Mikhail，Alan & Christine M. Philliou，"The Ottoman Empire and the Imperial Turn"，*Comparative Studies in Society and History*，Vol. 54，No. 4（October 2012）.

O'Brien，Conor Cruise，Edward Said，and John Lukacs，"The Intellectual in the Post-Colonial World：Response and Discussion"，*Salmagundi*（1986）.

Ogden, Daryl, "The Architecture of Empire: 'Oriental' Gothic and the Problem of British Identity in Ruskin's Venice", *Victorian Literature and Culture*, Vol. 25, No. 1 (1997).

Pantin, Raoul, "Portrait of an Artist", *Caribbean Contact*, 1, May 1973.

Perera, Suvendrini, "Wholesale, Retail and for Exportation: Empire and the Family Business in 'Dombey and Son'", *Victorian Studies*, Vol. 33, No. 4 (Summer, 1990).

Phillips, Deborah, Cathy Davis and Peter Ratcliffe, "British Asian Narrative of Urban Space", *Transactions of the Institute of British Geographers*, New Series, Vol. 32, No. 2 (Apr., 2007).

Phimister, Ian, "Accommodating Imperialism: The Compromise of the Settler State in Southern Rhodesia, 1923—1929", *The Journal of African History*, Vol. 25, No. 3 (1984).

Phimister, Ian, "Discourse and the Discipline of Historical Context: Conservationism and Ideas about Development in Southern Rhodesia 1930—1950", *Journal of Southern African Studies*, Vol. 12, No. 2 (Apr., 1986).

Phimister, I. R., "The Reconstruction of the Southern Rhodesian Gold Mining Industry, 1903—10", *The Economic History Review*, New Series, Vol. 29, No. 3 (Aug., 1976).

Pincus, Steve, "Reconfiguring the British Empire", *The William and Mary Quarterly*, Vol. 69, No. 1 (January 2012).

Rahman, Fadwa Abdel, "The White Traveler under the Dark Mask", *Journal of Comparative Poetics*, No. 26, Wanderlust: Travel Literature of Egypt and the Middle East, 2006.

Ranasinha, Ruvani, "Racialized masculinities and postcolonial critique in contemporary British Asian male-authored texts", *Journal of Postcolonial Writing*, Vol. 45, No. 3, September 2009.

Ribic, Peter, " 'Class' is not a South African word: Parallel Development and 'The Place of Black Labor' in *The Grass Is Singing*", *Doris Lessing Studies*, Vol. 35 (2017).

Roberts, Lewis, "The 'Shivering Sands' of Reality: Narration and Knowledge in Wilkie Collins' The Moonstone", *Victorian Review*, Vol. 23, No. 2 (Winter 1997).

Rooney, Caroline, "Narrative of Southern African Farms", *Third World Quarterly*, Vol. 26, No. 3, Connecting Cultures (2005).

Rothschild, Zachary K., Mark J. Landau, Daniel Sullivan, and Lucas A. Keefer, "A Dual-Motive Model of Scapegoating: Displacing Blame to Reduce Guilt or Increase Control", *Journal of Personality and Social Psychology*, Vol. 102, No. 6, 2012.

Samantrai, Ranu, "Claiming the Burden: Naipaul's Africa", *Research in African Literatures*, Vol. 31, No. 1, Spring, 2000.

Scott, Peter, "The Tobacco Industry of Southern Rhodesia", *Economic Geography*, Vol. 28, No. 3 (Jul., 1952).

Seibert, Brian, "The Troubled Side of Comedy", *The Threepenny Review*, No. 105 (Spring, 2006).

Sen, Indrani, "Rudyard Kipling and the Construction of Women", *Social Scientist*, Vol. 28, No. 9 (Sep. –Oct., 2000).

Sillitoe, K. and P. H. White, "Ethnic Group and the British Census: The Search for a Question", *Journal of the Royal Statistical Society*, Series A (Statistics in Society), Vol. 155, No. 1 (1992).

Simpson, Louis, "Disorder and Escape in the Fiction of V. S. Naipaul", *The Hudson Review*, Vol. 37, No. 4 (Winter, 1984—1985).

Stephen, Daniel Mark, " 'The White Man's Grave': British West Africa and the British Empire Exhibition of 1924—1925", *Journal of British Studies*, Vol. 48, No. 1 (Jan., 2009).

Stewart, Gordon T., "Tenzing's Two Wrist-Watches: The Conquest of Everest and Late Imperial Culture in Britain 1921—1953", *Past & Present*, No. 149 (Nov., 1995).

Strieker, Gary, "Researchers uncover Africans' part in slavery", http://edition.cnn.com/W ORLD/9510/ghana_ slavery/.html.

Style, Colin, "Doris Lessing's 'Zambesia'", *English in Africa*, Vol. 13, No. 1 (May, 1986).

Tancke, Ulrike, "Original Traumas: Narrating Migrant Identity in British Muslim Women's Writing", *Postcolonial Text*, Vol. 6, No. 2 (2002).

Tate, William, "Solomon, Gender, and Empire in Marlowe's Doctor Faustus", *Studies in English Literature*, 1500—1900, Vol. 37, No. 2, Tudor and Stuart Drama (Spring, 1997).

Toker, Alpaslan, "Othello: Alien in Venice", *Journal of Academic Studies*, Vol. 15, Issue 60, February 2014.

Toliver, Cliff, "Review of Imperial Ascent: Mountaineering, Masculinity, and Empire", *Rocky Mountain Review of Language and Literature*, Vol. 58, No. 2 (2004).

Tomlinson, Jim, "British Government and Popular Understanding of Inflation in the Mid - 1970s", *The Economic History Review*, Vol. 67, No. 3 (August 2014).

Utete, C., *The Road to Zimbabwe: The Political Economy of Settler Colonialism, National Liberation and Foreign Intervention*, Washington: Rowman & Littlefield, 1979.

Vine, Steven, "The Wuther of the Other in Wuthering Heights", *Nineteenth-Century Literature*, 49, 3 (Dec., 1994).

Walvin, James, "The slave trade, abolition and public memory", *Transactions of the Royal Historical Society*, Sixth Series, Vol. 19 (2009).

Wang, Joy, "White Postcolonial Guilt in Doris Lessing's The Grass Is Singing", *Research in African Literatures*, Vol. 40, No. 3 (Fall, 2009).

Wildman, Charlotte, "Urban Transformation in Liverpool and Manchester, 1918—1939", *The Historical Journal*, Vol. 55, No. 1 (March 2012).

Woodward, Gerard, "The Lost Child by Caryl Phillips, book review: Wuthering Heights relived in post-war Britain", The Independent, 26 March 2015, http://www.independent.co.uk/arts-entertainment/books/reviews/the-lost-child-by-caryl-phillips-book-review-wuthering-heights-relived-in-post-war-britain-10135393.html.

Yudelman, Montague, *Africans on the Land*, Cambridge, Mass.: Harvard University Press, 1964.

Zak, Michele Wender, "The Grass Is Singing: A Litter Novel About the Emotions", *Contemporary Literature*, Vol. 14, Special Number on Doris Lessing (Autumn, 1973).

Zhang, Helong, "An Interview with Caryl Phillips", *Foreign Literature Studies*, Vol. 3, 2011.

四 网络文献

https://encyclopedia.ushmm.org/content/en/article/jewish-badge-during-the-nazi-era.html.

http://www.bbc.co.uk/history/british/empire_ seapower/antislavery_ 01.shtml.

https://www.britannica.com/place/Sierra-Leone/Sports-and-recreation#ref541017. html.

http://www.carylphillips.com/cambridge.html.

http://www.carylphillips.com/distant-voices.html.

http://www.culture24.org.uk/places-to-go/london/art47250.html.

http://www.liverpoolmuseums.org.uk/ism/slavery/europe/liverpool.aspx.

html.

https：//www. theguardian. com/world/2005/sep/19/race. socialexclusion. html.

http：//www. victorianweb. org/history/empire/1857/qr1. html.